Secrète protection

Le passé dévoilé

LISA CHILDS

Secrète protection

Traduction française de
CHRISTIANE COZZOLINO

BLACK ROSE

HARLEQUIN

Collection : BLACK ROSE

Titre original :
EVIDENCE OF ATTRACTION

HARPERCOLLINS FRANCE
83-85, boulevard Vincent-Auriol, 75646 PARIS CEDEX 13
Service Lectrices — Tél. : 01 45 82 47 47 - www.harlequin.fr
ISBN 978-2-2804-5997-6 — ISSN 1950-2753

Composé et édité par HarperCollins France. Achevé d'imprimer en juin 2021.
par CPI Black Print - Barcelone - Espagne
Dépôt légal : juillet 2021.

FSC
www.fsc.org
MIXTE
Papier issu de sources responsables
FSC® C159065

Pour limiter l'empreinte environnementale de ses livres, HarperCollins France s'engage à n'utiliser que du papier fabriqué à partir de bois provenant de forêts gérées durablement et de manière responsable.

1

Faites disparaître les pièces à conviction ou c'est vous qui disparaîtrez...

Le bout de papier avait été glissé sous l'essuie-glace de son pare-brise. En le découvrant, Wendy Thompson l'avait pris pour un prospectus. Technicienne de la police scientifique, elle n'avait évidemment pas manqué de rechercher des empreintes. Mais celles qu'elle avait trouvées, incomplètes et manquant de netteté, n'avaient pas pu être exploitées.

Quelques semaines plus tard, c'est par téléphone qu'elle avait cette fois été menacée. Une voix rauque, impossible à identifier, avait murmuré : « Faites disparaître les pièces à conviction ou vous perdrez tous ceux que vous aimez et tout ce à quoi vous tenez. »

Elle frissonna en se remémorant ce coup de fil, reçu deux jours plus tôt. Elle savait exactement de quelles pièces à conviction il s'agissait. Car l'auteur de ces menaces, elle le connaissait. Et elle savait qu'il ne plaisantait pas.

Elle risquait à nouveau de passer une nuit blanche. Cela faisait des heures qu'elle se tournait et se retournait dans son lit sans pouvoir trouver le sommeil. Elle s'était découverte parce qu'elle avait trop chaud, mais maintenant elle avait froid. Impossible d'aller fermer la fenêtre : le parquet grinçait. Elle ne voulait pas risquer de réveiller ses parents, qui s'inquiéteraient.

Déjà qu'ils se doutaient de quelque chose. Elle avait débarqué chez eux le soir de ce fameux appel. Elle avait raconté qu'en raison d'une infestation de cafards, son appartement avait besoin d'être fumigé. Ils semblaient avoir gobé son mensonge – du moins jusqu'à ce qu'elle se mette à vérifier que portes et fenêtres étaient bien verrouillées. Elle avait prétendu que c'était une habitude qu'elle avait prise depuis qu'elle vivait seule.

Sa chambre se trouvant à l'étage, elle n'avait cependant pas jugé utile de pousser le loquet de sa fenêtre. Ses parents dormaient depuis un mois dans la salle de séjour car sa mère s'était fait poser une prothèse de genou. Wendy aurait sans doute dû s'installer en bas, elle aussi, pour mieux les protéger, mais leurs doutes se seraient alors transformés en certitude. Mieux valait faire comme si de rien n'était.

Elle avait parlé des menaces qu'elle avait reçues au chef de la police de River City, qui avait aussitôt pris des mesures. Une voiture de patrouille était stationnée non loin de la maison. Dans ce quartier résidentiel plutôt tranquille, tout individu dehors à une heure indue paraîtrait suspect aux deux flics en planque. Wendy préférait cependant veiller sur ses parents en dormant sur place, son arme de service à portée de la main sur la table de nuit. À une époque pas si lointaine, la criminalité et la corruption à River City, qui était alors une ville encore plus importante que Détroit, avaient pris de telles proportions qu'il avait fallu faire intervenir le FBI pour retrouver un semblant d'ordre. Tout n'était pas encore parfait.

Tant s'en faut…

Débarrasser la ville de Luther Mills, baron de la drogue notoire, serait une excellente chose. Il avait été arrêté et serait bientôt jugé, mais il ne passerait le reste de sa vie derrière les barreaux – dans une prison de haute sécurité – que si les preuves détenues contre lui étaient présentées lors de son procès.

Ces preuves, Wendy avait la ferme intention de les produire, malgré les menaces reçues. Menaces qui devaient émaner de Mills, ou plutôt d'un de ses très nombreux hommes de main.

Voilà pourquoi Wendy avait rappliqué chez ses parents. En dehors de quelques amis, ils étaient ses seuls proches – les seules personnes qui comptaient vraiment dans sa vie, consacrée presque entièrement à son travail. Si elle avait été moins accro à son boulot, peut-être aurait-elle eu un compagnon, mais tant que Luther Mills sévirait, tant que la ville n'aurait pas été débarrassée de la pègre qui la gangrenait, Wendy n'avait pas le temps de batifoler.

Elle n'avait que vingt-sept ans, après tout. Et, si elle tombait sur la bonne personne, elle trouverait toujours le moyen de se libérer. Mais pour l'instant elle n'avait personne en vue.

Un visage lui apparut mentalement. Un beau visage avec des traits fins, une mâchoire carrée, des pommettes bien dessinées et des yeux marron foncé qui vous transperçaient et lisaient dans votre âme. Mais pas dans la sienne…

Hart Fisher ne l'avait même jamais regardée. Il est vrai qu'à l'époque où il faisait partie de la police de River City, il était marié. Au début, en tout cas, parce que lorsqu'il avait quitté la brigade criminelle pour devenir enquêteur, il avait divorcé. Wendy l'aurait volontiers aidé à traverser cette mauvaise passe… s'il lui avait prêté la moindre attention.

Puis il avait quitté la police. Wendy avait entendu dire qu'il travaillait désormais pour un ancien collègue, Parker Payne, et qu'il était garde du corps.

Son corps, songea-t-elle rêveusement, elle le lui aurait bien fait garder. Ne serait-ce que pour qu'il pose, enfin, les yeux sur elle. Mais que penserait-il de sa crinière rousse et de ses taches de rousseur ? Le bruit courait au poste que son ex-femme avait été une reine de beauté – une ancienne Miss River City. Pas étonnant, se dit Wendy avec regret, qu'il ne l'eût jamais remarquée.

Hart Fisher n'était pas à sa portée ; elle pouvait toujours rêver. D'ailleurs, depuis qu'il était libre, elle avait souvent rêvé de lui. Rêvé qu'il l'embrassait, qu'il la touchait, ou même simplement qu'il lui souriait.

Elle bâilla à s'en décrocher la mâchoire. Ses paupières étaient de plus en plus lourdes. Après plusieurs nuits blanches, elle manquait cruellement de sommeil. Avec les deux flics en faction devant la maison, elle n'avait pas à s'inquiéter et pouvait dormir sur ses deux oreilles. Et rêver d'un ancien inspecteur de police qu'elle trouvait drôlement séduisant…

À peine s'était-elle endormie qu'un bruit la tira de son sommeil. Le parquet grinça, comme si quelqu'un marchait dans la chambre. Son père était-il monté pour fermer la fenêtre ? Elle sentait pourtant un filet d'air frais sur ses bras nus. Et le bruit de pas se rapprochait.

Ce constat l'électrisa. Elle tendit le bras vers son Glock. Au moment où elle allait s'en saisir, une poigne de fer l'en empêcha. Elle leva les yeux vers la silhouette qui se dressait au-dessus de son lit. Comme elle s'apprêtait à crier, l'intrus plaqua son autre main sur sa bouche. Elle se débattit, lui flanqua des coups de pied, essaya tant bien que mal de lui échapper.

Mais l'homme se laissa tomber lourdement sur elle. Il était grand et costaud. Et visiblement déterminé à mettre à exécution les menaces de Luther Mills. Car son assaillant était sans aucun doute un des sbires du baron de la drogue.

S'il était venu pour la tuer, comme tout semblait l'indiquer, il allait vite se rendre compte de la difficulté de sa mission. Wendy Thompson n'était pas du genre à se laisser intimider par un vulgaire homme de main.

— Stop, murmura Hart Fisher, sa bouche collée à l'oreille de Wendy. Tenez-vous un peu tranquille, bon sang !

Si elle lui flanquait encore son genou dans l'entrejambe, c'est lui qui risquait de se mettre à hurler.

— Vous étiez censée m'attendre en bas, chuchota-t-il.

Son patron, ou celui de Wendy, avait manifestement oublié de la prévenir. Constatant qu'elle n'était pas là pour l'accueillir, Hart avait décidé d'entrer dans la maison par ses propres moyens. Et ce pour deux raisons : d'une part, il ne voulait pas réveiller les parents de Wendy, et de l'autre, il avait envie de voir à quel point il était facile de berner les deux flics en faction devant la maison.

C'était d'une facilité déconcertante.

Il frémit et sentit le corps de Wendy tressaillir sous le sien. Un corps dont la douce chaleur, la souplesse et la délicate odeur de vanille déclenchèrent en lui une réaction intempestive.

Ce n'était vraiment pas le moment qu'elle lui donne un coup de genou.

— Calmez-vous, voyons. Je ne vous veux aucun mal. Je suis ici pour vous protéger.

Elle remuait les lèvres, essayait manifestement de lui dire quelque chose. Mais il hésitait à retirer sa main de dessus sa bouche, de peur qu'elle se mette à crier.

— Je m'appelle Hart Fisher, ajouta-t-il avant d'enlever sa main.

— Je sais ! Dites-moi plutôt ce que vous faites dans mon lit.

Hart fut pris de court. Le sang, qui avait migré vers un endroit précis de son anatomie, reflua d'un coup vers son visage. Avait-elle perçu son trouble ?

Il s'empressa de se relever. Cela faisait bien trop longtemps qu'il vivait comme un moine, si la première femme venue le mettait dans des états pareils.

Mais Wendy Thompson n'était pas n'importe quelle femme. Elle était celle qu'il avait pour mission de protéger. Et, pour l'instant, cette mission était sa priorité.

— En fait, j'essayais de vous empêcher de me tirer dessus, expliqua-t-il. Je travaille pour la Payne Protection Agency.

Elle acquiesça d'un hochement de tête.

— Parker Payne.

— C'est ça. J'ai reçu l'ordre de vous protéger. Le commissaire ou Parker était censé vous appeler pour vous en informer.

Elle tendit le bras vers la table de nuit pour attraper son téléphone. Une notification s'afficha en haut de l'écran : elle avait un nouveau message dans sa boîte vocale.

— La police locale assure déjà ma protection, dit-elle.

Hart ricana. Il n'aurait pas été surpris que Luther Mills ait des accointances dans la police. Le FBI avait eu beau faire, la corruption n'avait pas totalement disparu au sein des forces de l'ordre.

Elle se hérissa.

— Ce sont mes collègues, protesta-t-elle.

Il savait qu'en plus d'avoir obtenu un master en criminologie, elle était diplômée de l'académie de police, ce qui lui valait l'admiration de ses collègues. Une admiration grandissante depuis qu'elle avait réuni de quoi faire tomber Luther Mills.

— Je sais, dit-il. Mais ce n'est pas une raison pour leur faire confiance.

— Pardon ? répliqua-t-elle, outrée. Qu'insinuez-vous par là ?

— Je n'insinue rien du tout. Je vous dis que Luther Mills a un complice au sein même de la police. C'est pourquoi le commissaire a fait appel à la Payne Protection Agency. Il tient à la sécurité de toutes les personnes ayant un lien avec le procès, dont la date approche.

Elle secoua sa crinière rousse avec énergie.

— Je n'ai pas été mise au courant de ces dispositions. Le commissaire Lynch ne m'a rien dit.

Au ton de sa voix, Hart comprit qu'elle ne le croyait qu'à moitié. Le soupçonnait-elle d'être à la solde de Luther Mills ? Probablement, car elle tenta à nouveau de s'emparer de son pistolet. Il lui saisit le poignet.

— Si vous aviez écouté vos messages, vous sauriez que je suis venu vous chercher. Le commissaire vous attend.

— En pleine nuit ? Mais oui, bien sûr ! Combien Mills vous paie-t-il ?

Blessé au vif par cette accusation, il resta un instant sans voix avant de donner libre cours à sa colère.

— C'est ridicule, voyons !

Lorsqu'il était à la Crim, il avait essayé pendant des années de faire inculper le trafiquant de drogue. Mais, à chaque fois que Luther Mills avait été sur le point de tomber, les témoins ou les pièces à conviction avaient disparu.

— Je ne travaille pas pour Mills !

Wendy lui fit signe de baisser la voix.

Il obtempéra, continuant un ton plus bas.

— Mais un de vos collègues flics s'est manifestement laissé acheter par ce fumier. C'est pourquoi vous êtes en danger, vous et tous ceux qui œuvrent à le faire condamner. Le commissaire a donc convoqué tout le monde à l'agence ce soir. Il va tout vous expliquer.

Elle secoua de nouveau la tête.

— Si vous croyez que je vais aller où que ce soit avec vous, vous vous trompez !

Lorsqu'il était dans la police, ses collègues le charriaient au sujet de la jolie rousse, experte dans la collecte et le traitement des pièces à conviction, qui avait soi-disant le béguin pour lui. Il n'avait jamais pris au sérieux leurs allégations. Et il avait bien eu raison. Comment Wendy Thompson pourrait-elle avoir eu le béguin pour lui alors qu'elle ne lui faisait même pas confiance ?

Il ne pouvait pas lui en vouloir. Luther Mills souhaitait sa mort, alors il était normal qu'elle se méfie. De lui autant que de n'importe qui. Il y avait quelqu'un, cependant, en qui elle avait toute confiance. Hart sortit son téléphone de sa poche.

— Puisque vous ne voulez pas écouter votre messagerie, je vais appeler Parker. Woodrow Lynch est avec lui. Il vous confirmera mes dires.

Il n'eut pas le temps d'appeler. La porte de la chambre s'ouvrit brusquement, et la lumière inonda la pièce. En voyant les murs peints en rose bonbon et les rideaux à volants, Hart eut une pensée pour sa fille. *Felicity adorerait cette chambre.*

Lorsque la lumière se réfléchit sur le pistolet que l'homme qui se tenait sur le seuil avait dans la main, il se demanda s'il la reverrait un jour.

Il était arrivé trop tard : Wendy Thompson allait se faire descendre.

Et lui aussi.

Parker ouvrit la porte de la pièce qui communiquait avec le bureau de sa femme, à l'agence. Une petite fille dormait dans un des lits. Sharon tenait à ce que leurs enfants soient près d'eux lorsque Parker et elle travaillaient. Mais cette petite fille n'était pas la leur.

Blondinette à la peau claire, elle ne ressemblait guère à son père, Hart Fisher. Toute menue et d'apparence fragile, elle serrait vigoureusement contre elle sa poupée de chiffon.

Sharon mettait la chambre à la disposition des enfants des employés de l'agence. Elle adorait les gosses. Tous autant qu'ils étaient. Et cette petite fille, abandonnée par sa mère, avait plus que tout autre besoin qu'on s'occupe d'elle.

Et plus que tout autre besoin de son père.

Parker n'aurait peut-être pas dû confier cette mission à Hart. Si Hart avait quitté la police pour devenir garde du corps, c'était parce que ce métier était moins dangereux et plus compatible avec sa vie de famille.

Sauf dans le cas de cette mission.

Pour avoir travaillé pendant des années à la brigade criminelle, Parker savait d'expérience à quel point Luther Mills pouvait être dangereux. Le célèbre baron de la drogue ferait n'importe quoi pour échapper au procès, quitte à tuer tous ceux qui se dresseraient sur son chemin. En protégeant la technicienne de la police scientifique, Hart se dressait indéniablement sur son chemin. Une fois de plus.

Luther avait déjà eu affaire à lui par le passé. Comme Parker, Hart avait longtemps essayé de mettre fin aux activités illicites de Mills. Pour l'instant, le malfrat ne s'en prenait qu'aux personnes ayant un rapport avec son procès. Mais, un jour, il pourrait bien chercher à se venger de tous ceux qui avaient tenté de le faire écrouer.

Parker serait alors visé, lui aussi, ainsi que l'ensemble des employés de l'agence, qui étaient tous d'anciens flics de la Criminelle.

Il regarda l'heure sur son téléphone. Pourquoi Hart n'était-il pas de retour ? La villa des parents de Wendy Thompson, qu'il était censé ramener à l'agence, n'était pourtant pas très loin. S'il avait été retardé, il aurait appelé.

Avait-il des ennuis ?

Luther Mills avait-il mis ses menaces à exécution ? Mais, s'il avait éliminé Wendy, il lui avait fallu aussi éliminer son garde du corps.

2

Wendy eut la peur de sa vie. Elle savait ne rien avoir à craindre de l'homme qui avait déboulé dans sa chambre, arme au poing. Mais elle redoutait qu'il tire sur Hart Fisher. Ou l'inverse. Le garde du corps avait déjà dégainé son pistolet en bondissant devant elle pour la protéger.

Mais lui, qui allait le protéger ?

— Papa ! cria-t-elle en s'interposant entre les deux hommes. Ne tire pas ! Et vous non plus, Hart ! Baissez vos armes !

Son père, encore tout hébété de sommeil, la fixa d'un air surpris.

— Qui est cet homme, Wendy ? Que fait-il dans ta chambre ?

— C'est mon… mon…

Si elle disait « garde du corps », son père ne manquerait pas de lui demander pourquoi elle avait besoin d'un garde du corps. Or elle préférait ne pas parler à ses parents de Luther Mills et de ses menaces. Pas pour le moment. La police était là pour les protéger. Sauf que si Hart disait vrai et qu'il y avait une brebis galeuse au sein de la police, il vaudrait peut-être mieux qu'elle les mette au courant. Elle serait plus tranquille si ses parents quittaient la ville jusqu'à la fin du procès. C'était pour eux qu'elle s'en faisait le plus. Pas pour elle.

Si Luther Mills croyait l'intimider avec ses menaces, il se trompait ! Elle n'avait nul besoin d'un garde du corps. Hart Fisher n'avait rien à faire là. N'empêche qu'elle devait justifier sa présence dans sa chambre en pleine nuit.

— Ton *quoi*, Wendy ? demanda son père, implacable.

Elle avait l'impression d'être une adolescente qui s'était fait prendre en train de se bécoter avec son petit ami sur le canapé du salon. Sauf que ce genre de truc ne lui était jamais arrivé. Elle ne pensait qu'à ses études, à l'époque, et n'avait pas le temps de flirter.

— Mon petit ami, bredouilla-t-elle.

Mortifiée, elle se sentit devenir écarlate, d'autant plus que Hart, stupéfait, la dévisageait. Elle l'implora du regard de jouer le jeu.

Ses parents s'inquiétaient déjà bien assez pour elle. Parce qu'elle travaillait trop, se nourrissait mal, ne dormait pas assez. S'ils apprenaient qu'elle avait reçu des menaces de mort, ils n'auraient pas fini de se faire des cheveux blancs.

Ils étaient devenus parents sur le tard. À la naissance de Wendy, ils avaient déjà la quarantaine. Wendy avait longtemps été surprotégée et, à vingt-sept ans, elle restait leur bébé.

Son père avait baissé son arme, mais de grosses rides barraient son front.

— Vous vous disputiez, déclara-t-il d'un ton suspicieux.

Elle allait avoir du mal à le convaincre, ce qui n'était pas très surprenant dans la mesure où Wendy ne se souvenait pas elle-même de la dernière fois où elle avait eu un petit ami.

— J'ai entendu des éclats de voix, continua-t-il.

— Il est…, euh, arrivé sans prévenir, dit-elle. J'ai eu peur.

C'était la stricte vérité.

— Forcément ! On ne pénètre pas chez les gens en douce ! Mais qui êtes-vous donc ?

— Chut, papa, le supplia Wendy. Tu vas réveiller maman.

Sans compter que les flics en faction à l'extérieur risquaient de faire irruption dans la maison s'ils entendaient du bruit ou voyaient toutes les lumières allumées.

Baissant les yeux, Wendy s'aperçut qu'elle était toujours en T-shirt et petite culotte. Il ne manquerait plus que les policiers la voient dans cette tenue… Au poste, tous ses collègues se ficheraient d'elle. En deux temps trois mouvements, elle enfila un pantalon de jogging qui traînait au pied de son lit.

— Ta mère avait mal au genou. Elle a pris des antalgiques et dort à poings fermés.

Tant mieux. Si les flics débarquaient, elle ne s'en rendrait même pas compte.

— Je suis désolé, monsieur, dit Hart. Je ne voulais pas vous déranger, vous ou votre épouse.

Il était sincère sur ce point. Wendy n'en doutait pas une seconde. En revanche, le reste de ce qu'il lui avait raconté laissait quelque peu à désirer. Le commissaire avait-il réellement engagé la Payne Protection Agency pour veiller sur les témoins à charge du procès de Luther Mills ?

C'était plus facile à croire que de soupçonner Hart d'être à la solde du trafiquant de drogue. Si elle avait eu le béguin pour lui, c'était non seulement parce qu'il avait un physique de jeune premier, mais aussi parce qu'il était un policier hors pair.

— Il fallait absolument que je voie Wendy, continua-t-il.

Il rengaina son arme et tendit la main.

— Je m'appelle Hart Fisher.

— Comment connaissez-vous ma fille ? demanda le père de Wendy en ignorant la main tendue.

— Nous avons travaillé ensemble. J'ai longtemps été inspecteur de police.

— Ah, d'accord. Je comprends mieux.

Rougissant de plus belle, Wendy se souvint d'avoir confié à sa mère qu'elle avait le béguin pour un collègue de travail, et comme ses parents n'avaient pas de secret l'un pour l'autre…

Son père tendit la main à son tour et serra vigoureusement celle de Hart. Un peu trop vigoureusement, peut-être. Il allait sur ses soixante-dix ans mais, ancien entraîneur de football, il faisait encore pas mal de sport.

— Ben Thompson, dit-il.

Il sacrifiait aux convenances, mais on voyait bien que le cœur n'y était pas.

— Je suis vraiment désolé, répéta Hart. Je dois parler à Wendy, mais ça ne prendra que quelques minutes. J'espère que vous n'y voyez pas d'inconvénient ?

— C'est à elle qu'il faut poser cette question.

Wendy eut droit à ce genre de regard que les pères ont pour intimider leurs enfants. Ou les entraîneurs pour intimider les joueurs.

— Wendy, es-tu d'accord pour qu'il reste ?

Elle aurait voulu disparaître dans un trou de souris.

— Je… suis désolée, papa.

— Tu sais ce que tu fais. Tu n'es plus une enfant.

Elle se demandait parfois s'il en était si sûr que cela. Quoi qu'il en soit, il sortit de la chambre et referma la porte derrière lui – la laissant en tête à tête avec Hart Fisher. Son garde du corps.

Et non son petit ami.

Sauf qu'elle ne voulait de lui ni comme garde du corps ni comme petit ami. Plus maintenant. Avec les menaces qu'elle avait reçues, il n'était pas question pour elle de nouer une relation sentimentale avec qui que ce soit.

— Mes parents ne sont pas au courant pour les menaces, expliqua-t-elle. Je ne veux pas qu'ils s'inquiètent. D'où mon mensonge.

Il ne fallait surtout pas que Hart s'imagine qu'elle avait envie qu'il soit son petit ami. Même si tout à l'heure, quand il était allongé sur elle, elle avait bien senti qu'elle ne le laissait pas indifférent…

Sans doute s'agissait-il d'une réaction purement physiologique. S'il n'avait pas été chargé de la protéger, il est probable qu'il n'aurait pas fait attention à elle.

— J'avais compris, assura-t-il. Il faut y aller, maintenant. On nous attend à l'agence.

Elle secoua la tête.

— Quoi ? Vous ne me faites toujours pas confiance, alors que j'ai cautionné vos mensonges auprès de votre père ?

Il ne travaillait pas pour Mills. Sinon, il n'aurait pas pris la peine de discuter avec son père et l'aurait probablement tué. Pour autant, devait-elle lui faire confiance ?

Il poussa un grognement de frustration et sortit son téléphone.

— J'appelle le commissaire.

— Ce n'est pas la question, dit-elle en jetant un coup d'œil à la porte close. Je ne peux pas sortir en pleine nuit.

Son père la bombarderait de questions s'ils filaient tous les deux à une heure aussi indue. Il était capable d'être resté dans le couloir, juste derrière la porte. Elle n'avait jamais su mentir et avait déjà bien tiré sur la corde avec tous les bobards qu'elle avait racontés.

— Nous allons sortir par la fenêtre, suggéra Hart. Après tout, c'est comme ça que je suis entré.

Joignant le geste à la parole, il se dirigea vers la fenêtre et enjamba le rebord. Puis il lui tendit la main.

Wendy avait peur. Non pas de tomber. Plus jeune, il lui était arrivé deux ou trois fois de jouer les filles de l'air, à l'insu de ses parents. Mais elle était seule et n'allait pas rejoindre un petit copain. Elle allait au cinéma, à la dernière séance. Entre la fenêtre et le toit de la véranda, il n'y avait pas plus d'un mètre. Il suffisait ensuite de se laisser glisser jusqu'au sol le long du pilier de la véranda.

Ce dont elle avait peur, ce n'était pas tant de tomber de la fenêtre… que de tomber amoureuse de Hart Fisher. Quelque chose lui disait qu'elle avait presque plus à craindre de lui que de Luther Mills.

— Vous avez un sérieux problème, commissaire, déclara Hart sans préambule lorsque Wendy et lui retrouvèrent Lynch dans la salle de réunion de l'agence.

Lynch haussa les sourcils. Il avait le regard vif, malgré l'heure tardive.

— Il s'est passé quelque chose ?

En dehors du fait que Wendy n'avait pas été prévenue de son arrivée ? Et qu'il avait donc dû entrer par la fenêtre ? Et qu'il avait failli se faire tirer dessus ?

Hart secoua la tête.

— C'est justement le problème. Personne ne m'a vu ni entrer ni sortir de la maison.

— Mon père mis à part, corrigea Wendy avec un petit sourire.

M. Thompson avait l'ouïe fine et la gâchette facile, songea Hart, qui l'avait échappé belle.

— Heureusement qu'il est plus dégourdi que les deux flics chargés de surveiller la maison ! fit remarquer Hart.

Le commissaire accusa le coup.

Hart s'en voulut de l'avoir blessé. D'autant plus que Lynch n'y était pour rien si ses hommes étaient incompétents. Ce n'était pas lui qui les avait recrutés ou formés. Woodrow Lynch venait d'être nommé commissaire de police à River City. Avant, il était cadre au FBI.

Wendy n'apprécia pas non plus sa réflexion, apparemment, car elle lui flanqua un coup de coude dans les côtes. Cela semblait être sa spécialité. Tout à l'heure, lorsqu'il avait voulu l'aider à sortir par la fenêtre, il s'était déjà pris son coude dans la cage thoracique. Elle avait enjambé le rebord de la fenêtre et sauté sur le toit de la véranda comme si elle avait fait cela toute sa vie. Comment aurait-il pu savoir qu'elle était rompue à l'exercice ? Quand il s'était agi de se laisser glisser jusqu'au sol le long du pilier, il avait insisté pour passer le premier, histoire de la rattraper si elle lâchait prise, et de s'assurer que personne ne l'attendait en bas.

Ce n'était pas très malin de sa part de passer le premier parce que Hart avait eu droit au spectacle de son charmant fessier se tortillant au-dessus de sa tête. Et quand dans sa précipitation elle avait failli tomber, il l'en avait obligeamment empêchée en plaquant ses mains sur son derrière, ce qui lui avait valu un nouveau coup de coude.

Il n'avait pourtant rien fait de mal. Sa mission était de la protéger, non ?

— Ce n'est pas normal qu'on ait pu sortir comme ça, sans que personne ne s'en aperçoive, insista-t-il. Et si ça avait été un des sbires de Luther Mills ?

Lynch soupira.

— C'est bien pour ça que j'ai fait appel à la Payne Protection.

— Pourquoi avoir choisi l'agence de Parker ?

La question émanait d'un ancien collègue de Hart également présent à la réunion, Tyce Jackson. À côté de lui, étaient assis le juge Holmes et sa fille Bella. Pour faire pression sur le juge, Mills n'avait pas hésité à proférer des menaces contre sa fille. Le commissaire avait indéniablement bien fait de s'adjoindre les services de la Payne Protection Agency. Et peu importait qu'il ait choisi cette agence plutôt qu'une autre.

Lynch répondit néanmoins à la question de Tyce.

— Parker et son équipe ayant des comptes à régler avec Luther Mills, il m'a semblé qu'ils étaient les mieux placés pour le faire enfin condamner.

Hart, qui regrettait amèrement de ne pas avoir pas réussi à faire tomber le trafiquant de drogue, hocha imperceptiblement la tête. Tyce devait être aussi frustré que lui. Sous sa grosse barbe noire, Hart vit ses lèvres bouger, comme s'il jurait entre ses dents. Lorsqu'ils travaillaient tous à la brigade criminelle, ils avaient essayé de faire inculper Mills mais n'y étaient jamais arrivés. À l'époque, le malfrat bénéficiait de puissants appuis. Qu'en était-il maintenant ?

— Parker n'est pas là ? demanda Hart.

Il avait dû aller chercher les autres membres de l'équipe, qui était encore loin d'être au complet.

La porte s'ouvrit juste à ce moment-là, et l'adjointe du procureur entra. Jocelyn Gerber était escortée de son garde du corps, Landon Myers, ancien inspecteur de la Criminelle.

Puis l'inspecteur Spencer Dubridge arriva à son tour. Il se querellait avec son garde du corps, Keeli Abbott, pour une question de préséance. Qui devait entrer le premier ? L'inspecteur avait voulu se montrer galant et laisser passer Keeli, mais celle-ci avait été vexée. L'ancienne policière avait toujours taxé Dubridge de misogynie.

Parker avait manqué de jugeote lorsqu'il avait missionné Landon et Keeli car ceux-ci n'avaient manifestement aucun atome crochu avec les personnes qu'ils devaient protéger.

— Parker est dans son bureau, occupé avec une demoiselle, répondit le commissaire à Hart avec un sourire entendu.

Il était de toute évidence au courant, pour Felicity.

Mal fichue, la baby-sitter n'avait eu d'autre choix que de déposer la petite fille à l'agence. Encore une chance que Parker ait été là et qu'il sache s'y prendre avec les enfants. Une autre baby-sitter allait incessamment prendre le relais, si ce n'était déjà fait.

— Il devait ensuite aller parler aux flics qui surveillent l'agence, continua Lynch.

Parker et le commissaire avaient renforcé les mesures de sécurité, craignant que Luther Mills n'eût été informé de la tenue de cette réunion. Il n'aurait pas laissé passer cette chance unique de se débarrasser en une seule fois de tous ses ennemis.

S'il était au courant – ce qui était tout à fait possible puisque nul ne savait qui travaillait pour lui ⊠, Mills avait pu commanditer une attaque.

Hart tendit l'oreille, mais tout semblait calme à l'extérieur.

— Le témoin oculaire manque à l'appel, fit remarquer l'adjointe du procureur Jocelyn Gerber, visiblement inquiète. Où est-elle ?

— Parker va voir ce qu'il en est, répondit le commissaire.

Cette réponse ne sembla pas la rassurer. Elle qui était déjà pâle devint livide.

— Je n'aime pas ça du tout…

— C'est ridicule, déclara Wendy, excédée. Vous dramatisez inutilement. Luther Mills a le bras long, je vous l'accorde, mais il ne va pas pouvoir éliminer tous ceux qui jouent un rôle dans son procès.

— Tous, non, répondit Gerber. Seulement le témoin oculaire. Et vous, ajouta-t-elle, ses yeux bleus rivés sur Wendy.

Sans Wendy, il serait difficile de prouver l'intégrité du processus de conservation des pièces à conviction. Dans la mesure où c'était elle qui avait collecté les éléments de preuve directement sur la scène de crime, elle seule pouvait les présenter au procès.

Luther Mills se rencogna sur la paillasse de sa cellule en soupirant. Il sortirait bientôt de ce trou. Le plan qu'il avait mis sur pied était à l'œuvre. On venait de l'informer que le témoin oculaire était tombé par la fenêtre.

Ce n'était pas exactement ce qui était prévu. Ses hommes de main avaient reçu l'ordre de l'abattre. Mais son appartement était au deuxième étage. Une chute de cette hauteur lui avait probablement été fatale. Il y avait des chances pour que l'homme qui l'accompagnait, et qui avait subi le même sort, soit mort aussi. Clint Quarters, ancien flic de la Crim. Que diable pouvait-il bien faire là ?

Se sentait-il redevable auprès de Rosie, dont le frère avait été tué par sa faute ? Si Quarters n'avait pas acheté Javier Mendez, celui-ci serait encore en vie. Mais dans le monde de Luther, il n'y avait pas de place pour les indics.

C'était regrettable que Luther ait été obligé de se débarrasser aussi de Rosie. Ce qui était arrivé à son frère ne lui avait pas servi de leçon. Pourquoi avait-il fallu qu'elle aille tout raconter aux flics ?

Son témoignage n'était malheureusement pas le seul problème. Luther devait à tout prix faire disparaître les éléments de preuve relevés sur la scène de crime.

Si on avait fait appel à un autre technicien de la police scientifique, il n'aurait rien à craindre parce que des preuves, il n'y en aurait pas. Tout le monde savait qu'il valait mieux ne pas lui chercher des noises.

Sauf la trop zélée et l'incorruptible Wendy Thompson, qui le mettait dans le pétrin.

Mais il allait les faire disparaître, elle et ses fichus éléments de preuve, maintenant qu'il avait réussi à se débarrasser du témoin oculaire.

3

— Vous avez de la chance ! dit Jocelyn Gerber après que Rosie Mendez eut quitté la salle de réunion en compagnie de son garde du corps, Clint Quarters, du commissaire et de Parker Payne.

— Comment cela ? répliqua Wendy, qui tombait de sommeil et n'avait plus l'esprit très vif.

— Vous avez de la chance que le témoin oculaire soit en vie, expliqua Jocelyn.

— En vie, Rosie ne le restera pas longtemps si elle continue d'envoyer balader son garde du corps, intervint Hart en lançant un regard entendu à Wendy.

Elle frissonna, non parce qu'elle avait peur, contrairement à Hart et à Jocelyn qui semblaient très inquiets pour elle, mais parce qu'il faisait frisquet. Se balader en T-shirt alors qu'on était presque en hiver n'était vraiment pas raisonnable.

Ressentant néanmoins le besoin d'être soutenue, elle se tourna vers Spencer Dubridge, assis à l'autre bout de la table.

— Et toi, Spencer, qu'en penses-tu ? demanda-t-elle à l'inspecteur qui avait eu la joie d'arrêter Luther Mills. Tout cela est ridicule, n'est-ce pas ? Nous n'avons pas besoin de gardes du corps.

Il jeta un regard en biais à la jeune femme qui avait pour mission de le protéger et poussa un grognement.

— Je me passerais volontiers des services du mien,

déclara-t-il sans détour. Barbie les gros bras m'encombre plus qu'autre chose !

Keeli Abbott le fusilla du regard. Wendy soupçonna Dubridge d'avoir un faible pour son ancienne collègue et de s'en défendre en se montrant agressif vis-à-vis d'elle.

La porte de la salle de réunion s'ouvrit, et le commissaire reparut.

— Chacun d'entre vous va avoir un garde du corps, déclara-t-il en fixant Dubridge, et devra s'en accommoder. Cette mesure durera tout le temps du procès, jusqu'à ce que Luther Mills soit condamné à la réclusion à perpétuité.

Le juge Holmes secoua la tête.

— Je m'abstiendrai de donner mon avis sur la question, dit-il.

— Votre présence n'était pas nécessaire, fit remarquer le commissaire. C'est votre fille qui a reçu des menaces.

Bella Holmes n'était pas mineure. Elle devait avoir au moins vingt-cinq ans.

— Et qui refuse de quitter sa fête à la gomme tant que son père ne lui en donne pas l'ordre, grommela Tyce Jackson dans sa barbe.

Une barbe broussailleuse qui datait de l'époque où il travaillait à la Crim et effectuait des missions d'infiltration.

À côté de lui, Hart, toujours rasé de frais, faisait vraiment figure d'enfant de chœur.

Bella Holmes lança un regard mauvais à Tyce.

— Comment aurais-je pu deviner que vous étiez là pour me protéger ?

Tyce faisait partie de ces flics tellement investis dans leurs missions d'infiltration qu'ils avaient parfois du mal à reprendre une vie normale.

— Si vous aviez écouté le message que vous avait laissé votre père, vous ne seriez pas allée à cette fichue fête, répliqua Tyce.

Wendy n'était apparemment pas la seule à ignorer un message qu'elle aurait mieux fait d'écouter. Si elle l'avait fait, son père ne se serait pas levé en pleine nuit pour voir ce qu'il se passait et elle n'aurait pas eu besoin de lui raconter des bobards.

— Ce n'est pas parce qu'on a reçu des menaces qu'il faut qu'on s'arrête de vivre normalement, dit Wendy au commissaire. Comment expliquer à nos proches la présence des gardes du corps ? Et comment nos collègues de la police vont-ils réagir quand ils vont savoir que vous ne leur faites pas confiance pour nous protéger, moi, l'inspecteur Dubridge et Mlle Gerber ?

— Vous avez dit à votre père que j'étais votre petit ami, rappela Hart. C'est ce qu'on a qu'à faire croire à tout le monde.

Wendy sentit son visage s'empourprer derechef.

Dubridge gloussa.

— Qui irait en douter ? Au poste, on sait tous qu'elle avait le béguin pour Fisher déjà à l'époque où il était marié.

Wendy n'en revenait pas que son secret ait été éventé. Elle ne l'avait pourtant confié qu'à ses plus proches collègues. Hart avait peut-être raison : mieux valait ne pas leur faire confiance.

L'inspecteur continua sur le même ton jovial.

— Ça va marcher pour Wendy, mais pour les autres, il va falloir trouver autre chose.

La fille du juge jeta un regard torve à Tyce et acquiesça d'un hochement de tête.

— Je crains en effet qu'il ne faille trouver autre chose.

— Vous n'êtes pas mon genre, riposta Tyce d'une voix de stentor.

— Quant à moi, je n'aime pas les misogynes, déclara Keeli Abbott.

Le commissaire sortit de ses gonds.

— Ces enfantillages ne sont-ils pas bientôt finis ? gronda-t-il, exaspéré. Vous êtes tous des professionnels, que diable ! Comportez-vous en conséquence.

— Fêtarde professionnelle, peut-être, murmura Tyce Jackson en fixant Bella Holmes.

Elle le toisa d'un air méprisant mais ne répondit pas à la provocation.

Wendy n'osait pas regarder Hart. Si, comme Dubridge, il avait entendu les bruits qui couraient sur son compte, que devait-il penser ? Elle avait honte d'avoir pu passer à ses yeux pour une midinette secrètement amoureuse de lui.

Bientôt, il ne resta plus dans la salle que Wendy et Hart. À peine la porte s'était-elle refermée qu'elle se rouvrit brusquement et qu'une adorable fillette blonde déboula dans la pièce.

— Papa ! s'écria-t-elle d'une voix stridente. Parker m'a dit que tu étais là.

Elle sauta sur les genoux de Hart, qui l'enlaça.

— Tu devrais dormir, la sermonna-t-il.

Mais le ton de sa voix était plein de tendresse, tout comme le regard dont il la couvait.

Hart Fisher était papa ?

Comment cela avait-il pu échapper à Wendy ?

Lorsqu'elle prit conscience de la présence de Wendy, la fillette enfouit son visage dans la chevelure de la poupée qu'elle serrait dans ses petits bras fins comme des allumettes. Puis elle releva la tête et brandit la poupée devant elle en dévisageant Wendy. Ses yeux bleus s'agrandirent de surprise.

— Papa, regarde comme elle ressemble à ma poupée. Elle a la même tête qu'Annie.

Wendy piqua à nouveau un fard. Après avoir été accusée de craquer pour son garde du corps, comme une collégienne pour son prof de sport, voilà maintenant qu'on la comparait à une poupée de chiffon !

Son amour-propre en avait pris un sacré coup – ni Luther Mills ni aucun de ses hommes de main n'auraient pu l'atteindre à ce point.

— Ma poupée s'appelle Annie, dit l'enfant. Et toi, tu t'appelles comment ?

— Wendy.

Fille unique ayant grandi entourée de garçons – les jeunes

footballeurs que son père entraînait –, Wendy n'était pas à l'aise avec les petites filles. Sa mère avait bien essayé de lui faire aimer le rose et les frous-frous, mais Wendy avait toujours été un garçon manqué.

— Winnie, répéta la fillette.

Wendy ne prit pas la peine de rectifier.

— Et toi ? demanda-t-elle. Comment t'appelles-tu ?

— Felicity…, répondit-elle lentement, comme si elle avait du mal à prononcer correctement son propre prénom.

— C'est joli, dit Wendy.

— Toi aussi, tu es jolie, déclara la petite fille avec un petit sourire timide qui fit fondre le cœur de Wendy.

D'après ce qu'elle avait entendu dire, la mère de Felicity était une ancienne reine de beauté. Comment la gamine pouvait-elle trouver Wendy jolie ?

Sans doute avait-elle voulu lui faire plaisir…

— Pas autant que toi, répliqua Wendy.

Belle et fragile, Felicity la faisait penser à une poupée de porcelaine qu'on garde précieusement dans une vitrine.

La fillette descendit des genoux de son père et grimpa sur ceux de Wendy, à qui elle tendit sa poupée.

— C'est ma mamie qui me l'a faite à ma naissance. Mais maintenant ma mamie est un ange.

À ces mots, Wendy se sentit encore plus attendrie.

— Je suis désolée, chuchota-t-elle.

— Pourquoi ? interrogea la fillette en touchant craintivement les cheveux de Wendy.

Elle n'avait pas dû croiser beaucoup de roux dans sa jeune vie…

— C'est une expression, lui expliqua son père. À quelqu'un qui a perdu un être cher, on dit qu'on est désolé.

Wendy espérait que Felicity n'aurait pas à entendre ces mots avant longtemps. Mais Luther Mills n'avait aucune raison de s'en prendre à son père. Il essayait juste de faire pression sur Wendy pour qu'elle détruise les éléments de preuve.

Mills était capable de tout, cependant. Elle en avait encore eu la preuve tout à l'heure, quand elle avait vu l'état dans lequel Rosie, le témoin oculaire, et Clint, son garde du corps étaient arrivés à la réunion. Ils avaient été obligés de sauter par la fenêtre pour échapper aux hommes qui leur tiraient dessus.

Elle frissonna, et l'enfant se blottit plus étroitement contre sa poitrine. Le marchand de sable était passé. Felicity n'arrêtait pas de cligner des yeux.

— Je suis désolée, papa, murmura l'enfant.

Lorsqu'il caressa la joue de sa fille, Wendy retint son souffle, persuadée qu'il allait en profiter pour lui toucher les seins. Mais Hart n'était visiblement pas d'humeur à batifoler.

— Pourquoi es-tu désolée, mon petit cœur ? s'enquit-il.

— Pour toi, papa. Tu as perdu plein de gens que tu aimais.

La fillette parlait-elle de sa mère ?

Wendy ne savait pas si elle était morte ou vivante, mais si Felicity n'avait plus que son père, il fallait que celui-ci reste en vie. Posant son menton sur le sommet du crâne de la fillette endormie contre elle, elle demanda :

— Comment se fait-il que vous l'ayez amenée au bureau ?

Il rougit légèrement.

— Une baby-sitter va arriver d'un moment à l'autre.

— Mais nous sommes en semaine, fit-elle remarquer.

— Felicity vient d'avoir quatre ans. Elle ne va pas encore à l'école.

— J'avais compris. Mais que fait-elle avec vous un jour de semaine ?

— Vous pensiez que je ne l'avais que le week-end ? En fait, c'est moi qui en ai la garde.

Bien que n'étant pas directement concernée, Wendy avait quelques collègues divorcés, surtout depuis que le métier de policier était devenu incompatible avec une vie de famille. Parce qu'il était trop chronophage. Trop dur. Trop dangereux. Du coup, ils ne voyaient plus leurs enfants que le week-end.

Voilà donc pourquoi Hart avait quitté la police. Pour sa fille…

Mais, en ce cas, pourquoi avait-il choisi un métier presque aussi prenant et pas vraiment moins dangereux ?

Elle ne voulait pas qu'à cause d'elle Felicity soit privée de son père. Le regardant droit dans les yeux, elle déclara :

— Vous ne pouvez pas être mon garde du corps.

— Je ne *veux pas* être votre garde du corps, admit Hart sans ambages.

Il ne savait pas si cette histoire de béguin était une plaisanterie, mais, si Wendy avait vraiment des sentiments pour lui, il ne voulait pas risquer de la blesser.

Parce qu'elle souffrirait si elle faisait l'erreur de s'enticher de lui. Cela faisait belle lurette qu'il avait perdu la faculté d'aimer et de faire confiance.

Il n'avait plus rien à donner à personne excepté à Felicity.

Wendy exhala un soupir qui souleva les cheveux de la petite fille, blottie contre elle et profondément endormie.

Hart n'en revenait pas que sa fille ait si vite sympathisé avec Wendy Thompson, elle qui était d'ordinaire si craintive et si timide, surtout avec les femmes. Sa mère n'avait jamais été très tendre avec elle. Elle ne l'aurait jamais laissée toucher ses cheveux. Monica aurait eu bien trop peur que Felicity ne la décoiffe ou ne lui graisse les cheveux en les lui tripotant.

Wendy n'avait rien dit. Elle avait même souri quand elle avait vu que Felicity hésitait. Hart avait ressenti un petit pincement au cœur. Et en les voyant maintenant toutes les deux, il était de nouveau tout attendri.

— Parfait, dit Wendy. Il ne vous reste plus qu'à en informer Parker.

— Je l'ai déjà fait. Mais il n'a rien voulu savoir. Il a dit qu'il n'avait personne d'autre de disponible pour cette mission.

Tous les membres de l'équipe étaient déjà occupés à protéger quelqu'un. Parker avait probablement entendu dire que Wendy avait le béguin pour Hart puisque au poste, apparemment, tout le monde était au courant. Du coup, personne ne s'étonnerait de les voir ensemble, désormais. Il se ferait passer pour son petit ami. Après tout, c'était bien ce que Wendy avait raconté à son père…

— C'est possible, dit-elle, mais je n'ai pas besoin de vous. Il ne va rien m'arriver, rassurez-vous.

— Vous n'accordez donc aucun crédit aux propos de l'adjointe du procureur ? Pour s'en sortir, Luther Mills ne doit pas seulement se débarrasser du témoin oculaire.

— Je sais, mais il n'a pas besoin de se débarrasser de *moi*. Il suffit qu'il fasse disparaître les preuves.

Hart en convint.

— Ce n'est pas faux. Il pourrait sans doute corrompre n'importe lequel de vos collègues. Le payer ou le menacer pour qu'il les détruise.

Indignée par ses insinuations, elle se dressa sur ses ergots.

— Sûrement pas *n'importe lequel de mes collègues* ! protesta-t-elle, rouge comme un coq. Dans la police scientifique, il n'y a que des gens intègres.

Hart s'esclaffa devant tant de naïveté.

— Alors comment expliquez-vous qu'on n'ait jamais réussi à le faire coffrer ?

Mills avait forcément un complice dans la police scientifique. Et pas seulement là ! Il avait des complices partout, cet enfoiré !

On ne pouvait donc se fier à personne.

— Je ne sais pas ce qu'il s'est passé précédemment, mais je peux vous garantir que cette fois personne ne touchera aux pièces à conviction.

Il la scruta attentivement.

— Vous les avez cachées quelque part ?

— Les fois précédentes, elles ont disparu de la salle des scellés. Cela ne se reproduira pas. Elles sont en lieu sûr. Personne n'y touchera.

Peut-être était-elle finalement moins naïve qu'il ne le pensait.

— J'en conclus que quoi que vous en disiez, vous vous méfiez de vos collègues.

— Moins ils en savent et mieux cela vaut pour eux. Je ne voudrais pas les mettre en danger.

À ces mots, Hart eut comme une épiphanie. Tout devint soudain plus clair dans son esprit.

— J'ai compris pourquoi vous ne voulez pas de moi comme garde du corps. Vous avez peur de me mettre en danger.

Elle rougit de plus belle.

— N'allez pas vous imaginer que… c'est à cause de ce prétendu béguin, bredouilla-t-elle.

Elle baissa les yeux sur Felicity et la contempla longuement.

— C'est à cause d'elle, si vous voulez le savoir.

Hart sentit son cœur se serrer.

— Elle a besoin de vous, dit Wendy. Pas moi.

Il ne pouvait prétendre le contraire. Sa fille avait besoin de lui. Elle n'avait personne d'autre depuis le décès de sa grand-mère. La mère de Hart avait été la seule figure maternelle que la fillette avait eue après que sa propre mère se fut désintéressée d'elle. Monica n'avait pas caché que si elle était tombée enceinte, c'était uniquement dans l'espoir de garder Hart. Ayant été une enfant abandonnée, elle ne supportait pas qu'on la quitte. C'était toujours elle qui partait. Sauf que là, en partant, elle l'avait non seulement laissé lui, mais aussi l'enfant qu'ils avaient eu ensemble.

— Felicity ne va pas me perdre, assura-t-il. Je fais mon travail, rien d'autre. Et je le fais mieux que personne, croyez-moi. Il ne m'arrivera rien.

Il n'en était pas si sûr que cela. Ce qu'il craignait le plus, ce n'était pas tant d'être blessé que de ne pouvoir résister à l'attirance que Wendy Thompson exerçait sur lui depuis qu'il s'était couché sur elle pour la faire se tenir tranquille quand il l'avait surprise en plein sommeil. Il craignait aussi que Wendy ne s'attache trop à lui et à sa fille.

Dans la mesure où la technicienne du labo de la police scientifique n'était que de passage dans leur vie, Felicity ne devait pas nouer avec elle des liens trop étroits. Hart ferait seulement semblant d'être son fiancé ; il n'avait aucunement l'intention de s'engager pour de bon dans une relation amoureuse avec elle.

Le naufrage de son mariage lui avait servi de leçon. Monica lui en avait trop fait baver. Il n'était pas prêt à retenter l'expérience. Il y avait laissé des plumes et préférerait encore risquer sa vie plutôt que risquer d'avoir à nouveau le cœur brisé.

Il avait beau être en prison, Luther Mills n'en continuait pas moins de tirer toutes les ficelles. Quand il vous avait pris dans ses rets, vous ne pouviez plus lui échapper. Ni lui refuser quoi que ce soit. Si vous vouliez rester en vie.

Wendy Thompson était trop jeune et trop naïve pour l'avoir compris.

Mais cela viendrait. Bientôt.

L'homme se glissa sous le véhicule stationné dans l'allée de la villa des Thompson. De ses mains gantées, il chercha la conduite de frein, qu'il sectionna d'un bon coup de couteau de manière à provoquer une fuite.

D'ici à demain matin, tout le liquide de frein se serait répandu sur l'asphalte. Wendy finirait peut-être par piger que Luther Mills n'était pas du genre à plaisanter.

Les pièces à conviction devaient disparaître. Il l'avait bien prévenue. Faute de quoi, c'étaient tous ceux qui lui étaient chers et tout ce à quoi elle tenait qui disparaîtraient.

4

Le cœur battant, Wendy referma derrière elle la porte de la maison de ses parents puis s'adossa un instant au lourd battant de bois pour prendre un bol d'air frais. Elle avait l'impression d'avoir échappé à un grand danger. Toute la matinée, ses parents l'avaient bombardée de questions.

— Depuis combien de temps fréquentes-tu Hart ?

— Pourquoi ne pas nous l'avoir dit ?

— C'est du sérieux entre lui et toi ?

— Qu'avait-il donc de si important à te dire pour entrer par la fenêtre de ta chambre en pleine nuit ?

Ses parents étaient à cent lieues de se douter de ce qui se tramait dans leur dos. Une voiture de police surveillait leur villa, et la Payne Protection Agency avait missionné des gardes du corps pour assurer leur protection. Mais ceux-ci ne devaient pas se montrer.

Tout en se dirigeant vers sa voiture, garée dans l'allée, Wendy les chercha des yeux. Où diable se planquaient-ils ?

Les gardes du corps ne faisaient pas partie de l'équipe de Parker mais de celle de son frère. Du coup, elle avait demandé si elle ne pouvait pas avoir quelqu'un d'autre, à la place de Hart. Mais Parker avait refusé tout net. Et Lynch lui avait donné raison.

Cela n'avait rien d'étonnant qu'ils pensent tous que Hart devait la protéger. Le bruit ayant couru qu'elle avait le béguin pour lui, ils étaient convaincus que tout le monde croirait que

Hart était son petit ami. Elle était mortifiée de savoir son secret ainsi divulgué. D'autant plus que Hart ne lui avait jamais prêté la moindre attention. Et que cela aussi devait se savoir.

Le prendrait-on vraiment pour son petit ami ? Qui allait croire que Hart s'était entiché d'elle, alors qu'il l'avait ignorée pendant toutes les années où ils avaient travaillé ensemble ?

Même ses parents s'étaient montrés sceptiques. D'où le feu roulant de questions auquel ils l'avaient soumise.

N'ayant pas l'habitude de mentir, cet interrogatoire l'avait mise à mal. Elle avait réussi néanmoins à maintenir sa version. Elle était prête à leur faire avaler n'importe quel bobard, si cela pouvait leur éviter de s'inquiéter.

L'angoisse dans laquelle elle vivait devait à tout prix leur être épargnée.

Des policiers et des gardes du corps veillaient sur eux jour et nuit. Luther Mills ne pouvait pas leur faire de mal. Si les menaces persistaient, elle les mettrait au courant. Ils n'auraient alors d'autre choix que de quitter leur maison. Pour leur sécurité et pour celle de Wendy, aussi. Elle ferait plus attention à elle si elle n'avait pas à s'inquiéter pour eux.

Elle déclencha à distance le déverrouillage des portières de sa voiture et s'apprêtait à se glisser au volant lorsque la voix grave de Hart Fisher, juste derrière elle, la fit sursauter.

— Bonjour.

Elle se retourna vers lui. Il était si près qu'ils se retrouvèrent quasiment plaqués l'un contre l'autre.

Elle fut troublée mais n'en laissa rien paraître. Elle ne voulait pas qu'il sache à quel point elle le trouvait attirant. C'était déjà bien assez embarrassant qu'il ait appris qu'elle avait un faible pour lui.

— Qu'est-ce que vous faites là ? demanda-t-elle, sur la défensive, en regardant nerveusement autour d'elle.

Elle vit bouger les rideaux de la fenêtre du séjour. Ses parents devaient être en train de les épier.

— Mon travail, répondit Hart entre ses dents serrées en feignant de sourire.

Lorsqu'il l'avait ramenée, en pleine nuit, elle avait refusé de le faire entrer. À en juger par les cernes qu'il avait sous les yeux, il n'avait probablement pas dormi du tout. Sachant sa fille aux bons soins de la baby-sitter, qui était arrivée juste avant qu'ils quittent l'agence, il n'avait pas jugé utile de rentrer chez lui.

Sa fille aurait pourtant dû être sa priorité. Il en avait la garde puisque la mère de la fillette était apparemment partie sans laisser d'adresse.

— Ce n'est pas un métier pour vous, déclara Wendy.

— Je ne m'en plains pas. C'est l'objet de ma mission qui pose problème, répliqua-t-il sans se départir de son sourire factice.

Elle lui décocha un sourire – tout aussi bidon.

— En ce cas, qu'attendez-vous pour en changer ?

— Il faut que je fasse avec, malheureusement. Alors autant faire les choses bien.

Sans crier gare, il pencha la tête vers elle et lui effleura les lèvres d'un baiser.

Elle en eut le souffle coupé.

Il en profita pour l'embrasser à nouveau, mais moins furtivement, cette fois. Son baiser fut tout sauf du chiqué, à tel point que lorsque, enfin, il releva la tête, Wendy haletait.

— Qu'est-ce qu'il vous prend, bon sang ? demanda-t-elle.

Il donna un petit coup de menton en direction de la fenêtre du séjour.

— On nous regarde.

— Vous en faites un peu trop, vous ne pensez pas ?

Il jouait la comédie, elle le savait. Et tenait à être crédible dans le rôle qui lui avait été assigné.

Son baiser était convaincant, elle devait bien l'admettre. Elle aurait pu le croire sincère si elle n'avait pas su que pour Hart il s'agissait juste de faire semblant d'être son petit ami.

— Vous allez finir par me mettre en retard, déclara-t-elle. Il faut que j'aille travailler.

— Montez dans mon 4x4 alors. Je vous emmène.

Elle secoua la tête.

— Je préfère y aller avec ma propre voiture.

Mais sa voiture était chez le garagiste pour une visite d'entretien, aussi Wendy avait-elle emprunté celle de sa mère, qui depuis son opération du genou, n'avait pas encore pu reprendre le volant.

Hart la regardait d'un air soupçonneux.

— Si vous devez vous rendre sur une scène de crime, vous utilisez le fourgon de la police, je suppose ?

— Oui, mais vous ne pourrez pas venir avec moi.

Il haussa les épaules.

— Je ne pourrai pas monter dans le fourgon, mais je vous suivrai avec ma voiture, soyez-en sûre.

— On va penser que vous êtes non pas mon petit ami mais un obsédé qui me suit partout.

Il sourit et se pencha à nouveau vers elle au point que sa bouche effleura la sienne.

— Ou un homme très amoureux… qui soupçonne un tueur de menacer sa petite amie.

Le cœur de Wendy manqua un battement. Puis Hart tressaillit comme si cette idée le révulsait. Et elle se demanda s'il frémissait à l'idée d'être son petit ami, ou à l'idée qu'un tueur soit à ses trousses.

Tout en esquissant un sourire, elle lui lança un regard noir et le poussa pour pouvoir ouvrir la portière de la voiture, côté conducteur.

— Puisque vous avez décidé d'aller partout où j'irai, suivez-moi donc jusqu'au poste.

Sur ce, elle se glissa derrière le volant et démarra. Hart se mit à jurer, mais le bruit du moteur couvrait ses imprécations. Il s'écarta lorsqu'elle commença à reculer pour sortir de l'allée.

Elle passa en marche avant et pressa la pédale d'accélérateur. Vu qu'il semblait vouloir lui mettre des bâtons dans les roues, elle allait se débrouiller pour lui compliquer la tâche. Elle serait loin avant même qu'il soit monté dans son 4x4.

Mais rouler à tombeau ouvert dans une zone résidentielle n'étant pas très malin, elle appuya légèrement sur la pédale de frein. Sans résultat.

Elle écrasa la pédale de frein. Mais rien ne se passa.

La voiture ne ralentissait pas. Les freins avaient lâché, constata Wendy avec effroi. Et, comme son père entretenait très scrupuleusement les véhicules que le ménage possédait, il était évident qu'il s'agissait d'un acte de malveillance. Quelqu'un avait sectionné la conduite de frein.

Wendy fonçait comme un bolide et n'arrivait pas à s'arrêter.

Hart secoua la tête, furieux contre lui-même. Il s'était fait avoir comme un bleu. Wendy l'avait laissé sur place. Mais, avec ses parents qui avaient le nez collé aux carreaux, il aurait difficilement pu l'empêcher de partir. Son père était armé ; il ne fallait pas l'oublier. Il se retint de courir vers sa voiture et se força à garder le sourire jusqu'à ce qu'il ait tourné le dos. Baissant les yeux, il vit une grande flaque sur l'asphalte de l'allée, pile à l'endroit où se trouvait la voiture de Wendy un instant plus tôt.

Sans avoir besoin de tremper son doigt dedans, il devina qu'il s'agissait du liquide de frein.

Et, comme pour confirmer ses soupçons, il entendit un crissement de pneus sur la chaussée, suivi d'un grand coup de klaxon.

Il sauta dans son 4x4, le cœur battant comme un tambour. Sa main tremblait lorsqu'il tourna la clé de contact. Il démarra et sortit de l'allée sur les chapeaux de roues.

Mais Wendy avait une bonne longueur d'avance sur lui. Et elle ne pouvait pas ralentir.

Heureusement, à cette heure matinale, il n'y avait pas

encore beaucoup de circulation, et le 4x4 avait un moteur plus puissant que sa petite berline. Hart put appuyer sur le champignon. La rattraper lui prit moins d'une minute.

Bien que lancée à pleine vitesse, elle réussit à négocier un virage. La rue dans laquelle elle avait tourné était moins résidentielle mais elle était en pente, si bien que la voiture prit encore de la vitesse.

Il fallait à tout prix que Hart trouve un moyen de l'arrêter.

Accélérant, il franchit la ligne centrale de manière à rouler juste à côté d'elle. Elle jeta un coup d'œil dans sa direction. La peur se lisait dans ses yeux écarquillés, et son visage était si pâle que ses taches de rousseur ressortaient plus que d'habitude.

Ses mains étaient crispées sur le volant.

Il lui montra le levier de vitesse. Si elle pouvait passer au point mort…

Il ouvrit la vitre, côté passager.

Elle ouvrit la sienne et lui cria :

— Je n'ai pas de freins !

— Passez au point mort, ordonna Hart.

Un coup de klaxon furieux couvrit sa voix. Juste devant eux, un semi-remorque venait de sortir d'une allée en marche arrière et bloquait la chaussée. Si elle le heurtait de plein fouet, elle n'avait aucune chance d'en réchapper.

Sans l'ombre d'une hésitation, il donna un coup de volant à droite et percuta l'aile de la berline. Il y eut un bruit strident de tôle froissée. Et peut-être aussi un hurlement, car Wendy avait la bouche ouverte et semblait complètement paniquée.

Mais il n'avait pas le choix. Il devait l'envoyer dans le décor pour l'empêcher de s'encastrer dans le camion. C'était le seul moyen de lui sauver la vie.

Les pneus de la berline heurtèrent le bord du trottoir puis le véhicule grimpa dessus, au grand soulagement de Hart qui la crut tirée d'affaire… jusqu'à ce qu'il s'aperçoive qu'elle fonçait droit dans un arbre.

Un énorme chêne avec un tronc plus large que sa petite berline. Il grimpa à son tour sur le trottoir pour essayer de s'interposer entre elle et le chêne. Mais il ne fut pas assez rapide.

Wendy rentra dans l'arbre. La berline s'enroula autour du tronc. Il y eut un nouveau coup de klaxon – mais c'était le sien, cette fois. Il se déclencha lorsqu'elle s'affala sur l'airbag qui s'était déployé sous l'effet du choc.

— Quoi ? Qu'est-ce que tu as dit ? Je n'entends rien ! s'exclama Parker en éloignant le téléphone de son oreille et en le fixant comme s'il le voyait pour la première fois.

Il avait dû mal comprendre. Ou sa sœur s'était mal exprimée. Nikki était l'un des gardes du corps qui surveillaient la villa des Thompson. Elle faisait partie de l'équipe de Cooper, son frère, mais en cas de besoin elle venait donner un coup de main à Parker.

— Que s'est-il passé, exactement ? Tu peux répéter ? demanda-t-il.

— Je n'ai rien compris, répondit Nikki. Au début, ils s'embrassaient…

Parker poussa un grognement de désapprobation. Hart était censé se faire passer pour le petit ami de Wendy, soit, mais il n'était pas obligé de nouer réellement une relation avec elle. Traumatisé par son divorce, Hart était, de tous ses gardes du corps, le dernier que Parker aurait craint dc voir céder à la tentation de mélanger le plaisir et le travail.

Il savait, bien sûr, qu'à l'époque où Hart était dans la police, Wendy Thompson avait le béguin pour lui. Cela tombait bien pour leur couverture, mais Parker ne s'attendait pas à ce qu'ils se prennent au jeu.

— Comme les parents de Wendy les épiaient derrière leur fenêtre, il est possible qu'ils aient voulu donner le change, subodora Nikki.

Parker sentit les battements de son cœur s'accélérer.

— Du coup, ils ont vu ce qu'il s'était passé ?

Il espérait encore avoir mal compris.

Mais Nikki confirma les propos qu'elle lui avait tenus un instant plus tôt.

— Hart la pourchassant dans la rue, tu veux dire ?

Parker grogna à nouveau. C'était bien ce qu'il avait compris.

— Non, ils n'ont pas pu le voir, continua Nikki. Cela s'est passé à trois ou quatre kilomètres de la maison. Lars, qui est resté sur place, m'a dit qu'ils n'étaient pas sortis de chez eux. Il est probable qu'ils n'ont pas entendu le bruit de l'accident.

— Il y a quelque chose qui m'échappe, Nikki. Comment en sont-ils arrivés, après s'être embrassés, à partir chacun de son côté ?

— En fait, elle a sauté dans sa voiture et elle a filé.

Pour aller où ? Se plaindre de Hart à lui ou au commissaire ? Tout cela était très embêtant.

— À la manière dont elle conduisait, il était facile de deviner que ses freins avaient lâché, expliqua Nikki. Hart a essayé de lui venir en aide. Il a voulu lui faire quitter la route pour lui éviter de percuter le poids lourd. Mais…

— Mais quoi ? demanda Parker, sur des charbons ardents.

— Elle est rentrée dans un arbre.

Parker s'éjecta de son siège de bureau en jurant.

— Bon sang ! Comment va-t-elle ?

— Je n'en sais rien. Hart, que j'ai contacté par radio, a dit qu'il gérait.

Elle ne lui faisait pas trop confiance, apparemment, mais contrairement à Parker, Nikki ne connaissait pas très bien Hart Fisher.

— S'il a dit qu'il gérait, il gère, assura Parker, qui savait pouvoir compter sur Hart.

Hart Fisher n'était pas seulement son ami. Il avait été un

flic hors pair, qui avait réussi à passer inspecteur avant de quitter la police.

Depuis que Parker l'avait engagé, il s'était révélé être aussi un excellent garde du corps.

Jusqu'à maintenant.

Mais aujourd'hui, au lieu de protéger sa cliente, il avait peut-être causé sa mort.

5

La carrosserie était si déformée que Wendy osait à peine bouger, tant elle craignait de se couper avec un bout de métal. Un liquide visqueux, qu'elle supposait être un mélange d'huile de transmission et d'antigel, dégoulinait sur son visage et ses vêtements avant d'être absorbé par le sol terreux. Elle n'eut pas trop de mal à repérer la conduite de frein, et constata qu'elle avait été sectionnée.

Elle aspira une goulée d'air, consciente de l'avoir échappé belle. Grâce à l'airbag, elle s'en tirait à bon compte. Surtout vu l'état dans lequel se trouvait la voiture, qui était bonne pour la casse.

Wendy tenait cependant à la faire transporter au garage de la police, qui était équipé d'un pont élévateur. Elle voulait prendre des photos pour prouver qu'il y avait bien eu sabotage.

Comme elle examinait de plus près la conduite de frein en se demandant quelle sorte de lame avait été utilisée pour la couper aussi nettement, elle sentit qu'on l'agrippait par les chevilles et la tirait de dessous l'épave.

— Qu'est-ce que vous faites, bon sang ? protesta-t-elle en levant les yeux vers Hart.

Il avait l'air furibond.

— C'est plutôt à moi de vous poser la question, vous ne pensez pas ?

— Hé, doucement ! Pas la peine de vous énerver. Je viens

d'avoir la preuve que la conduite de frein a été délibérément sectionnée.

— Vous avez failli y laisser la vie, dit Hart d'une voix qui vibrait de colère.

— À qui la faute ? riposta Wendy en le fusillant du regard.

— Quoi ? Vous m'accusez d'être responsable ?

— Vous m'avez fait quitter la route !

Comme elle lui montrait le chêne, elle constata avec surprise que sa main tremblait.

Elle était encore sous le choc, apparemment.

Niant l'évidence, Hart secoua la tête.

— Je n'ai pourtant pas rêvé, dit Wendy. C'était bien vous au volant du 4x4.

— Je voulais vous éviter de rentrer dans le poids lourd.

Elle le savait ; elle savait qu'il lui avait sans doute sauvé la vie et qu'elle devrait l'en remercier. Mais elle savait aussi que l'agressivité était un moyen pour elle de ne pas craquer. Et, comme elle ignorait pour l'instant l'identité du salopard qui avait saboté ses freins, elle passait sa colère sur Hart.

— Sauf que cet arbre est presque aussi gros que le camion ! lui fit-elle remarquer d'un ton acerbe.

Il soupira.

— Je ne l'avais pas vu, admit-il sans détour.

Elle non plus. Mais elle ne l'avait pas percuté de plein fouet, comme cela aurait été le cas avec le semi-remorque. C'était l'avant droit de la voiture qui avait pris le plus gros de l'impact. Il était totalement plié. Du côté conducteur, les dégâts étaient moindres.

Protégée par l'airbag, Wendy avait eu plus de peur que de mal. Sans Hart, sans sa présence d'esprit, elle ne serait probablement plus là…

— Je vous ai crié de passer au point mort, dit-il. Je suppose que vous n'avez pas entendu.

— Si, j'ai entendu. Et je l'ai fait. Mais la vitesse était trop importante.

Cela ne pouvait que mal finir. Si elle était rentrée dans le poids lourd, le choc lui aurait sans doute été fatal. Hart lui avait sauvé la vie, et elle, elle l'accablait de reproches ! Prise de remords, elle voulut lui présenter des excuses, mais il l'interrompit.

— Je suis désolé, dit-il, lui coupant l'herbe sous le pied. Ça va aller ?

Cette question, il l'a lui avait déjà posée tout à l'heure, quand il s'était précipité vers sa voiture, juste après l'accident. Mais, au lieu de lui répondre, elle s'était extraite de son siège et faufilée sous l'épave.

En proie à un maelström d'émotions, incapable de parler, elle se contenta d'acquiescer d'un bref hochement de tête. Depuis qu'elle était dans la police scientifique, elle avait enquêté sur de très nombreuses scènes de crime. Mais elle n'aurait jamais imaginé qu'un jour elle examinerait une scène de crime dont elle serait la victime.

Luther Mills ne se contentait plus de la menacer. Il essayait à présent de la tuer.

Allait-il s'en prendre aussi à ses parents ?

— Oh ! mon Dieu ! murmura-t-elle en se mettant à trembler comme une feuille.

Quand il vit qu'elle allait s'évanouir, il eut juste le temps de l'agripper par les épaules. Elle était devenue pâle comme un linge, et ses yeux verts s'étaient agrandis d'effroi. Sans doute était-elle en état de choc. Si c'était le cas, peut-être ne s'était-elle pas rendu compte de la gravité de ses blessures. Il n'était pas impossible qu'elle souffre d'une hémorragie interne ou d'une commotion cérébrale…

— Je vous conduis à l'hôpital, déclara-t-il.

Il regrettait de ne pas l'avoir déjà fait. Mais la priorité de Wendy avait été d'aller chercher sous l'épave la preuve du sabotage.

— On va vous examiner, vous faire passer des radios, un scanner, et…

Elle ne le laissa pas finir. Reculant d'un pas, elle lui fit lâcher prise.

— Il faut que j'appelle une dépanneuse pour remorquer la voiture jusqu'au garage de la police.

— Vous ne pouvez pas rechercher des indices sur votre propre véhicule, objecta Hart.

— Ce n'est pas ma voiture, répliqua Wendy. C'est celle de ma mère.

Sa voix se brisa sur ces derniers mots.

Hart déglutit. Il comprenait son émotion. Il ne se passait pas un jour sans qu'il ne pense à sa propre mère, disparue deux ans plus tôt.

— La dépanneuse va venir très vite, assura-t-il, en sortant son téléphone. Nous allons découvrir qui a sectionné la conduite de frein.

— Je m'en charge, dit une voix grave.

Ils n'avaient pas vu arriver Spencer Dubridge, masqué par le 4x4 de Hart.

— Je n'ai pas appelé la police, fit remarquer Hart d'un ton peu amène. Qu'est-ce que tu fais là ?

Spencer marqua un temps d'arrêt, décontenancé par l'accueil glacial de Hart. Ils ne s'étaient jamais très bien entendu, mais leurs rapports étaient plutôt cordiaux, à l'époque où ils travaillaient ensemble à la Crim. Spencer ne traitait pas ses collègues hommes avec mépris, comme il le faisait présentement avec Keeli Abbott, son garde du corps, qui s'avançait également vers eux.

— C'est le chauffeur du poids lourd qui a prévenu la police, déclara Keeli. L'appel a été diffusé par radio, et nous étions les plus proches du lieu de l'accident.

— Tu ne fais plus partie de la police, souligna Spencer. Et toi non plus, d'ailleurs, ajouta-t-il en se tournant vers Hart. C'est donc à moi de me charger de l'affaire.

Keeli eut un reniflement de dégoût.

— Il n'a pas changé, comme tu peux le constater, dit-elle à Hart. Toujours à fourrer son nez partout et à essayer de tirer la couverture à lui.

Spencer secoua la tête.

— Tu n'as plus de raison d'être jalouse de mes bons résultats puisque tu as jeté l'éponge, répliqua-t-il. Vous êtes des lâcheurs, tous les deux.

Keeli eut un mouvement de recul, comme s'il l'avait giflée.

Hart ne pouvait contredire Spencer. Il avait quitté la police. Mais il avait une bonne raison : Felicity.

Si Keeli avait démissionné, c'était peut-être parce qu'elle ne supportait plus la misogynie qui régnait dans la police de River City.

— Vous avez tous renoncé à attraper Mills, continua Spencer. Pas moi. C'est grâce à moi qu'il a été arrêté.

— C'est grâce à Clint Quarters, corrigea Keeli. Clint, dont l'indicateur a été abattu par Mills.

À la suite de ce meurtre, Clint avait lui aussi démissionné. Et maintenant il protégeait la sœur de son ancien indicateur, Rosie Mendez, le témoin oculaire. Hart ne lui enviait pas cette mission, extrêmement difficile et dangereuse.

Même si la sienne, au final, se révélait plus ardue que prévu. Sa principale crainte avait été que Wendy s'entiche de lui. Mais l'inverse aussi risquait de se produire. Jamais il n'aurait imaginé qu'elle le troublerait à ce point.

Et qu'un simple baiser, comme celui de ce matin, le mettrait dans tous ses états.

Wendy sortit soudain de sa réserve, comme si elle venait de reprendre pied dans la réalité.

— Nous devons faire en sorte que Mills soit condamné pour le meurtre de ce jeune, dit-elle d'une voix pleine d'autorité.

Elle frissonna en repensant à ce meurtre ignoble. En tant qu'experte de la police scientifique, elle avait analysé la scène de crime et vu le corps criblé de balles de Javier Mendez.

Hart avait envie de la prendre dans ses bras. Mais, s'il pouvait la protéger et veiller à ce qu'aujourd'hui il ne lui arrive rien, contre le passé, il était impuissant. Étant lui-même hanté par un certain nombre d'expériences traumatisantes, il savait ce qu'il en était.

— Nous devons aussi empêcher Mills de te tuer, déclara Spencer en posant sur Wendy un regard plein de douceur et d'affection.

Au poste, elle avait toujours été très appréciée. Sérieuse et investie dans son travail, elle était capable de trouver des empreintes et de l'ADN qui seraient passés inaperçus aux yeux de n'importe quel autre technicien du labo.

Mais, intrigué par l'attention que semblait lui porter Dubridge, Hart se demanda s'il y avait eu quelque chose entre l'inspecteur et elle…

Ce n'est pas parce qu'à une époque elle avait eu le béguin pour Hart, qu'un autre collègue n'avait pas pu s'enticher d'elle.

— Nous ne sommes pas encore sûrs que Luther Mills soit à l'origine de cet accident, dit-elle. Il faut analyser les indices et chercher des preuves.

— Personne ne fait cela mieux que toi, affirma Spencer.

Ce compliment fit ouvrir de grands yeux à Keeli, qui s'était toujours plainte du machisme de Dubridge.

— Mais là, tu ne peux pas t'en occuper, continua l'inspecteur en s'approchant de Wendy et en lui caressant la joue. Et tu devrais aller faire un check-up à l'hôpital.

Hart dut se faire violence pour ne pas lui sauter dessus. De quel droit cet abruti touchait-il la jeune femme ?

À moins qu'il n'y ait réellement quelque chose entre eux, songea Hart, que cette pensée titillait et contrariait, sans qu'il pût s'expliquer pourquoi.

— Ton garde du corps ne me semble pas être à la hauteur, ajouta Dubridge. Mais j'oubliais…, Hart est ton *petit ami*, maintenant.

Lors de la réunion à l'agence, c'était lui qui avait rappelé que Wendy avait eu le béguin pour Hart. Était-il jaloux ?

Hart combla la distance qui le séparait de Wendy et passa un bras autour de ses épaules. Mais elle s'esquiva, comme si son contact la répugnait. Lorsqu'il l'avait embrassée, tout à l'heure, elle ne l'avait pas repoussé. Enfin, pas tout de suite…

S'il s'était montré moins entreprenant, elle n'aurait peut-être pas filé en sautant dans une voiture qui n'avait plus de freins…

Dubridge avait raison. Il avait été en dessous de tout sur ce coup-là.

— Hart n'est pas mon petit ami, protesta Wendy. Pas plus que Keeli n'est ta petite amie.

Quel besoin avait-elle d'insister là-dessus ? Quelle était la nature de ses relations avec Spencer Dubridge ? se demanda encore une fois Hart.

L'inspecteur gloussa, outré que Wendy puisse le soupçonner d'avoir une liaison avec Keeli, dont le visage avait viré à l'écarlate.

Hart n'aurait pas voulu être à la place de sa collègue.

— Nous sommes vos gardes du corps, dit Keeli, exaspérée. Laissez-nous faire notre travail, bon sang !

Dubridge haussa les épaules.

— Si tu veux me suivre partout comme un toutou, libre à toi !

Sur ce, il se baissa pour jeter un coup d'œil sous l'épave.

— Je ne suis pas une lâcheuse, murmura Keeli, comme un mantra qu'elle se serait martelé.

S'il était arrivé à Hart de jeter l'éponge – quand il avait démissionné de la police et quand il avait divorcé –, il n'avait aucunement l'intention d'abandonner son poste. Il ferait tout ce qu'il pourrait pour protéger Wendy et sa famille. Parce qu'il était son garde du corps, à défaut d'être son petit ami, et qu'il n'avait pas l'habitude de laisser une mission en plan, quelle qu'en soit la difficulté.

Une semaine s'était écoulée depuis la réunion que Woodrow Lynch avait organisée à l'agence. Il s'adossa dans son fauteuil et ferma les paupières en soupirant. Une semaine qui avait été mouvementée. Le témoin oculaire avait échappé à plusieurs tentatives d'assassinat.

Mais Rosie Mendez était maintenant à l'abri.

Le risque, en la mettant en lieu sûr, c'était que Luther Mills s'en prenne aux autres personnes impliquées dans son procès.

Un coup frappé à la porte obligea le commissaire à rouvrir les yeux. Nul besoin d'avoir un sixième sens, comme son épouse, pour savoir qui était désormais dans le collimateur du tueur.

Il fit signe à Wendy Thompson d'entrer.

— Je vous remercie d'avoir accepté de me recevoir, dit-elle après avoir refermé la porte derrière elle.

Il esquissa un petit sourire. Il avait retardé le plus possible cet entretien. Il se doutait de ce qu'elle allait lui demander – comme le témoin, comme toutes les personnes pour lesquelles il avait loué les services de la Payne Protection Agency, elle voulait se débarrasser de son garde du corps. Mais, en tant qu'experte de la police scientifique, elle avait plus que personne, et plus que jamais, besoin d'être protégée.

— Pourquoi souhaitiez-vous me voir ? demanda-t-il, néanmoins.

— Je ne supporte plus d'avoir un garde du corps accroché à mes basques, dit-elle franco en jetant un coup d'œil par-dessus son épaule pour s'assurer que Hart Fisher ne l'avait pas suivie jusque dans le bureau du commissaire.

Il l'attendait devant, séparé d'elle par la grande vitre qui donnait sur la salle des inspecteurs. Elle poussa un soupir exaspéré.

Woodrow eut du mal à réprimer son sourire.

— Sa présence est totalement inutile, affirma-t-elle. Je ne risque rien.

— La conduite de frein de votre voiture a été sectionnée, lui rappela le commissaire.

— De la voiture de ma mère, corrigea-t-elle. Luther Mills menace mes parents pour m'obliger à faire disparaître les preuves qui l'accablent. Si je meurs, les preuves seront présentées à son procès. Comme il compte sur moi pour que cela n'arrive pas, il est évident qu'il ne va pas me tuer.

Pour quelqu'un qui avait autant d'expérience qu'elle, qui avait analysé des scènes de crime vraiment effroyables, elle était d'une naïveté déconcertante. Le fait que le métier ne l'ait pas rendue cynique était sans doute une bonne chose, mais il était regrettable qu'elle soit aussi confiante – surtout dans une situation aussi dangereuse que la sienne.

— Je ne parierais pas là-dessus, dit-il.

— Mais à quoi cela l'avancerait-il de me tuer ? Les pièces à conviction ne disparaîtraient pas pour autant.

— Certes, mais elles seraient confiées à un autre expert… qui se chargerait de les faire disparaître.

Elle se raidit.

— Êtes-vous en train d'insinuer qu'un de mes collègues travaillerait pour Luther Mills ?

Cela expliquerait pourquoi les charges contre Mills avaient jusque-là toujours été abandonnées.

— Je n'insinue rien, dit le commissaire. Mais je n'exclus pas cette possibilité.

Wendy secoua la tête.

— Au labo, je ne vois vraiment pas qui aurait pu se laisser corrompre. Et c'est la même chose dans les services de police. Si fuite il y a, elle provient du bureau du procureur général.

— J'admire votre loyauté à l'égard de vos collègues. Mais vous n'êtes pas au courant des derniers développements de l'affaire, apparemment.

Elle le regarda avec surprise.

— Quels développements ? Que s'est-il passé ?

Elle jeta un coup d'œil vers la vitre, comme pour s'assurer que Hart allait bien.

Si elle tenait tant à se débarrasser de son garde du corps, peut-être était-ce pour éviter de trop s'attacher à lui…

— Il y a eu une nouvelle tentative de meurtre sur le témoin oculaire, expliqua-t-il.

— Rosie ? Elle va bien ?

Woodrow s'empressa de la rassurer.

— Oui. Grâce à son garde du corps, elle a eu la vie sauve. Il a tué l'homme qui lui a tiré dessus.

— La police aurait fait la même chose, rétorqua-t-elle.

Il secoua la tête, en proie à une grande lassitude.

— C'est un policier qui a essayé de la tuer.

Elle exhala un soupir tremblant.

— La brebis galeuse a donc été démasquée. On n'a plus à craindre de fuite.

Il secoua de nouveau la tête.

— Il n'a pas pu agir seul.

— Qu'est-ce qui vous le fait penser ?

— La quantité et la nature des renseignements que Mills a réussi à obtenir.

Ce n'était pas un simple flic ripou qui avait pu les lui fournir. Ces renseignements provenaient d'un vieux briscard, d'un type qui était dans la police depuis bien plus longtemps que Woodrow.

Woodrow avait pris récemment la tête des services de police, qui avaient soi-disant été débarrassés de ses brebis galeuses. Il en restait de toute évidence quelques-unes.

— Mais ce n'est pas tout, continua-t-il. Je ne m'explique pas comment les policiers qui surveillaient la villa de vos parents ont pu ne rien voir ?

Elle fit la moue et répondit :

— Hart a de la bouteille. Il connaît toutes les ficelles du métier. Déjouer la surveillance des plantons a été pour lui un jeu d'enfant.

— Je ne parle pas de Hart, mais du salopard qui a sectionné cette conduite de frein. Comment a-t-il pu échapper à la vigilance des policiers de garde ?

Elle frissonna en prenant conscience de la gravité de la situation. Woodrow ne cherchait pas à l'effrayer. Il voulait juste lui ouvrir les yeux. Pour qu'elle reste en vie.

— Il faut que vous compreniez, mademoiselle Thompson, que vous ne pouvez vous fier à personne.

— En ce cas, je ne peux pas me fier non plus à Hart Fischer.

Elle voulait se débarrasser de Hart et elle n'en démordrait pas, songea Woodrow en réprimant un soupir.

— J'ai toute confiance en Parker Payne, dit-il. Il recrute soigneusement les membres de son équipe. Rosie Mendez ne voulait pas de garde du corps. Mais, depuis que Clint Quarters lui a sauvé la vie, elle compte sur lui pour la protéger jusqu'au procès. Vous devez faire de même avec Hart Fisher. Surtout maintenant.

— *Surtout maintenant* ? Pourquoi ?

— Parce que le témoin oculaire étant désormais hors de sa portée, c'est *vous* que Luther Mills va traquer sans relâche.

Le redoutable baron de la drogue ayant déjà démontré qu'il ne manquait ni de moyens matériels ni de moyens humains, Woodrow craignait que Hart Fisher, aussi compétent soit-il, ne réussisse pas à empêcher Mills de tuer Wendy Thompson.

6

Hart ne la voyait que de dos, sauf les deux ou trois fois où elle s'était tournée vers lui, mais à la raideur de sa nuque et de ses épaules il devinait qu'elle était contrariée. Et il pensait savoir pourquoi - le commissaire refusait de la dispenser de la protection d'un garde du corps.

Hart ne pouvait que lui donner raison. Il venait d'apprendre que grâce à Clint Quarters, le témoin oculaire avait de nouveau échappé à une tentative d'assassinat. L'étau se resserrait autour des personnages clés du procès. Ce n'était pas le moment de congédier les gardes du corps.

Mais Wendy passait son temps à essayer de lui fausser compagnie. Quand il était au téléphone avec Parker, elle en profitait pour s'éclipser. Et, lorsqu'elle se rendait sur une scène de crime, elle fonçait comme un bolide au volant du fourgon de police.

Elle n'avait jamais réussi à le semer, cependant. Il prenait sa mission très au sérieux et avait à cœur de protéger au mieux la jeune femme.

Depuis cet accident de voiture spectaculaire dont elle était sortie miraculeusement indemne, personne n'avait cherché à la tuer ou à lui faire du mal.

Elle était persuadée qu'elle ne risquait rien, et que le sabotage des freins de la voiture de sa mère était un simple avertissement. Pour l'inciter à faire disparaître les pièces à conviction.

Admettons. Il n'empêche que Luther Mills n'était pas du genre à lancer des menaces en l'air. S'il avait les Thompson dans le collimateur, pourquoi n'avait-il pas retenté quelque chose ?

C'était comme s'il avait renoncé à s'en prendre à eux pour se concentrer sur la pauvre Rosie, dont il voulait à tout prix se débarrasser. Il n'avait pas prévu qu'elle réussirait une fois de plus à échapper à la mort.

Normal, puisque la Payne Protection Agency et Clint Quarters étaient là pour veiller sur elle.

— Tu ne penses pas que tu en fais un peu trop ? demanda Dubridge depuis son bureau.

— À quel point de vue ? s'enquit Hart.

Spencer baissa la voix pour éviter que ses collègues entendent.

— Quand tu te fais passer pour son petit ami.

Hart désigna Keeli, vautrée dans un fauteuil, juste à côté du bureau de Spencer.

— Puisque tu as toi aussi une petite amie, dit-il, nous devrions sortir à quatre, de temps en temps.

Cette suggestion fit bondir Keeli et Spencer, qui lui jetèrent des regards noirs.

— Je plaisantais, dit Hart avec un sourire goguenard.

— Dans le rôle du petit ami, tu es très convaincant, déclara Keeli.

Certes, il n'était pas à couteaux tirés avec Wendy, comme Keeli avec Spencer, mais ce n'était pas pour autant qu'il avait des sentiments pour elle. Il avait juste à cœur de la protéger.

Il haussa les épaules.

— Tu parles ! Mills doit bien savoir, maintenant, que le commissaire a fait appel à la Payne Protection.

Il balaya du regard la salle des inspecteurs. Au poste aussi, tout le monde devait être au courant.

Hart se moquait pas mal d'être grillé, tant qu'il n'arrivait rien à Wendy.

Or il savait, depuis que Parker l'avait informé que Rosie

avait encore failli se faire tuer, que Wendy était plus que jamais en danger. N'ayant pas réussi à se débarrasser du témoin oculaire, Luther Mills allait chercher à faire disparaître les pièces à conviction.

Or, ces pièces à conviction, Wendy les détenait et lui en interdisait l'accès.

Mills ne se contenterait donc plus de la menacer. Il allait vraisemblablement sortir le grand jeu et tout mettre en œuvre pour la supprimer.

Hart avait peur pour elle. Il fallait qu'elle arrête de refuser ses services. Elle avait besoin de lui.

C'était une évidence. Mais *lui*, pourquoi diable avait-il l'impression d'avoir besoin d'elle ?

Sans doute parce qu'il avait longtemps essayé de faire condamner Luther Mills et que cela allait enfin être possible – mais seulement si les pièces à conviction étaient produites au procès. Le témoin oculaire n'avait pas autant de poids que l'ADN, les empreintes digitales et les rapports des experts en balistique. Si l'avocat de Mills pouvait discréditer le témoin, contre Wendy, il ne pouvait rien. En matière de preuve, elle était irréprochable.

Quand il s'agissait de se protéger elle, en revanche, elle n'était pas assez méfiante. Elle pensait pouvoir se fier à ses collègues policiers. Mais elle avait tort. Si le commissaire lui avait dit *qui* avait tenté de tuer le témoin, elle devait bien savoir, maintenant, qu'elle ne pouvait faire confiance à personne, mis à part lui.

Lorsqu'elle sortit du bureau de Lynch, cependant, elle ignora royalement Hart. Elle savait qu'il était là, pourtant. Il l'avait surprise plusieurs fois à regarder furtivement dans sa direction, comme pour s'assurer qu'il n'avait pas bougé.

Pourquoi faisait-elle semblant de ne pas le voir ? Vexé, il lança à la cantonade :

— Je vous présente ma petite amie !

Les inspecteurs levèrent la tête et regardèrent Hart fondre sur elle. Il l'attira contre lui et déposa un baiser sur ses lèvres.

Depuis la fois où elle avait pris la fuite, au volant d'une voiture qui n'avait plus de freins, il n'avait plus osé l'embrasser. Il avait fait en sorte de ne pas croiser ses parents. Et, au poste, il s'était fait aussi discret que possible. Mais on avait bien dû le remarquer puisque depuis une semaine, personne n'avait cherché des noises à Wendy.

Entre-temps, Clint avait mis le témoin oculaire en lieu sûr. Là où personne ne pourrait la trouver. Luther Mills risquait donc de reporter toute son attention sur Wendy.

Hart aussi.

Elle était toute raide dans ses bras, mais elle ne le repoussa pas. Il s'empara de sa bouche avec voracité et l'embrassa fougueusement. Au contact de ses lèvres douces et charnues, il sentit quelque chose frémir en lui. Comme si la jeune femme suscitait en lui du désir.

Il s'était longtemps cru au-dessus de ces contingences – après l'expérience traumatisante de son mariage raté. Il savait à présent qu'il n'avait jamais vraiment aimé la mère de Felicity. Monica l'attirait et, à l'époque, c'était suffisant pour qu'il l'épouse. Mais il la connaissait si peu. Lorsqu'il avait découvert qu'elle était égocentrique et volage, il était trop tard ; elle était enceinte. Il avait bien essayé de sauver leur couple, mais Monica n'avait jamais fait aucun effort en ce sens.

Après cet échec douloureux, il s'était bien juré qu'on ne l'y reprendrait plus. Il refrénerait ses pulsions. Mais voilà que le désir se faisait de nouveau sentir, que son cœur s'emballait, que son sang bouillonnait, que son corps tout entier s'échauffait. Et c'était si bon… Il aurait continué d'embrasser Wendy, n'eussent été les huées de ses collègues qui lui rappelèrent qu'ils n'étaient pas seuls.

À regret, il releva la tête, se détachant de la jeune femme. Puis il adressa un grand sourire à l'assistance.

— Je comprends mieux maintenant pourquoi tu traînes au commissariat ! s'exclama un inspecteur. Je me demandais si tu étais là comme garde du corps, ou si tu cherchais à revenir dans la police.

Hart secoua la tête.

— Tout se passe bien à la Payne Protection Agency ? poursuivit l'inspecteur.

Hart haussa les épaules.

— Je n'ai pas à me plaindre. Surtout depuis que Wendy est entrée dans ma vie.

Passant un bras autour des épaules de la jeune femme, il l'attira à lui. Elle était raide et tendue. Se penchant vers elle, il lui glissa à l'oreille :

— Souriez, bon sang !

Elle obtempéra avec plus ou moins de succès mais, lorsqu'elle le regarda, il n'y avait ni tendresse ni amusement dans ses yeux verts. Juste de la colère.

— Vous n'auriez pas dû, murmura-t-elle entre ses dents.

Il n'aurait peut-être pas dû, en effet. Parce que ce baiser l'avait mis dans tous ses états. Et, puisqu'il était persuadé que tout le monde savait qu'il était en réalité son garde du corps, quel besoin avait-il de l'embrasser ? De continuer de faire croire qu'il était son petit ami ?

Il jeta un coup d'œil furtif à Dubridge. Mais au lieu d'avoir l'air jaloux, comme Hart l'avait secrètement espéré, Spencer affichait un grand sourire ravi.

Avait-il poussé Hart à se donner en spectacle ? Dans quel but ? Juste pour rigoler ? Il n'était pas du genre à jouer les entremetteurs. Ce gros lourdaud de Spencer Dubridge n'avait sûrement pas la fibre romantique.

Keeli le scrutait du coin de l'œil, intriguée elle aussi par son comportement. Mais elle détourna vite le regard en secouant la tête, comme si elle renonçait à comprendre Dubridge.

— Félicitations, Wendy, cria du fond de la salle une enquêtrice. Tu as fini par le trouver, ton prince charmant !

Wendy devint rouge comme un coquelicot, mais ne se départit pas de son sourire tandis que, épaule contre épaule, comme deux amoureux, ils sortaient de la salle. Dès qu'ils eurent passé la porte, elle s'écarta et pivota vers lui.

Hart comprit alors qu'il avait peut-être moins à craindre de Luther Mills que de Wendy. Elle était si furieuse qu'il crut qu'elle allait le tuer.

Jamais elle n'aurait pensé endurer une telle épreuve. Il avait fallu que Hart l'embrasse au milieu de la salle des inspecteurs. Et, bien sûr, il l'avait fait à un moment où ils étaient presque tous assis derrière leurs bureaux.

— Ne me touchez pas ! dit-elle d'une voix sifflante en faisant un bond de côté.

Il recula d'un pas et leva les mains devant lui, pour montrer qu'il obtempérait. Mais il ne la lâcha pas d'une semelle lorsqu'elle repassa au labo pour récupérer son sac et ses clés de voiture.

— Vous n'en avez pas besoin, déclara-t-il en lui montrant les clés.

— Il est hors de question que je laisse ma voiture ici.

— Il va pourtant bien falloir. Nous devons éviter de prendre le moindre risque.

— Quel risque ? lança-t-elle. Il ne s'est rien passé de toute la semaine.

— Parlez pour vous, répliqua Hart. Rosie Mendez ne peut sûrement pas en dire autant.

Wendy accusa le coup. Elle pensa à la nouvelle épreuve que la jeune femme avait subie. La première fois qu'elle avait rencontré Rosie, c'était sur une scène de crime, après le meurtre du petit frère de Rosie. Il y avait du sang partout, y compris sur la pauvre Rosie. Étant fille unique, Wendy ne pouvait pas se mettre à sa place, mais elle se doutait que la perte de son frère, surtout dans des conditions aussi horribles, avait dû être terrible pour Rosie.

— Le commissaire m'a dit qu'elle ne risquait plus rien, dit-elle. On l'a mise à l'abri, d'après ce que j'ai compris.

Hart haussa les épaules.

— Comme personne ne sait où Clint et elle se sont planqués, ils ne courent théoriquement plus aucun danger.

— Tant mieux.

— Mais du coup, c'est *vous* qui vous trouvez maintenant en première ligne. Luther Mills va chercher par tous les moyens à se débarrasser de vous.

— Cela aussi, le commissaire me l'a dit.

Elle secoua la tête en repensant à ce qu'il lui avait dit d'autre. Lynch se trompait ; aucun de ses collègues du labo ne pouvait travailler pour Mills. C'était tout bonnement impossible.

— Vous ne le croyez pas ? demanda Hart. Ou vous ne voulez pas le croire ?

— Je veux rentrer.

Elle voulait s'assurer que ses parents allaient bien. Elle savait que Mills risquait de s'en prendre à eux.

— Je vous ramène, déclara Hart.

Elle ne chercha pas à discuter et le suivit docilement jusqu'à l'ascenseur. Lorsqu'ils arrivèrent dans le hall, il passa un bras autour de sa taille.

— Je croyais vous avoir dit de ne pas me toucher…

Se penchant vers elle, il murmura :

— Je n'ai pas envie que vous me faussiez à nouveau compagnie.

Elle lui en voulait tellement pour tout à l'heure, qu'elle aurait peut-être pris la tangente s'il ne l'avait pas tenue aussi serrée. Elle fit un pas en direction du parking, qui se trouvait à l'arrière du bâtiment, mais Hart l'entraîna vers les portes d'entrée.

Elle n'était pas rassurée à l'idée de se retrouver encore une fois seule avec Hart, et cela devait se voir sur son visage parce que l'une des vigiles qui contrôlaient l'entrée la regarda d'un air bizarre. Elle aurait pu lui demander de l'aide, lui dire que Hart la harcelait, mais si elle faisait un esclandre le commissaire l'apprendrait. Et, comme il n'avait déjà pas une très haute opinion d'elle, mieux valait qu'elle s'abstienne.

Il lui avait reproché d'être trop confiante. Était-ce un défaut ? Ses parents lui avaient appris que l'homme n'était pas foncièrement mauvais. Et, malgré toutes les horreurs qu'elle avait vues sur les scènes de crime, elle continuait de le penser.

À tort, peut-être…

La vigile qui l'avait regardée bizarrement leur adressa un sourire lorsqu'ils passèrent devant elle.

— Bonne soirée, lui lança Wendy.

La jeune femme lui décocha un clin d'œil.

— Merci. Mais elle ne sera certainement pas aussi bonne que la vôtre.

Pendant des années, Wendy avait rêvé que Hart Fisher s'intéresse à elle. Mais il ne la remarquait même pas, à l'époque. Et si aujourd'hui il n'avait d'yeux que pour elle, c'était uniquement parce qu'il voulait se faire passer pour son petit ami, comme l'imposait sa mission.

Une mission qu'il aurait voulu pouvoir refuser ; il ne s'en était pas caché.

En vrai professionnel qu'il était, il la fit marcher le long du bâtiment, de manière à ce qu'elle soit moins exposée en cas d'attaque. Mais comme il s'était garé de l'autre côté de la rue, dans un parking en plein air, ils allaient devoir traverser.

Le feu tricolore était rouge pour les piétons et donnait l'impression que jamais il ne passerait au vert. Il y avait de plus en plus de gens qui attendaient pour traverser. Hart la tenait tout contre lui, ce qui ajoutait encore au trouble qu'elle ressentait. Un petit vent frisquet dispersait les feuilles mortes sur le trottoir et la chaussée, mais elle ne le sentait pas tant elle avait chaud. Elle avait les yeux rivés sur ce satané feu, évitant ainsi le regard de Hart, qu'elle savait fixé sur elle.

Un regard qui finit par aimanter le sien et qui l'incita à se tenir droite, à lever la tête… tandis que lui penchait la sienne.

Elle contempla alors ses lèvres, au dessin parfait, comme tous les traits de son visage.

Comment ne pas avoir le béguin pour lui ? C'était injuste qu'il soit si beau.

Voilà ce qu'elle avait pensé, à l'époque où ils travaillaient ensemble. Et c'était parce qu'elle avait fait part de sa remarque à une collègue que tout le monde au poste avait su qu'elle en pinçait pour lui. Mais ce n'était pas une raison pour que Hart se croie autorisé à l'embrasser à tout bout de champ, sous prétexte qu'ils étaient encore à deux pas du commissariat.

Elle s'écarta vivement et, à sa grande surprise, Hart s'écarta aussi, comme s'il venait soudain de se ressaisir.

Peut-être ne feignait-il pas d'être attiré par elle.

Et s'il l'était vraiment ?

Mais non, voyons ! Qu'allait-elle imaginer ? Il avait dû apercevoir un collègue et avait voulu le berner.

Elle regarda autour d'elle pour voir si on les observait, mais les gens avaient commencé à traverser la rue. Le feu était enfin passé au vert pour les piétons.

Hart exhala un soupir tremblant et murmura :

— Allons-y.

Il la prit par le coude pour traverser. Mais, comme ils se dirigeaient vers le parking, un véhicule percuta violemment les voitures arrêtées au feu, comme pour dégager la chaussée. Et la manœuvre se révéla efficace puisque, soudain, ils virent débouler une camionnette blanche qui fonçait droit sur eux.

Luther Mills scrutait son avocat, assis en face de lui, de l'autre côté de la table en métal dont les pieds étaient scellés au sol. Il avait le droit de s'entretenir en privé avec son conseil et profitait de leurs rendez-vous pour faire passer des messages, entre autres choses, à l'extérieur. Et il utilisait le téléphone de son avocat depuis qu'il avait découvert qu'on avait écouté ses précédents coups de fil.

Sinon, comment Lynch aurait-il pu savoir qu'il y avait

une fuite ? Si le commissaire ne l'avait pas appris, il n'aurait pas fait appel à la Payne Protection Agency pour veiller sur chacun des protagonistes de ce maudit procès. Il savait que Luther avait l'intention de tous les faire disparaître.

Luther en voulait à l'ancien cadre du FBI de lui compliquer la tâche.

Aujourd'hui, son avocat était venu lui parler stratégie. C'était un homme visqueux – depuis ses cheveux gras plaqués sur son crâne jusqu'à ses chaussures vernies. Il était pourtant réputé être le meilleur et le plus cher.

Mais Luther commençait à douter qu'il fût si bon que cela.

— Vous devriez accepter de plaider coupable, conseilla l'avocat. Pour homicide involontaire.

— C'est ce que propose la jolie petite adjointe du procureur ? demanda Luther.

— À ceux qui ont été arrêtés suite à la tentative de meurtre du témoin à charge.

Luther jura et secoua la tête. Il avait déjà fait en sorte que personne n'accepte de négocier un plaider-coupable avec Jocelyn Gerber. À moins de ne vouloir subir le même sort que Javier Mendez.

Ou un sort encore plus cruel parce que avec Javier il s'était montré plutôt gentil.

— Ils refuseront, assura Luther. Et qu'elle ne vienne pas me le proposer à moi, parce que je lui dirai où se le mettre, son plaider-coupable…

L'avocat soupira.

— Ce n'est pas Mlle Mendez qui pose problème, dit-il. Comme vous le savez, un témoin oculaire est facile à discréditer.

Il n'avait de toute évidence jamais eu affaire à Rosie Mendez. Sinon, il saurait qu'avec le caractère qu'elle avait, elle ne se laisserait pas discréditer facilement.

— C'est l'ADN et les empreintes digitales qui risquent de vous valoir la perpétuité, continua l'avocat. Les jurés en sont très friands.

— Ils resteront sur leur faim, alors. Parce qu'il est hors de question qu'on les leur serve sur un plateau.

Les pièces à conviction seraient absentes du procès. Luther y veillerait. Et il allait s'arranger pour se débarrasser aussi de celle qui les avait collectées. Si elle n'était pas déjà morte, Wendy Thompson n'avait plus que quelques heures à vivre.

7

— Je suis désolée, dit la baby-sitter tandis que Felicity filait dans la chambre d'enfant, qui communiquait avec le bureau de Sharon. Je n'ai pas réussi à joindre M. Fisher. Et comme c'est ici que je l'ai prise en charge, la semaine dernière…

— Il n'y a pas de problème, assura Parker en souriant à la femme, qui devait avoir à peu près l'âge de sa mère.

Mais elle n'avait pas la vivacité de Penny Payne-Lynch. Avec ses cernes sous les yeux, elle avait vraiment d'être l'air au bout du rouleau.

— Il faut que j'aille rendre visite à ma mère, vous comprenez. Elle est âgée, maintenant…

Parker dévisagea la femme, qui semblait éviter son regard. Il était évident qu'elle mentait, et cela la mettait si mal à l'aise que le regard scrutateur de Parker acheva de la déstabiliser.

— Elle est intenable depuis quelque temps ; je ne sais plus quoi faire, bredouilla-t-elle.

Il haussa les sourcils.

— Votre mère ?

— Non, Felicity. Je… je vous ai parlé de ma mère parce que je n'osais pas vous dire la vérité, avoua la femme en rougissant.

Il avait vu juste et il ne lui avait pas fallu longtemps pour obtenir des aveux. À se demander s'il n'avait pas hérité du sixième sens de sa mère… Récemment, il avait commencé à avoir d'étranges prémonitions. Il avait pressenti que quelque chose allait arriver à Clint Quarters et à Rosie Mendez.

Ils avaient heureusement échappé à la mort et ils ne risquaient plus rien, mais le mauvais pressentiment que Parker avait ressenti ne s'était pas dissipé pour autant. En fait, il s'était même intensifié. Parker en avait le ventre noué.

Il allait arriver malheur à quelqu'un ; c'était certain.

Peut-être à Hart Fisher et à Wendy Thompson...

— Felicity n'arrête pas de pleurnicher, expliqua la baby-sitter. Elle veut voir son père et réclame aussi une certaine Winnie.

— Vous voulez dire Wendy, je suppose ?

— Winnie ! clama la fillette en rappliquant dans le bureau. Est-ce que Winnie est là ?

Comme il ne répondait pas, elle lui brandit sa poupée sous le nez.

— Winnie, tu sais bien. Elle ressemble à Annie, ma poupée.

Parker comprit alors que pour l'enfant, Wendy était devenue Winnie, plus facile à prononcer.

Serrant la poupée dans ses bras, Felicity déclara :

— Je veux voir Winnie !

— Winnie n'est pas là, ma puce, dit Parker en prenant sa voix de papa gâteau.

Mais, parce qu'il lui rappelait sans doute son père, il ne réussit qu'à la faire pleurer.

— Je veux mon papa ! Je veux mon papa !

Déconcerté par ses sanglots et son désespoir, il se tourna vers la baby-sitter.

— Qu'est-ce que je vous disais ? murmura celle-ci en se dirigeant lentement vers la porte. Voilà ce que je supporte depuis plusieurs jours.

— Je suis désolé, dit Parker, qui se sentait responsable.

C'était lui qui avait demandé à Hart de protéger la technicienne du labo de la police scientifique. La mission était difficile et chronophage. Si Hart avait quitté la police, c'était pour pouvoir passer plus de temps avec sa fille.

Parker l'avait fait seconder par un autre garde du corps, qu'il avait emprunté à l'un de ses frères. Toutefois il avait bien conscience que pour un père de famille la charge de travail restait malgré tout trop importante.

— Ton papa va revenir, assura-t-il.Néanmoins, lorsqu'il tendit le bras pour lui caresser la joue, la fillette recula précipitamment, comme si elle avait peur de lui.

Désemparé, il se tourna vers la baby-sitter. Mais, pensant sans doute qu'il avait la situation en main, elle s'était éclipsée.

Parker réprima un juron. Cette baby-sitter ne valait décidément pas un clou !

— Je vais appeler ton papa, dit-il à Felicity.

Le numéro de Hart était encore affiché sur l'écran de son téléphone car il avait déjà cherché à le joindre un peu plus tôt. Il tomba directement sur la boîte vocale.

Pourquoi diable Hart ne répondait-il pas ?

Assailli de plus belle par cette étrange intuition qu'il avait héritée de sa mère, il *sut* qu'il était arrivé quelque chose.

Sous lui, Wendy ne bougeait pas. Il ne la sentait même pas respirer. Cependant, avant de rouler sur le côté, il chercha des yeux la camionnette qui avait failli les écraser, après avoir percuté plusieurs voitures.

La camionnette avait filé.

— Vous n'avez rien ? demanda-t-il en scrutant le visage blême de la jeune femme.

Elle avait les yeux ouverts, mais son regard était vitreux. Elle était en état de choc. Et il craignait qu'en plus elle ne soit blessée.

— Est-ce que ça va, Wendy ? insista-t-il en lui touchant la joue.

Elle tressaillit et hocha la tête.

— Vous êtes sûre ?

Lorsqu'il s'était jeté sur elle pour l'empêcher de se faire

écraser, il l'avait fait tomber. Il n'était pas impossible qu'elle se soit cogné la tête par terre.

— Oui. Mais j'ai besoin de reprendre mon souffle.

— Je vous ai écrasée en me couchant sur vous, je suis désolé, dit-il en l'attrapant par la taille pour la remettre debout.

— Vous m'avez sauvé la vie, répliqua-t-elle, ses grands yeux verts le parcourant anxieusement de la tête aux pieds. Vous allez bien ? Vous n'avez rien ?

— Non, ça va.

Ils étaient toujours au milieu de la rue et se firent klaxonner par une voiture, qui dut faire un écart pour les éviter. Prenant Wendy par le coude, Hart la fit traverser pour rejoindre le parking où il avait garé le 4x4 de l'agence.

— Aïe ! gémit-elle en se dégageant.

Remarquant que la manche de sa veste était déchirée, il supposa qu'elle s'était fait mal au bras en tombant. Un rapide examen lui permit de s'assurer qu'elle ne saignait pas. Ce n'était pas trop grave, apparemment.

— Vous allez avoir un gros bleu, j'en ai bien peur.

Elle haussa les épaules.

— Je m'en tire à bon compte. Sans vous, je me serais fait écraser. Je ne vous remercierai jamais assez.

Il savait que ces remerciements lui avaient coûté, surtout si peu de temps après qu'elle l'eut voué aux gémonies parce qu'il l'avait embrassée au milieu de la salle des inspecteurs.

Cette camionnette avait-elle attendu toute la journée devant le commissariat ? C'était peu probable. Il y avait fort à parier que quelqu'un, au poste, les avait épiés, Wendy et lui. Et avait rancardé le conducteur de la camionnette.

— Partons vite d'ici, dit-il.

Ils ne pouvaient faire confiance à personne... en dehors de l'agence. Il déverrouilla les portières du 4x4 et aida Wendy à prendre place sur le siège passager. Puis il fit rapidement le tour pour s'installer au volant.

Il allait mettre le contact lorsqu'il sentit son téléphone

vibrer dans sa poche. Tout à l'heure, déjà, il avait vibré, mais Hart n'avait pas répondu, trop occupé qu'il était à éviter cette maudite camionnette et à garder Wendy en vie.

— Parker, dit-il après avoir regardé le numéro qui s'affichait à l'écran.

— Vous ne répondez pas ?

— Non, ça peut sûrement attendre. Nous serons à l'agence dans moins de dix minutes.

Il descendit sa vitre pour glisser sa carte de stationnement dans le parcmètre. La barrière remonta avec une lenteur exaspérante. Dans sa hâte de sortir du parking, il faillit passer en force. Ils devaient filer avant que la camionnette revienne à la charge.

— Il va falloir faire un rapport, déclara Wendy, encore ébranlée par l'incident.

— C'est pourquoi on va à l'agence. Il est urgent de mettre Parker au courant.

Hart entendit vibrer son téléphone, qu'il avait posé sur la console. Voyant que son patron lui avait laissé un message, il accéléra.

— Parker n'a que faire d'un rapport. Il n'est plus dans la police, fit remarquer Wendy.

— C'est exact. Et c'est justement pour ça qu'on peut lui faire confiance.

Wendy soupira.

— Le commissaire m'a dit qu'il y avait une brebis galeuse au sein de la police, lâcha-t-elle.

— S'il y en avait qu'une ! Mais Luther Mills a probablement réussi à corrompre plusieurs flics.

Parker l'avait prévenu, de manière à ce qu'il redouble de prudence.

Wendy le déconcentrait. Tout à l'heure, au feu, quand ils attendaient pour traverser, il avait eu très envie de l'embrasser. Cette envie l'avait détourné de sa mission, si bien qu'il n'avait vu que trop tard la camionnette. Du coup, il était incapable de donner un signalement, aussi vague fût-il, du conducteur, et il n'avait évidemment pas relevé la plaque d'immatriculation du véhicule.

Dans ces conditions, à quoi bon faire un rapport ? Il ne savait quasiment rien, mis à part qu'il avait failli laisser Wendy se faire tuer.

Ils arrivèrent à l'agence en un rien de temps. Le trajet avait été si court que Hart n'avait pas pris la peine d'écouter le message que lui avait laissé Parker. Avec Wendy dans la voiture, il avait préféré se concentrer sur la route en gardant un œil sur le rétroviseur pour s'assurer que personne ne les suivait.

Il n'avait rien remarqué d'anormal.

Alors que Wendy et lui venaient d'échapper à une tentative de meurtre, Hart ne s'attendait pas, en arrivant à l'agence, à ce que la jeune femme fasse l'objet d'une nouvelle attaque.

S'il ne l'avait pas saisie aux épaules, elle serait tombée à la renverse. Tout ça parce que Felicity s'était jetée sur elle comme un boulet de canon.

La fillette noua ses bras autour de la taille de Wendy et se blottit contre son ventre plat. Son petit visage était maculé de larmes.

Hart eut un serrement de cœur. Était-ce de la jalousie ? Quand Felicity avait un gros chagrin, c'était auprès de lui, d'habitude, qu'elle venait chercher du réconfort.

— Que se passe-t-il, ma chérie ? s'enquit-il en s'agenouillant à côté de sa fille.

Il se sentait un peu coupable d'avoir négligé l'enfant, ces derniers temps. Il l'avait très peu vue depuis qu'il assurait la protection de Wendy. Et toujours en coup de vent, forcément.

Mais Wendy avait encore passé moins de temps avec elle. Comment Felicity avait-elle pu s'attacher à elle, alors qu'elle ne l'avait vue qu'une fois, et que leur rencontre remontait à plus d'une semaine ?

Wendy tapotait gentiment la tête de la fillette, lissant ses cheveux blonds du plat de la main.

— Tout va bien, mon chou, dit-elle. Ne pleure pas…

De gros sanglots secouaient le corps frêle de l'enfant.

— Que se passe-t-il, ma chérie ? demanda à nouveau Hart, bouleversé.

Mais cette fois la question s'adressait aussi à son patron, qui observait la scène en silence.

— Ne réussissant pas à te joindre, la baby-sitter est passée déposer Felicity. J'ai moi aussi essayé de t'appeler…

— Je ne pouvais pas te répondre et je vais t'expliquer pourquoi dans un instant. Mais je n'ai pas manqué d'autres appels que les tiens.

Parker hocha la tête.

— Tu vas avoir besoin d'une autre baby-sitter, déclara-t-il.

— Je veux Winnie, murmura Felicity.

— Wendy n'est pas baby-sitter, mon ange, objecta Hart.

Elle était technicienne de labo. Et menacée de mort.

Elle faisait courir un grave danger à son entourage. Ce n'était pas prudent de laisser la fillette l'approcher, mais eût-il voulu les séparer que Hart n'était pas même sûr de pouvoir arracher Felicity des bras de Wendy. La pointe de jalousie qu'il avait ressentie en les voyant si proches toutes les deux s'était dissipée, et il se réjouissait de savoir que l'enfant s'était fait une nouvelle amie.

— Je veux Winnie, répéta tout bas la petite fille.

Hart aussi – surtout depuis qu'il l'avait embrassée. Mais le désir qu'il avait d'elle n'était pas sa priorité. Ce qu'il voulait surtout, c'était qu'il ne lui arrive rien – et que sa fille retrouve le sourire.

Y avait-il un moyen de concilier les deux ?

— Je ne pense pas que ce soit une bonne idée, murmura Wendy en se tournant vers Hart, assis au volant.

Penchée vers lui, ses lèvres effleurèrent presque son oreille.

Il tressaillit, comme sous l'effet d'un courant d'air, sauf que ses joues écarlates laissaient penser qu'il crevait de chaud.

— Je n'ai jamais dit qu'elle était bonne, répliqua-t-il.

— Alors pourquoi... ?

— Parce que je *dois* vous protéger.

Ce fut à son tour de tressaillir, troublée par le ton de sa voix grave et par l'intensité de son regard lorsqu'il jeta un coup d'œil dans sa direction. La protéger était son devoir, en effet, la mission que Parker lui avait assignée. À ses yeux, elle n'était probablement que cela.

C'était quelque chose qu'elle devait bien garder présent à l'esprit : Hart et elle formaient un couple d'opérette.

— Winnie, on va à ta maison ? demanda une petite voix, vibrante d'excitation.

Wendy se tourna vers la fillette, assise dans son rehausseur sur la banquette arrière du 4x4. Elle ne pleurait plus, mais ses yeux étaient gonflés et ses joues un peu rouges.

— Oui, répondit-elle en essayant d'avoir l'air enjoué.

Mais à l'attention de Hart elle ajouta à mi-voix :

— Je reste convaincue que c'est une mauvaise idée.

— La villa de vos parents est parfaitement sûre, déclara-t-il, comme s'il cherchait à s'en persuader lui-même.

Ce n'était pas vraiment ce qui inquiétait Wendy. Elle craignait surtout qu'en s'installant tous les trois sous le même toit, ils ne finissent par donner l'impression à Felicity et à ses parents qu'ils formaient un vrai couple.

— Cooper et son équipe sont déjà sur place, en train de sécuriser les lieux, continua Hart tout bas. Mise à part sa sœur Nikki, son équipe est uniquement composée d'ex-marines. En matière de protection, ils sont très bons.

Lui aussi était très bon. Sinon, elle serait déjà morte. Il avait quand même réussi à la sauver deux fois : la première quand les freins de la voiture qu'elle conduisait avaient été sectionnés, et la deuxième, quand la camionnette avait essayé de les écraser.

Ces accidents n'avaient rien de fortuit, elle le savait. Luther Mills était à ses trousses. Elle faisait prendre des risques à ses parents et à Hart et Felicity en habitant avec eux.

Elle ne voulait pas qu'il leur arrive quoi que ce soit à cause d'elle. Même pas à Hart… qui se permettait de l'embrasser devant tout le monde.

Ce baiser l'avait mise en colère et terriblement gênée. Mais, plus embêtant encore, il l'avait complètement chamboulée. Elle ne s'en était pas encore complètement remise.

Et le pire, c'était qu'elle y avait pris goût et n'attendait plus qu'une chose : que Hart l'embrasse à nouveau.

Pour de bon, pas juste pour la galerie.

Mais Hart, concentré sur sa conduite, ne lui prêtait aucune attention. Il n'arrêtait pas de regarder dans le rétroviseur. Elle supposa qu'il voulait s'assurer que tout allait bien pour Felicity.

Quel crève-cœur cela avait dû être pour lui de voir sa fille en larmes, tout à l'heure, à l'agence. Wendy elle-même avait été bouleversée par la détresse de l'enfant.

Dans son métier, elle avait pourtant l'habitude de voir des gens en pleurs.

Elle se rappelait Rosie Mendez, en particulier, après qu'elle eut été témoin du meurtre de son frère…

Mais personne n'était mort devant les yeux de Felicity Fisher. Elle pleurait juste parce que son papa lui manquait. Et *Winnie*, aussi.

Elle semblait s'être prise d'affection pour Wendy. Non seulement elle la réclamait, mais c'était dans ses bras qu'elle s'était jetée, et non dans ceux de son père, quand Hart et elle étaient arrivés à l'agence.

Wendy sentait aussi ce lien spécial qui s'était noué dès le premier soir entre elle et l'enfant. Comme deux âmes sœurs qui se seraient trouvées.

Force était de constater, pourtant, qu'elles n'avaient rien en commun. Wendy avait toujours été un garçon manqué, alors que Felicity était une vraie petite princesse.

Elle sourit à la fillette puis, intriguée par le manège de Hart, elle jeta à son tour un coup d'œil dans le rétroviseur.

La camionnette blanche était juste derrière eux.

— C'est celle… de tout à l'heure ? demanda-t-elle, le cœur battant.

— Elle ne vient pas de chez nous, en tout cas, répondit Hart, les mâchoires crispées.

Aucun des gardes du corps de la Payne Protection Agency ne roulerait dans une camionnette dont le pare-chocs avant et l'aile droite étaient enfoncés, songea Wendy en observant plus attentivement le véhicule.

— Elle nous a suivis jusqu'à l'agence ?

Hart secoua la tête.

— Non, impossible. Je l'aurais vue.

D'une manière ou d'une autre, le conducteur de la camionnette avait retrouvé leur trace. Et là, il devait s'être rendu compte qu'ils l'avaient repéré parce que la camionnette accéléra brusquement et fonça sur le 4x4, comme elle avait foncé sur eux tout à l'heure pour les écraser.

Hart parviendrait-il encore une fois à la sauver ?

Et à sauver sa fille ?

8

Comment pouvait-il ne pas l'avoir vue ?

La camionnette avait dû les suivre depuis le parking du commissariat jusqu'à la Payne Protection Agency. Hart avait pourtant gardé un œil sur son rétroviseur pendant tout le trajet. S'il n'avait pas écouté le message de Parker, c'était justement pour rester concentré, malgré la présence troublante de Wendy, assise à côté de lui.

Pour que cette camionnette toute cabossée ait échappé à sa vigilance, il fallait que le conducteur ait pris soin de ne pas trop s'approcher.

Hart jura entre ses dents. Une fois de plus, il s'était fait avoir comme un bleu ! À moins que le conducteur n'ait su qu'il travaillait pour la Payne Protection et deviné qu'il rentrait à l'agence. Luther Mills la faisait peut-être surveiller par ses hommes de main. C'était tout à fait dans ses cordes.

La camionnette ne cherchait plus à rester loin derrière. Elle accélérait et fonçait droit sur eux.

Elle allait leur rentrer dedans.

Bien que soigneusement attachée dans son rehausseur sur la banquette arrière du 4x4, Felicity risquait d'être blessée en cas de choc violent. Elle était si frêle…

Pied au plancher, il essaya de distancer la camionnette. Mais il était à fond et la camionnette les collait toujours.

— Semez-la, suggéra Wendy entre ses dents.

— Ça se tente, dit-il, mais il va falloir s'accrocher.

Wendy acquiesça d'un hochement de tête et se tourna vers la fillette.

— Tu sais quoi, Felicity ? dit-elle gaiement. On va jouer à un jeu, avec ton papa.

— À quel jeu ?

— Aux montagnes russes.

— Aux montagnes russes ? répéta l'enfant, qui n'avait pas l'air très rassurée.

Les mains crispées sur son volant, Hart fit la grimace. Il n'avait aucune envie de faire peur à sa fille. Mais il n'avait pas le choix. S'il voulait éviter l'accident, il fallait semer cette maudite camionnette.

— Tu n'aimes pas les montagnes russes ? demanda Wendy.

Felicity secoua sa petite tête blonde.

— Non. Je suis trop petite pour en faire.

— Mais pour faire semblant d'en faire, tu as la bonne taille, assura Wendy. Ce sera rigolo, tu vas voir !

Au moment où la camionnette allait percuter le pare-chocs arrière du 4x4, Hart donna un grand coup de volant à droite et prit sur les chapeaux de roues une rue qui coupait à angle droit celle dans laquelle ils se trouvaient.

Wendy poussa un cri de joie.

— Oh là là ! s'exclama-t-elle en plaquant sur son visage un sourire ravi. Qu'est-ce que c'est drôle !

Jetant un coup d'œil dans le rétroviseur, Hart constata deux choses : tout d'abord, que sa fille ne partageait pas l'enthousiasme de Wendy pour les montagnes russes, et ensuite, que la camionnette les suivait toujours.

Il tourna à gauche, cette fois, si brutalement que le 4x4 prit le virage sur deux roues.

Wendy cria à nouveau et se mit à rire.

Felicity finit par l'imiter.

— Encore, papa ! dit-elle en gloussant. Encore !

Hart obtempéra. Il s'agissait moins de faire plaisir à sa fille que de semer la camionnette, dont il avait du mal à se débarrasser. Il ne discernait pas le visage du conducteur car le pare-brise était teinté, mais ce type était de toute évidence un as du volant.

Avec sa fille et Wendy dans le 4x4, Hart allait faire en sorte d'être encore meilleur que lui. Il devait les protéger. Felicity, parce qu'elle était toute sa vie. Et Wendy…

Elle comptait déjà bien plus pour lui qu'une simple cliente. Tournée vers Felicity, elle lui souriait et plaisantait avec elle, comme si de rien n'était. Dans cette position, elle risquait pourtant le coup du lapin en cas d'accident…

Il ne se lassait pas de la regarder. Elle était si jolie et si attirante. Si follement désirable.

Jamais aucune femme ne lui avait fait autant d'effet. Son ex-femme était jolie, elle aussi, mais différemment. La beauté de Monica était plus superficielle. Il y était moins sensible qu'à celle de Wendy.

Se concentrant à nouveau sur sa conduite, il jeta un coup d'œil dans le rétroviseur. Sa fille souriait. Mais derrière eux la camionnette essayait toujours de leur rentrer dedans.

Il n'avait pas encore réussi à la semer.

Mais il y arriverait.

À nouveau, il prit un virage à fond la caisse, ce qui fit crier de joie ses passagères. Wendy avait été bien inspirée d'inventer le jeu des montagnes russes. Felicity n'avait plus peur du tout.

Crispée sur son siège, agrippée d'une main à la console et de l'autre à la poignée de maintien, au-dessus de la portière, Wendy semblait en revanche complètement paniquée. Et son sourire avait de plus en plus de mal à rester en place.

Comme ils roulaient à présent sur une portion de route toute droite, Hart n'avait d'autre choix que de presser le champignon pour essayer de distancer la camionnette.

Qui se rapprochait de plus en plus.

Quelques secondes avant que le pare-chocs avant cabossé ne percute le 4x4, Wendy déclara :

— Et maintenant, on va jouer aux autos tamponneuses !

Le choc projeta violemment le 4x4 en avant.

Hart ne put rien faire d'autre que serrer très fort le volant entre ses mains pour ne pas perdre le contrôle du véhicule.

— Pas sûr que ce soit une bonne idée, dit Wendy, de nouveau assaillie par la peur.

Elle avait mal aux zygomatiques à force de sourire pour rassurer Felicity, et son cœur battait encore comme un tambour.

— J'ai fini par la semer, fit remarquer Hart, non sans fierté.

Elle secoua la tête. Elle ne parlait pas de la camionnette, même si elle n'en revenait toujours pas qu'il ait réussi à s'en débarrasser. Surtout après que la camionnette leur eut rentré dedans. La carrosserie du 4x4 ayant probablement été renforcée, le choc avait été plus préjudiciable pour la camionnette que pour leur véhicule.

Quand Hart avait de nouveau accéléré, il avait rapidement distancé la camionnette.

Pourvu que le conducteur ne sache pas où ils allaient ! songea Wendy en cherchant des yeux la camionnette dans l'allée de ses parents et dans leur rue.

Et si elle était planquée dans un coin, prête à leur foncer dessus dès qu'ils sortiraient du 4x4 ?

Hart était déjà sorti et, après avoir récupéré sa fille, qu'il portait sur un bras, il avait fait le tour pour ouvrir la portière à Wendy.

Sur ses gardes, la jeune femme tendait l'oreille, à l'affût d'un rugissement de moteur. Mais tout était calme. Aucune camionnette n'était en vue.

Mais ce n'était pas après Hart et après sa fille qu'en avait le conducteur de la camionnette blanche.

C'était après *elle*.

Il attendait peut-être qu'elle sorte à son tour pour se montrer. Cependant, comme par mesure de sécurité un véhicule de l'agence bloquait en partie l'entrée de l'allée, et que des arbres protégeaient l'avant de la maison, ils n'avaient plus rien à craindre de la camionnette.

Si Wendy hésitait à sortir du 4x4, c'était surtout parce qu'elle savait qu'elle allait devoir à nouveau jouer la comédie avec Hart, et qu'elle détestait mentir à ses parents.

Pour le bien de Felicity, elle avait dû inventer cette histoire de montagnes russes et d'autos tamponneuses. Pour le bien de ses parents, elle n'avait d'autre choix que de leur faire croire que Hart était son petit ami.

— Vous avez froid ? demanda Hart en la voyant frissonner.

Un petit vent frais faisait voleter les feuilles aux couleurs automnales dans le jardin et dans l'allée. Mais c'était de peur, surtout, qu'elle tremblait.

— Rentrons vite, suggéra Hart, plein de sollicitude.

— Je ne pense pas que ce soit une bonne idée, répéta Wendy.

— Tout va bien se passer, assura-t-il à nouveau. Pourtant, à en juger par la crispation de ses mâchoires et la raideur de son dos musclé, il n'était à l'évidence pas plus serein qu'elle.

Il savait qu'elle risquait de s'attacher encore plus à sa fille. Et que si ses parents rencontraient la fillette…

Trop tard. Il n'était plus temps de faire machine arrière, songea Wendy lorsque la porte de la maison s'ouvrit et que sa mère sortit sur le perron pour les accueillir.

— Quelle surprise !

Intimidée, Felicity enfouit son visage dans le cou de son père.

— N'aie pas peur, dit Wendy en frottant le dos de l'enfant. C'est ma maman.

Malgré son genou encore douloureux, sa mère dévala les quelques marches du perron et vint à leur rencontre.

— Qui est cette petite princesse ? demanda-t-elle, les yeux rivés sur la fillette.

Bien que retraitée depuis plusieurs années, Margaret Thompson avait encore tout de l'institutrice d'école maternelle. Comme Felicity continuait de l'ignorer, elle s'adressa à Hart.

— Je crois savoir que vous avez rencontré mon mari ?

Hart rougit jusqu'à la racine des cheveux. Il n'avait pourtant aucune raison d'être gêné d'avoir été surpris dans le lit de Wendy, puisqu'il ne s'était rien passé entre eux. À ce moment-là, il ne l'avait même pas encore embrassée...

— En effet, murmura-t-il. Croyez bien que je suis désolé de l'avoir réveillé.

Elle secoua la tête. Ses cheveux avaient blanchi, mais ils étaient épais et bouclés, comme ceux de Wendy.

— Ce n'est pas grave, affirma-t-elle en souriant. Je suis contente que vous ayez fini par vous apercevoir que ma fille était absolument unique et merveilleuse.

Ce fut au tour de Wendy de ne plus savoir où se mettre.

— Maman, je t'en prie, grommela-t-elle, rouge de confusion.

— J'ai toujours pensé que Wendy était unique et merveilleuse, déclara Hart le plus sérieusement du monde. Et je sais maintenant à qui elle doit sa beauté. C'est fou ce qu'elle vous ressemble !

Flattée, la mère de Wendy piqua un fard et se mit à glousser.

Comment pouvait-elle croire Hart, se demanda Wendy, ébahie. Quand c'était elle qui lui racontait des bobards, sa mère le savait tout de suite.

Mais il était difficile de résister au numéro de charme de Hart. N'empêche qu'il mentait. Il n'avait jamais remarqué Wendy avant d'avoir été chargé de la protéger.

Sa mère, qui d'habitude ne se laissait pas facilement embobeliner, souriait de toutes ses dents et tapait dans ses mains.

Sans doute intriguée, Felicity leva la tête et jeta un rapide coup d'œil à la mère de Wendy.

— Voici ma fille, Felicity, dit Hart.

— Maman, je suis désolée de ne pas t'avoir dit que je ramenais des invités à dîner.

— Si c'était la seule chose que tu ne m'avais pas dite...

Wendy regrettait de ne pas avoir été plus franche, elle qui d'habitude ne cachait rien à sa mère. Mais si elle lui disait la vérité, sa mère s'inquiéterait. Elle se relevait tout juste de son opération du genou et n'avait pas besoin de soucis supplémentaires.

— Je suis désolé aussi, madame Thompson, dit Hart. Nous ne voudrions pas abuser de votre gentillesse.

— Mais pas du tout ! assura le père de Wendy en ouvrant la porte toute grande. Mags prévoit toujours beaucoup trop à manger.

— À qui la faute ? riposta sa mère en riant. Pendant des années, j'ai dû nourrir au pied levé une horde de jeunes footballeurs affamés !

Se tournant vers Hart et sa fille, elle ajouta :

— J'ai largement de quoi les sustenter, lui et la petite.

— Ah, mais c'est que Felicity a un bon coup de fourchette !

— C'est quoi, papa, un bon coup de fourchette ? interrogea la fillette.

— C'est juste une expression, ma chérie. Je disais aux parents de Wendy que tu avais un solide appétit. Pas vrai ?

Felicity gloussa, et Hart…

Wendy fut stupéfaite en voyant l'expression quasi extatique de son visage. Ses yeux marron étaient pleins de douceur et son sourire si chaleureux. Il adorait sa fille.

Le spectacle attendrissant qu'il offrait lui fit oublier ses craintes. Elle sut à cet instant que si son béguin pour lui était un peu idiot, il était excusable. Beau et attirant, Hart était en plus un homme bon et un père formidable.

Elle ressentit une pointe de jalousie devant une telle démonstration de tendresse paternelle. Jamais Hart ne la regarderait avec ces yeux-là, songea-t-elle tristement. Pour lui, elle n'était qu'une cliente…

— Mon ventre fait de drôles de bruits, déclara l'enfant.

— C'est ce que j'entends, dit Hart en la chatouillant.

— C'est à cause des montagnes russes et des autos tamponneuses.

— Vous êtes allés au parc d'attractions ? lança Margaret en nouant son bras autour de celui de sa fille.

Avait-elle besoin d'aide pour monter les marches du perron ? se demanda Wendy. Ou craignait-elle que Wendy ne change d'avis et ne reparte ?

Ignorant la question de sa mère, Wendy déclara :

— Il doit bien y avoir des crackers qui traînent dans un placard. Cela devrait calmer les gargouillis de Felicity.

Sa mère accrochée à son bras, Wendy se dirigea vers la maison. Elles gravirent tranquillement les marches du perron, devant Hart, qui n'avait toujours pas posé sa fille par terre.

Au moment de franchir le seuil, Wendy évita le regard interrogateur de son père et traversa le vestibule pour se diriger vers la cuisine, qui se trouvait tout au fond.

— Tu as toujours aimé les parcs d'attractions, dit sa mère, surtout les autos tamponneuses. C'est quelque chose qui t'est resté, semble-t-il.

Wendy avait dû avouer à sa mère qu'elle était rentrée dans un arbre avec sa voiture. Mais elle s'était bien gardée de lui expliquer que la conduite de frein avait été sectionnée. Si sa mère avait pris le volant…

Comme elles entraient dans la cuisine, Wendy prit sa mère dans ses bras et l'étreignit. Elle préférait ne pas penser à ce qu'il serait arrivé.

— Que se passe-t-il, ma chérie ? demanda sa mère en la scrutant d'un air soupçonneux. Il ne faut pas autant de temps pour désinfecter un appartement.

— Ce sont des cafards particulièrement résistants aux…

Sa mère soupira.

— Tu mens décidément très mal, Wendy.

— Mais je… ne mens pas.

— Pas la peine de nier. Je le vois bien, que tu mens. Mais je pense savoir pourquoi…

Wendy se raidit. Sa mère savait-elle qu'elle avait reçu des menaces ? Que Luther Mills risquait de s'en prendre à eux ?

— Tu as peur, déclara sa mère.

Mais comment avait-elle pu découvrir la vérité ?

— Tu as peur des sentiments que tu éprouves pour Hart, continua sa mère. Pour Hart et pour sa fille.

Wendy souffla intérieurement, soulagée de constater que sa mère n'avait rien découvert du tout.

— J'ai bien vu comment tu les regardais, tous les deux. Je comprends que cela t'effraye de les aimer à ce point.

Wendy secoua la tête. Elle n'aimait pas Hart. C'était absurde. Elle le connaissait à peine…

Mais lorsqu'il arriva à son tour dans la cuisine, Felicity toujours pendue à son cou, une émotion indéfinissable la submergea. Et elle prit peur…

Son téléphone collé à l'oreille, Woodrow Lynch observait le mur de moniteurs dans la salle de contrôle du commissariat. Il s'était procuré les images correspondant au laps de temps qui s'était écoulé entre le moment où Wendy Thompson était sortie de son bureau et celui où elle avait quitté le commissariat.

— Que faut-il chercher ? demanda-t-il à son interlocuteur, à l'autre bout de la ligne.

— Je veux savoir si quelqu'un est sorti juste avant ou juste après Wendy et moi, répondit Hart à mi-voix, comme s'il ne voulait pas qu'on entende sa conversation.

Woodrow leva les yeux vers les écrans.

— Nous sommes très nombreux. Il y a sans arrêt des gens qui entrent et qui sortent.

— Des inspecteurs ? Des policiers ? Des techniciens du labo ? insista Hart.

— Il y a un peu de tout, oui, fit Woodrow.

— Il va falloir tous les interroger. Et essayer de voir si on peut corréler l'un d'entre eux avec Mills.

Bien qu'il eût démissionné de la police, Hart Fisher n'avait pas complètement quitté le métier.

— Je m'en charge, dit Woodrow. Pendant que vous, vous vous occupez de protéger Wendy.

— Je m'y applique. Mais avec cette fichue camionnette qui semble surgir de nulle part, j'avoue que je suis un peu dépassé.

— Qu'est-ce qui vous fait penser que c'est un flic qui conduisait ?

Woodrow était très ennuyé de savoir qu'il y avait un traître dans son service. Même si, en réalité, il se sentait plus proche de la Payne Protection Agency que de ses collègues de la police de River City, avec qui il n'avait pas vraiment réussi à nouer des liens.

— Nous venions de sortir du commissariat quand il a tenté de nous écraser. Il est impossible que ce soit une coïncidence.

— Je suis assez d'accord avec vous, dit Woodrow. Mais rien ne prouve que c'est un flic qui conduisait.

— Vous voulez dire que le conducteur aurait pu être prévenu ? Cela expliquerait qu'il ait réagi si vite. Voyez-vous quelqu'un décrocher un téléphone ?

Woodrow scruta à nouveau les écrans des moniteurs.

— À peu près tout le monde, dit-il en soupirant.

Un juron étouffé accueillit sa réponse. Le dépit que ressentait Hart virait à la colère.

Woodrow aussi était furieux de ne toujours pas savoir d'où venait la fuite.

Le flic vendu qui avait trouvé la mort en essayant de tuer Rosie Mendez n'était pas le seul de ses collaborateurs que Luther Mills avait réussi à corrompre. Le jeune flic n'était pas dans le service depuis assez longtemps pour détenir les renseignements que Mills s'était procurés sur l'affaire, tels que le nom de la personne qui avait collecté les éléments de preuve, par exemple. La fuite venait forcément du bureau du procureur.

Mills avait bel et bien des informateurs partout, songea Woodrow, démoralisé. Il y avait déjà eu un mort et il fallait s'attendre à ce qu'il y en ait d'autres, d'ici le procès de Mills. Beaucoup d'autres – tant du côté des malfrats que du côté de la police.

9

— C'est une chambre de princesse, murmura Felicity, visiblement impressionnée.

Couchée dans le lit à une place de Wendy, elle admirait les murs peints en rose et les rideaux à volants.

— Une chambre de princesse qui attendait sa princesse, dit Wendy.

La fillette se mit à chercher des yeux la princesse en question.

Assise sur le bord du lit, Wendy pressa du bout du doigt son adorable petit nez.

— C'est toi la princesse, mon chou. Tu es si jolie.

Felicity la regarda et, timidement, toucha les taches de rousseur que Wendy avait sur les joues.

— Toi aussi, assura la fillette d'un ton grave.

C'était bien la première fois qu'on trouvait ses cheveux roux et ses taches de rousseur jolis. Mais Wendy sourit, car ce compliment lui allait droit au cœur.

— Tu me fais penser à ma poupée, dit l'enfant en serrant Annie contre elle.

Après le repas, Felicity avait donné des signes de fatigue. Elle s'était mise à battre des cils, comme si elle avait du mal à garder les yeux ouverts. Wendy l'avait fait monter dans sa chambre pour qu'elle se repose pendant que Hart et son père se chargeaient de la vaisselle. Chez les Thompson, c'était la règle : sa mère faisait la cuisine et son père, la vaisselle. Hart avait généreusement proposé de lui donner un coup de main.

Quel fayot !

Elle se demandait pourquoi il en faisait des tonnes avec ses parents. Pourquoi s'ingéniait-il à s'attirer leurs bonnes grâces ?

Leur jouait-il la comédie ? Ou était-il vraiment parfait ?

Elle, en tout cas, elle l'avait toujours trouvé parfait. D'où ce fameux béguin qui avait beaucoup fait jaser autour d'elle.

— On dirait que ta poupée a sommeil, dit Wendy en se penchant sur la fillette pour l'embrasser sur le front.

La bouche rose de l'enfant esquissa un sourire.

— Tu crois ? chuchota Felicity avant de fermer les yeux.

Wendy se leva, mais une petite main agrippa la sienne.

— Reste avec moi. S'il te plaît, Winnie, ne t'en va pas.

À ces mots, Wendy sentit son cœur se serrer. Abandonnée par sa mère, la fillette éprouvait de toute évidence un sentiment d'insécurité et ne supportait pas de rester seule. Peut-être que Hart n'avait pas eu à se battre pour en avoir la garde. Son ex-femme était apparemment partie en laissant tout derrière elle, mari et enfant.

Hart était probablement tout ce qu'il restait à Felicity. Mais il s'absentait sans arrêt, sa mission monopolisant le plus clair de son temps. Wendy s'en voulait de l'accaparer autant. Il fallait qu'elle insiste pour changer de garde du corps. Hart devait s'occuper de sa fille.

— Je suis là, murmura-t-elle.

Mais pour combien de temps ? Une fois qu'elle aurait un nouveau garde du corps, elle ne verrait plus Hart. Elle ne tiendrait plus aucune place dans sa vie ou dans celle de sa fille.

— Raconte-moi une histoire, implora Felicity.

Des histoires, Wendy en avait beaucoup à raconter avec tout ce qu'elle avait vu sur les scènes de crime qu'elle avait analysées. Mais ces histoires-là étaient loin d'être des contes de fées…

Pour ne pas décevoir l'enfant, qui s'endormirait sans doute rapidement, elle décida d'improviser.

— Il était une fois une princesse qui…

— Non, pas une histoire de princesse, décréta Felicity en se redressant. Ça ne m'intéresse pas d'être une princesse. Ce que je veux, moi, c'est être comme toi…

Attendrie au point d'en avoir presque les larmes aux yeux, Wendy rectifia le tir.

— Ce n'était pas une princesse comme les autres. En plus d'être jolie, elle était forte et intelligente.

La fillette sourit et reposa sa tête sur l'oreiller, rassérénée.

— Comme toi, souffla-t-elle.

Wendy déglutit pour se débarrasser de la boule qui s'était formée dans sa gorge. Cette gosse était si attachante. Jusque-là, les enfants n'avaient jamais présenté beaucoup d'intérêt à ses yeux. Elle n'était pas pressée d'en avoir et ne tenait pas à s'occuper de ceux des autres. Elle ne manquait pas de s'extasier sur les nouveau-nés de ses amies, mais il ne lui serait jamais venu à l'idée de les leur garder.

Elle avait l'impression qu'elle ne saurait pas s'y prendre.

Avec Felicity, bien sûr, ce n'était pas pareil.

— Cette princesse était si téméraire qu'elle n'avait peur de rien, continua-t-elle.

Pas comme elle.

Elle, elle craignait de se faire tuer par Luther Mills. Et de s'attacher à Felicity… et à son père.

Lorsqu'elle leva les yeux et vit Hart adossé au chambranle de la porte de la chambre, Wendy sentit son cœur s'emballer.

— Cette princesse… euh…, bredouilla-t-elle, à court d'idées.

— Dormait à poings fermés, suggéra Hart en s'approchant du lit.

Il fit le tour pour s'asseoir de l'autre côté, mais le lit était si étroit qu'il se retrouva quand même tout près de Wendy.

Beaucoup trop près.

Elle fut tentée de se lever mais Felicity lui tenait toujours la main. Elle scruta le visage de la fillette, se demandant si elle dormait vraiment ou si elle faisait juste semblant.

Ses longs cils noirs reposaient sur ses joues roses et lisses. Wendy songea en la contemplant qu'elle devait ressembler à sa mère, qui était une vraie beauté, d'après ce qu'elle avait entendu dire. C'était sûrement vrai car Felicity avait hérité de ses traits.

Pas étonnant, songea encore Wendy, que ses collègues de travail l'aient tellement charriée, quand ils avaient su qu'elle avait un faible pour Hart. Comment aurait-il pu s'intéresser à elle, tellement insignifiante à côté de son ex-femme ?

— Elle a vraiment l'air de bien vous aimer, murmura Hart en posant sur Wendy un regard plein de gratitude.

— Je l'aime bien aussi, admit-elle. Elle est adorable.

Il sourit avec fierté.

— C'est un amour, dit-il en contemplant sa fille endormie.

Wendy avait envie de lui demander pourquoi il en avait la garde. Et où était passée son ex-femme. Mais elle n'osa pas. De quel droit lui poserait-elle des questions aussi personnelles ? Ils n'étaient même pas amis.

— D'habitude, elle est timide avec les femmes, continua Hart à mi-voix. Mais bizarrement, avec vous, elle s'est tout de suite sentie à l'aise…

Elle se demanda s'il trouvait cela embêtant. Il aurait été normal qu'il s'inquiète de voir Felicity trop s'attacher à elle puisque, tôt ou tard, elles cesseraient de se voir.

— Pourquoi est-elle timide avec les femmes ? N'est-elle pas proche de sa mère ? s'enquit Wendy, dévorée de curiosité.

Il eut un petit reniflement et secoua la tête.

— Sa mère vivant à des milliers de kilomètres, Felicity pourrait difficilement être proche d'elle. Mon ex-femme s'est remariée et installée en France. Mais, même avant cela, Monica ne s'intéressait pas beaucoup à elle… Par manque de temps. Ou manque d'envie.

Wendy eut le plus grand mal à cacher sa stupéfaction. Comment une mère pouvait-elle se désintéresser de son enfant ? Pauvre gosse !

— Elle ne sait pas ce qu'elle perd ! dit-elle d'une voix qui se brisa. Felicity est tellement adorable.

Il la regarda d'un air bizarre qui la mit encore plus mal à l'aise. Puis il murmura :

— Vous l'êtes aussi…

Le cœur battant, Wendy jeta un coup d'œil vers la porte, qui était restée ouverte. Son père était-il en train de les épier ? Pourquoi Hart faisait-il encore semblant d'être son petit ami ?

— Quand j'essayais de semer la camionnette, vous avez été formidable, dit-il. Grâce à vous, ce qui aurait pu être pour Felicity une expérience terrifiante et traumatisante s'est transformé en une aventure amusante.

C'était donc ça. Il la complimentait pour la manière dont elle avait géré la situation.

Elle soupira.

— Une aventure que j'aimerais mieux ne pas revivre, avoua-t-elle.

Tendant sa main libre vers lui, elle toucha sa mâchoire.

— Même si avec vous comme garde du corps, je n'ai pas grand-chose à craindre.

Mais, pour son bien, et pour celui de Felicity, elle ne voulait plus de lui comme garde du corps.

Sa fille avait bien trop besoin de lui.

Avant qu'elle puisse ajouter quoi que ce soit, il se pencha vers elle et posa ses lèvres sur les siennes. Wendy accueillit son baiser avec une ardeur fébrile et une passion débridée.

Pendant quelques instants, Hart oublia tout. Il ne savait plus où il était. Ni même qui il était. Le désir impérieux qu'il éprouvait pour Wendy lui brouillait l'esprit, faisait bourdonner ses oreilles et trembler son corps tout entier. Jamais encore ses sens ne l'avaient dominé à ce point. Il ne contrôlait plus rien.

Mais Wendy s'écarta et se releva d'un bond. Elle recula si vite qu'elle manqua perdre l'équilibre.

— Pourquoi avez-vous fait ça ? demanda-t-elle, éperdue.

Il avait l'esprit si embrumé et de tels acouphènes qu'il ne comprit pas ce qu'elle disait. Il leva vers elle un regard interrogateur.

— Personne ne nous regardait, Hart. Pourquoi m'avez-vous embrassée ?

— Parce que…

Un gloussement l'empêcha de lui répondre qu'il en avait eu envie et qu'il la désirait. Baissant les yeux, il constata que sa fille les épiait entre ses cils.

— Tu ne dors pas, espèce de chipie !

Pourvu qu'elle ne les ait pas entendus quand ils parlaient de sa mère, songea-t-il. Elle était trop jeune pour comprendre que l'incapacité de sa mère à s'attacher à qui que ce soit n'avait rien à voir avec elle et s'expliquait par l'enfance abominable qu'avait eue Monica. Même le conseiller conjugal qu'ils avaient consulté n'avait rien pu faire : Monica avait besoin de séduire. C'était plus fort qu'elle.

Felicity gloussa à nouveau et ouvrit les yeux.

— Eh, Winnie, j'ai tout vu ! claironna-t-elle. On dirait que papa te trouve jolie, lui aussi. Et qu'il t'aime bien.

Wendy eut un petit sourire mais, à son regard éteint, il vit tout de suite qu'elle n'en croyait rien.

Pourquoi avait-elle tant de mal à admettre qu'elle était jolie ? Et extraordinaire ?

Il le pensait vraiment. Et c'était parce qu'il le pensait qu'il l'avait embrassée.

Et là, ce n'était pas pour épater la galerie ou pour berner ses parents. Il n'avait tout simplement pas pu s'en empêcher.

Voilà qui risquait de lui compliquer grandement les choses.

Wendy avait pris trop d'importance dans sa vie, et il craignait que l'attirance qu'il ressentait pour elle ne l'empêche de la protéger efficacement. Il allait faire appel à l'un des gardes qui surveillaient la maison pour le remplacer.

Et il valait mieux qu'elle dise la vérité à ses parents. Après avoir vu à quel point Ben et Margaret aimaient leur fille, et après l'accueil chaleureux qu'ils leur avaient réservé, à lui et à Felicity, Hart n'avait plus envie de leur mentir. Il pensait en outre que M. et Mme Thompson se doutaient de quelque chose ; ils avaient bien compris que Wendy ne leur avait pas tout dit.

— Lève-toi, mon cœur, dit-il à sa fille. Puisque tu es réveillée, nous allons rentrer.

En attendant de trouver une nouvelle baby-sitter, il la garderait. Parker comprendrait et ne lui tiendrait pas rigueur d'abandonner sa mission. Chez les Payne, la famille passait toujours en premier.

Il y en avait une, en revanche, qui *ne comprenait pas*.

— Non ! protesta Felicity avec véhémence. Moi, je reste ici. Avec Winnie.

Wendy s'approcha en souriant, mais une ride creusait son front.

— Tu ne préfères pas dormir dans ton lit ? Avec tous tes jouets autour de toi ?

La fillette secoua la tête et s'enfonça sous les couvertures.

— Je suis très bien dans ton lit, dit-elle. Et j'ai ma poupée.

Hart esquissa un sourire. Sa fille avait réponse à tout.

— Et Winnie, où dormira-t-elle si tu lui prends son lit ? demanda-t-il.

— Avec toi, répondit la fillette du tac au tac.

Il gloussa.

— Où ça ? Tu prends toute la place.

— Je peux me pousser, proposa Felicity, conciliante.

— Le lit est beaucoup trop petit, objecta Hart.

N'empêche que Wendy et lui avaient tenu à deux dedans, une semaine plus tôt, quand il était entré par la fenêtre. Comme il se remémorait cet épisode, il regarda machinalement la fenêtre. Le talon d'Achille de la maison.

Mais ce qui avait été possible il y a une semaine ne l'était plus aujourd'hui. Ce n'était plus une simple voiture de patrouille qui surveillait la maison, mais plusieurs gardes de la Payne Protection Agency.

Personne ne pouvait s'approcher de la maison à leur insu.

Tout bien réfléchi, Felicity était peut-être plus en sécurité ici. La nuit était tombée. S'ils partaient maintenant, le conducteur de la camionnette blanche risquait de les prendre en chasse, à nouveau, pensant Wendy avec eux.

Mais en restant ici le risque était peut-être encore plus grand – pas pour leur sécurité, mais pour le cœur de la fillette.

Felicity s'était prise d'affection pour *Winnie*. Et elle n'était pas la seule…

Son téléphone portable vibra sur la table de nuit. Parker s'empressa de l'attraper car il voulait éviter de réveiller Sharon qui dormait la tête sur son torse, un bras autour de son ventre.

Il n'aimait pas recevoir un coup de téléphone tard le soir. Personne n'appelait à une heure aussi indue pour annoncer une bonne nouvelle. Par exemple que Luther Mills s'était fait suriner par un codétenu et que la police de River City n'avait plus besoin des services de l'agence…

Que son équipe, composée pour l'essentiel d'anciens collègues de la Crim devenus des amis au fil des ans, ne courait plus aucun danger…

Il était conscient de la dangerosité de la mission qu'il leur avait confiée. Ses hommes étaient en première ligne. Parker cesserait de se faire du souci pour eux le jour où il apprendrait que Luther Mills était mort, ou incarcéré à vie dans un quartier de haute sécurité où il ne pourrait pas acheter les gardiens et communiquer avec l'extérieur.

Perdu dans ses pensées, il n'avait pas pris l'appel assez vite. Le téléphone vibra à nouveau.

Il sut alors avec certitude que ce n'était pas une bonne nouvelle. Sinon, son interlocuteur lui aurait laissé un message.

— Parker, j'écoute.

Il avait vu juste. C'était effectivement une mauvaise nouvelle.

10

Hart sentit la peur lui nouer les entrailles.

Le danger se rapprochait, plus menaçant que jamais.

La voix tendue de Parker n'avait rien de rassurant. Hart était au téléphone avec lui et un des gardes qui surveillaient la maison, Cole Bentler, que Parker avait débauché temporairement, l'ancien marine faisant partie de l'équipe de son frère Cooper.

Hart était sorti dans le couloir pour pouvoir parler plus librement, tandis que dans la chambre Wendy racontait à Felicity l'histoire de la princesse qui n'avait peur de rien. Il l'entendait car la porte était restée entrouverte.

Ni Wendy ni sa fille ne se doutaient de ce qui se passait. Il baissa encore la voix pour demander à Cole :

— Ils sont combien, à ton avis ?

— Je n'en sais rien. On a vu bouger dans le jardin, mais ce n'est peut-être rien du tout. Il y a pas mal d'animaux, dans le coin…

— Tu n'aurais pas appelé pour signaler un animal errant, fit remarquer Parker.

— J'ai préféré vous mettre au courant. On n'est jamais trop prudent. Surtout avec un enfant dans la maison.

Hart savait que l'ex-marine venait d'être papa. Cole devait se mettre à sa place.

— Je n'aurais jamais dû l'amener ici, se reprocha Hart.

— Nous pensions que c'était l'endroit qui risquait le moins, lui rappela Parker. La maison est bien gardée.

Mais, en homme avisé, Parker ne pouvait lui garantir que sa fille était en sécurité. La Payne Protection Agency avait affaire à forte partie. Dieu seul sait combien d'hommes de main Luther Mills avait pu recruter…

Si Rosie Mendez était encore en vie, après toutes les tentatives de meurtre que Mills avait orchestrées contre elle du fond de sa cellule, cela tenait un peu du miracle. Mais Clint Quarters y était pour beaucoup.

Hart espérait qu'il saurait lui aussi se montrer à la hauteur. Il avait bien conscience que le fait de s'inquiéter pour sa fille et pour Wendy le rendait moins vigilant. D'autant plus qu'il devait veiller aussi sur M. et Mme Thompson.

— J'ai demandé à Logan de nous envoyer du renfort, dit Parker comme s'il avait lu dans ses pensées.

Avec l'équipe de Logan en plus de celle de Cooper, qui était déjà déployée autour de la maison, ce serait bien le diable s'il arrivait quoi que ce soit à sa fille ou à Wendy ou ses parents, songea Hart.

Mais Parker devait être très inquiet pour mettre à contribution autant de monde.

— Nous ouvrons l'œil, Hart, assura Cole. Nous allons faire en sorte que personne n'entre dans la maison.

Comme Parker, il ne fit cependant aucune promesse.

Dans ce métier, on n'était jamais sûr de rien. Un garde du corps pouvait à tout moment se trouver confronté à un danger imprévisible.

— Veux-tu que je sorte pour vous prêter main-forte en attendant l'arrivée des renforts ? demanda Hart.

— Il vaut mieux que tu restes à l'intérieur, dit Parker.

Au cas où quelqu'un réussirait malgré tout à s'introduire dans la maison. Mais Hart serait-il de taille à protéger tout le monde ?

Il sortit son arme de son étui. Lui vivant, personne ne

toucherait à un cheveu de sa fille, ni ne s'approcherait de Wendy ou de ses parents !

Wendy faillit pousser un cri lorsqu'elle vit le pistolet pointé sur elle. Levant les mains, elle murmura :

— Eh, doucement ! Ce n'est que moi.

Hart baissa son arme mais ne la rangea pas. De son autre main, il tira la porte, sans la fermer complètement.

— Elle dort ? demanda-t-il dans un souffle.

Wendy acquiesça d'un hochement de tête.

Il tenait apparemment à garder un œil sur sa fille. Non pas parce qu'il craignait qu'elle fasse un cauchemar, mais parce qu'ils *vivaient* un véritable cauchemar.

Elle prit une grande inspiration pour se donner du courage.

— Que se passe-t-il, Hart ? Dites-moi la vérité. Qui a appelé ?

— Parker, mais Cole Bentler, un des gardes qui surveillent la villa, était aussi au bout du fil. Cole aurait vu quelqu'un ou quelque chose bouger dans le jardin.

Wendy se figea et exhala un gros soupir.

— Il se peut que ce soit mon père. Il est tellement fier de ses plantations qu'il lui arrive de descendre les admirer même après la nuit tombée.

Hart secoua la tête.

— Non. Juste avant que je monte, vos parents allaient s'installer au salon pour regarder la télévision.

Elle tendit l'oreille. La télévision était bien allumée. Elle fut soulagée de savoir ses parents à l'intérieur.

— J'aime mieux ça, dit-elle.

— Pas moi, répliqua Hart. J'aurais préféré que ce soit votre père.

— Je ne veux pas qu'il lui arrive malheur, protesta-t-elle.

— Il ne lui serait rien arrivé. Les gardes n'ont pas pour habitude de tirer sur tout ce qui bouge.

Mais les hommes de main de Mills ne lui auraient pas fait de cadeau, songea Wendy en frissonnant.

— Il faut que vous alliez voir ce qui se passe, Hart, implora-t-elle en le poussant vers l'escalier pour l'inciter à descendre.

Il secoua la tête.

— Il y a des gardes tout autour de la maison. Ma place est ici, à l'intérieur, pour vous protéger, Felicity et vous.

S'il était rentré chez lui, comme il en avait eu l'intention, Felicity ne serait pas en danger. Wendy s'en voulait d'avoir attiré la fillette dans sa chambre.

— J'ai un pistolet, annonça-t-elle. Et mon père en a un aussi. Il y a quelques années, quand il y a eu cette vague de cambriolages dans le quartier, mon père a transformé le sous-sol en chambre forte. Nous pouvons tous nous y réfugier.

— Je pensais que vous vouliez cacher à vos parents ce qui se passait avec Luther Mills.

— C'était bien mon intention.

Mais elle n'avait plus vraiment le choix si la maison était la cible d'une attaque.

— Cole n'est pas absolument certain d'avoir vu quelqu'un, admit Hart à contrecœur. C'était peut-être un animal.

Wendy poussa un soupir de soulagement.

— Oui, c'est sûrement ça, dit-elle. Le jardin de mon père semble très apprécié des cerfs.

Hart n'avait pas l'air convaincu, cependant.

— Vous pourriez sortir par la porte de derrière, juste histoire de jeter un coup d'œil, suggéra-t-elle. Cela ne prendrait qu'une minute. Juste à côté de la porte, il y a un projecteur qui éclaire tout le jardin.

— Bon, d'accord. Vite fait, alors.

— Nous en aurons le cœur net. Parce que si c'est un cerf, nous n'avons aucune inquiétude à avoir.

— Et aucun besoin de mettre vos parents au courant, bien qu'à mon avis, étant donné qu'ils se doutent de quelque chose, vous feriez mieux d'être honnête avec eux.

— Comme vous vous l'avez été ? rétorqua-t-elle.

— Je n'allais pas trahir votre secret.

C'était louable de sa part. Peu de gens étaient capables de garder un secret. La preuve : tout le monde avait su qu'elle s'était entichée de lui.

— Je vous en remercie, murmura-t-elle.

Il n'arrêtait pas de jeter des coups d'œil à la porte entrebâillée.

— Où est votre pistolet, demanda-t-il.

— Il est dans mon sac, que j'ai laissé dans la chambre.

Devant son air alarmé, elle précisa :

— L'étagère sur lequel je l'ai posé est trop haute pour Felicity. Aucun risque qu'elle y touche.

— Allez le chercher ! ordonna-t-il. Enlevez la sécurité et tenez-vous prête à tirer en cas d'intrusion. Et au moindre bruit suspect, quel qu'il soit, je veux que vous filiez tous au sous-sol, Felicity, vous et vos parents. C'est compris ?

— Oui, d'accord. Vous allez voir dehors ?

— Oui. J'espère tomber sur un cerf…

Et pas sur un des hommes de main de Luther Mills, compléta mentalement Wendy. Un cerf était inoffensif, contrairement à ces tueurs impitoyables qui laissaient derrière eux des scènes de crime abominables.

Elle commençait à regretter de l'avoir incité à sortir. Comme il allait s'élancer dans l'escalier, elle lui agrippa le bras.

— N'y allez pas !

— Vous avez peur ?

Elle opina du bonnet.

— Vous ? La princesse qui n'a peur de rien ? Allons, ressaisissez-vous, Wendy !

Il n'avait rien compris à l'histoire qu'elle avait racontée à sa fille, songea la jeune femme. Ce n'était pas elle, la princesse. C'était Felicity.

— C'est pour vous que j'ai peur, dit-elle. Il vaudrait peut-être mieux que vous ne sortiez pas.

— Ce ne sera peut-être pas nécessaire, une fois que j'aurai allumé le projecteur.

Elle acquiesça. Le projecteur était assez puissant pour éclairer tout le jardin. Hart n'aurait pas besoin de sortir.

— Et Parker a appelé du renfort, dit-il. L'équipe de son frère Logan devrait arriver d'une minute à l'autre.

Wendy se détendit un peu. Aussi téméraire fût-il, Luther Mills n'oserait pas s'en prendre à elle, avec tous ces gardes du corps qui surveillaient la maison.

— D'accord, concéda-t-elle. Mais soyez prudent.

Elle avait lâché son avant-bras musclé, mais Hart semblait hésiter à descendre.

— Soyez prudente, vous aussi, dit-il avant de jeter un dernier coup d'œil en direction de la porte.

— Je vais bien m'occuper d'elle, promit Wendy. Vous pouvez compter sur moi pour la protéger.

Elle s'en voulait tellement d'avoir mis la fillette en danger. C'était *elle* que Luther Mills menaçait et cherchait à manipuler. À aucun moment, elle n'avait été tentée de céder et de faire disparaître les preuves qui incriminaient le trafiquant de drogue. Elle voulait qu'il soit jugé et condamné. Pour qu'il ne puisse plus jamais faire de mal à personne.

— Faites attention à vous aussi, recommanda Hart. Je me charge de vos parents.

Sur ce, il descendit l'escalier, laissant sa fille à la garde de Wendy, qui fut très touchée par cette marque de confiance à laquelle elle ne s'attendait pas du tout.

Bien sûr, il ne craignait pas vraiment une intrusion, vu le nombre de gardes du corps qui surveillaient la maison.

Elle espérait qu'il tiendrait parole et se contenterait d'allumer le projecteur. Elle ne voulait pas qu'il se mette en danger à cause d'elle.

Felicity n'avait plus que lui, puisque sa mère vivait à des milliers de kilomètres d'eux. Elle ne manquait pas trop à la fillette, apparemment, mais comme sa mère ne s'était jamais vraiment occupée d'elle, cela n'avait rien d'étonnant.

Le problème, c'était que la baby-sitter s'était défilée aussi. Hart était donc tout ce qui restait à Felicity. Il ne fallait surtout pas qu'elle le perde. Et Wendy non plus ne voulait pas le perdre.

Un court instant, elle fut tentée de lui emboîter le pas pour s'assurer qu'il se contentait bien d'allumer la lumière. Mais elle devait tenir sa promesse. Elle ne risquerait pas la vie de sa fille – même pour sauver celle de Hart.

Elle poussa la porte de la chambre et fonça vers l'étagère sur laquelle elle avait posé son sac. Son revolver ne suffit pas cependant à dissiper la peur qui l'étreignait et l'empêchait presque de respirer.

Elle avait peur pour Hart.

Elle avait peur aussi des sentiments de plus en plus forts qu'elle éprouvait pour lui. Il ne s'agissait plus d'un simple béguin mais de quelque chose de bien plus profond et… d'infiniment plus dangereux.

Luther fixait le téléphone dans sa main, impatient qu'il sonne. Tout était prêt, à présent.

La technicienne du labo de la police allait mourir, puisqu'il n'y avait pas eu moyen de lui faire entendre raison.

Si cette idiote l'avait écouté et avait fait disparaître les pièces à conviction, il lui aurait laissé la vie sauve.

Mais Wendy Thompson était bornée et elle allait le payer.

Il s'occuperait ensuite des pièces à conviction. Il avait un plan pour s'en débarrasser.

Il ferait appel à quelqu'un qu'il avait déjà menacé et manipulé. À quelqu'un de plus docile que Wendy Thompson.

Si elle se sentait si sûre d'elle, c'était peut-être aussi parce qu'elle avait un de ces fichus gardes du corps de la Payne Protection Agency pour la protéger. Ces gars-là n'étaient pas mauvais, il en convenait. Sans Clint Quarters, Rosie ne serait plus de ce monde. Mais l'ancien flic de la Crim était amoureux du témoin oculaire.

Hart Fisher, lui, se fichait pas mal de la technicienne du labo. Il faisait juste son boulot. Ils avaient peut-être travaillé ensemble à une époque, mais cela n'allait pas plus loin.

Wendy Thompson comptait probablement plus pour Luther que pour Hart Fisher. Tandis que pour Hart, elle n'était qu'une cliente, Luther la voyait comme son passeport pour la liberté.

Mais pour cela il fallait qu'elle meure.

Hart n'était pas comme Quarters. Il ne risquerait pas sa vie pour elle.

Luther n'avait donc aucun souci à se faire. Son plan ne pouvait pas capoter. Et, si Hart Fisher ou un autre des gars de l'agence y laissait sa peau, tant pis pour eux ! Vu le nombre de tueurs qu'il avait mis sur le coup, les hommes de Payne risquaient de tous y passer.

Il était impossible que Wendy Thompson s'en sorte. Absolument impossible.

11

La main sur l'interrupteur, Hart eut une hésitation. En allumant, il faisait courir des risques aux gardes du corps postés à l'extérieur. Parce qu'il en ferait des cibles plus faciles à atteindre, s'il y avait des sbires de Luther Mills dans le jardin.

Mais l'inverse était vrai aussi. Les gardes verraient mieux les tueurs. Ou, plus vraisemblablement, le cerf qui s'était aventuré dans les plantations de Ben.

Le doigt sur la détente de son pistolet, il prit une grande inspiration et pressa l'interrupteur. Wendy n'avait pas exagéré. Le projecteur éclairait tout le jardin : à minuit, on se serait cru en plein jour.

Il n'y avait aucun cerf en vue mais une ombre massive, là-bas au fond. Hart discernait mal ce dont il s'agissait.

Sans doute des membres de l'équipe de Cooper. Les anciens marines étaient tous particulièrement grands et costauds.

Le seul moyen de savoir ce que Cole Bentler avait vu bouger était d'aller leur parler, songea Hart en déverrouillant la porte de derrière. Il ne risquait pas grand-chose car, par leur seule présence, les gardes du corps avaient probablement mis en fuite le visiteur, quel qu'il fût.

Juste au moment où il poussait la porte, une fusillade éclata. Ça tirait de tous les côtés à la fois, comme s'il venait d'entrer dans une zone de combat. Il se baissa pour éviter les balles qui rebondissaient sur le revêtement en aluminium de la villa. Certains projectiles traversaient le revêtement pour aller se ficher dans les bardeaux.

— Descendez ! cria-t-il en se tournant vers l'intérieur de la maison.

Mais il n'était pas sûr qu'avec le boucan qu'il y avait, Wendy ou ses parents aient entendu.

Comme elle avait promis de protéger Felicity, il comptait sur elle pour mettre tout le monde à l'abri dans cette chambre forte que son père avait construite au sous-sol.

Il avait envie d'aller s'assurer qu'ils étaient bien tous descendus, ou sur le point de descendre. Mais peut-être valait-il mieux qu'il veille à ce que personne n'entre dans la maison.

Les ombres, au fond du jardin, prenaient peu à peu corps tandis que les tireurs approchaient. Presque accroupi, Hart se planqua derrière le massif le plus proche et riposta.

Mais il ne faisait pas le poids. Où diable ses collègues étaient-ils tous passés ?

Rappliqueraient-ils à temps pour lui prêter main-forte ?

— Je suis désolée, mon chou, murmura-t-il.

Ces excuses s'adressaient à sa fille, qui risquait de ne jamais le revoir vivant.

S'il se faisait tuer, qui s'occuperait d'elle ?

Sa mère avait renoncé à ses droits parentaux pour se remarier et quitter le pays. Depuis, Felicity n'avait personne d'autre que lui.

Et Winnie, peut-être…

Wendy protégerait-elle sa fille ?

Il espérait de tout cœur qu'elle tiendrait sa promesse.

Mais il n'était pas mort ; tout n'était pas perdu. Il allait se battre. Felicity avait besoin de lui. Et il avait besoin de Wendy – pour protéger sa fille.

Les vitres volaient en éclats qui retombaient en pluie sur le sol. Wendy devait redoubler de prudence pour ne pas se blesser. Elle avait passé un bras autour des épaules de Felicity, qui tremblait comme une feuille, et se déplaçait courbée en deux, en protégeant la fillette du mieux qu'elle pouvait.

— Par ici ! cria son père, qui avait ouvert la porte menant au sous-sol. Vite !

Elle l'entendit à peine avec tous ces coups de feu qui crépitaient autour d'eux. Elle n'entendit pas non plus le bruit de pas derrière elle. C'est le craquement du parquet qui l'alerta du danger : quelqu'un s'était introduit dans la maison ! Attrapant Felicity sous son bras, elle fonça vers la porte du sous-sol, qu'elle claqua derrière elle. Des coups de feu retentirent. Les balles rebondissaient contre la porte en acier.

Lorsqu'à la suite d'une vague de cambriolages dans le quartier, son père avait transformé le sous-sol en une espèce de chambre forte, il avait installé une porte blindée en haut de l'escalier. Aussi, Wendy et son père se mirent-ils aussitôt en devoir de tirer tous les verrous.

— Descends, ma puce, dit sa mère depuis le bas de l'escalier.

Elle tendait les bras à la fillette, tétanisée par la peur.

Mais Felicity s'accrochait à Wendy comme une moule à son rocher. Réveillée en sursaut par le bruit de la fusillade, puis sortie du lit par Wendy qui l'avait entraînée dans l'escalier, la fillette ne comprenait rien à ce qu'il lui arrivait. Le rez-de-chaussée de la villa était plongé dans la pénombre. Grâce à la lumière du dehors et aux éclairs générés par les coups de feu, il nc faisait pas complètement noir, cependant, bien que son père ait dû tout éteindre pour éviter que les assaillants ne les voient bouger à l'intérieur.

Le sous-sol, en revanche, était bien éclairé. Prenant la petite fille en larmes dans ses bras, Wendy descendit sans aucune difficulté. Son père n'avait pas fait les choses à moitié : avec son épaisse moquette, ses murs lambrissés, et son mobilier confortable, la chambre forte était plutôt accueillante.

Elle assit la fillette sur le canapé.

— Voyons voir un peu ça, dit-elle en commençant à

examiner l'enfant pour s'assurer qu'elle n'avait pas d'éclats de verre dans la peau.

Wendy sentait qu'elle-même en avait plusieurs dans les mains et les genoux.

Mais Felicity continuait de s'accrocher à elle.

— C'est fini, mon chou. Ici, nous sommes à l'abri.

Pour gagner la chambre forte, elles avaient traversé l'enfer. Wendy se demandait encore comment elles avaient réussi à atteindre le sous-sol. Le pistolet qu'elle avait glissé dans la ceinture de son pantalon ne lui avait été d'aucune utilité, et c'était la même chose pour celui que son père tenait fermement dans sa main.

— Aucun de vous deux n'est blessé ? demanda-t-elle à ses parents, folle d'inquiétude.

Elle n'avait pas eu le temps de les prévenir. La fusillade les avait pris par surprise. Elle ne s'y attendait pas non plus. Mais, en haut, elle avait été moins exposée qu'eux. Elle les scruta l'un après l'autre de la tête aux pieds, s'assurant qu'ils ne saignaient pas.

Blêmes, le regard vide, ils secouèrent la tête. Si elle leur avait parlé des menaces, dit ce qu'il se passait, peut-être auraient-ils été mieux préparés à ce genre d'attaque… Son père, heureusement, possédait une arme. Il était prêt à protéger sa famille en toutes circonstances.

Comme Hart…

Hart, dont elle ne savait pas s'il était mort ou vivant…

Felicity se décolla enfin de Wendy et leva les yeux vers elle. Elle aussi était pâle et défaite. Sa lèvre inférieure tremblait lorsqu'elle demanda, comme si elle avait lu dans les pensées de Wendy :

— Il est où, papa ?

Wendy sentit sa gorge se serrer. Que pouvait-elle répondre ? La fusillade avait dû commencer à la seconde où il avait allumé ce fichu projecteur.

Comment avait-elle pu penser qu'il ne s'agissait que d'un

cerf, qui se serait aventuré dans le jardin ? Quel manque de perspicacité de sa part ! Elle savait, pourtant, que Luther Mills était capable de tout.

Hart s'était-il fait tuer ?

Il ne fallait pas que Felicity sache que son père avait risqué sa vie pour les protéger. Et que cet acte de bravoure lui avait peut-être coûté la sienne.

Plaquant un sourire sur ses lèvres, Wendy répondit :

— Ton papa est allé retrouver ses amis.

Avec un peu de chance, il avait rejoint les autres gardes du corps et n'était pas livré à lui-même, seul face aux assaillants.

Celui qui avait tiré dans la porte blindée menant au sous-sol avait dû se faire tuer parce que personne ne cherchait à entrer. Et, même en tendant l'oreille, Wendy ne percevait aucun bruit de pas au-dessus de leurs têtes.

Mais des coups de feu retentissaient au loin. Peut-être pas si loin que cela, mais dans ce sous-sol enterré ils étaient protégés du bruit par d'épais murs en béton.

— Qu'est-ce qu'ils font ? demanda Felicity d'une petite voix pleine de trémolos.

Sans se départir de son sourire, Wendy déclara, en haussant les épaules :

— Ils s'amusent entre eux, je suppose. Peut-être qu'ils font exploser des pétards ou quelque chose comme ça.

Son père poussa un grognement, mais sa mère s'empressa d'acquiescer.

— On dirait des pétards, en effet.

La fillette s'écarta un peu plus et fixa Wendy d'un air soupçonneux. Elle sentait qu'on ne lui disait pas la vérité.

Wendy répugnait à lui mentir, mais pour l'instant c'était la meilleure chose à faire. À quoi bon lui faire encore plus peur ? Elle était déjà bien assez terrifiée comme cela.

À part une égratignure au genou, elle n'était pas blessée, apparemment. Juste effrayée.

Wendy n'en menait pas large, mais elle continuait de sourire, malgré tout.

— Tu as le même air que papa quand il m'a dit que maman allait se marier et déménager, dit la fillette. Tu fais semblant d'être contente, mais je vois bien que tu ne l'es pas.

Felicity faisait preuve d'une perspicacité vraiment stupéfiante. Wendy en eut des frissons dans le dos.

Hart avait donc souffert du remariage de son ex-femme…

Avait-il espéré qu'elle se réconcilierait avec lui ?

Lorsqu'il lui avait parlé de Monica, Wendy n'avait pas réussi à savoir s'il avait encore des sentiments pour elle. Elle avait vu clairement, en revanche, qu'il adorait sa fille.

Soudain, un énorme coup de feu éclata à l'extérieur et la fit sursauter.

— Wendy n'aime pas les pétarades, déclara Margaret Thompson en s'asseyant sur le canapé, à côté de la petite fille. Elle n'est pas aussi courageuse que toi.

— Winnie était pourtant drôlement courageuse dans la voiture quand on a joué à faire des montagnes russes et de l'auto tamponneuse.

— Dans la voiture ? releva Ben Thompson. Vous n'étiez pas au parc d'attractions ?

Wendy secoua la tête, ce qui eut pour effet de faire tomber un éclat de verre, accroché dans ses cheveux.

— Non, admit-elle. Une camionnette nous pourchassait pour nous rentrer dedans.

— Elle donnait de grands coups dans notre pare-chocs, précisa Felicity. On roulait tout de travers, mais papa a conduit très vite, alors à la fin, c'est lui qui a gagné.

— Oui, affirma Wendy, qui espérait que Hart gagnerait là aussi.

Son père s'étant levé et lui ayant fait signe de le suivre à l'autre bout de la pièce, où il avait installé un bar bien fourni et une machine à pop-corn, Wendy voulut le suivre mais Felicity s'agrippa à elle.

— Ne pars pas, Winnie ! supplia-t-elle, au bord des larmes.

— Je vais juste nous préparer un peu de pop-corn, d'accord ?

Wendy lui montra son père qui venait de mettre la machine en marche, tandis que sa mère s'emparait fébrilement de la télécommande de la télévision. En quelques secondes, elle trouva une chaîne qui diffusait un dessin animé. Avec un peu de chance, la musique couvrirait le bruit des coups de feu…

— Quand je regarde la télé, j'aime bien manger du pop-corn, déclara gaiement la mère de Wendy. Pas toi, Felicity ?

Les yeux rivés sur l'écran géant, la fillette se contenta de hocher la tête. Puis elle lâcha Wendy et se laissa retomber contre le dossier du canapé pour regarder le dessin animé.

Wendy se leva et alla rejoindre son père sans enthousiasme car elle savait qu'il allait la cuisiner. Et lui reprocher son manque de franchise.

Sa mère les rejoignit aussi. Elle avait dû sentir que son mari était furieux, parce que lorsqu'il ouvrit la bouche elle l'interrompit.

— Nous sommes tous sains et saufs, Ben, dit-elle. C'est tout ce qui compte ; que nous allions tous bien.

Tous ? songea Wendy. Rien n'était moins sûr. Hart était peut-être blessé. Ou même mort.

À cette seule pensée, elle se mit à trembler.

— Il faut que je…

— Dis-nous ce qui se passe, bon sang de bon sang ! murmura son père. Qui est ce Hart pour avoir une demi-douzaine de tireurs à ses trousses ? Comment a-t-il pu se mettre dans un pétrin pareil ?

Wendy secoua la tête.

— Ce n'est pas Hart, commença-t-elle, en proie aux plus vifs remords.

— Quoi ? dit sa mère, stupéfaite. Cet homme n'est pas Hart Fisher ?

— Si, c'est bien Hart. Mais les tireurs ne sont pas à ses

trousses… mais aux miennes, lâcha Wendy après avoir pris une grande inspiration.

Sa mère s'agrippa au bras de son père, visiblement ébranlée par cette déclaration.

— Pourquoi ? voulut savoir son père.

— Luther Mills, répondit simplement Wendy.

Elle n'avait pas besoin d'en dire plus. Ses parents vivaient à River City. Ils savaient que le procès pour meurtre du trafiquant de drogue allait avoir lieu prochainement. Et, bien qu'elle ne leur ait jamais révélé que c'était elle qui avait collecté les pièces à conviction contre lui, ils l'avaient compris, à en juger par leur air catastrophé.

— Pourquoi ne pas l'avoir dit plus tôt ? demanda sa mère.

Wendy soupira.

— Je ne voulais pas vous inquiéter.

— Pourquoi es-tu venue t'installer ici ? demanda son père en la scrutant avec des yeux étrécis. Ton histoire de cafards m'a toujours paru bidon.

— Parce qu'il n'a pas menacé que *moi*, répondit Wendy. Mais aussi tous ceux que j'aime. Donc *vous*.

Sa mère lança un regard en direction du canapé. Felicity somnolait devant la télé.

— Si Hart et sa fille sont là ce soir, je suppose que c'est parce qu'ils font aussi partie des personnes menacées, non ?

— Hart Fisher est mon garde du corps. Et comme il n'avait personne pour garder sa fille, sa baby-sitter l'ayant laissé tomber sans préavis, il a dû emmener Felicity avec lui.

Qu'adviendrait-il de la fillette si elle perdait son père ? Serait-elle confiée à sa mère, alors que celle-ci l'avait abandonnée ?

Wendy en était malade rien que d'y penser. Il fallait qu'elle sache ce qu'était devenu Hart. Elle s'inquiétait pour lui, bien sûr, mais c'était le sort de sa fille qui la préoccupait le plus.

— Je dois aller m'assurer qu'il va bien, murmura-t-elle en jetant un coup d'œil à Felicity, qui s'était assoupie.

— Tu ne peux pas remonter, déclara son père. C'est beaucoup trop risqué.

— Il faut que j'aille voir comment il va.

— Et si tu ne le trouves pas ? Ou si tu arrives trop tard ? Tu te seras mise en danger pour rien.

Wendy désigna l'enfant.

— Pas pour rien, non. C'est pour elle que je le fais.

Felicity avait besoin de son père.

— Je vais voir où il est, décréta le père de Wendy en tirant son pistolet de sa ceinture.

Paniquée, sa mère s'agrippa à lui.

— Non, papa, dit Wendy. Tout ça est de ma faute. C'est à moi d'en assumer la responsabilité.

— Tu n'as rien à te reprocher, assura son père. Tu as fait ton boulot, c'est tout.

Elle acquiesça.

— Un boulot dangereux dont j'ai l'habitude. C'est à moi de monter, papa. Pas à toi.

— Wendy…, implora sa mère en tendant le bras vers elle.

Mais elle s'écarta. Elle savait ce qu'elle avait à faire. Elle devait retrouver Hart. La peur lui nouait le ventre. Plus que les coups de feu, ce qu'elle craignait, c'était de le retrouver mort.

— On signale plusieurs blessés suite à une fusillade dans un quartier résidentiel de l'est de River City, annonça le reporter à la radio.

Assis au volant de son 4x4, Parker Payne frémit. À la seconde où Cole avait appelé pour signaler qu'il avait vu bouger dans le jardin des Thompson, Parker avait su que ça allait mal tourner.

Combien y avait-il de blessés ? Et qui dans son équipe et dans celle de Cooper avait été touché ? Il avait envoyé celle de Logan en renfort, mais elle n'était probablement pas arrivée à temps.

Il ne voulait même pas envisager que les blessés puissent

être des civils, tels que les parents de Wendy Thompson, ou une petite fille qu'il connaissait bien.

Il n'aurait jamais dû laisser sa baby-sitter s'en aller. Pourquoi n'avait-il pas ramené la fillette chez lui ? Sa femme avait le feeling avec les enfants.

Mais Felicity réclamait son père et Winnie. Parker avait pensé qu'elle ne risquait rien avec Hart et Wendy, et tous les gardes du corps qui surveillaient la villa des Thompson.

Et voilà le résultat ! songea-t-il, fou d'inquiétude.

Comme il se rapprochait du pâté de maisons dans lequel vivaient les Thompson, il vit briller des lumières. Des voitures de police. Des véhicules du SWAT. Des ambulances…

Il y avait aussi les camionnettes des médias garées tout le long de la rue, journalistes et cameramen se rendant sur place à pied. Une voiture de patrouille bloquait l'entrée de l'allée, l'empêchant d'accéder à la villa. Parker se gara derrière le fourgon d'une chaîne de télévision.

Juste au moment où il ouvrait sa portière, il entendit une série de coups de feu rapprochés. Les assaillants n'avaient pas encore été maîtrisés, apparemment.

12

Wendy entendit les sirènes et vit les lumières stroboscopiques à travers les vitres brisées de la villa dans laquelle elle avait grandi. Les secours étaient arrivés. Mais ils étaient encore dans la rue. La police ne se risquerait pas dans la maison tant qu'elle n'aurait pas l'assurance qu'aucune prise d'otage n'était en cours.

Il avait failli y en avoir une dans le sous-sol, son père refusant de la laisser remonter. Elle avait fini par le convaincre qu'elle devait aller voir ce qu'était devenu Hart.

Il était soi-disant parti allumer la lumière dans le jardin. Le connaissant, elle savait cependant que s'il avait vu quelque chose il n'était pas resté sans rien faire. Ses réflexes d'ancien flic avaient forcément repris le dessus.

Le sol était jonché d'éclats de verre qui craquaient sous ses pas tandis qu'elle se dirigeait prudemment vers la salle de séjour. Elle tâtonna, à la recherche de l'interrupteur sur le mur. Mais, lorsqu'elle appuya dessus, rien ne se passa. Son père avait dû couper l'électricité dans cette partie de la maison.

À la faveur des lumières stroboscopiques, à l'extérieur, elle discerna une silhouette qui se déplaçait dans la pièce. Elle leva son arme, mais l'intrus fut plus rapide qu'elle et lui braqua un pistolet sous le nez.

— Cette fois, je te tiens ! murmura l'homme qui paraissait très jeune, tout juste sorti de l'adolescence autant qu'elle puisse en juger dans la semi-pénombre.

Une fraction de seconde, Wendy se figea, comme tétanisée. Puis elle reprit ses esprits et voulut presser la détente lorsque soudain un coup de feu retentit.

Trop tard ! songea-t-elle, en fermant les yeux et se caparaçonnant contre la douleur. Elle avait souvent entendu dire qu'à cause de l'adrénaline, on ne le sentait pas forcément tout de suite quand on s'était fait tirer dessus.

Mais peut-être que les gens à qui c'était arrivé avaient perdu connaissance.

Wendy était parfaitement consciente. Son cœur battait comme un tambour. Ses jambes tremblaient mais ne s'étaient pas dérobées sous elle. Elle était toujours debout.

Lorsqu'elle rouvrit les yeux, elle vit, grâce à un éclair de lumière, que son agresseur gisait sur le sol, raide mort.

Comme elle le contemplait, bouche bée, elle aperçut du coin de l'œil un reflet métallique. Elle leva son pistolet sans hésiter, cette fois.

Elle avait déjà le doigt sur la détente lorsque le visage du tireur fut brièvement éclairé.

— Hart ! s'exclama-t-elle en laissant aussitôt retomber son bras. Vous n'avez rien ?

Il fit un pas vers elle, et à ce moment-là, elle vit, horrifiée, que quelqu'un s'apprêtait à lui tirer dans le dos.

— Baissez-vous ! cria-t-elle en faisant feu sur son assaillant.

Sauf qu'il y eut une autre détonation, qui jeta un instant la confusion dans l'esprit de la jeune femme.

Avait-elle réagi assez vite ? Ou l'homme avait-il eu le temps de tirer sur Hart ?

Hart avait l'impression qu'un étau lui enserrait la poitrine, tellement il avait eu peur pour sa fille, pour Wendy, pour lui-même et pour ses collègues. Couché par terre, il se tourna vers le tireur que Wendy avait abattu d'une balle dans la poitrine.

Il était mort sur le coup. Tout comme celui qui avait essayé de la tuer.

Pour celui-là, elle avait manqué de réflexe. Mais, quand il s'était agi de protéger Hart, elle avait bien su tirer.

Il n'en était pas vraiment surpris.

— Ça va ? demanda-t-elle.

Il acquiesça d'un hochement de tête et prit son téléphone. Il était en conversation avec son patron et l'un des gardes du corps postés à l'extérieur.

— La maison est maintenant sécurisée, annonça-t-il.

Seuls, deux des hommes de main de Luther Mills avaient réussi à tromper la vigilance des gardes du corps et à s'introduire dans la villa. Et tous deux avaient été tués, l'un par Hart et l'autre par Wendy.

D'autres avaient été abattus à l'extérieur. Il y en avait aussi quelques-uns qui avaient eu le bon sens de se rendre. Mais ces deux-là avaient tenté jusqu'au bout d'exécuter les ordres de Mills. Wendy l'avait encore une fois échappé belle.

— Et vous ? s'enquit-il. Vous n'avez rien ?

Elle secoua la tête.

— Et… ?

Il avait tellement peur qu'il soit arrivé quelque chose à sa fille qu'il n'osait même pas poser la question.

— Felicity va bien, assura Wendy avant de se diriger vers une porte en acier sur laquelle elle se mit à tambouriner. Papa, tout va bien, tu peux ouvrir ! cria-t-elle.

Un à un, son père tira les verrous de la porte blindée. Au moment où il allait l'ouvrir, la porte d'entrée de la villa fut fracassée et des hommes tout en noir firent irruption dans le vestibule, armes au poing.

— Jetez vos pistolets ! ordonnèrent-ils.

Hart posa le sien par terre et fit signe à Wendy d'en faire autant. Il ne voulait pas qu'un des gars du SWAT leur tire dessus.

— Tout danger est écarté, dit-il. On ne vous a pas prévenus ?

Il fronça les sourcils et les battements de son cœur s'accélérèrent. Et si ces gars ne faisaient pas partie du SWAT ?

Ils portaient des uniformes noirs, des gilets pare-balles et tout l'attirail de l'unité d'élite de la police. Mais, même s'ils étaient de vrais policiers, rien ne prouvait qu'ils ne s'étaient pas laissé corrompre par Luther Mills…

— N'ouvrez pas ! cria-t-il à M. Thompson.

— Dans ce cas, nous allons être obligés d'enfoncer la porte, prévint l'un des gars en noir. Nous avons reçu l'ordre de sécuriser les lieux.

Se déployant dans la maison, ses collègues s'affairèrent autour des corps gisant au milieu de la salle de séjour.

Mais Hart ne relâcha sa garde que lorsque Parker et le commissaire apparurent sur le seuil.

— Qu'attendez-vous pour baisser vos armes ? s'écria Lynch en voyant que deux des gars du SWAT avaient leurs pistolets pointés sur Hart et Wendy.

Les deux policiers s'empressèrent d'obéir et de reculer.

— Vous n'avez rien ? demanda Parker.

Hart et Wendy secouèrent la tête de concert.

S'approchant de Hart, Parker lui glissa à l'oreille :

— Ta fille est saine et sauve, elle aussi ?

Voulant s'en assurer, Hart se dirigea vers la porte en acier.

— Monsieur Thompson, vous pouvez ouvrir, maintenant.

Un cri jaillit de derrière la porte. Un cri semblable à celui que poussait la fillette en plein cauchemar. Un cri qui donnait à Hart des sueurs froides et lui faisait souhaiter que jamais, dans la vie réelle, l'enfant n'ait de telles frayeurs.

— C'est fini, ma chérie, dit-il à travers la porte. Tout va bien, maintenant.

Ben Thompson poussa le battant entièrement et s'effaça afin de permettre à Hart de le rejoindre sur l'étroit palier, en haut de l'escalier.

— Papa ! s'écria Felicity, qui était dans les bras de Margaret Thompson au pied des marches.

Il fut soulagé de voir qu'elle allait bien.

— Winnie est avec toi ? demanda la fillette d'une voix craintive.

Wendy s'avança à son tour pour lui faire un petit coucou.

— Tout va bien, ma puce, dit-elle en s'efforçant de sourire.

Mais elle mentait ; tout n'allait pas aussi bien qu'elle le disait. La maison avait été dévastée, ses parents étaient traumatisés et, comme si cela ne suffisait pas, elle avait tué quelqu'un. Sans doute était-ce la première fois qu'elle faisait usage de son arme…

Hart était lui-même pas mal ébranlé par l'attaque dont ils avaient fait l'objet. Et il ne décolérait pas.

Avec le dispositif de sécurité qui avait été mis en place autour de la villa, comment les tueurs à la solde de Luther Mills avaient-ils pu accéder au jardin ? Et par quel subterfuge avaient-ils réussi ensuite à s'introduire dans la maison ?

Certes, ils étaient nombreux car Mills, farouchement déterminé à éliminer Wendy, n'avait pas lésiné sur les moyens. C'était un bataillon de tueurs que le trafiquant de drogue avait mis sur le coup.

Se penchant vers Wendy, Hart dit tout bas :

— Il est exclu que vous expertisiez cette scène de crime.

Le commissaire devait avoir l'ouïe fine parce qu'il déclara :

— Fisher a raison.

Hart n'avait qu'une hâte : que sa fille ainsi que Wendy et ses parents sortent de la maison. Mais il ne voulait pas que Felicity voient les corps, aussi fit-il signe à Mme Thompson de rester en bas pour le moment.

Lorsque la police se fut assurée que tout danger avait bien été écarté, les ambulanciers purent entrer. Les corps étendus dans le séjour ne retinrent pas longtemps leur attention : pour ces deux-là, il n'y avait plus rien à faire.

Anormalement calme au milieu de toute cette agitation, Wendy avait l'air hébétée. Était-elle en état de choc ? s'interrogea Hart, très inquiet pour elle.

— Vous êtes sûre que ça va ? demanda-t-il.

Elle acquiesça à nouveau, mais ses beaux yeux verts étaient pleins de larmes.

Hart sentit son cœur se serrer. S'il ne s'était pas retenu, il l'aurait prise dans ses bras pour la rassurer. Mais lui faisait-elle encore confiance après qu'il eut presque failli à sa mission ? Il ne savait pas lui-même comment il avait survécu à la salve de coups de feu qui s'était abattue sur lui lorsqu'il était sorti dans le jardin.

Chassant résolument ses larmes avec force clignements de paupières, Wendy redressa les épaules.

— Ça va très bien, assura-t-elle.

Puis elle se tourna vers le commissaire et ajouta :

— Bien que légalement je ne puisse pas le faire, j'aimerais quand même beaucoup expertiser cette scène. Il faut absolument qu'on trouve un indice nous permettant de relier cette attaque à Luther Mills.

Hart la reconnaissait bien là : résolue à faire son travail, quelles que soient les circonstances. Son admiration pour elle ne cessait de grandir, ce qui ne manquait pas de l'interpeller. Car Wendy n'était rien d'autre que sa cliente.

Il se doutait cependant qu'après le fiasco récent de sa mission de protection, elle ne le resterait pas longtemps. Il n'osait pas regarder Parker, qui devait être furieux contre lui.

Le commissaire pressa affectueusement l'épaule de Wendy.

— Mademoiselle Thompson, ne vous préoccupez pas de la scène de crime ou de Luther Mills. Pensez à vous, plutôt. Et à votre famille.

— Je n'arrête pas de penser à ma famille, répondit-elle d'une voix qui se fêla. Je m'inquiète pour mes parents.

Hart compatissait. Il s'était lui-même fait beaucoup de souci, ne sachant pas ce qu'il allait trouver dans la maison, craignant qu'ils ne soient tous morts.

À cause de ce salopard de trafiquant de drogue…

Parmi ceux des tueurs qui avaient survécu, Hart espérait

qu'il y en aurait un qui parlerait – parce qu'il était grand temps de mettre fin au règne de terreur de Luther Mills.

Luther esquissa un sourire lorsque son avocat entra dans la petite salle de réunion. Son conseil, qu'il avait tiré du lit, avait l'air nettement moins soigné que la dernière fois. Il avait troqué son costume taillé sur mesure contre un jean et un sweat douteux, ses cheveux étaient en broussaille et il avait le regard hagard et la pupille dilatée, comme s'il manquait de sommeil ou s'il avait trop bu.

— Qu'y a-t-il de si urgent ? Pourquoi m'avoir fait venir à une heure pareille ? demanda l'avocat, mécontent.

Le rictus de Luther se transforma en grimace. Si lui n'arrivait pas à fermer l'œil, pourquoi son avocat dormirait-il ? La date du procès approchait. Il avait réussi à faire entrer en douce de quoi rendre sa détention plus supportable, mais les gardiens hésitaient maintenant à accéder à ses requêtes.

Il lui restait encore à éliminer le témoin oculaire et il n'avait toujours pas réussi à régler son compte à cette maudite technicienne du labo de la police scientifique, puisque l'attaque qu'il avait commanditée contre elle venait d'échouer.

— Je veux que vous représentiez quelques amis à moi, dit Luther.

L'avocat regimba.

— Ce n'était pas prévu. Vous auriez dû me le dire avant.

Il avait sans doute eu vent de l'attaque par les médias. Il y avait eu plusieurs morts. Tous du côté de Luther, malheureusement. Au diable la Payne Protection Agency !

Et plus particulièrement Hart Fisher. Avait-il noué une relation avec sa cliente pour s'investir autant dans sa mission ?

Ces fichus gardes du corps manquaient décidément de professionnalisme ! Raison de plus pour leur régler leur compte à tous.

Tous ceux qui seraient mêlés de près ou de loin à son procès allaient y passer.

— Il va falloir que vous vous assuriez de la loyauté des amis en question, expliqua Luther à son avocat.

Quelque chose lui disait que bien que sexy en diable, l'adjointe du procureur était une sacrée garce et qu'elle ferait tout ce qu'elle pourrait pour obtenir des aveux des gars responsables de l'attaque. Et elle n'aurait peut-être pas à insister beaucoup pour qu'ils passent à table…

Certains d'entre eux étaient en liberté conditionnelle suite à la tentative de meurtre sur Rosie Mendez. Ils risquaient de lourdes peines de prison.

Presque aussi lourde que celle qui attendait Luther.

— Il ne faut pas qu'ils parlent, insista-t-il. Je compte sur vous pour leur faire passer le message.

Sinon, il s'en chargerait lui-même et ferait en sorte que les gars ne puissent plus jamais l'ouvrir.

Mais, pour arriver à ses fins, il valait peut-être mieux qu'il évite la méthode directe. Ce nouvel échec ne venait-il pas encore de le prouver ?

La Payne Protection Agency avait su faire face à une attaque frontale. Luther devait donc trouver un moyen plus subtil de se débarrasser de Wendy Thompson. L'attaque serait si sournoise que personne, même pas Hart Fisher, ne la verrait venir.

Et si d'aventure cet empêcheur de tourner en rond perdait la vie, Luther serait le plus heureux des hommes.

13

Ses mains tremblaient. Sa mère, qui pliait avec elle les affaires à ranger dans la valise, s'en aperçut et posa une main sur la sienne.

— Tout va bien se passer, assura-t-elle.

Wendy ne demandait qu'à la croire, mais elle avait eu si peur pour eux tous, en particulier pour Felicity qu'elle avait promis de protéger, et elle se sentait si mal d'avoir dû tuer ce jeune qui allait tirer sur Hart, qu'elle n'arrivait pas à se calmer.

— Je suis désolée, maman, murmura-t-elle d'une voix vibrante d'émotion.

Elle faisait tout ce qu'elle pouvait pour ne pas pleurer mais lorsqu'une larme coula sur sa joue, sa mère la lui sécha, comme quand elle était petite. Puis elle prit le menton de Wendy entre ses doigts et déclara :

— Rien de tout cela n'est ta faute, ma chérie.

Wendy secoua la tête.

— Bien que si. C'est à cause de moi que la maison a été saccagée et que papa et toi avez failli vous faire tuer.

Son père sortit de la salle de bains, une trousse de toilette dans les mains.

— Au sous-sol, nous ne risquions pas grand-chose, objecta-t-il. Et pour ce qui est de la maison, elle avait grand besoin d'être rénovée. À quelque chose malheur est bon, non ?

L'optimisme indéfectible de son père, sa bonne humeur

que rien ne semblait pouvoir entamer, eurent raison de ses efforts pour ne pas s'effondrer.

Elle se mit à sangloter bruyamment et à pleurer comme une Madeleine. Son père et sa mère refermèrent leurs bras autour d'elle et s'employèrent à la consoler.

Ils avaient toujours été là pour elle. Contrairement à Felicity, qui ne pouvait compter que sur son père, Wendy se rendait compte de la chance qu'elle avait d'avoir ses deux parents.

— Je suis vraiment désolée, murmura-t-elle à nouveau.

Son père s'écarta et planta son regard droit dans le sien.

— Tu n'y es pour rien, Wendy. Le coupable, c'est cette ordure de Luther Mills.

Elle acquiesça en reniflant.

— Mais tu aurais dû nous mettre au courant, ajouta son père, d'un ton réprobateur.

— Oui, je sais, mais je ne voulais pas vous inquiéter.

— Soit. Mais est-ce que ça justifiait que tu nous mentes ?

Wendy s'empourpra, telle une gamine prise en faute. Mentir ne lui avait jamais valu que des ennuis. Elle ne comptait pas les fois où, adolescente, elle s'était fait punir parce qu'elle avait essayé de cacher ses frasques à ses parents.

Elle aurait mieux fait de tout leur raconter ; c'eût été plus simple et tellement plus confortable pour elle. Et, surtout, ils n'auraient pas risqué leur vie. Ils auraient quitté la maison. Elle les aurait mis à l'abri. Dans cette planque où ils allaient partir maintenant.

— En plus, tu mens très mal, dit son père. Nous avons tout de suite compris qu'il se passait quelque chose et du coup nous nous faisions du souci.

— Pardon, maman. Pardon, papa. Je croyais bien faire en inventant cette histoire de cafards. Je m'en veux aussi de vous avoir menti au sujet de Hart.

Sa mère sourit et lui tapota la joue.

— Ah, non, en ce qui concerne Hart, tu n'as pas menti.

— Hart n'est pas mon petit ami, juste mon garde du corps, insista Wendy.

Son père et sa mère échangèrent un petit sourire complice.

— Il n'y a rien entre nous, dit encore Wendy d'une voix qui manquait cruellement d'assurance.

— Tu as eu le béguin pour lui pendant longtemps, lui rappela sa mère.

Bien trop longtemps. Wendy rougit encore plus en repensant à cette stupide amourette.

— Quelle idiote j'étais !

— Je ne suis pas de cet avis, surtout après l'avoir rencontré, déclara sa mère en lui décochant un clin d'œil.

Ses parents étaient de toute évidence persuadés qu'il y avait quelque chose entre elle et Hart. Chercher à les en dissuader aurait été une perte de temps. Surtout maintenant, alors qu'ils étaient sur le point de partir.

— Vos affaires sont prêtes ? demanda-t-elle.

Sa dérobade ne passa évidemment pas inaperçue. Sa mère gloussa mais ne fit pas de commentaire.

— Et les tiennes ? répliqua son père.

Elle secoua la tête.

— Tu viens aussi, décréta-t-il d'un ton péremptoire.

Mais Wendy avait passé l'âge qu'on lui dicte sa conduite.

— Non, moi, je reste, dit-elle.

— Mais c'est de la folie, Wendy ! s'exclama sa mère. Mills en a après toi. Il ne va pas s'arrêter là. Il faut que tu viennes avec nous.

— Non, je regrette, mais j'ai du travail et aucune envie de tout lâcher parce qu'un enfoiré de trafiquant de drogue sur le point d'être jugé a juré d'avoir ma peau.

— Si vous mourez, il n'est pas près d'être jugé, dit une voix grave derrière elle.

Elle se retourna. Hart était adossé au chambranle de la porte. Il avait les traits tirés, les yeux cernés et les cheveux en bataille. Et ses vêtements étaient tout déchirés.

Elle ne savait pas comment il avait fait pour passer entre les balles, mais il était vivant et c'était tout ce qui comptait.

Wendy s'apprêtait cependant à lui tenir tête lorsqu'une petite voix le réclama.

— Papa…

Il s'empressa d'aller rejoindre sa fille.

— Ce garçon est parfait, marmonna sa mère. Comme garde du corps, ajouta-t-elle non sans malice.

C'était pourtant tout ce qu'il était. Et Wendy n'avait même plus le béguin pour lui.

Ce qu'elle ressentait aujourd'hui était bien plus profond qu'un simple béguin, mais ces sentiments-là, elle le savait, n'étaient malheureusement pas réciproques.

Hart souleva sa fille dans ses bras et la serra très fort contre sa poitrine. Il l'aimait tellement…

Avec un soupir de soulagement, Felicity posa sa tête au creux de son épaule. Il ne s'était éloigné d'elle qu'un court instant, mais elle se comportait comme s'il revenait après une longue absence.

Serait-il encore possible pour lui de la confier à une tierce personne pendant qu'il allait travailler ? Il serait bien obligé. Il devait protéger Wendy, qui n'en faisait qu'à sa tête.

— C'est fini, ma chérie. Tu n'as plus rien à craindre.

— Je sais, dit la fillette. C'était juste un jeu.

Wendy était passée par là, songea-t-il, plein d'admiration et de reconnaissance pour la jeune femme qui avait une fois de plus su apaiser l'enfant.

Pourquoi réussissait-elle encore à l'épater ? Il aurait préféré être furieux contre elle et la maudire.

Au lieu de quoi, il l'admirait… et la désirait.

Elle sortit de la salle de séjour, une valise à la main. Il savait que ce n'était pas la sienne. Elle avait décrété qu'elle n'irait pas avec ses parents se réfugier dans la planque mise à disposition par la police.

Une vraie tête de mule.

— Winnie ! s'écria Felicity en tendant les bras.

Wendy posa la valise et prit la fillette dans ses bras.

Felicity lui fit un gros câlin auquel Wendy répondit avec fougue. Touché par cette démonstration d'affection réciproque, Hart les observait sans rien dire.

La tendresse qu'il lisait dans les yeux de la jeune femme le laissait pantois. Comment Felicity et Wendy avaient-elles pu s'attacher l'une à l'autre en si peu de temps ?

Avec sa mère, Felicity n'avait jamais connu une telle complicité. Mais Hart pensait que Monica était incapable d'aimer. D'où son caractère volage. Il plaignait sincèrement son nouveau mari car il savait d'expérience que très vite Monica se lasserait de lui et irait voir ailleurs.

— Et que voilà notre jolie princesse ! s'exclama la mère de Wendy en arrivant à son tour, en boitant légèrement.

Elle ne parlait pas de sa fille, mais de celle de Hart.

Se détachant de Wendy, Felicity tendit les bras à l'institutrice à la retraite. L'épisode de la chambre forte avait rapproché la fillette des parents de Wendy.

— Tu sens bon le gâteau, déclara l'enfant en se blottissant contre Margaret.

— Dans notre nouvelle maison, nous ferons de la pâtisserie ensemble, proposa Margaret. Tu seras mon assistante, si tu veux.

Hart se raidit.

— Quoi ?

— Nous aimerions l'emmener, dit Ben. Si vous êtes d'accord, bien sûr.

Ne sachant que penser de cette proposition, Hart demeura un instant interdit. Les Thompson le jugeaient-ils infoutu de s'occuper de sa fille ? Ou voulaient-ils juste lui rendre service ?

Wendy leur avait tout raconté. Ils étaient au courant de la situation.

— Je ne comprends pas..., murmura-t-il.

Wendy semblait aussi déconcertée que lui.

— Nous savons que vous avez la garde de la petite, dit Margaret. Et que vous n'avez plus de baby-sitter.

Il pouvait en recruter une autre. Ou confier Felicity à Sharon, la femme de Parker, puisqu'elle avait proposé de le dépanner. Sur le moment, il n'avait pas accepté son offre, persuadé qu'il allait s'en sortir sans son aide. Il s'était bien gouré.

Il en avait eu la preuve ce soir. À cause de lui, Felicity avait failli se faire tuer.

Jamais il ne se le serait pardonné s'il était arrivé malheur à sa fille.

— C'est très gentil à vous, dit-il, mais comme le savez, je ne suis pas réellement le…

Il jeta un regard à Wendy qui était visiblement très gênée.

— Il faut que, euh, j'aille parler au commissaire, bredouilla-t-elle avant de s'éclipser.

Sans doute allait-elle encore essayer de convaincre Lynch de ne pas l'écarter de l'enquête. Ou de ne pas l'obliger à aller se planquer, comme tout le monde le lui conseillait.

— Nous savons, oui, dit Margaret avec un sourire.

— Alors pourquoi… ? demanda-t-il, de plus en plus déconcerté.

La réponse lui fut donnée par M. Thompson, qui s'approcha tout près de lui pour lui glisser à l'oreille :

— Vous protégez notre fille, alors laissez-nous protéger la vôtre.

Ces mots déclenchèrent chez Hart quelques battements de paupières. Tout comme les Payne, les Thompson étaient une famille au grand cœur, toujours prête à accueillir des étrangers en son sein.

— Cela te plairait de venir passer quelques jours avec papy Ben et moi pendant que ton papa et Winnie travaillent ? demanda Margaret à Felicity.

La fillette acquiesça avec enthousiasme, ce qui acheva de rassurer Hart.

— La planque est très sûre, nous a-t-on dit. Et nous allons avoir une armée de gardes du corps attachée à notre protection, ajouta Ben à voix basse. Avec nous, elle ne risque rien.

C'était ce qu'avait pensé Hart en l'amenant chez eux ce soir. Jamais il n'aurait imaginé que les hommes de main de Luther Mills se montreraient aussi téméraires…

Lynch et Parker leur avaient garanti que personne ne connaîtrait l'adresse de la planque, en dehors des gardes du corps. L'informateur de Mills au poste de police ne saurait pas où les Thompson avaient été emmenés.

— Felicity n'est pas toujours facile, dit Hart, conscient que sa fille pouvait parfois se montrer un peu capricieuse.

Ben se mit à rire.

— Ma femme était institutrice en maternelle et moi, entraîneur sportif. Autant vous dire que nous avons l'habitude des enfants. Il n'y a qu'avec la nôtre, peut-être, que tout ne se passe pas toujours comme nous le voudrions…

Ce fut au tour de Hart de rigoler. Il n'était pas surpris que Wendy leur ait donné du fil à retordre.

— Il vaudrait mieux que Wendy aille avec vous, déclara-t-il en recouvrant son sérieux.

— Elle ne viendra pas.

Ben semblait en avoir pris son parti, contrairement à Hart qui espérait encore la convaincre de partir.

Même si, en réalité, il la voulait pour lui tout seul.

La tape amicale que Ben lui donna sur l'épaule le fit sursauter.

— Prenez bien soin de Wendy, dit Ben, comme s'il avait lu dans ses pensées et lui donnait sa bénédiction. Ma fille est une vraie tête de mule ; rien ni personne ne l'empêchera de continuer à travailler.

Hart l'avait bien compris. Wendy n'en faisait jamais qu'à sa tête. Sauf que là, son obstination risquait de lui coûter cher.

Il savait que les Thompson s'occuperaient bien de sa fille. Il n'était pas sûr, en revanche, qu'ils aient raison de lui confier la leur.

Woodrow Lynch avait des filles de son précédent mariage et il considérait celles de sa seconde épouse, Penny Payne, également comme les siennes. Elle faisait de même de son côté. Tous deux avaient en outre tendance à s'attacher aux enfants des autres. Woodrow ne pouvait s'empêcher de se montrer paternel avec Wendy Thompson. L'affection qu'il ressentait pour elle était telle que l'impudente arrivait à le faire sortir de ses gonds.

Tandis qu'on évacuait les corps des deux tueurs qui avaient failli lui régler son compte, elle le supplia de la laisser continuer à travailler – sans garde du corps, bien entendu.

Ou, en tout cas, sans Hart Fisher.

Elle se tourna vers Parker, qui se tenait à côté de Woodrow.

— Il faut qu'il reste avec sa fille. Felicity aurait pu mourir, ce soir, dit-elle, des sanglots dans la voix.

— Partez avec vos parents, insista Woodrow. Acceptez d'être placée sous protection jusqu'à la fin du procès. Votre travail attendra.

— Non, il ne peut pas attendre, justement. C'est vous qui m'avez parlé de ces autres dossiers d'inculpation contre Mills qui avaient été classés sans suite. Si je venais à disparaître, il est à craindre que les pièces à conviction ne se volatilisent.

Il tressaillit. Mais il ne pouvait la contredire. Se débarrasser de Wendy n'avait aucun sens dans la mesure où les éléments de preuve seraient toujours là. À moins que Mills n'ait élaboré un plan dans lequel il confierait à quelqu'un le soin de les détruire après avoir auparavant éliminé Wendy.

Ce quelqu'un pourrait très bien être un autre technicien du labo de la police scientifique.

Mais, si Wendy avait dans son propre service un collègue ripou, elle courait un danger encore plus grand que ce qu'avait imaginé le commissaire. Elle ne serait dans ce cas en sécurité nulle part.

Sauf peut-être à la planque.

Si elle partait, il pressentait cependant qu'une fois de plus le dossier s'effondrerait, faute de preuves. Pour des raisons de traçabilité, il y avait forcément quelqu'un d'autre qui savait où étaient conservées ces pièces à conviction. Ce quelqu'un était possiblement déjà à la solde de Luther Mills.

C'était un scénario dont Lynch ne voulait pas, aussi n'avait-il finalement d'autre choix que de laisser Wendy risquer sa vie.

14

Wendy avait eu gain de cause et pouvait donc continuer à travailler sur d'autres affaires en attendant le procès. Mais, si Lynch s'était laissé convaincre, c'était parce qu'il y avait un traître parmi ses collègues et qu'il comptait sur elle pour le démasquer.

Elle frissonna.

Hart mit le chauffage plus fort dans le 4x4. Elle n'avait pas réussi, en revanche, à se débarrasser de son garde du corps, étant apparemment la seule à penser qu'il ne devrait pas la protéger. En restant avec elle, il se mettait en danger. Ce qui s'était passé chez ses parents l'avait clairement montré.

— Où m'emmenez-vous ? demanda-t-elle.

— En lieu sûr, répondit-il sans quitter la route des yeux.

Elle se raidit.

— Il vaut mieux ne pas m'emmener à proximité de la planque où mes parents et Felicity vont être conduits.

— Je ne sais pas où elle se trouve.

— Je suis désolée, murmura Wendy. Ce ne doit pas être facile pour vous – de ne pas savoir où on emmène votre fille.

— Je sais qu'elle sera en sécurité. C'est l'essentiel.

Regrettant de l'avoir entraîné là-dedans, Wendy ferma les yeux pour tenter de refouler ses larmes.

— Je sais aussi qu'elle est entre de bonnes mains, ajouta Hart d'une voix enrouée. Vos parents sont si gentils.

Lorsque le 4x4 s'arrêta, Wendy rouvrit les yeux. Hart s'empressa de descendre pour venir lui ouvrir la portière.

— Nous sommes arrivés, déclara-t-il.

Regardant autour d'elle, elle vit qu'ils se trouvaient dans une rue du quartier des entrepôts, qui était en pleine rénovation, plusieurs entrepôts ayant déjà été transformés en duplex de standing. Mais du ruban jaune tendu entre les réverbères délimitait une zone dont l'accès était interdit au public.

— C'est une scène de crime, fit-elle remarquer.

La semaine précédente, elle était venue l'expertiser. Il y avait eu une fusillade lors de la tentative de meurtre de Rosie Mendez. Plusieurs hommes de main de Luther Mills avaient été tués.

— Que venons-nous faire ici ? demanda Wendy, intriguée.

— C'est ici que j'habite, expliqua Hart.

— Vous avez acheté la planque de l'agence ?

Il secoua la tête.

— Non, dit-il. Mon appartement se trouve de ce côté.

Il lui désigna un immeuble, juste en face, qui ressemblait encore beaucoup à un entrepôt. La façade s'ornait de quelques briques, et un trottoir menait à une lourde porte en acier.

— Je l'ai acheté il y a quelques mois, tout de suite après la rénovation. Il y a une cour au centre de l'immeuble avec une aire de jeu.

Il avait pensé à Felicity en s'installant là, songea Wendy. Et dire qu'à cause d'elle il ne savait même pas où sa fille allait passer les prochains jours…

Submergée par la culpabilité, elle le suivit sans discuter tandis qu'il la faisait entrer chez lui.

— Et voilà, dit-il, une fois la lourde porte refermée derrière eux. Ici, nous ne risquons rien.

Wendy ne se sentait pas rassurée, seule avec lui dans son appartement. Des jouets traînaient sur la table basse du salon, comme si Felicity était partie précipitamment en laissant tout en plan.

Pauvre gosse, qu'elle privait de son père et de sa maison ! songea la jeune femme, de plus en plus mal à l'aise.

— Je suis désolée, dit-elle.

— D'avoir refusé d'être mise sous protection ? demanda Hart en haussant un sourcil brun.

— De vous mettre en danger, votre fille et vous.

— Le danger ne vient pas de vous mais de Luther Mills.

— J'ai essayé de convaincre Parker de vous relever de cette mission pour que vous puissiez aller rejoindre Felicity et mes parents.

Elle ne la connaissait que depuis quelques jours, et la petite fille lui manquait déjà. Alors elle se mettait à la place de son père…

D'instinct, elle posa une main sur son torse. Son cœur battait sourdement sous sa paume.

— Vous ne voulez plus de moi comme garde du corps ? lança-t-il.

— Je ne veux pas vous mettre en danger, ni vous ni Felicity. Ni non plus mes parents.

Elle ferma les yeux dans lesquels les larmes affluaient à nouveau. La fatigue la rendait émotive. Il y avait une éternité qu'elle n'avait pas eu une bonne nuit de sommeil. Depuis qu'elle avait commencé à recevoir des menaces, elle ne dormait plus.

— Vos parents sont en sécurité, dit-il d'une voix douce et apaisante. Et Felicity aussi.

Elle rouvrit les yeux.

— Eux, oui. De moins je l'espère. Mais vous, en revanche, vous ne l'êtes pas, répliqua-t-elle en repensant au pistolet que le jeune tueur avait pointé sur lui.

— C'est vrai, admit-il en soupirant. Je prends des risques. De très gros risques.

Il la fixait d'un air étrange. Puis, sans crier gare, il baissa la tête et posa sa bouche sur la sienne. Son baiser fut d'abord tendre et timide, ses lèvres effleurant doucement celles de Wendy.

Puis, lorsqu'en proie à une bouffée de désir, elle noua les bras autour de son cou, il l'embrassa avec plus de fougue, mêlant sa langue à la sienne et serrant la jeune femme contre lui à l'étouffer.

Elle sentit tout à coup ses pieds décoller du sol. Hart la soulevait dans ses bras et l'emportait. Elle s'accrocha à son cou.

Non qu'elle eût craint de tomber. Le mal était fait, elle le savait. Elle était bel et bien tombée amoureuse de Hart Fisher.

Et cela longtemps avant qu'il ne devienne son protecteur et son sauveur.

Elle n'avait plus la force de lutter contre l'attirance qu'il exerçait sur elle. De résister au désir qu'elle ressentait pour lui. Elle avait failli le perdre et ne jamais avoir l'occasion de le connaître intimement. Lorsqu'il la déposa sur le lit, elle l'entraîna avec elle, et ils se retrouvèrent dans la même position que la nuit où il était entré dans sa chambre par la fenêtre.

Leurs jambes s'emmêlèrent, et elle sentit son érection contre sa hanche. En gémissant, elle se cambra contre lui.

— Wendy…, murmura-t-il en essayant de se dégager.

Elle l'aurait peut-être lâché, si elle n'avait pas vu ses yeux brillants comme des éclats de mica et son visage enfiévré. Il était évident que lui aussi éprouvait du désir.

Elle glissa une main entre eux deux et caressa son sexe turgescent qui tendait au maximum la braguette de son jean. Il retint son souffle un instant puis expira entre ses dents serrées.

— Vous allez me rendre fou, chuchota-t-il.

— Ce n'est pas le but, dit Wendy. Ce que je veux, c'est vous.

En cet instant, elle sut gré à Parker et à Lynch d'avoir refusé sa requête. Parce que s'ils l'avaient écoutée, Hart ne serait plus son garde du corps. Et elle ne serait pas dans son lit.

Il ne serait probablement jamais son petit ami, mais aujourd'hui il pouvait au moins être son amant.

Lorsqu'elle entreprit de lui déboutonner sa braguette, il eut un mouvement de recul.

— Doucement, implora-t-il, pantelant.

Elle sourit et se laissa tomber sur le lit. *Son* lit. Les draps et les oreillers étaient marron foncé, de la même couleur que ses yeux. En temps normal. Parce que présentement, ses pupilles étaient si dilatées que ses yeux avaient viré au noir.

Wendy ôta son T-shirt en le faisant passer par-dessus sa tête. Puis elle le jeta par terre. Son soutien-gorge n'était pas particulièrement sexy. À la dentelle et à la soie, elle préférait le coton, bien plus confortable. Mais il était vert sapin et, pigeonnant, découvrait largement le haut de ses seins.

— Wendy…, dit encore Hart, le souffle court.

Elle voulut le débarrasser de son T-shirt mais, lorsque ses doigts effleurèrent ses magnifiques tablettes de chocolat, il bloqua sa respiration, comme si elle l'avait frappé au plexus et lui avait coupé le souffle.

En un tournemain, il retira son T-shirt et son holster. Le pistolet se retrouva sur la table de chevet tandis que son T-shirt allait rejoindre celui de Wendy, par terre au pied du lit. Ils achevèrent ensuite de se dévêtir à toute vitesse, brûlant l'un et l'autre d'une impatience irrépressible.

Lorsqu'ils furent nus, Wendy ne put s'empêcher d'admirer le corps ferme, viril et athlétique de Hart.

Elle se trouvait un peu ronde mais, à en juger par l'état dans lequel elle l'avait mis, cela ne semblait pas le déranger beaucoup. Se penchant sur elle, il l'embrassa sur les lèvres, puis sa bouche descendit le long de sa gorge, au creux de laquelle elle s'attarda. Du bout de la langue, il titilla son pouls qui battait frénétiquement.

Puis il reprit sa lente exploration, couvrant de baisers enfiévrés ses seins ronds avant d'emprisonner entre ses lèvres l'un de ses mamelons qu'il se mit à mordiller doucement.

Wendy laissa échapper un gémissement de plaisir. Éperdue de désir, elle saisit entre ses doigts son sexe triomphant.

Hart poussa un grognement.

— Je vais jouir trop vite, murmura-t-il en s'écartant.

— Cela m'est égal, assura Wendy.

Elle avait terriblement envie de lui. Elle le voulait maintenant. Il y avait si longtemps qu'elle attendait ce moment…

— Mais je veux te donner du plaisir, déclara-t-il.

Joignant le geste à la parole, il se déplaça vers le bas du lit et enfouit son visage entre les cuisses de Wendy qui peinait à croire qu'elle ne rêvait pas.

Tout avait pourtant l'air si réel – cette bouche chaude qui l'embrassait partout, cette langue vive et taquine au cœur de son intimité. Elle vibrait de tout son corps, se cambrait, gémissait, aspirant à une fusion plus complète. Le saisissant aux épaules, elle essaya de le tirer vers le haut.

Mais il se dégagea. Elle l'entendit déchirer quelque chose. Puis elle le vit enfiler un préservatif. Elle l'aida à se positionner entre ses jambes et le guida en elle, creusant les reins pour l'accueillir au plus profond.

Lorsqu'il commença à aller et venir, très doucement, comme s'il craignait de lui faire mal, Wendy frémit longuement.

— Ça va ? demanda-t-il d'une voix rauque.

— Ne t'arrête surtout pas, implora-t-elle.

C'était encore mieux que dans ses rêves les plus torrides. Hart était l'amant idéal, celui pour lequel elle semblait avoir été faite. Elle se mit à bouger sous lui au rythme de ses coups de reins de plus en plus fougueux.

Penchant la tête, il l'embrassa à pleine bouche, passionnément. Puis ses mains furent partout sur elle, caressant ses seins ronds qui épousaient le creux de ses paumes, glissant sur la peau halitueuse de son ventre, flattant son mont de Vénus. Lorsqu'il introduisit son index en elle et se mit à taquiner la partie la plus sensible de son anatomie, un tsunami de plaisir la submergea. Elle s'y abandonna en criant son nom.

Deux secondes plus tard, il se raidit et jouit à son tour dans un long râle.

Alors qu'elle reprenait son souffle blottie dans ses bras, Wendy se sentait à la fois comblée comme jamais encore elle ne l'avait été, et terriblement vulnérable.

Elle avait peur de Luther Mills et de ses sbires.

Mais pas seulement.

Ses sentiments étaient également une source d'inquiétude. Elle craignait d'être tombée follement et irrémédiablement amoureuse de Hart Fisher.

Ce n'était pas la première fois que Hart se trouvait dans une situation dangereuse. Dans le jardin de la villa des Thompson, pris pour cible par une demi-douzaine de tireurs, il avait vraiment cru qu'il n'en réchapperait pas vivant et il avait eu peur. Mais, en couchant avec Wendy Thompson, il se rendait compte qu'il avait là aussi pris un risque énorme.

Il s'était laissé déconcentrer, incapable de résister à l'attirance qu'elle exerçait sur lui. Le désir qu'il éprouvait pour elle l'avait détourné de sa mission, qui consistait non pas à lui faire l'amour mais à la protéger.

Il avait l'impression maintenant que c'était lui qui avait besoin d'être protégé. Pour ne pas succomber à nouveau.

Après un rapide passage à la salle de bains, il était cependant revenu se coucher à côté de Wendy. Et il l'avait prise dans ses bras, attirant contre lui son corps doux et chaud.

Elle dormait si profondément qu'il se demanda un instant si elle ne s'était pas évanouie. Pâmée de plaisir. Il se trouvait lui-même encore sous le coup de l'émotion engendrée par l'orgasme d'anthologie qu'elle lui avait donné. Des frissons irrépressibles le parcouraient de la tête aux pieds.

Le souvenir de leurs ébats passionnés réactiva le désir qu'il avait d'elle. Toutefois il hésitait à la réveiller.

Il savait qu'elle manquait de sommeil et avait grand besoin de récupérer de toutes ces nuits blanches qu'elle avait accumulées récemment. Mais, même ses cernes avaient quelque chose d'attendrissant. Presque autant que les taches de rousseur qui parsemaient son nez et ses joues…

Elle était si jolie. Ses cheveux roux étaient tout emmêlés

et chatouillaient le cou de Hart qui n'avait aucune envie de bouger.

Comment avait-il pu rester si longtemps sans la remarquer ? À l'époque où Wendy et lui travaillaient ensemble, on l'avait charrié à cause du prétendu béguin qu'elle avait pour lui. Mais il était encore marié, du moins au début, et avait bien d'autres soucis en tête.

Lorsqu'il s'était séparé de Monica, il avait juré que plus jamais il ne se remettrait en couple avec qui que ce soit.

Wendy n'était pas du genre à se contenter d'une simple liaison. Elle souhaitait sans doute se marier, encouragée en cela par l'exemple que lui donnaient ses parents. Elle ne pouvait pas savoir que la longévité de leur couple était exceptionnelle. Échaudé par l'échec de son mariage, Hart, lui, ne cherchait pas à s'engager durablement.

Il aurait mieux fait de s'abstenir de faire l'amour avec elle. Mais lorsqu'elle avait posé la main sur son torse, juste à l'endroit du cœur, un violent désir s'était emparé de lui. Le besoin impérieux qu'il avait eu d'elle était comparable au besoin qu'il avait de respirer.

Respirer, songea Hart, que le manque d'air poussa à se lever à nouveau. Cependant quand il essaya de dégager son bras, coincé sous Wendy, elle protesta.

— Dors, murmura-t-il. Je reviens tout de suite.

— Où vas-tu ? demanda-t-elle, complètement réveillée.

— Je vais jeter un coup d'œil dehors. Je veux m'assurer que les hommes qui surveillent l'immeuble sont bien à leur poste.

Luther Mills n'allait probablement rien tenter dans l'immédiat. La plupart de ses acolytes étaient en prison ou à la morgue.

— Je ne risque rien. Rendors-toi vite.

Elle ne voulait pas le laisser se lever et s'agrippait à lui.

— J'ai peur, Hart. Rappelle-toi ce qu'il s'est passé la dernière fois où tu as voulu aller jeter un coup d'œil dehors.

Il avait failli se faire tuer. Il n'était pas près de l'oublier.

— Je te promets de faire attention, dit-il en l'obligeant

à lâcher prise. Luther Mills ayant perdu la plupart de ses hommes, il n'y a rien à craindre de lui pour l'instant. Il va lui falloir un peu de temps pour reformer ses troupes.

Elle le fixa longuement.

— En ce cas, pourquoi tiens-tu tellement à aller t'assurer que tes collègues sont à leur poste ? Et pourquoi les avoir fait venir ?

Elle avait compris. S'il sortait, ce n'était pas dans le souci de la protéger, mais pour se protéger lui.

Parker n'était pas tranquille et avait à nouveau un mauvais pressentiment. Par chance, la fusillade de la veille n'avait fait aucune victime ni dans son camp ni dans celui de la police.

Mais il sentait que ce n'était pas fini.

Était-ce parce qu'il savait Wendy Thompson vulnérable ?

Le commissaire aurait dû l'obliger à partir. Avec ses parents et la fille de Hart, elle aurait été en sécurité.

Mais qui pouvait en jurer ?

Luther Mills allait probablement tout faire pour se débarrasser d'elle. Il savait qu'à son procès, plus encore que le témoignage du témoin oculaire, les pièces à conviction qu'elle avait collectées lui vaudraient d'être condamné à une peine de prison à perpétuité.

Parker s'inquiétait donc pour la jeune femme. Elle seule pouvait garantir la préservation de ces éléments de preuve. Si elle les confiait à quelqu'un d'autre, il y avait de fortes chances pour qu'ils disparaissent.

Préoccupé, il prit son téléphone et appela Hart qui répondit à la première sonnerie, ce qui était plutôt bon signe.

— Tout va bien ? s'enquit Parker.

Le long silence qui s'ensuivit était en revanche de mauvais augure.

— Ouais, ça va, finit par répondre Hart, mais il avait l'air d'avoir la tête ailleurs.

— Tu es sûr ? insista Parker.

Peut-être Hart ne supportait-il pas d'être séparé de sa fille…

N'obtenant pas de réponse, Parker demanda :

— Que se passe-t-il, Hart ?

Un énorme bruit retentit à l'autre bout de la ligne. Comme une explosion.

— Hart ? Hart, réponds-moi ! cria Parker, affolé.

Il n'obtint pas de réponse. Il ne savait même pas si le téléphone était encore opérationnel ou s'il avait sauté… lui aussi.

15

La déflagration secoua les carreaux et fit trembler les murs de l'ancien entrepôt.

Wendy, qui s'était levée tout de suite après Hart et habillée à toute vitesse, prit son pistolet et sortit de la chambre pour aller le rejoindre.

Il aurait dû l'écouter et ne pas s'aventurer dehors. Ne pas s'exposer au danger. Mais il n'avait rien voulu entendre. Il semblait n'avoir qu'une hâte : s'éloigner d'elle. Sans doute regrettait-il ce qu'ils avaient fait.

Wendy, elle, ne regrettait rien, même si elle risquait fort d'avoir le cœur brisé. Elle trouvait juste dommage de ne pas avoir réussi à convaincre Hart de rester au lit avec elle.

— Hart ! cria-t-elle, le cœur battant en courant comme une folle vers la porte.

Lorsqu'elle déboula dans la salle de séjour, elle vit qu'un incendie s'était déclaré à l'extérieur, juste devant la baie vitrée. Le 4x4 de Hart était en flammes.

Son arme à la main, elle ouvrit la porte d'entrée, qu'il avait pris soin de verrouiller en sortant.

— Hart !

Complètement paniquée, elle se dirigea vers le 4x4 de l'incendie, mais la chaleur suffocante l'empêcha d'approcher.

Hart était-il au volant ?

Non, c'était peu probable. Il ne serait pas parti en la laissant seule chez lui.

— Hart !

À force de crier, sa voix était éraillée. Et la peur lui comprimait tellement la poitrine qu'elle avait du mal à respirer.

Des volutes de fumée noire s'élevaient au-dessus des flammes qui consumaient le véhicule. On n'y voyait quasiment rien. Il fallait pourtant qu'elle s'approche, qu'elle retrouve Hart.

Elle buta contre quelqu'un, qu'elle prit pour Hart dans un premier temps. Mais elle comprit vite son erreur. À en juger par la manière brutale dont l'homme lui agrippa le bras, il ne pouvait pas s'agir de Hart.

La fumée se dissipant pendant un court moment, le visage de l'homme lui apparut soudain.

Une vraie tête de brute ! Ses traits étaient grossiers et tuméfiés, comme s'il avait passé sa vie à se bagarrer.

Wendy ne le connaissait pas. Mais, si elle ne savait pas qui il était, elle n'eut aucun mal à deviner ce qu'il faisait. À son regard froid et cruel, elle sut qu'elle avait affaire à un tueur.

Avait-il abattu Hart ?

La déflagration avait projeté Hart à terre. Ses oreilles bourdonnaient, à cause du boum assourdissant. Et, à travers la fumée épaisse, il ne voyait quasiment rien.

Il sut cependant que Wendy était en danger.

L'explosion n'avait probablement servi qu'à faire diversion. Elle n'avait eu d'autre but que de le faire sortir de chez lui, de l'éloigner d'elle. Sauf que Hart était déjà dehors lorsque le 4x4 avait sauté.

Il se doutait que Wendy était sortie pour voir ce qu'il se passait.

À la faveur d'un coup de vent qui permit une trouée dans le nuage de fumée, il la vit. Elle n'était pas seule. Un grand costaud la tenait fermement contre lui.

Les poumons en feu, il ne réussit pas à émettre le moindre son, mais, galvanisé par une violente poussée d'adrénaline, il se releva, tout tremblant. Lorsqu'il voulut prendre son pistolet, il se rendit compte que son holster était vide. Il avait dû le perdre en tombant. Avec cette fumée, impossible de le retrouver.

Wendy avait le sien, cependant.

Il savait à présent qu'elle n'hésiterait pas à s'en servir. À moins qu'au contraire le fait d'avoir dû en faire usage et d'avoir tué un homme ne la dissuade de tirer sur son ravisseur.

L'homme resserra son étreinte, obligeant Wendy à baisser les bras de façon que le pistolet ne soit pas pointé sur lui. Puis il essaya de le lui prendre des mains.

Hart lui sauta dessus par-derrière.

Surpris par cette attaque qu'il n'avait pas vue venir, l'homme fut projeté au sol, entraînant Wendy dans sa chute.

Hart tenta d'étouffer son adversaire en lui faisant une clé de cou. Mais, fort comme un bœuf, le gars se dégagea aussi facilement que si Hart avait été un gosse qui s'était amusé à monter sur son dos.

Désarçonné, Hart se retrouva par terre.

Lorsque l'homme se retourna et tendit vers lui ses mains gantées pour l'attraper, ils entendirent distinctement le déclic du chien d'un pistolet. L'homme se figea une demi-seconde puis s'enfuit à toutes jambes avant que Wendy lui tire dessus.

Hart souffla. Elle venait une fois de plus de lui sauver la vie. C'était à se demander lequel d'eux deux était le garde du corps. Parce que pour l'instant, en matière de protection, elle avait fait plus pour lui que lui pour elle.

— Ça va ? demanda-t-elle, penchée au-dessus de lui.

Son visage était pâle et crispé. Elle avait eu très peur, apparemment.

Il se contenta de hocher la tête.

— Que s'est-il passé ? Qui a bien pu faire sauter ton 4x4 ? Et dans quel but ?

Hart était aussi perdu qu'elle. Cela ne ressemblait pas à un coup de Luther Mills. Mais, si on allait par-là, le sabotage des freins de la voiture de la mère de Wendy ne lui ressemblait pas non plus.

Mills n'était pas aussi subtil.

Une explosion n'avait évidemment rien de subtil. Ses bourdonnements d'oreille s'étant dissipés, Hart entendait le hurlement des sirènes, au loin. Et le timbre grave de plusieurs voix masculines.

Ses collègues étaient là.

Lars Ecklund, qui travaillait pour Cooper, se précipita vers lui. Le colosse se baissa, le prit à bras-le-corps et le remit sur ses pieds, comme si Hart ne pesait pas plus qu'Annie, la poupée préférée de Felicity.

— Ça va, mon vieux ? demanda l'ancien marine, qui semblait lui-même pas mal secoué.

L'explosion avait dû faire surgir en lui des souvenirs douloureux liés à ses interventions dans des zones de combat.

— Oui, impeccable, prétendit Hart, terrifié par la tournure que prenaient les choses.

Luther Mills était manifestement passé à la vitesse supérieure. Il voulait la peau de Wendy, à défaut d'avoir celle de Rosie Mendez. Sauf que là, il ferait tout pour arriver à ses fins. Contrairement à ce que Hart et Parker avaient pensé, il ne lui avait pas fallu longtemps pour lancer un nouveau tueur à ses trousses.

Comment celui-ci avait-il fait pour les trouver aussi rapidement ? Les avait-il suivis jusqu'ici depuis la villa des Thompson ?

Hart avait pourtant gardé un œil sur son rétroviseur. Mais comme l'autre fois il n'avait pas repéré la camionnette blanche, il n'était pas exclu que le tueur ait réussi à les suivre à son insu.

Ce gars-là devait avoir de la bouteille. Rien à voir avec les gamins qui avaient attaqué la villa la veille.

— Et vous, mademoiselle Thompson, vous allez bien ? demanda Lars.

Elle acquiesça, mais elle avait l'air épouvanté.

Il y avait de quoi.

Hart avait lui-même été plusieurs fois confronté au danger. Mais personne ne s'en était jamais pris à lui comme Luther Mills s'en prenait à Wendy.

Sachant que le trafiquant de drogue ne reculerait devant rien pour arriver à ses fins, Hart se demandait s'il allait réussir à la protéger.

— Je vais avoir besoin de faire quelques relevés, dit-elle à Lars. Je veux savoir quel type d'explosif et quel détonateur ont été utilisés.

Hart, qui avait l'impression d'être un vieux disque rayé, lui répéta :

— Tu ne peux pas travailler sur cette scène de crime. Et tu sais très bien pourquoi.

Elle leva les yeux vers lui, mais ce n'était pas lui qu'elle regardait. Elle fixait le 4x4 calciné derrière lui.

— Où est le problème ? C'est ta voiture, pas la mienne.

— Si la tienne avait été là, la mienne n'aurait pas sauté, répliqua Hart. Mais il y a fort à parier que la bombe a été posée dans le but de nous faire sortir.

Lars acquiesça.

— Je le pense aussi. Pour faire diversion…

— Celui qui l'a posée a réussi son coup, dit Wendy. Tout le monde est dehors, aux abois.

En effet. Si le malfaiteur avait souhaité ne pas se faire repérer, il aurait opté pour une explosion moins spectaculaire. Mais, comme il l'avait déjà montré, Luther Mills aimait faire les choses en grand.

Dubitative, Wendy examinait la scène de crime en se mordillant la lèvre inférieure. Elle veillait cependant à ne toucher à rien afin de ne pas risquer de polluer les éléments de preuve.

— Elle est chouette, cette fille, déclara Lars Ecklund. Et, crois-en mon expérience, les filles chouettes ne courent pas les rues.

Il était marié à la sœur de Parker Payne. Nikki était garde du corps, elle aussi, et très douée en informatique.

Coriace et pleine de ressources, Wendy était effectivement faite du même bois que Nikki.

Mais cela suffirait-il à l'empêcher de se faire tuer ?

— Une explosion..., murmura le commissaire en se frottant les tempes, comme s'il avait lui-même pâti de la déflagration.

— Luther Mills n'est pas coutumier de ce genre de choses, fit remarquer Parker.

— Il n'a pas fini de nous surprendre, si vous voulez mon avis.

Personne ne savait de quoi il était capable, et jusqu'où il irait pour arriver à ses fins. Combien de personnes allait-il encore compromettre, acheter, manipuler ? se demandait Woodrow, le regard rivé sur la fenêtre de son bureau qui donnait sur la salle des inspecteurs.

Wendy était là, avec Hart, en train de faire sa déposition.

Lequel de ces flics travaillait pour Mills ?

La bombe n'avait pas été posée par un amateur. Il y avait sous cette dernière attaque quelqu'un qui s'y connaissait, un policier ou un technicien du labo...

Pour ce dernier, la confection d'une bombe était probablement un jeu d'enfant.

Mais qui diable Luther Mills avait-il pu charger d'éliminer Wendy Thompson ? Parker et ses hommes réussiraient-ils à le découvrir et à sauver la jeune femme ?

16

Wendy referma d'un coup sec le classeur des photos anthropométriques. Quelle perte de temps ! songea-t-elle en déplorant encore une fois de ne pas pouvoir analyser les éléments de preuve recueillis sur le lieu de l'explosion.

C'était terriblement frustrant. D'après ses observations, il ne s'agissait pas d'une bombe artisanale, fabriquée à la va-vite par un des jeunes voyous qui travaillaient pour Mills.

D'ailleurs, elle avait bien vu le gars qui avait fait le coup. Et ce n'était clairement pas un des laquais du trafiquant de drogue.

L'inspecteur Spencer Dubridge poussa vers elle un autre classeur. Mais elle ne daigna même pas l'ouvrir.

— Je vous ai déjà dit que je ne connaissais pas ce type.

— C'est pourquoi il faut que vous regardiez ces photos, dit-il. Vous le reconnaîtrez peut-être.

— Si sa photo se trouvait dans l'un de ces classeurs, je m'en serais souvenue quand je l'ai vu.

Hart ricana.

— Comme si tu pouvais te souvenir de toutes les photos !

Wendy était dotée d'une mémoire photographique assez exceptionnelle, mais elle n'avait pas l'habitude de s'en vanter. La reconnaissance faciale était sa spécialité.

— Quand j'ai commencé à recevoir des menaces, je me suis penchée sur tous les complices de Luther Mills, dit-elle.

Dubridge hocha la tête.

— C'était judicieux de votre part car vous pouviez ainsi vous tenir sur vos gardes.

Il lança un regard en direction de la jeune femme blonde qui lui servait de garde du corps et qui était assise non loin.

— Et aussi vous passer de garde du corps, ajouta-t-il d'un ton plein de sous-entendus.

Toute physionomiste qu'elle était, Wendy trouvait le sien bien utile. Hart lui avait sauvé la vie un certain nombre de fois. Il aurait juste mieux valu que son garde du corps ne fût pas Hart. Après ce qu'il s'était passé entre eux, il devenait urgent qu'elle en change.

Elle ne pouvait même pas le regarder sans rougir jusqu'aux oreilles.

— Si ce type avait été un des hommes de Mills, je l'aurais reconnu, insista Wendy.

— La plupart des hommes de Mills connus en tant que tels ont été arrêtés suite aux fusillades, ou tués, rappela l'inspecteur Dubridge.

— Alors il s'agit probablement d'un policier ou d'un technicien du labo, dit Hart.

— Impossible, objecta-t-elle. Je l'aurais forcément reconnu.

— Mills a peut-être recruté quelqu'un en dehors de son cercle, suggéra Hart. Après tous ces fiascos, il est possible qu'il ne fasse plus confiance à ses propres laquais.

— Il aurait tort, parce qu'ils sont d'une loyauté indéfectible, déclara une voix féminine.

L'adjointe du procureur, Jocelyn Gerber, fit son entrée dans la salle des inspecteurs, ses talons hauts martelant le sol dallé.

— Il n'y en a pas un seul qui veuille le dénoncer, même pour s'éviter une longue peine de prison, expliqua-t-elle.

— Ils ne sont pas fous : la prison leur semble préférable à la mort, dit son garde du corps, Landon Myers.

Ignorant la remarque de Landon, qui était pourtant juste à côté d'elle, Jocelyn s'adressa à Wendy.

— Puisqu'on ne peut pas compter sur ses acolytes pour

le faire tomber, il faut qu'on retrouve l'homme qui a posé cette bombe, dit-elle. S'il ne fait pas partie des lèche-bottes de Mills, il se montrera peut-être plus coopérant.

Wendy frissonna en repensant au regard cruel du tueur.

— On pourrait faire appel à un dessinateur de portraits-robots, dit-elle. Le portrait dira peut-être quelque chose à quelqu'un, sait-on jamais…

Jocelyn acquiesça, mais elle n'avait pas l'air convaincue.

Si Luther Mills sentait que cet homme risquait de le trahir, il l'avait probablement déjà fait abattre. Le meurtre pour lequel il allait être jugé prochainement était sans doute leur seule chance de faire tomber le trafiquant de drogue.

Wendy détenait les pièces à conviction qui prouveraient sa culpabilité. Il fallait juste prier pour qu'elle ne se fasse pas tuer d'ici là.

Hart n'aurait pas eu besoin que l'adjointe du procureur le prenne à part pour lui expliquer que Wendy allait jouer un rôle capital dans le procès de Luther Mills. Il le savait déjà.

Dans sa vie à lui aussi, elle jouait un rôle capital. En faisant l'amour avec elle, il avait perdu son professionnalisme. Mais pas son objectivité.

Il savait qu'il fallait à tout prix qu'elle reste en vie. Mais pas seulement pour le procès. S'il tenait tant à la garder en vie, c'était surtout parce que Wendy Thompson avait encore de très beaux jours devant elle.

Elle n'avait aucun avenir avec lui, il en était conscient, mais elle rencontrerait un jour un gentil garçon qui croirait encore à l'amour et aux contes de fées.

Il le lui souhaitait de tout cœur.

Mais, en attendant, c'était avec lui que Wendy allait passer la nuit. Et cette perspective était totalement grisante.

Ses mains tremblaient tellement qu'il n'arrivait pas à passer la carte magnétique dans la serrure de la porte de leur chambre d'hôtel.

Il ne s'agissait pas pour eux d'une escapade en amoureux. Ils voulaient juste échapper aux tueurs qui étaient aux trousses de Wendy.

Hart n'avait eu d'autre solution que de l'emmener à l'hôtel. Il n'y avait plus dans le coin une seule planque qui n'eût été compromise. Il en avait déduit que sa fille et les Thompson ne se trouvaient pas dans les environs immédiats de River City.

Il se sentit rassuré. Sa petite Felicity était peut-être loin, mais au moins elle était en sécurité. Il savait que les parents de Wendy prendraient soin d'elle.

Il fallait maintenant qu'il s'occupe de *leur* fille. Qu'il veille à ce qu'on ne lui fasse aucun mal. Et ce « on » l'incluait lui aussi. Il ne voulait surtout pas risquer de lui briser le cœur.

— Qu'est-ce que je donnerais pour être au labo, confia Wendy avec un soupir de frustration. J'aurais tellement voulu traiter les indices relevés après l'explosion.

— Tu sais bien que ce n'est pas possible. Mais un de tes collègues fera le travail aussi bien que toi. Ou presque aussi bien.

— Je ne dis pas le contraire. Le problème, c'est que le commissaire doute de l'intégrité des techniciens du labo. Il pense que les fois précédentes, quelqu'un a fait disparaître les pièces à conviction.

— Tu partages ses soupçons ? demanda Hart.

Persuadée que personne dans son service ne pouvait être à la solde de Luther Mills, elle avait tout d'abord écarté cette hypothèse. Mais, après avoir échappé à plusieurs tentatives de meurtre, elle avait dû perdre ses illusions parce qu'elle hocha la tête d'un air grave.

— Je suis désolé, dit-il. Ça ne doit pas être facile pour toi de savoir qu'il y a peut-être un traître parmi tes collègues.

Elle acquiesça à nouveau et soupira.

— Tu dois ressentir la même chose.

— À l'agence, il n'y a pas de brebis galeuses. Les Payne ont tous soigneusement recruté leurs employés.

— Je pensais à un de tes anciens collègues de la police. D'après le commissaire, il y a plusieurs flics ou enquêteurs dans le coup.

Hart se mit à rire.

— À l'époque, la police était gangrenée par la corruption. Nous savions qu'il y avait pas mal de flics ripoux au poste. Et on n'est pas sûrs de les avoir tous démasqués.

— Il faut croire qu'il en reste.

Il n'aimait pas la voir comme ça, aussi amère et démoralisée. Mais peut-être était-elle seulement fatiguée…

— Tu devrais te reposer un petit moment, suggéra-t-il.

Elle jeta un coup d'œil au lit. Il n'y en avait qu'un. C'était la seule chambre de libre, le Michigan attirant encore pas mal de touristes en automne.

— Je vais monter la garde à côté de la porte, ajouta-t-il.

— Tu n'es pas fatigué ? demanda Wendy. Tu n'as pourtant pas dû dormir beaucoup…

Il n'avait pas fermé l'œil après qu'ils eurent fait l'amour. Trop de pensées se bousculaient dans sa tête.

Sa rupture avec Monica l'avait tellement traumatisé qu'il ne voulait surtout pas retomber amoureux. Ni que Wendy se fasse des illusions. Il fallait qu'elle sache qu'il n'était pas l'homme de sa vie. Elle méritait quelqu'un d'aussi positif qu'elle.

— J'ai très peu dormi, en effet, admit-il avec un gros soupir.

Il devait lui dire combien il était désolé de s'être laissé aller à franchir les limites, mais elle lui imposa silence en appliquant deux doigts sur ses lèvres.

— Ne dis rien. Je t'en prie…

— Wendy…

— Je t'en supplie, murmura-t-elle. Je me sens déjà bien assez stupide comme ça.

— Le plus stupide des deux, c'est moi. Au lieu de te protéger, comme je suis censé le faire, j'ai profité de la situation…

— Pas du tout, protesta Wendy. J'avais envie de toi et ne désirais rien tant que faire l'amour avec toi.

À ces mots, il se sentit encore plus contrit. Il allait la blesser, et c'était la dernière chose qu'il voulait.

— Je sais qu'à une époque, tu avais le béguin pour moi, dit-il.

Elle eut un petit rire amusé.

— Tu m'attirais, c'est vrai. Je rêvais de coucher avec toi. Ce rêve, je l'ai enfin réalisé.

Cet aveu le mit mal à l'aise. Ce qu'elle ressentait pour lui relevait-il donc uniquement de l'attirance sexuelle ?

Elle haussa les épaules.

— Pas la peine d'en faire toute une histoire. Après la fusillade, l'explosion, les épreuves qu'on a traversées, je crois qu'on l'avait bien méritée, cette partie de jambes en l'air.

Il la scruta, se demandant si elle prenait vraiment les choses à la légère ou si c'était juste une posture.

Elle leva les paumes.

— Je n'attends strictement rien, assura-t-elle.

Il ressentit un drôle de pincement dans sa poitrine. Probablement dû au soulagement. Elle semblait sincère. Il n'avait donc plus à craindre de la blesser.

— Tant mieux, dit-il. Parce que j'ai été marié une fois et ça m'a suffi. Jamais plus on ne m'y reprendra.

Elle exhala un soupir.

— Je n'ai pas l'intention de te demander en mariage. Je sais que ce que nous avons fait, dans le feu de l'action, est sans conséquence et ne se reproduira pas.

— Tu te trompes, affirma Hart en l'attrapant par la taille et en la plaquant contre lui.

Puisque le sexe était tout ce qui l'intéressait chez lui, il pouvait assouvir sans crainte le désir que lui-même ressentait pour elle.

— Je crains que ça ne se reproduise, déclara-t-il.

Elle leva vers lui ses yeux verts, écarquillés de surprise. Et lui décocha un sourire mutin.

— Tu me sembles bien sûr de toi.

Au lieu de lui répondre, il baissa la tête et l'embrassa goulûment, s'emparant de sa bouche comme d'une place forte longtemps convoitée.

Elle ne lui opposa aucune résistance. Les bras noués autour de son cou, elle lui rendit son baiser avec la même fièvre, la même impatience.

Fou de désir, incapable de se raisonner, il se laissa encore une fois emporter par la passion.

Ils se dévêtirent à toute vitesse. Mutuellement. Wendy était aussi fébrile que lui. Puis ils tombèrent sur le lit, bras et jambes emmêlés. Wendy le chevaucha et, pleine d'audace, se mit à couvrir son torse et son ventre de baisers langoureux. Lorsqu'elle prit son sexe entre ses lèvres, il crut qu'il allait jouir.

Mais ce n'était pas ce qu'il voulait. Il brûlait de la pénétrer. Quand il était en elle, il avait l'impression qu'ils ne formaient plus qu'un.

Avide de connaître à nouveau cette sensation, il la fit basculer sur le dos et tendit le bras vers son jean, qui s'était retrouvé par terre, pour attraper un préservatif.

Prenant là encore les choses en main, Wendy déchira d'un coup de dents l'emballage du préservatif. Puis elle le lui enfila. Hart eut beau serrer les mâchoires, il ne put réprimer un gémissement. Il n'aspirait qu'à s'enfoncer en elle, au plus profond, mais, aussi grand que fût son désir, il ne pouvait se conduire comme un rustre.

À son tour, il cajola Wendy, l'embrassa et la caressa jusqu'à ce que, éperdue de désir, elle gémisse, se cambre, l'implore de mettre fin à son supplice, et pousse un long cri d'extase. Elle était incroyablement démonstrative.

Et si passionnée. Le chevauchant à nouveau, elle s'empala sur son sexe tumescent. Ce fut elle, cette fois, qui mena la danse, tandis qu'agrippé des deux mains à ses hanches, il essayait de garder le rythme. Mus par une passion qu'ils ne contrôlaient plus ni l'un ni l'autre, ils se lancèrent dans un corps à corps fébrile et haletant. Wendy jouit la première en criant son nom. Il se raidit et, après un dernier coup de reins, il s'abandonna à son tour. Au soulagement qu'il éprouva s'ajoutait une sensation étrange, déconcertante, une impression de vulnérabilité qui l'incitait à blinder son cœur et à fuir pendant qu'il en était encore temps.

Il se leva et se rua dans la salle de bains pour se laver et asperger son visage d'eau fraîche, espérant que ces ablutions le ramèneraient à la raison. Car il avait bel et bien perdu la tête.

Ce qui n'était sans doute pas le plus grave. S'il pouvait se permettre de perdre la tête, il ne voulait surtout pas que son cœur fasse les frais de ses moments d'égarement.

Lorsque, fort de cette résolution, il regagna la chambre, il constata que Wendy avait ramené la couette sur elle. À la raideur de son corps, il comprit qu'elle faisait semblant de dormir.

L'avait-il froissée ?

Avait-elle menti lorsqu'elle avait déclaré qu'elle n'attendait rien de lui ? Et, si en réalité, elle espérait que leur relation ne se limite pas à quelques parties de jambes en l'air ?

Comme il se demandait comment renouer le dialogue, la sonnerie de son téléphone le tira d'embarras. Il craignit un instant que l'un des gardes du corps qui surveillaient l'hôtel n'ait entendu Wendy crier. Que pourrait-il lui raconter ?

Ils sauraient tous qu'il avait couché avec elle.

— Hart ? C'est Nikki. Dis-moi, c'est bien une camionnette blanche qui a essayé de vous écraser et qui vous a ensuite pourchassés ?

— Oui, je confirme.

— Je l'ai repérée sur la vidéo des caméras de surveillance placées devant le poste de police.

— Tu as accès aux enregistrements ? lança-t-il avant de songer que le commissaire Lynch étant son beau-père, sans doute n'avait-elle eu aucune difficulté à le convaincre de les lui confier.

À moins que Nikki, pour qui l'informatique n'avait pas de secret, n'ait tout simplement piraté le système…

— Cette camionnette apparaît sur les images des caméras de surveillance de ton domicile, annonça-t-elle.

— C'est donc le conducteur qui a posé la bombe, supputa Hart, pas vraiment surpris car ils avaient de toute évidence affaire à un professionnel. Tu as cherché à savoir à qui appartenait la camionnette ?

— C'est un véhicule de location. La société qui l'a loué n'existe pas. Elle a produit de faux papiers.

Il poussa un juron qui eut pour effet de faire se tourner Wendy vers lui.

— L'homme qui a posé la bombe est donc bien un professionnel, dit-il.

— C'est aussi mon avis, répliqua Nikki en exhalant un gros soupir. D'autant plus qu'il a réussi à nous filer jusqu'ici. La camionnette est stationnée sur le parking de l'hôtel.

Hart jura de plus belle.

— Qu'est-ce que tu attends pour l'appréhender ?

Mieux valait ne pas le laisser s'approcher de leur chambre et de Wendy.

— Il a filé, admit Nikki d'un ton contrit.

Coupant le micro de son téléphone, Hart lança à Wendy :

— Habille-toi vite. Il faut qu'on parte d'ici tout de suite.

Puis il reprit Nikki et dit :

— Ce fumier est peut-être en train de poser une bombe dans l'hôtel. Il se peut même que ce soit déjà fait.

Il ne lui avait fallu que quelques minutes pour faire sauter son 4x4.

— Je sais, répondit Nikki. Mais mieux vaut attendre l'arrivée des renforts. Ils ne devraient pas tarder.

Hart avait déjà raccroché. Pas question d'attendre alors qu'une bombe était susceptible d'exploser d'une seconde à l'autre.

— Tu es prête ? demanda-t-il à Wendy. Il faut partir.

Elle acquiesça d'un hochement de tête.

— Il se pourrait que ce soit un piège, prévint-il. Un subterfuge pour nous faire sortir de l'hôtel.

Pourquoi, sinon, le poseur de bombe aurait-il garé la camionnette sur le parking ? Il tenait de toute évidence à ce que Hart ou un de ses collègues la voie et sache qu'il était là.

Ce type était un vrai tordu. Pas étonnant qu'il travaille pour Luther Mills, songea Hart.

— Il faut que vous arrêtiez de m'appeler, protesta son interlocuteur d'une voix que la peur rendait suraiguë.

Luther sourit, ravi de l'effet que produisait son appel. Tout se déroulait comme prévu. Les gens étaient censés avoir peur de lui. Si peur que jamais ils n'oseraient le contrarier…

Et encore moins témoigner contre lui.

Mais ni la petite Rosie Mendez ni cette fichue technicienne du labo, Wendy Thompson, n'avaient cédé. Elles ne semblaient nullement impressionnées.

Elles avaient tort.

— J'utilise un téléphone jetable impossible à localiser, expliqua Luther d'un ton plein d'assurance. Personne ne saura que vous me rancardez.

En fait, cela finirait par se savoir une fois que les preuves auraient disparu. Mais à ce moment-là il serait trop tard pour s'en inquiéter.

17

Wendy était terrifiée. Elle n'était pas près d'oublier la déflagration produite par l'explosion du 4x4 de Hart. Par miracle, personne n'avait été blessé. Mais si une bombe explosait dans l'hôtel, qui affichait complet…

— Il faut absolument faire évacuer l'hôtel, murmura-t-elle en sortant de la chambre derrière Hart.

Sinon, des dizaines de personnes risquaient d'y laisser leur peau. Alors qu'elle seule était visée.

Par chance, il n'y avait qu'eux dans le couloir. En cas de tirs croisés, cela valait mieux. Mais le poseur de bombe ignorait à quel étage ils se trouvaient, Hart s'étant bien gardé de décliner leurs noms à la réception.

— Mes collègues vont s'en occuper, assura-t-il. Ta sécurité est ma priorité.

Et accessoirement son bien-être, songea Wendy. Ne venait-il pas de lui faire l'amour ? Les sentiments n'avaient rien à voir là-dedans, bien sûr. Il s'agissait juste de se donner du bon temps. Elle savait que si elle n'avait pas rassuré Hart sur ce point, il se serait abstenu de la toucher à nouveau.

Il craignait manifestement qu'elle ne tombe amoureuse de lui pour de bon. Que son béguin pour lui ne devienne sérieux. C'était le cas, mais il n'y était pour rien. Les femmes ne s'éprenaient-elles pas toujours de leurs sauveurs ?

Mais quand on était garde du corps, cela devait faire partie des risques. Comme de sauter dans une explosion ou de se faire tirer dessus…

Ils venaient de déboucher dans la cage d'escalier lorsque des coups de feu retentirent, les balles ricochant sur les murs en béton. Hart se mit devant elle et dégaina son pistolet. Puis il visa le bas de l'escalier et riposta.

Un bruit de pas précipités leur indiqua que le tireur prenait la fuite. Une porte donnant sur l'extérieur s'ouvrit, déclenchant une alarme.

— Rattrape-le, dit aussitôt Wendy.

— Tu n'as rien ?

— Non, vas-y.

Hart s'était déjà lancé à la poursuite du tireur lorsqu'elle vit des gouttes de sang, sur les marches. Hart avait été blessé. Il saignait.

Elle se mit à courir après lui.

— Tu saignes, cria-t-elle.

Sa blessure ne semblait pas le gêner beaucoup car il dévalait les marches quatre par quatre. Arrivé en tout en bas, il fit une pause devant la sortie de secours. C'est alors seulement qu'elle le rattrapa.

Une profonde estafilade lui barrait la joue. Elle tendit la main vers sa blessure, mais il se déroba et se tourna vers la porte en acier, qu'il se mit à fixer d'un air perplexe.

— C'est peut-être un piège, maugréa-t-il.

Elle secoua la tête.

— Il n'avait pas de bombe sur lui. Sinon, il n'aurait pas décampé aussi vite.

Elle se demandait en revanche s'il n'avait pas été blessé, lui aussi. Elle avait remarqué en descendant qu'il y avait de plus en plus de sang dans l'escalier. Vu l'égratignure somme toute bénigne que Hart avait au visage, ce sang était forcément celui du tireur.

Mais, même touché, il n'en restait pas moins dangereux. Une fois, elle s'était fait mordre par un chien blessé croisé sur une scène de crime. Lorsqu'elle avait voulu lui venir en aide, il l'avait attaquée. Elle avait encore la trace de ses dents sur l'avant-bras.

— Ouvre la porte tout doucement, dit-elle.

— Tu as dit qu'elle n'était pas piégée, lui fit remarquer Hart, sceptique.

— Il n'y a pas d'explosifs. Mais rien ne prouve qu'il ne t'attend pas juste derrière, prêt à l'attaque.

Hart hocha la tête. Il la fit passer derrière lui et ouvrit la porte. Il se baissa pour éviter d'être touché si l'homme se mettait à lui tirer dessus.

Comme prévu, le tireur fit feu à la seconde où ils franchirent le seuil de la sortie de secours. La balle toucha le mur en béton derrière eux, éraflant le ciment et soulevant un nuage de poussière dans la cage d'escalier.

— Je n'aime pas beaucoup ça, murmura Hart.

— Cela va sans dire. Personne n'aime se faire tirer dessus.

— Il nous empêche de sortir. Il se pourrait qu'il ait plastiqué l'escalier avant que Nikki ait remarqué la camionnette sur le parking.

Wendy leva les yeux. Ce n'était pas impossible. Si une bombe avait été posée tout en haut, la cage d'escalier risquait à tout moment de s'écrouler sur eux.

Hart venait sans doute de se faire la même réflexion, à en juger par l'urgence qu'elle décela dans sa voix lorsqu'il déclara :

— Il faut qu'on sorte d'ici.

Elle acquiesça.

— À mon signal, on tire tous les deux, dit-il, la main posée à plat sur la porte en acier.

Elle hocha de nouveau la tête, mais elle n'en menait pas large.

Elle n'eut pas à tirer cependant, car Hart se positionna devant elle.

Il fit feu une seule fois avant de s'effondrer dans l'allée menant au parking. Il avait été touché et, ce coup-ci, il ne s'agissait pas d'un éclat de ciment mais d'une balle.

— Hart ! s'écria Wendy en s'avançant vers lui, son arme levée, prête à riposter.

Mais les tirs avaient cessé. Si elle était saine et sauve, son garde du corps, lui, gisait à terre, inconscient.

Elle s'agenouilla à côté de lui.

— Hart ! Je t'en prie, réponds-moi.

Lorsqu'il se releva en jurant, Hart sentit une douleur fulgurante irradier dans sa jambe qui trembla et faillit se dérober sous lui.

— Assieds-toi, ordonna Wendy. Tu vas saigner encore plus si tu t'appuies sur ta jambe.

Sa blessure était pour Hart le cadet de ses soucis. La balle avait dû entrer dans le gras de la cuisse. Il saignait abondamment mais pas en jet ; aucune artère n'était touchée.

— Et toi, ça va ? demanda-t-il.

Il chercha le tireur des yeux. Où diable était-il passé ?

Ses collègues rappliquant en courant, arme au poing, il songea que l'homme était parti sans demander son reste.

— Tu étais censé attendre l'arrivée des renforts pour sortir de la chambre, lui fit remarquer Nikki d'un ton réprobateur.

— Et me faire tirer dessus à l'intérieur de l'hôtel ?

Il s'approcha de Wendy et l'attrapa par le bras pour l'éloigner du bâtiment, qui risquait d'exploser. Mais, chancelant, il dut prendre appui sur elle.

— Une équipe de démineurs va arriver, déclara Nikki.

L'évacuation de l'hôtel était apparemment en cours, les clients s'amassant sur le parking.

— Il faut l'emmener à l'hôpital, suggéra Wendy. Il perd beaucoup de sang.

— Ce n'est rien, assura Hart, qui serrait les dents.

— Tu ne peux pas rester comme ça, insista Wendy. L'un de vous peut-il aller chercher une voiture ? demanda-t-elle à Nikki et Lars.

Nikki n'eut qu'un signe de tête à faire pour que son sportif de mari parte au galop en direction du parking. Trente secondes plus tard, un 4x4 pilait au bout de l'allée.

Soutenant Hart du mieux qu'elle le pouvait, Wendy l'aida à gagner le véhicule.

Nikki se précipita pour ouvrir la portière arrière.

— Baissez-vous, ordonna-t-elle à Wendy. Le tireur est peut-être encore dans les parages.

Puis elle lança à son mari à travers la vitre du côté conducteur :

— Veille à ce qu'on ne te suive pas.

Lars ricana.

— Aucun risque, assura-t-il.

N'empêche que le tireur les avait suivis jusqu'à l'hôtel. Une fois de plus, la camionnette blanche était passée inaperçue.

Hart se glissa tant bien que mal à l'arrière du 4x4. Terrassé par la douleur, il s'apprêtait à lâcher une bordée de jurons lorsque son téléphone sonna. Sans doute Parker qui l'appelait pour lui passer un savon. Mais, contre toute attente, ce n'était pas Parker. L'écran indiquait « Numéro inconnu ».

Rempli d'appréhension, il prit l'appel.

— Allô. Qui est à l'appareil ?

— Papa ? dit une toute petite voix un peu chevrotante.

Hart changea de ton.

— On dirait que c'est ma petite chérie ?

Elle gloussa.

— Oui. Mais… Winnie aussi, c'est ta chérie, pas vrai ?

Il leva les yeux vers la jeune femme, assise à côté de lui. Pâle et échevelée, elle avait l'air de se faire du souci pour lui.

— Winnie est une grande fille.

Une fille sacrément courageuse, qui n'avait pas hésité à lui porter secours lorsqu'une des balles du tireur l'avait touché. Elle aurait pu se faire tuer…

Wendy était aussi une amante ardente et passionnée. Mais il

préférait ne pas penser à ce qui s'était passé dans cette chambre d'hôtel avant l'appel de Nikki. Il n'aurait jamais dû coucher avec sa cliente. C'était tout sauf professionnel.Pourtant, en dépit de ses résolutions, il n'avait pu s'en empêcher.

Lars démarra sur les chapeaux de roues, direction l'hôpital.

— Tu es ma petite chérie, dit-il à sa fille, qu'il entendait respirer à l'autre bout de la ligne.

— Tu as une drôle de voix, lui fit-elle remarquer.

Elle le connaissait bien. Cela faisait des années qu'ils étaient tout l'un pour l'autre. Sauf que là, c'étaient les Thompson qui s'occupaient d'elle.

— Tu t'amuses bien avec Margaret et Ben ? demanda-t-il.

Elle lui raconta par le menu tout ce qu'ils faisaient – les jeux auxquels ils jouaient, les gâteaux qu'ils avaient préparés. Il se rendit compte qu'elle lui manquait terriblement.

Felicity était toujours en ligne lorsqu'ils arrivèrent à l'hôpital. Lars avait conduit pied au plancher.

Wendy avait déjà la main sur la poignée, mais Hart lui fit signe d'attendre.

Le tireur les avait peut-être suivis. Ou devancés. Si c'était le cas, elle risquait de se faire tirer dessus.

— Il faut que je te quitte, mon cœur, dit-il à sa fille. Je te rappelle dès que possible. Je t'aime.

— Moi aussi, je t'aime.

Il eut du mal à raccrocher. Savoir sa fille loin de lui lui fendait le cœur.

Mais Felicity serait très triste s'il arrivait quelque chose à Winnie. Et lui aussi.

Rongé depuis plusieurs jours par un mauvais pressentiment, Parker fut soulagé lorsqu'on découvrit qu'il n'y avait pas d'explosifs dans l'hôtel. Il n'en restait pas moins que Hart avait été blessé.

Sans nouvelles de lui, Parker se rendit à l'hôpital, passablement inquiet. Dans la salle d'attente, il n'eut aucun mal à repérer Lars, qui dépassait tout le monde d'au moins une tête. À côté de lui, se tenait Wendy Thompson, qu'il reconnut à sa chevelure flamboyante. Il marqua le pas lorsqu'il vit que ses yeux verts lançaient des éclairs.

— Comment va-t-il ? demanda-t-il, craignant que la blessure ne soit plus grave que Nikki le pensait.

— À cause de vous, il souffre comme un damné ! rugit Wendy.

— Il va s'en sortir avec quelques points de suture et une paire de béquilles, déclara Lars.

— Je veux que vous le renvoyiez sur-le-champ, continua Wendy sur le même ton furieux.

— Le renvoyer ? Mais pour quel motif ? Il vous a sauvé la vie. Il n'a pas failli à sa mission, que je sache.

Hart était l'un des meilleurs gardes du corps de l'équipe. Parker n'avait aucune envie de se passer de ses services.

— Il m'a sauvé la vie au péril de la sienne ! répliqua Wendy avec feu, mais sa voix se brisa et ses yeux s'emplirent de larmes.

— Ce sont les risques du métier, dit Lars.

— Peut-être, mais Hart a une fille qu'il élève seul. Cette enfant a besoin de lui.

Parker grimaça. Elle avait raison. Il le savait.

— Il connaît son affaire, dit Wendy. Mais sa mission est beaucoup trop dangereuse. Ce Luther Mills est un fou furieux.

— D'où la nécessité pour vous d'avoir un garde du corps.

— J'entends bien. Un garde du corps, oui, mais pas Hart. Je ne veux pas qu'il se fasse tuer.

Parce que sa fille avait besoin de lui ? Ou parce qu'*elle* avait besoin de lui ?

Wendy Thompson avait de toute évidence des sentiments pour Hart. Parker savait qu'à une époque elle avait eu le béguin pour l'inspecteur Fisher. Ce béguin semblait s'être mué en quelque chose de plus sérieux. Pour elle, sans aucun doute. Mais qu'en était-il de Hart ?

Hart risquait de ne pas apprécier la décision que Parker venait de prendre. Mais Wendy avait raison. Hart ne pouvait plus être son garde du corps.

18

Hart avait la gorge en feu d'avoir tant hurlé. Pas de douleur, non, bien que sa jambe lui fasse toujours un mal de chien. Sans doute aurait-il dû accepter les antalgiques. Mais il ne voulait pas risquer d'être somnolent et donc moins efficace dans l'exercice de sa mission.

Qui n'était plus *sa* mission, apparemment. D'où ses vives protestations.

— Je ne te vire pas, lui fit remarquer Parker, assis au volant.

— Tu me retires cette mission ! C'est tout comme.

Parker soupira, probablement las de se disputer avec lui.

— Tu es blessé, indiqua Parker.

Hart ricana.

— Et alors ? Ce n'est pas la première fois que l'un de nous se prend une balle. On n'est pas pour autant mis sur la touche, que je sache.

— Tu as un enfant.

— Tu n'en as pas, toi, peut-être ?

— Si, mais moi, je ne risque pas ma vie trois fois par jour.

— En tant que patron de l'agence, tu es en première ligne, répliqua Hart. Luther Mills n'aura de cesse de nous supprimer tous, les uns après les autres.

— Il ne tient qu'à toi de lui échapper. Il suffit que tu rejoignes ta fille. Tu veilleras sur elle et sur les Thompson.

Hart ne l'entendait pas de cette oreille.

— Non, dit-il d'un ton sans appel.

— Ta fille ne te manque pas ?

— Bien sûr que si, mais je ne peux pas laisser Wendy seule et sans défense.

Il avait promis à Ben Thompson de prendre soin de sa fille et ne pouvait manquer à sa parole, surtout après lui avoir confié Felicity.

Parker le regarda en fronçant les sourcils.

— Parce que tu crois que je la laisserais seule et sans défense ? Un autre garde du corps sera chargé de sa protection, évidemment.

— Lars ?

Hart avait été déçu de ne pas voir Wendy à sa sortie de l'hôpital. Lars et elle étaient déjà partis lorsqu'il avait regagné la salle d'attente, clopin-clopant sur ses béquilles.

— J'ai du mal à croire qu'elle ait accepté sans sourciller ta décision de me décharger de la mission.

— L'idée vient d'elle, si tu veux tout savoir, dit posément Parker.

Hart sursauta, comme s'il avait pris une gifle en pleine figure. Wendy ne voulait plus de lui.

— Tu es blessé, répéta Parker. Tu as besoin de repos. Ou tout du moins de te charger d'une mission plus facile. De la protection des Thompson, par exemple.

Hart secoua la tête. Les Thompson ne couraient plus aucun danger. Contrairement à Wendy, que Luther Mills ne se contentait plus de menacer mais essayait de tuer. Il n'aurait de cesse de l'avoir fait disparaître.

— Où est-elle ? demanda-t-il.

Parker soupira à nouveau.

— Qu'est-ce que ça peut te faire ? Tu n'es plus concerné.

— Je parie qu'elle est au labo. C'est vraiment n'importe quoi. Elle est en danger.

Le laboratoire de la police était interdit d'accès à toute personne extérieure au service. Quand il l'y avait accompagnée, Hart avait dû l'attendre dans le couloir.

— Il n'arrivera rien à l'intérieur du poste de police, affirma Parker.

Hart n'en était pas aussi sûr que lui. Il avait un mauvais pressentiment.

— Je ne sais pas. Luther Mills semble prêt à tout pour arriver à ses fins.

Aux abois, Mills était plus dangereux que jamais.

— Wendy est entre de bonnes mains. Il ne lui arrivera rien, assura Parker.

Sa promesse sonnait creux. Il ne pouvait pas garantir à cent pour cent la sécurité de Wendy ; l'un et l'autre le savaient.

Luther Mills avait un complice au sein même de la police de River City. Peut-être même plusieurs. Il fallait donc s'attendre à ce qu'un de ceux-ci cherche à éliminer Wendy.

Mais il trouverait Hart sur son chemin. Parce que Hart, lui, ne faisait pas de promesses bidon.

Avec ou sans l'aval de son patron, il protégerait Wendy Thompson. Et tant pis s'il perdait son boulot. Ou y laissait sa peau.

Woodrow rongeait son frein. Il avait passé des semaines à essayer d'identifier la brebis galeuse parmi ses collaborateurs. Le flic ripou qui avait tenté de tuer le témoin oculaire ne pouvait pas tirer toutes les ficelles.

La fuite provenait de quelqu'un de plus haut placé. Quelqu'un ayant accès à des renseignements confidentiels. Les services du procureur général du district enquêtaient sur cette suspicion de fuite, mais Woodrow avait l'impression qu'ils ne se donnaient pas beaucoup de mal pour trouver le coupable.

Il avait conscience, cependant, d'être mal placé pour critiquer. Car lui non plus n'avait pas démasqué le traître sévissant au sein de son service. Il avait donc fini par demander de l'aide.

Son beau-fils – et ancien collègue du FBI, était assis en face de lui, de l'autre côté du bureau qui avait été le sien lorsqu'il était le chef de police par intérim de la ville. Et dire que c'était

Woodrow lui-même qui l'avait recommandé pour ce poste. Étant alors son meilleur agent, Nick lui avait paru qualifié pour lutter contre la corruption qui gangrenait River City.

À cette époque, Nick s'appelait encore Rus. Il n'avait pris le nom de Payne que lorsqu'il avait été reconnu comme fils illégitime de Nicholas Payne père. Avec ses cheveux aile de corbeau et ses yeux bleus, il ressemblait énormément à feu son père et à ses frères. La femme de Woodrow, Penny, avait évidemment été la première à l'accepter. Elle avait trouvé en lui une âme sœur. Comme elle, Nick avait le don de *sentir* les choses.

— Alors ? Quel est ton sentiment ? lui demanda Woodrow.

Nick secoua la tête.

— Je ne t'apprendrai rien en te disant que Luther Mills est un homme extrêmement dangereux. Je regrette de ne pas avoir réussi à l'arrêter avant la fin de mon mandat.

Nick aurait pu devenir chef de police à temps complet mais il avait préféré intégrer l'entreprise familiale comme garde du corps. Il faisait partie à présent de l'équipe de Logan, mais Woodrow pensait qu'il ouvrirait sous peu une nouvelle succursale de la Payne Protection Agency. Il recruterait probablement ses employés parmi ses anciens collègues du FBI.

Woodrow se félicitait d'avoir démissionné du Bureau parce que Nick lui aurait piqué ses meilleurs éléments.

— Je veux faire tomber Luther Mills, déclara Woodrow. Mais je vais avoir besoin de ton aide.

— Tu as sollicité les services de Parker, lui rappela Nick.

Woodrow acquiesça.

— Les anciens flics de la Crim connaissent bien Luther Mills.

Pour avoir longtemps traqué le célèbre trafiquant de drogue, ils savaient à qui ils avaient affaire.

Nick acquiesça.

— En effet. Et moi, du coup, je fais quoi ?

— Tu connais le poste de police mieux que personne. Je

compte sur toi pour identifier la brebis galeuse. Il faut qu'on sache qui rancarde Mills.

Les larges épaules de Nick s'affaissèrent, comme sous le poids d'un lourd fardeau.

— J'ai fait ce que j'ai pu pour assainir le service, dit-il. Mais il doit rester quelques flics corrompus, soit parce qu'ils ont bien caché leur jeu, soit parce que je manquais de preuves pour étayer mes soupçons.

Woodrow savait déjà tout cela.

— Parlons de ces soupçons, si tu le veux bien. Sur qui portaient-ils ?

Nick haussa les épaules.

— La plupart des officiers que j'avais à l'œil ont démissionné ou pris leur retraite quand la chasse aux sorcières a commencé. Je ne sais pas qui est resté.

Il tourna la tête en direction de la baie vitrée donnant sur la salle des inspecteurs.

Woodrow n'était pas sûr que la fuite provienne de là. Penser que l'un de ses hommes était peut-être à la solde de Luther Mills lui donnait la nausée.

— Et parmi les techniciens du labo ? demanda-t-il. Tu penses à quelqu'un en particulier ?

— Sûrement pas Wendy Thompson. Il n'y a pas meilleur qu'elle. Elle a l'esprit vif et une mémoire phénoménale. Elle est en outre d'une intégrité absolue. Pas étonnant que Luther Mills tienne tant à la faire disparaître. J'espère qu'elle se trouve en lieu sûr.

Elle était dans le bâtiment. Woodrow avait été prévenu lorsqu'elle avait passé les contrôles de sécurité du hall d'entrée. En temps normal, le poste de police était un endroit parfaitement sûr, mais tant qu'on n'avait pas identifié l'origine de la fuite, c'était pour elle le pire endroit.

Si elle était venue au labo, c'était pour savoir où en était l'analyse des éléments de preuve collectés après l'explosion du 4x4 de Hart.

— Je suis d'accord. Wendy est hors de cause. Mais parmi ses collègues, tu ne vois personne qui pourrait s'être laissé corrompre ?

Nick prit le temps de la réflexion.

— Peut-être Terrance Gibbs, suggéra-t-il au bout de quelques instants de cogitation. Son fils dealait pour le compte de Mills. Mais, comme beaucoup d'autres, Gibbs a pris une retraite anticipée avant que je puisse le confondre.

À ces mots, Woodrow se raidit.

— La responsable du labo vient d'accepter le retour à temps partiel d'un technicien à la retraite qui souhaitait arrondir ses fins de mois.

— Gibbs ? demanda Nick.

Woodrow acquiesça, la mine sombre.

— Ses fins de mois, c'est Luther Mills qui va les lui arrondir, déclara Nick.

Woodrow était déjà en train de composer un numéro sur son téléphone. Il voulait localiser Terrance Gibbs. Et s'assurer qu'il n'était pas à proximité immédiate de Wendy Thompson.

Wendy avait pensé que dès lors que Hart ne serait plus son garde du corps, elle se sentirait moins stressée. Mais si elle était soulagée de le savoir hors de danger et de nouveau auprès de sa petite Felicity, qui avait tant besoin de lui, elle n'en était pas pour autant plus sereine.

Car Hart lui manquait terriblement.

Elle avait pris la bonne décision, cependant, et bien fait de parler à son patron. C'était une mission beaucoup trop dangereuse pour un père célibataire. Et pour une fille comme elle, dotée d'un cœur de midinette. En l'espace de quelques jours, elle s'était entichée de Hart – avant même qu'ils couchent ensemble.

Ils avaient enfin fait l'amour. Depuis le temps qu'elle en rêvait… Mais si pour elle il s'agissait bien d'amour, Hart, lui, avait juste passé un bon moment. Jamais il n'éprouverait pour elle plus que de l'attirance. Il n'y avait rien à attendre de lui. Mieux valait qu'elle garde ses distances.

Elle prit une profonde inspiration. L'odeur familière du labo lui mit un peu de baume au cœur. C'était là qu'était sa place et ce pour quoi elle était faite : analyser les éléments de preuve permettant l'inculpation de criminels tels que Luther Mills.

Une fragrance inconnue se mêlait cependant à l'odeur si réconfortante du labo. Ça sentait l'eau de Cologne.

Aucun de ses collègues n'en utilisait. L'eau de Cologne appartenait à une autre époque. Au labo, la moyenne d'âge devait se situer autour de trente ans. Seule Sandy, sa responsable, était plus âgée. Mais elle ne portait pas de parfum, a fortiori une fragrance masculine.

Compte tenu de l'heure tardive, Wendy ne s'attendait pas à croiser qui que ce soit, aussi fut-elle surprise de constater qu'elle n'était pas seule. Un homme aux cheveux gris tapait sur le clavier d'un ordinateur. Levant les yeux vers elle, il fronça les sourcils.

Wendy se figea.

— Terrance, murmura-t-elle. Je vous croyais à la retraite…

— Je suis revenu donner un coup de main, dit-il en plaquant sur ses lèvres un sourire sans chaleur.

Il mentait. Ce n'était pas pour aider qu'il était revenu. Elle plongea la main dans son sac pour prendre son arme, mais il fut plus rapide qu'elle.

— Où sont ces fichues preuves ? lança-t-il tout de go en pointant sur elle un pistolet.

— Qu'est-ce qui vous prend, Terrance ?

Il ferma les paupières et inspira à fond, comme pour se donner du courage. Wendy en profita pour reculer d'un pas vers la porte.

— Restez où vous êtes ou je tire !

— À quoi cela vous avancerait-il ? Mon garde du corps est juste derrière la porte.

Lars avait râlé de devoir rester dehors, mais, en faisant

entrer dans le labo une personne extérieure au service, elle risquait de discréditer l'ensemble des éléments de preuve.

Terrance tapota l'extrémité du canon de son arme.

— Il est muni d'un silencieux.

— Je peux crier.

Si elle ne l'avait pas fait, c'était juste parce qu'elle pensait que Terrance ne tirerait pas. Falsifier des preuves était une chose, tuer quelqu'un en était une autre.

— Je vous le déconseille, dit-il d'une voix menaçante. Nous n'en serions pas là si vous vous étiez montrée raisonnable. Pourquoi n'avez-vous pas fait disparaître ces maudites preuves ?

— Parce que Javier Mendez mérite que justice soit rendue.

— Javier Mendez ?

— Le jeune que Luther Mills a assassiné.

Terrance semblait n'avoir jamais entendu parler de Mendez. Peut-être avait-il préféré ne pas savoir, histoire de ne pas avoir trop mauvaise conscience.

— Mills est un criminel. Il doit être traduit en justice, continua Wendy.

Terrance ricana.

— Vous êtes sacrément naïve.

— Si je comprends bien, c'est vous qui depuis plusieurs jours me traquez sans relâche et cherchez à m'intimider ?

— Luther n'a fait appel à moi qu'après avoir tout essayé pour vous faire entendre raison.

À ces mots, Wendy sentit un flot d'adrénaline l'envahir. Luther Mills en avait donc bien après les témoins à charge. Si seulement elle avait pu enregistrer les paroles de Terrance…

Mais son téléphone était lui aussi dans son sac.

Devinant son intention, Terrance se précipita sur elle et lui arracha son sac des mains.

— La bombe, c'est vous qui l'avez posée ? demanda-t-elle.

Il fronça les sourcils.

— Quelle bombe ? Je me suis contenté de sectionner la conduite de frein. Je pensais que vous capteriez le message.

Mais non, il n'y a pas eu moyen de vous convaincre de faire disparaître les preuves.

Il jeta un coup d'œil dans le sac, comme s'il pouvait contenir tout ce qu'elle avait collecté sur la scène de crime, après le meurtre de Javier Mendez. Luther Mills s'était montré très négligent : elle avait recueilli tout un tas d'éléments de preuve. Mais, si Mills n'avait pris aucune précaution pour effacer ses traces, c'était peut-être parce que jusque-là il avait toujours fini par les faire disparaître avec l'aide d'un complice.

Ce que Terrance Gibbs cherchait si fébrilement dans son sac à main, c'était la clé d'un coffre ou d'un casier dans lequel elle aurait pu enfermer les éléments de preuve. Lorsqu'il renversa le contenu du sac sur le comptoir en acier, elle fut tentée de s'emparer de son pistolet, à portée de main. Ou de son téléphone.

Anticipant son geste, il envoya valdinguer le téléphone, qui se fracassa par terre.

— Vous les avez mises où, ces preuves ? Elles ne sont pas dans la salle des scellés.

Elle était peut-être naïve, mais pas à ce point-là. Beaucoup trop de gens avaient accès à la salle des scellés.

— Elles ont été transférées au bureau du procureur, prétendit-elle.

— Allons, un peu de sérieux, mademoiselle Thompson. Nous savons tous qu'elles ne sont pas là-bas.

Wendy se félicita de les avoir mises en lieu sûr.

— D'après vos collègues, continua Terrance, vous êtes la seule à savoir où elles se trouvent.

Wendy frissonna.

Il s'approcha encore et colla le canon de son pistolet contre sa tempe.

— Vous morte, les preuves n'existent plus. Personne ne les retrouvera.

Wendy déglutit à grand-peine.

— S'il m'arrive quoi que ce soit, les preuves réapparaîtront.

Elle ne bluffait pas, cette fois. Lorsqu'elle avait commencé à recevoir des menaces, elle avait mis au point un plan, au cas où Mills aurait sa peau.

— Je peux vous garantir que Jocelyn Gerber recevra tout ce dont elle a besoin pour faire plonger ce salopard de Mills.

Terrance la dévisagea, visiblement sceptique. Elle soutint son regard sans ciller. Sans parvenir toutefois à le convaincre.

— C'est triste de devoir en arriver là, dit-il d'un ton lugubre.

19

L'angoisse était si oppressante qu'elle l'empêchait presque de respirer. Abandonnant ses béquilles, il se mit à courir dans le couloir qui menait au laboratoire de la police scientifique. Le commissaire l'avait appelé – pensant qu'il était toujours le garde du corps de Wendy, pour l'informer du retour au labo pour le moins suspect d'un technicien à la retraite. Un dénommé Gibbs. Par chance, Hart venait d'arriver au poste de police. Il était dans l'ascenseur qui descendait au sous-sol lorsqu'il avait pris l'appel.

Comme il approchait de la porte du labo, une silhouette massive se détacha du mur. Le tube au néon qui grésillait au plafond fit étinceler un objet métallique.

— Pourquoi cours-tu ? lança Lars en baissant son arme.

— Elle est à l'intérieur ?

Lars acquiesça.

— Seule ?

— Elle ne m'a pas laissé entrer, alors je n'ai pas pu vérifier. Mais elle pensait qu'à cette heure-ci il n'y aurait personne.

Elle s'était trompée. D'instinct, Hart savait qu'elle n'était pas seule.

Et qu'elle était en danger.

— Que se passe-t-il ? s'enquit Lars, comme s'il avait lui aussi senti que quelque chose ne tournait pas rond.

Hart lui fit signe de baisser la voix.

— Y a-t-il une autre entrée ? demanda Hart tout bas.

Lars haussa les épaules.

— Va voir, dit Hart. Et débrouille-toi pour entrer sans te montrer.

— Qu'est-ce que tu fais là ? questionna Lars. Tu n'es plus censé t'occuper de cette mission.

Pour toute réponse, Hart jura entre ses dents. Il avait promis de protéger Wendy et même si officiellement il était déchargé de sa mission, cette promesse, il allait la tenir. C'est pourquoi il s'était fait déposer au poste de police.

Lars haussa de nouveau les épaules et s'éloigna tandis que Hart, arme au poing, ouvrait tout doucement la porte. Par chance, Wendy ne l'avait pas fermée à clé.

— Fichez le camp ! lui ordonna Gibbs dès qu'il entra.

Wendy jeta un coup d'œil par-dessus son épaule. Elle parut soulagée de le voir, mais dans son regard, très vite, il décela à nouveau de la peur.

— Si je m'en vais, c'est pour donner l'alerte, prévint Hart.

Gibbs décolla le canon de son pistolet de la tempe de Wendy et fit un geste en direction de Hart.

— Alors entrez ! Cette idiote ne mourra pas seule.

— Non, Hart, va-t'en ! cria Wendy.

— Hart Fisher. Il me semblait bien vous avoir déjà vu quelque part. Mais vous n'êtes plus flic. Vous bossez maintenant pour Parker Payne. Vous êtes le garde du corps de mademoiselle, n'est-ce pas ?

— Non, plus maintenant, protesta Wendy. Depuis que vous lui avez tiré dessus, à l'hôtel, il…

— Hein ? Quel hôtel ? coupa Gibbs, de plus en plus perplexe. Mais laissez tomber. Tout ce qui m'intéresse, ce sont les preuves. Où sont-elles ?

— Je ne vous le dirai pas.

Hart savait que Gibbs perdait son temps. Dût-elle en mourir, jamais Wendy ne cracherait le morceau.

Sans doute Gibbs en était-il conscient, lui aussi, parce qu'il lui fit face, à nouveau, mais en pointant son pistolet sur Hart.

— Va-t-il falloir que je le tue pour que vous parliez ? dit-il.

Le doigt sur la détente, il semblait déterminé à mettre sa menace à exécution et ne s'attendait pas à ce que Wendy, folle de rage, lui saute dessus et cherche à le désarmer.

Hart en profita pour tirer, abattant Gibbs d'une balle dans la tête.

— Ça va ? demanda-t-il à Wendy, qui était tombée aussi.

Elle s'agenouilla à côté de son ancien collègue et lui prit le pouls. Secouant la tête, elle darda sur Hart un regard noir.

— Pourquoi as-tu tiré ? Qu'est-ce qu'il t'a pris, bon sang ?

— J'ai fait ce que j'avais à faire. Je t'ai protégée.

— Mais tu n'es même plus mon garde du corps, Hart.

— Il t'aurait tuée, si je n'avais pas tiré le premier.

— Je confirme, dit Lars en faisant irruption dans le labo.

Mais Wendy secoua la tête.

— S'il avait voulu me tuer, il aurait eu dix fois le temps de tirer avant l'arrivée de Hart. Ce type n'était pas un tueur.

— N'empêche qu'il n'a pas hésité à faire sauter mon 4x4.

— Ce n'est pas lui, affirma Wendy.

— Lui ou un autre, peu importe. Ce qui est sûr, c'est qu'il allait te tirer dessus.

Il n'osait imaginer la scène s'il était arrivé deux minutes plus tard, s'il l'avait trouvée morte…

Il ne concevait pas la vie sans elle. Après l'échec de son mariage, il croyait ne plus jamais pouvoir aimer. Il se trompait. Son cœur endurci n'avait pas résisté à Wendy Thompson.

La cavalerie débarqua dans le labo, le tirant brusquement de ses pensées.

Le commissaire se pencha brièvement au-dessus du corps de Gibbs puis s'approcha de Wendy.

— Vous n'avez rien ? s'enquit-il.

Elle s'empressa de le rassurer.

— Et les preuves ? continua-t-il d'un ton un peu hésitant, comme s'il s'agissait d'un sujet qui fâche.

— Elles sont en lieu sûr, affirma Wendy avec conviction.

Woodrow lui pressa amicalement l'épaule.

— Je vous félicite. Et vous aussi, Hart.

— J'ai fait ce que j'avais à faire, chef, mais son garde du corps, c'est Lars à présent, dit Hart en désignant son collègue.

Sur ce, il tourna les talons et se dirigea clopin-clopant vers la porte.

Il n'était plus en capacité de la protéger. Depuis qu'il lui avait abandonné son cœur, il se sentait vulnérable. Ils risquaient de se faire tuer tous les deux s'il continuait d'être son garde du corps.

Mieux valait passer le flambeau à Lars. C'était plus sûr, autant pour Wendy que pour lui.

Qu'avait-elle fait de mal ? Qu'avait-elle pu dire pour que Hart s'en aille sans un mot ? Pour qu'il la laisse tomber comme une vieille chaussette ?

Elle lui avait reproché d'avoir tué Gibbs, soit. Et elle ne s'était pas montrée très reconnaissante alors qu'il lui avait probablement sauvé la vie. Terrance n'était peut-être pas un tueur, mais il était prêt à tout.

L'enquête avait révélé que le fils de Gibbs devait une grosse somme d'argent à Luther Mills. Il serait mort si Terrance n'avait pas exécuté les ordres de Mills.

Pour sauver son fils, Terrance se serait résigné à tuer Wendy. Elle en était à présent convaincue. Hart avait donc bien fait de tirer.

Mais pourquoi, après lui avoir une fois de plus sauvé la vie, était-il parti ? Sa jambe le faisait-elle souffrir ? Elle avait vu la grimace qu'il avait esquissée en quittant le labo.

Ou alors était-ce que sa fille lui manquait et qu'il avait hâte d'aller la retrouver ? Comme Terrance Gibbs, Hart n'hésiterait pas à la sacrifier, s'il devait choisir entre elle et son enfant.

C'était dans l'ordre des choses ; elle ne pouvait pas lui en vouloir. Ou en vouloir à Felicity. D'autant plus qu'elle savait que même s'il n'avait pas eu sa fille à charge, Hart ne lui aurait probablement pas fait une place dans sa vie.

Il la considérait avant tout comme une cliente. Sans cette mission, il aurait continué de l'ignorer.

Elle savait à quoi s'attendre, bien sûr. Il ne lui avait fait aucune promesse et l'avait même prévenue qu'il ne se remarierait pas. Et s'il aimait toujours son ex-femme ? Cela expliquerait qu'il ne puisse pas s'engager auprès de quelqu'un d'autre. À moins que son ex ne l'ait dégoûté à tout jamais du mariage ?

— Tout va bien ? demanda Nikki Payne.

Wendy acquiesça. Nikki lui était maintenant affectée. C'était un bon garde du corps, qui avait fait ses preuves. Pourtant, Wendy était moins tranquille avec elle que quand c'était Hart qui la protégeait. Mais avec Nikki, au moins, elle était à l'abri des peines de cœur.

Son cœur, Hart le lui avait brisé lorsqu'il était parti. Elle risquait de ne pas s'en remettre de sitôt.

— Mon travail me manque, confia-t-elle à Nikki avec un soupir.

— Cela ne fait qu'une journée.

— Je sais, mais il y a des preuves et des indices à analyser. C'est frustrant de ne pas y avoir accès.

Elle ne pouvait s'empêcher de penser à l'explosion du 4x4 et à la fusillade survenue à l'hôtel.

Elle sentait que quelque chose clochait. Mais quoi ?

— J'ai l'impression qu'il n'y a pas que le travail qui vous manque, dit Nikki avec un petit sourire.

— Hart n'a rien à voir là-dedans, protesta Wendy.

Mais en réalité tout tournait autour de Hart, elle le savait.

— Sa fille a besoin de lui, dit-elle d'un ton qu'elle voulut désinvolte.

D'accord avec elle, Nikki hocha la tête.

— Il est avec elle, je suppose ? dit Wendy, l'air de rien.

— Aucune idée. Vos parents et sa fille sont planqués dans

un endroit gardé secret, connu seulement du commissaire Lynch et de Parker.

— Hart n'est pas dans la confidence ?

— Si, probablement. Mais personne d'autre ne doit savoir.

Wendy capta le message cinq sur cinq. Elle n'avait aucune chance de voir ses parents ou Felicity. Mais cela valait mieux pour eux. Parce que par sa seule présence elle les avait mis en danger. Idem pour Hart.

Loin d'elle, il courait moins de risques. Pourquoi, alors, se sentait-elle aussi oppressée ? Était-ce le manque ?

C'est vrai que Hart lui manquait terriblement.

Et cela ne faisait qu'une journée…

Luther poussa un juron. La veille, il avait été informé de la mort de Gibbs. Et il avait appris que cet abruti était passé à table avant de mourir.

D'après son avocat, ça n'avait aucune importance. Mort, Gibbs ne pourrait pas témoigner contre lui. Et, devant un tribunal, les aveux qu'il avait faits en présence de Wendy Thompson ou de Hart Fischer n'avaient aucune valeur.

Hart lui avait rendu service en le débarrassant de Gibbs. Il devenait urgent, cependant, de faire subir le même sort à Wendy Thompson parce que comme ses parents, ou comme le témoin oculaire, la police allait la planquer, elle aussi.

La Payne Protection Agency était d'une efficacité redoutable. À tel point que Luther n'avait d'autre solution pour arriver à ses fins que d'éliminer tous ceux qui en faisaient partie. À commencer par Hart Fischer.

20

— C'est pour vous, dit Nikki en tendant à Wendy son téléphone.

Sa main tremblait lorsqu'elle le prit. Était-ce Hart ? Allait-il lui dire qu'elle lui manquait ?

Il fallait vraiment qu'elle arrête de prendre ses rêves pour des réalités. Hart ne partageait pas ses sentiments, c'était évident. Sinon, il ne serait pas parti…

— Allô ! dit-elle d'une voix hésitante.

— Winnie ! s'exclama une voix enfantine à l'autre bout de la ligne.

Wendy sourit.

— Salut, ma princesse. Comment vas-tu ?

— Je vais bien. Avec Mama Mags, on a fait des cookies. Les mêmes que ceux que tu faisais avec elle quand tu étais petite.

Mama Mags. Wendy se souvint que c'était comme ça que son père voulait que les ados qu'il entraînait au foot appellent sa femme. Il aimait bien la taquiner. Cette relation faite d'amour et de complicité, Wendy la leur enviait.

Ce n'était pas avec Hart qu'elle aurait un jour ce genre de relation. Brisé par l'échec de son mariage, il n'avait plus confiance.

Wendy ne lui jetait pas la pierre. Elle avait cru en lui, malgré tout, et souffrait tellement de devoir tirer un trait sur lui qu'elle aussi hésiterait désormais à tomber amoureuse.

— Il faudra m'en garder, dit Wendy à la fillette. Ce sont mes cookies préférés.

— Papa va venir. Mais je lui dirai de ne pas tous les manger.

— Super ! s'exclama Wendy d'une voix faussement enjouée.

Elle aurait tellement voulu être avec eux…

— Et toi ? Tu viens bientôt ? demanda Felicity, comme si elle avait lu dans ses pensées.

— C'est que… j'ai encore du travail.

Si seulement on l'autorisait à retourner au labo… Mais il était désormais considéré comme une scène de crime.

Wendy s'en voulait de ne pas avoir remercié Hart de lui avoir une fois de plus sauvé la vie. Elle sentait confusément qu'elle risquait de ne plus jamais avoir l'occasion de le faire.

— Quand ton papa doit-il arriver ? demanda-t-elle.

Elle entendit la fillette poser la question à quelqu'un d'autre.

— Bonjour, Wendy, dit Margaret. Comment vas-tu, ma chérie ?

— Ça va.

Sa mère soupira.

— Tu ne sauras décidément jamais mentir.

Surtout à ses parents. Ils l'avaient toujours démasquée.

— Je m'inquiète pour vous, admit-elle. Est-ce que tout se passe bien, là où vous êtes ?

— Oui, très bien. Felicity est un amour. Nous n'attendons plus que toi, ma chérie. Tout sera alors parfait.

Les larmes aux yeux, Wendy s'imagina là-bas, en train de passer le temps à papoter, rire et cuisiner avec eux tous.

Mais cela n'arriverait jamais. Parce que Wendy était en danger et ne voulait faire courir aucun risque à ses proches. Et parce que Hart ne l'aimait pas.

Refoulant ses larmes, elle renifla discrètement avant de répondre.

— Je ne viens pas, maman. Ma présence vous mettrait en danger. Comme elle a mis Hart en danger.

— Est-ce la raison pour laquelle il vient sans toi ? Tu l'as renvoyé ?

— J'ai persuadé son patron de lui confier une autre mission. Une mission moins dangereuse, expliqua Wendy.

— Mais enfin, Wendy, tu…

— Il a une fille à charge, maman. Je ne me le pardonnerais pas si Felicity perdait son papa à cause de moi.

— Dis plutôt à cause de Luther Mills. C'est lui, le responsable de tout ça. Pas toi.

Certes. Mais si, comme son ancien collègue Terrance Gibbs, elle avait accepté de collaborer avec le trafiquant de drogue, elle n'en serait pas là. Et ses proches non plus.

Gibbs était mort, cependant. De même que le flic corrompu qui servait d'informateur à Mills.

Travailler pour lui se révélait au final plus dangereux que de lui tenir tête.

Quoi qu'il en soit, elle aimait Hart et refusait qu'il devienne une victime collatérale. Elle préférait encore renoncer à lui.

Et s'il était lui-même dans le collimateur de Mills ?

Cette idée la titillait depuis un petit moment. À cause de la bombe et de la fusillade à l'hôtel, que rien ne semblait justifier.

— Sais-tu quand Hart a prévu d'arriver ? lança-t-elle.

Elle devina au ton de sa voix que sa mère souriait lorsqu'elle répondit :

— Tu voulais lui parler ?

Non. Elle n'aimerait pas qu'il pense qu'elle avait profité de cet appel pour tenter de le joindre. Il aurait l'impression qu'elle lui courait après.

— Je me demandais juste s'il était en retard.

Sa mère marqua une pause.

— Eh bien, à vrai dire, il était censé arriver ce matin.

Il était plus de 15 heures.

— Maman. Il faut que je te laisse. Je te rappelle bientôt. On se verra après le procès.

— Tu es sûre qu'il faille attendre jusque-là ?

— Je vous embrasse, papa et toi. Bises aussi à Felicity.

Wendy mit fin à l'appel et rendit à Nikki son téléphone.

— Appelez Parker, dit-elle. Je vous en prie.

Nikki la dévisagea en fronçant les sourcils.

— Je pensais qu'avoir votre maman au téléphone vous réconforterait.

Wendy secoua la tête. Elle était encore plus stressée qu'avant de lui avoir parlé.

— Ce qu'elle m'a dit n'a fait que confirmer mes craintes.

— Vous craignez d'être amoureuse de Hart ? questionna Nikki.

— Non, ça, je le savais déjà. Je crains qu'il n'ait à nouveau des ennuis.

Ce mauvais pressentiment était de retour et lui provoquait des brûlures d'estomac terribles. Parker tendit le bras vers le flacon de gel anti-acide sur son bureau. Il en avait déjà sifflé la moitié. Juste à ce moment-là, son téléphone sonna.

Nikki…

Il était arrivé quelque chose.

Nikki était chargée de protéger la technicienne de la police scientifique. Il s'y était opposé, mais pas plus le patron de Nikki, qui était leur frère Cooper, que le chef de la police, n'avaient tenu compte de son avis. Nikki était un excellent garde du corps, Parker en convenait. Mais elle était avant tout sa sœur, la petite dernière surprotégée par ses frères.

— Que se passe-t-il ? demanda-t-il en essayant de masquer son anxiété.

Lorsqu'il tomba sur Wendy Thompson, il comprit que ses craintes étaient fondées.

— Parker ?

— Oui, répondit-il, la gorge serrée d'appréhension. Il est arrivé quelque chose à Nikki ?

— Non, tout va bien, assura Nikki.

Elles avaient dû mettre le haut-parleur.

— Que se passe-t-il ? s'enquit-il, intrigué.

Peut-être l'hôtel où il les avait obligées à se terrer ne leur convenait-il plus ?

— Où est Hart ? lança Wendy tout à trac.

Parker sourit.

— C'est vous qui avez insisté pour changer de garde du corps, dit-il d'un ton malicieux. Vous regrettez déjà votre décision ?

— Non, pas du tout.

— Tu vois, Parker, que je suis moi aussi un bon garde du corps ! claironna Nikki.

— Je suis inquiète pour Hart, déclara Wendy. Il était censé arriver à la planque ce matin. Il n'y est pas et il n'a pas prévenu mes parents d'un éventuel retard.

— C'est ma faute, dit Parker.

Il avait dû demander au chef l'autorisation de donner à Hart l'adresse de la planque. Parker la connaissait, mais il ignorait où le chef avait caché Rosie Mendez et Clint Quarters. Sa mère, en revanche, devait être dans la confidence. Woodrow n'avait aucun secret pour elle.

— Je ne pouvais pas la lui donner comme ça.

— Vous l'avez séparé de sa fille, lui rappela Wendy d'un ton réprobateur.

— Je l'ai mise à l'abri. Ma priorité était de la protéger. Et de protéger vos parents.

— Vous devez vous assurer que Hart n'est pas en danger.

Il y avait une note d'urgence dans sa voix, comme si elle aussi pressentait que quelque chose ne tournait pas rond.

— Pourquoi serait-il en danger ? interrogea néanmoins Parker, qui essayait encore de se persuader qu'il se faisait des idées. Hart n'est plus chargé de vous protéger, que je sache !

À ces mots, l'une des deux femmes laissa échapper un cri.

— Pardon, murmura-t-il. Dit comme ça, c'est un peu brutal.

— Brutal ou pas, c'est la vérité, répliqua Wendy d'un ton lugubre. C'est du moins ce que je pensais…

Parker la sentait vraiment très inquiète.

— Que se passe-t-il ? questionna-t-il.

— Je n'arrête pas de penser à la fusillade, à l'hôtel. Quand Hart a été touché, j'étais juste à côté de lui, à découvert. Mais le tireur m'a ignorée, alors qu'il aurait facilement pu me tuer.

— Il était blessé, fit remarquer Nikki. Il a laissé derrière lui des traces de sang.

— Les résultats des analyses génétiques ne vont pas être connus tout de suite, souligna Wendy. En sous-effectif, le labo tourne au ralenti. Mes collègues planchent toujours sur les éléments de preuve relevés après l'explosion du 4x4. Or cette explosion aussi me turlupine. Luther Mills n'a pas pour habitude de poser des bombes.

— C'est l'œuvre d'un de ses hommes de main, dit Parker.

— Soit. Mais cet homme de main en avait-il après moi ou après Hart ?

Parker prit son flacon de gel anti-acide. Ses brûlures d'estomac étaient de plus en plus vives. Il s'était inquiété pour Wendy et Nikki mais se demandait maintenant si ce n'était pas pour Hart qu'il devait se faire du mauvais sang.

Hart n'était pas parti de bonne heure, mais il avait hâte de retrouver sa fille, même s'il n'avait pas pris le chemin le plus court pour se rendre à la planque.

Conscient d'avoir trahi la promesse qu'il avait faite à Ben Thompson, il craignait un peu la réaction du père de Wendy.

Il s'était dégonflé et n'en était pas très fier.

Se mettre en danger physiquement ne lui posait pas de problème. Mais, sur le plan émotionnel, il ne voulait plus prendre aucun risque.

Comment pouvait-il être sûr que Wendy ne lui ferait pas le même coup que Monica ?

Si Wendy se lassait de lui et le quittait, il en mourrait.

Mais peut-être n'aurait-il pas besoin d'attendre jusque-là.

Parce que s'il mettait tant de temps à se rendre à la planque, c'était à cause de la voiture qui le filait depuis qu'il avait quitté la Payne Protection Agency. Contrairement au conducteur de la camionnette blanche, qui était à l'évidence un vrai pro de la filature, au point qu'il avait réussi plusieurs fois à passer inaperçu, celui de la berline noire en train de le suivre ne prenait aucune précaution.

Était-il comme Terrance Gibbs, prêt à tout pour ne pas décevoir Luther Mills ?

Au lieu de prendre la direction de la planque, Hart était parti à l'opposé. La sécurité de sa fille et des parents de Wendy dépendait de son habileté à semer son escorte.

Soucieux de protéger aussi la vie des passants éventuels, il s'était engagé dans des rues peu fréquentées. Celle sur laquelle il roulait à présent n'était même pas bitumée. Il aurait aimé mieux connaître le coin pour pouvoir tendre un piège au conducteur de la berline. Bien que moins performant que ne l'étaient les véhicules de l'agence, son 4x4 était probablement plus puissant que la berline. Et il était tout-terrain.

Il accéléra. Le conducteur de la berline en fit autant. Ayant compris que Hart ne le conduirait pas à la planque, il savait qu'il devait jouer le tout pour le tout. Lorsqu'il rentra dans le pare-chocs du 4x4, Hart poussa un juron car il faillit perdre le contrôle de son véhicule. Les gravillons qui jaillirent sous ses roues furent projetés sur le capot de la berline. Le pare-brise ne résista pas longtemps à ces multiples impacts.

Hart n'avait plus aucune chance d'identifier le conducteur de la voiture.

Il n'était sûr que d'une chose : cet homme voulait sa peau.

La cible, en fait, c'était *lui*. À l'hôtel, c'était lui qui était visé et non Wendy.

Abasourdi, il se laissa surprendre par un virage qu'il prit trop vite. Il tenta de freiner, mais ses pneus dérapèrent sur une flaque de boue aussi glissante qu'une plaque de verglas. Malgré ses quatre roues motrices, le véhicule partit en vrille, quitta la chaussée et se retourna lorsqu'il heurta l'escarpement du talus. Il fit plusieurs tonneaux. Hart vit avec effroi une branche d'arbre traverser le pare-brise. Lorsque le rétroviseur lui rentra dans la tempe, il perdit connaissance.

21

Luther observait son visiteur derrière la paroi en verre Securit. Parker Payne n'avait quasiment pas changé depuis l'époque où il était flic à la Criminelle. Il n'avait presque pas de rides, cet enfoiré.

Luther prit le téléphone et demanda à Payne :

— Qu'est-ce qui me vaut ce plaisir ?

Il commençait à trouver le temps long, en prison. Malgré les passe-droits dont il bénéficiait, la privation de liberté lui pesait, surtout depuis que Jocelyn Gerber avait les gardiens à l'œil.

Il se sentait un peu seul, aussi. À tel point que la moindre visite – y compris celle d'un de ces salopards de Payne, lui faisait plaisir.

À en juger par la grimace qu'il esquissa, Parker Payne était beaucoup moins ravi de se trouver là.

— Je suis probablement venu pour rien, dit celui-ci.

Du temps, Luther en aurait à revendre s'il n'arrivait pas à faire disparaître les preuves à charge contre lui. Mais, présentement, il ne lui restait que quelques jours avant le procès pour arriver à ses fins. Il avait un plan, bien sûr.

Payne était-il au courant ?

Il scruta l'ancien flic à travers la vitre.

— Qu'est-ce que vous voulez ?

Et qu'était-il prêt à concéder en échange ?

Le témoin oculaire ?

La technicienne de la police scientifique ?

Pour cette dernière, Luther n'avait pas besoin de son aide. Il savait comment faire.

— Je veux la vérité.

Luther eut un reniflement de mépris.

— Comme si je ne savais pas que ces entretiens étaient enregistrés ! Vous rêvez, si vous pensez pouvoir m'extorquer des aveux !

Surtout maintenant, alors qu'il était sur le point de résoudre un de ses problèmes.

— Je ne m'attends pas à ce que vous me confessiez tous vos péchés, dit Parker en consultant sa montre. Il faudrait pour ça que je dispose de beaucoup plus de temps.

— Très drôle, ironisa Luther.

— Il y en a juste un que je voudrais vous faire avouer.

Luther ricana.

— Vous pouvez toujours courir !

Sur ce, il décolla le combiné de son oreille et s'apprêtait à le reposer sur son support lorsque Parker se mit à faire de grands gestes, derrière la vitre.

— Attendez ! implora-t-il, visiblement désireux d'obtenir ce qu'il était venu chercher.

— Que me donnerez-vous en échange ? Comme vous le savez, on n'a rien sans rien.

Quand Luther voulait ferrer quelqu'un, il l'appâtait. Et ne le lâchait plus. Il tenait comme ça une bonne partie de la ville.

Mais il sentait que son emprise sur les citoyens de River City commençait à se relâcher. On cherchait à lui mettre des bâtons dans les roues. À le faire tomber.

Tous les acteurs de ce fichu procès œuvraient à sa perte, y compris la Payne Protection Agency.

Les gars de Payne ne réussiraient pas, cette fois, à faire échouer son projet. Ils n'étaient pas assez nombreux.

La leçon que Luther avait retenue de ses échecs, c'était qu'une attaque, aussi audacieuse soit-elle, n'avait aucune chance d'aboutir sans une logistique à la hauteur. Il lui fallait plus d'hommes et des hommes plus qualifiés.

— Avez-vous commandité l'explosion du 4x4 et la fusillade à l'hôtel ? C'est tout ce que je veux savoir, dit Parker Payne.

— Quoi ? Je ne sais pas de quoi vous me parlez, mec. Je n'ai rien à voir avec tout ça.

— Vous n'avez pas posé de bombe ?

— Puisque je vous dis que non. Vous me prenez pour un terroriste ou quoi ?

— Et la fusillade à l'hôtel, ce n'est pas vous non plus ?

— Quel hôtel ? Je n'y suis pour rien, là non plus. Qu'est-ce que vous essayez de me mettre sur le dos ?

Luther n'appréciait déjà pas d'être accusé quand il était coupable, alors ce n'était pas pour se laisser imputer des crimes qu'il n'avait pas commis.

Ou pas encore. Car le meurtre de la technicienne de la police scientifique était bel et bien programmé.

— Je ne vais pas avouer quelque chose que je n'ai pas fait, dit-il.

— Vous n'avouez jamais, de toute façon, rétorqua Parker Payne avec un soupir de découragement.

Il allait mettre fin à l'entretien.

— Un instant, dit Luther. Qui s'est fait tirer dessus ? À l'hôtel, il y avait qui ?

Payne secoua la tête.

— Allez, mec, j'ai répondu à vos questions. Qui est-ce ?

— Hart Fisher.

Luther gloussa.

— Ça alors ! Hart Fisher s'est fait descendre ?

— Non, mais il a failli, précisa Payne en lui jetant un regard noir.

C'était la meilleure ! songea Luther, hilare. Quelqu'un lui filait un coup de main. À titre gracieux, en plus.

Lorsqu'il s'arrêta de rire, il s'aperçut que son visiteur était parti.

Tant pis.

Il ne lui restait plus qu'à espérer que l'auteur de la fusillade à l'hôtel réussirait son coup la prochaine fois. Et qu'il descendrait non seulement Hart Fisher, mais aussi tous ses collègues de la Payne Protection Agency…

Wendy avait préféré ne pas l'appeler. Pour ne pas lui donner l'impression qu'il lui manquait, ou qu'elle le harcelait. Mais à la fin elle n'avait pas résisté, poussée par la peur qu'il ne lui soit arrivé quelque chose.

Une fois de plus, elle tomba sur sa boîte vocale. Le timbre grave de sa voix lui donnant des frissons, elle raccrocha. Peut-être ne voulait-il pas lui parler… Mais comme elle appelait avec le téléphone de Nikki, il ne pouvait pas savoir que c'était elle.

Le fait qu'il ne réponde pas était très mauvais signe. D'instinct, elle sentait qu'il était en danger. Entre Hart et elle, un lien particulier s'était noué, qui allait bien au-delà du rapport sexuel.

Ou du moins le croyait-elle jusqu'à ce qu'il la plante sans un mot. Il devait lui en vouloir de l'avoir fait évincer de sa mission. Son orgueil en avait pris un coup. Mais elle avait agi pour son bien et pour celui de Felicity. Sa fille avait besoin de lui.

— Il ne répond pas ? s'enquit Nikki, l'air soucieux.

Wendy secoua la tête.

— Pourriez-vous rappeler ma mère, s'il vous plaît ?

Nikki prit le téléphone, composa le numéro de la planque et lui retendit l'appareil.

— Est-ce qu'il est arrivé ? demanda Wendy sans préambule.

Son père, qui avait pris l'appel, semblait de mauvaise humeur.

— Hart ? Pourquoi vient-il sans toi ? Il avait promis de te protéger, bon sang !

— Il doit avant tout penser à sa fille. Elle a plus besoin de lui que moi.

En prononçant ces mots, Wendy mesura à quel point elle aussi avait besoin de lui.

— Il n'est pas là, dit son père d'un ton bougon. La petite s'impatiente. Elle se languit de lui. Et aussi de toi. Elle s'est attachée, on dirait.

L'émotion qui filtrait dans sa voix semblait indiquer que Felicity n'était pas la seule à s'être attachée.

— Penses-tu que Hart nous laissera la voir ? Ta mère serait très malheureuse, s'il coupait les ponts.

Wendy sourit.

— Elle ne serait pas la seule.

— Non, c'est vrai, admit son père. Tu le serais aussi.

Il n'imaginait même pas à quel point…

Mais chaque chose en son temps. Elle avait présentement un autre motif d'inquiétude. Mieux valait cependant que son père n'en sache rien.

— D'après Parker, Hart a quitté l'agence tard. Donc pas étonnant qu'il ne soit pas encore arrivé.

— Pourquoi me demandes-tu s'il est là, alors ?

Perspicace, comme toujours, son père avait flairé quelque chose.

Un signal d'appel sauva la mise à Wendy.

— Il faut que je te quitte, papa. Je t'embrasse.

Elle prit l'appel entrant et mit le téléphone sur haut-parleur.

— Allô, Parker ? Vous l'avez trouvé ?

— Euh… Wendy ? bredouilla Parker.

Parker s'attendait à tomber sur sa sœur. Mais ce n'était pas la seule raison à son hésitation.

— Je n'arrête pas de l'appeler, dit-elle, mais il ne décroche pas. Avez-vous essayé, vous aussi ?

Il y eut un long silence, suivi d'un soupir.

— Oui, j'ai essayé. Il ne répond pas, confia Parker, très embêté. J'appelais Nikki pour lui demander de le localiser en interrogeant le GPS de son 4x4 ou de son téléphone.

Nikki attrapa son ordinateur portable et l'ouvrit.

— Je fais la recherche, dit-elle bien fort pour que son frère entende.

— Pensez-vous comme moi que Hart était visé personnellement quand on a piégé sa voiture et qu'on lui a tiré dessus, à l'hôtel ?

— On n'en sait rien, reconnut Parker. Mais…

— Mais quoi ?

— Parker a hérité du sixième sens de notre mère, expliqua Nikki. Cooper l'a aussi. Quand il est arrivé quelque chose, ils le sentent.

Le bourdonnement résonnait douloureusement dans sa tête, si fort qu'il finit par ouvrir les yeux. Pris de vertige, il se mit à battre des paupières pour dissiper l'impression de tournis.

Lorsque, enfin, il put accommoder, il s'aperçut qu'il avait la tête en bas et qu'il était coincé entre son siège et l'airbag qui, en se déployant sur son volant, lui avait probablement sauvé la vie. Même s'il n'était pas encore tiré d'affaire.

Qu'était devenu le conducteur de la berline ? Les branches d'arbre qui étaient passées à travers le pare-brise lui bouchaient la vue.

Il y avait toujours ce bourdonnement intermittent. Son téléphone avait disparu. À moins que…

Il finit par le repérer, coincé entre la console et le siège passager, que le choc avait réduit de moitié. Miraculeusement, le téléphone n'était pas cassé puisqu'il l'entendait vibrer. Quelqu'un cherchait à le joindre. Qui qu'il soit, ce quelqu'un ne lui serait d'aucune aide. Il allait devoir se débrouiller seul pour s'extraire de l'épave.

Il venait de se libérer de sa ceinture de sécurité lorsque le premier coup de feu retentit. La balle rebondit contre le châssis du 4x4. Repoussant les branches d'arbre et les restes du pare-brise, il s'extirpa du véhicule par l'avant. Des éclats de verre déchirèrent ses vêtements et lui égratignèrent les mains et les bras. Mais il n'en avait cure. Il fallait qu'il sorte de là à tout prix et se mette à l'abri. Sinon, il allait se faire tuer.

Felicity avait besoin de lui.

Wendy aussi.

Quel lâche il était de l'avoir abandonnée à son sort ! Lorsqu'il s'était rendu compte qu'il tenait à elle, il avait trahi la promesse qu'il avait faite à son père de la protéger. Tout ça parce qu'il avait peur de souffrir…

Mais il la savait entre de bonnes mains et sans doute plus en sécurité loin de lui qu'avec lui. Car Hart avait à présent la certitude qu'on essayait de le tuer.

Protégé par le capot du 4x4, il sortit son pistolet et repoussa le cran de sûreté. Puis il s'extirpa de sous l'épave avec précaution en canardant son adversaire. Il ne le voyait pas et tirait au petit bonheur la chance dans le seul but de le tenir en respect.

Dès qu'il se retrouva à découvert, il se releva en vitesse et s'enfuit. Sa cuisse lui faisait un mal de chien, mais il courut néanmoins pour aller se cacher dans les bois. Quelques instants plus tard, il entendit un bruissement dans les broussailles. Son assaillant s'était lancé à sa poursuite.

Hart sourit. Il n'avait aucune idée de l'endroit où il se trouvait, cependant il savait que cette fois il avait ses chances.

C'était un contre un.

Ils allaient s'affronter à armes égales, mais Hart ne pouvait garantir qu'il allait se battre à la loyale.

22

Parker balança dans la corbeille le flacon vide de gel anti-acide. Ses brûlures d'estomac allaient le rendre fou.

Hart était en danger, cela ne faisait plus aucun doute. Mais quelqu'un d'autre avait à craindre pour sa vie.

Parker se repassait en boucle sa visite à la prison. Jusqu'à ce qu'il mentionne la voiture piégée et la fusillade à l'hôtel, Luther Mills lui avait paru étrangement détendu malgré l'imminence de son procès.

Si être accusé de meurtre ne le défrisait pas, il supportait mal, apparemment, qu'on lui mette sur le dos des méfaits qu'il n'avait pas commis. Comme s'il était persuadé que le procès n'aurait pas lieu…

Les pièces à conviction étaient pourtant en lieu sûr. Cette fois, Luther Mills ne pourrait pas les faire disparaître. Wendy l'avait garanti.

Elle, en revanche, il pouvait la faire disparaître. Ou le témoin oculaire.

Rosie Mendez avait quitté River City, et Parker lui-même ignorait l'adresse de sa planque. Mais Wendy avait refusé de partir. Parker l'avait installée dans un hôtel hautement sécurisé, sous la surveillance de Nikki, qui ne la quittait pas d'une semelle, et de deux ou trois autres gardes du corps en faction sur le parking vingt-quatre heures sur vingt-quatre.

Pas sûr qu'ils fassent le poids si Mills commanditait une attaque de grande envergure, comme celle qui avait eu lieu chez les Thompson. Mais leur adresse était facile à trouver. Ils figuraient dans l'annuaire.

Mills ne pouvait pas savoir dans quel hôtel se planquait Wendy. Ni même qu'elle était à l'hôtel.

Le problème, c'était qu'il avait des informateurs partout.

Par précaution, Parker envoya un texto à tous les gardes du corps de Wendy, y compris à Hart, que Nikki essayait par tous les moyens de localiser. Malgré son mauvais pressentiment, Parker voulait encore croire que Hart allait bien et qu'il n'était tout simplement pas joignable là où il était.

Lorsque son téléphone aurait à nouveau du réseau, il recevrait le texto suivant :

Tenez-vous tous sur vos gardes. Je suis allé voir Mills. Je sens qu'il prépare un mauvais coup…

Cette mise en garde serait-elle suffisante ? Les effectifs de la Payne Protection Agency réussiraient-ils à sauver Wendy ?

Wendy vit le texto s'afficher sur l'écran du téléphone de Nikki. De quoi Parker avait-il peur, exactement ? Luther Mills pouvait s'en prendre à elle mais aussi à n'importe quelle autre personne impliquée dans le procès.

La fille du juge, qui n'avait pourtant rien à voir avec tout ça, avait elle aussi reçu des menaces. Mills essayait d'utiliser Bella Holmes pour faire pression sur le juge et l'obliger à se débarrasser des preuves. S'il arrivait à ses fins, il n'aurait pas besoin d'éliminer Wendy.

Wendy ne jugea pas utile de déranger Nikki, concentrée sur ses recherches. Retrouver Hart, et s'assurer qu'il ne lui était rien arrivé de fâcheux, lui paraissait plus important que de la mettre en garde contre une éventuelle attaque.

En éloignant Hart, elle avait cru bien faire, pour lui et pour sa fille. Sauf que quand il était chargé de sa protection, il y avait toujours d'autres gardes du corps à proximité.

Là, Hart était seul et ne pouvait compter que sur lui-même pour se défendre.

Si seulement elle avait deviné plus tôt que l'homme qui leur avait tiré dessus à l'hôtel la visait non pas elle mais Hart…

Hart avait riposté et touché le tireur mais, si celui-ci avait travaillé pour Mills, il aurait abattu Wendy malgré sa blessure.

À la solde de qui pouvait-il bien être ? Qui voulait la peau de Hart ? Lorsqu'il était flic, Hart avait dû se faire pas mal d'ennemis. Luther Mills n'était pas le seul à le maudire.

Wendy craignait plus pour lui que pour elle-même. À la seule idée de le perdre, elle avait l'impression qu'un gouffre vertigineux s'ouvrait sous elle.

Elle l'aimait et ne concevait pas de vivre sans lui.

Pourquoi ne le lui avait-elle pas dit ? Il ne partageait pas ses sentiments, certes, mais il aurait compris pourquoi elle ne voulait plus de lui comme garde du corps.

Et maintenant il était peut-être trop tard. Contrairement aux Payne, elle n'avait pas de sixième sens. Pourtant, elle *sentait* que Hart se trouvait en mauvaise posture.

Hart n'y comprenait plus rien. Son assaillant n'était pas l'homme qui lui avait tiré dessus à l'hôtel. Quand il avait vu comment le type s'y prenait pour le suivre, il aurait dû se douter qu'il n'avait pas affaire à un professionnel – rien à voir avec le conducteur de la camionnette blanche.

Une chance pour Hart, dans le fond. Face à une brêle, il n'aurait pas trop de mal à s'en sortir.

Lorsque le type eut vidé son chargeur en tirant dans les arbres, Hart sortit de sa cachette et pointa son pistolet sur lui. Il allait régler son compte à ce crétin vite fait bien fait.

— Posez votre arme, ordonna-t-il.

Surpris, l'homme sursauta. Le pistolet lui échappa des mains. Lorsqu'il leva les yeux vers Hart, la capuche de son sweat tomba.

Hart le reconnut tout de suite.

— Bruno ?

Il n'avait vu qu'une fois le conjoint de Monica, un Français petit et maigre comme un clou qu'elle lui avait présenté lorsqu'elle était passée dire au revoir à Felicity.

— Mais qu'est-ce qui vous prend de me tirer dessus ?

Effaré, Bruno fixait sur lui ses petits yeux noirs en tête d'épingle.

Hart le prit par l'épaule et le secoua pour le faire sortir de sa transe.

Bruno Lemieux était un pauvre type, pas un tueur.

— Je veux que vous disparaissiez ! s'écria-t-il, au bord de l'hystérie.

— Que je disparaisse ? répéta Hart, perplexe.

Bruno avait-il perdu la raison ?

— Vous devriez être mort, dit Bruno d'une voix pleine de fiel et d'amertume. J'ai payé quelqu'un pour vous tuer, mais vous lui avez tiré dessus et il a fichu le camp.

Si Wendy avait pu analyser elle-même le sang que l'homme avait perdu en s'enfuyant, les choses seraient peut-être plus claires parce que les explications de Bruno laissaient pour le moins à désirer.

— Ou du moins a-t-il essayé, marmonna le Français, qui avait l'air de ne plus très bien savoir ce qu'il disait.

Avait-il tué l'homme de main ? songea Hart, qui se demandait s'il n'avait pas sous-estimé Bruno Lemieux.

— C'est donc à moi de faire le boulot, continua Bruno en se baissant pour ramasser son pistolet.

Hart savait que l'arme était vide mais, pour plus de sûreté, il donna un coup de pied dedans et l'envoya valdinguer dans les broussailles.

— Pourquoi voulez-vous me supprimer ? demanda-t-il. Je ne vous ai rien fait, ni à vous ni à Monica.

— Et Felicity, vous l'avez oubliée ? cracha Bruno en se dressant sur ses ergots.

Hart était de plus en plus perdu. Il s'occupait le mieux

possible de sa fille, qui était tout pour lui. Du moins jusqu'à ce que Wendy fasse irruption dans sa vie – et dans celle de Felicity qui était déjà très attachée à elle.

Alors qu'est-ce que c'était que ce délire au sujet de Felicity ?

— Sans elle, Monica est malheureuse, déclara Bruno.

Hart ricana.

— Tiens, tiens…

— Sa fille lui manque. Elle veut la récupérer, mais elle sait très bien que vous ne lui accorderez même pas un droit de visite. Vous vivant, jamais elle n'aura la garde de Felicity.

Hart secoua la tête.

— Monica ne s'est jamais intéressée à sa fille. Je ne peux croire qu'elle en veuille la garde.

Bruno se mit à cligner des paupières, soudain beaucoup moins sûr de lui.

— C'est pourtant ce qu'elle a dit.

— Elle vous a dit de me tuer ?

Monica ne lui en avait jamais voulu. En fait, elle le plaignait d'avoir leur fille sur les bras. Elle n'avait pas pu souhaiter sa mort car, lui disparu, elle aurait été obligée d'assumer son rôle de mère.

Bruno secoua la tête.

— Non, mais soi-disant que c'est pour ça qu'elle n'arrête pas de se barrer. Elle a besoin d'être seule pour combler le manque créé par l'absence de sa fille.

Comprenant de quoi il retournait, Hart se mit à rire.

Bruno le prit très mal.

— Elle souffre, et vous, ça vous faire rire ? glapit-il. Pas étonnant qu'elle vous ait quitté !

— C'est moi qui ai demandé le divorce, rectifia Hart. Parce qu'elle passait son temps à me tromper. Le manque, qui n'a rien à voir avec l'absence de Felicity, Monica le comble en s'envoyant en l'air avec le premier venu.

Bruno papillotait encore plus furieusement des yeux. Il

secoua la tête, mais tout au fond de lui il devait savoir que ce que venait de dire Hart était vrai.

— Désolé pour vous, mon vieux, mais Monica vous trompe.

Bruno rougit, et ses petits yeux noirs s'emplirent de larmes.

Hart eut presque pitié de lui. Pas assez cependant pour s'abstenir de lui envoyer son poing dans la figure. Lorsque Bruno tomba à la renverse, K-O, Hart se frotta les jointures. Cet imbécile l'avait bien cherché. Il lui avait fait perdre son temps. Sans compter qu'avec son plan foireux il aurait pu tuer Wendy.

Son homme de main n'avait pas tiré sur elle, certes, mais au volant de la camionnette blanche il avait failli l'écraser. Puis envoyer dans le fossé le 4x4 dans lequel elle avait pris place en tant que passagère. Elle aurait aussi pu être blessée quand l'homme avait fait exploser sa voiture.

Comme si Luther Mills ne lui faisait pas déjà assez de misères comme ça…

Hart regagna son véhicule. Il donna un coup de pied dans la portière, côté passager, pour la débloquer. Puis il se glissa à l'intérieur pour récupérer son téléphone. Lorsqu'il mit la main dessus et l'alluma, il vit s'afficher sur l'écran le texto de son patron.

Tenez-vous tous sur vos gardes. Je suis allé voir Mills. Je sens qu'il prépare un mauvais coup…

Repensant à la violence de l'attaque chez les Thompson, il frissonna. Sa fille aurait pu y rester.

Wendy aussi.

Ce soir-là, Hart aurait pu tout perdre.

Tout cela à cause de ces fichues preuves que Luther Mills voulait à tout prix faire disparaître. Le recours au technicien à la retraite n'ayant rien donné, il devait s'imaginer qu'en éliminant Wendy il se débarrasserait des preuves.

Il se trompait. Wendy avait assuré au chef de la police et à l'adjointe du procureur que s'il lui arrivait quelque chose les preuves leur seraient adressées.

Mills devait se douter qu'elle avait pris ses précautions, mais il était peut-être prêt à tenter le coup, malgré tout. Ou alors il comptait sur ses indics au sein de la police et du bureau du procureur pour intercepter les preuves.

Quoi qu'il en soit, Wendy était en danger. Hart savait qu'elle était bien entourée ; il avait toute confiance en ses collègues gardes du corps, mais il éprouvait le besoin de voler à son secours. Il voulait être auprès d'elle. Pour la protéger… et pour l'aimer.

Il lui avait fallu du temps pour l'admettre, mais il tenait à elle et ne voulait surtout pas la perdre.

En quelques enjambées, il remonta en haut du talus, au bord duquel Bruno avait laissé sa voiture, moteur allumé. Ce crétin avait dû penser qu'abattre Hart ne lui prendrait qu'un instant.

Lorsqu'il ouvrit la portière du côté conducteur, Hart s'aperçut que des balles jonchaient le siège passager et la console. Voilà pourquoi Bruno avait mis tant de temps à tirer. Il n'était même pas fichu de charger son pistolet !

Pressé de regagner River City, Hart prit le volant et fit demi-tour. Tout en conduisant, il jeta un coup d'œil à son journal des appels. Parker avait essayé de le joindre deux ou trois fois, mais tous les autres appels émanaient de Nikki.

Sans son insistance, Hart ne se serait peut-être pas réveillé avant que Bruno réussisse à charger son pistolet.

Mais qu'avait Nikki de si urgent à lui dire ?

Inquiet pour Wendy, il écrasa la pédale d'accélérateur. Il aurait pu appeler Nikki pour avoir des nouvelles. Mais pas sûre que celle-ci lui révèle l'adresse de leur planque, à Wendy et à elle. Elle avait dû recevoir des consignes. Il fallait qu'il appelle son patron ou le chef de la police.

Ce qui le faisait hésiter, c'était que l'attaque commanditée par Luther Mills pouvait avoir lieu à tout moment. Peut-être même était-elle en cours. S'il appelait, il risquait de déranger, de mobiliser un de ses collègues pour répondre. Or ils n'étaient déjà pas de trop pour défendre Wendy.

23

Luther leva les yeux vers la pendule de la salle de télévision.

Si Wendy Thompson n'était pas morte, ça n'allait pas tarder.

Bientôt, les preuves referaient surface. Elle était trop maligne pour ne pas avoir tout prévu, si jamais elle venait à disparaître. Après avoir vu le sort qu'il avait fait subir à Javier, elle savait qu'elle risquait sa vie en s'opposant à lui.

Luther éclata de rire. L'émission qu'il regardait à la télé n'avait rien de drôle. Ce qui le réjouissait, c'était le scénario qu'il avait en tête.

Dans ce scénario, Wendy Thompson mourait, ainsi que la plupart des membres de la Payne Protection Agency. Ayant perdu beaucoup d'hommes lors des attaques précédentes, Luther avait dû recruter ses tueurs dans une autre ville. Ceux-ci s'étaient montrés exigeants. Il avait dû leur promettre une prime pour abattre la technicienne de la police scientifique et une autre pour chacun des gardes du corps qu'ils descendraient.

L'opération risquait de lui coûter un bras. Mais les Payne, eux, ne s'en relèveraient pas.

Et Wendy Thompson perdrait tout. Cette idiote l'avait bien cherché. Elle aurait dû laisser tomber ses principes et l'écouter.

Wendy commençait à regretter de ne pas avoir fait plus de cas de l'avertissement de Parker. Peut-être aurait-il mieux valu qu'elle prévienne Nikki…

Depuis l'arrivée du texto, une bonne heure plus tôt, il ne

s'était rien passé, cependant. Payne s'inquiétait probablement pour rien. Son fameux sixième sens n'était peut-être pas infaillible. Ou alors, Luther Mills s'en était pris à quelqu'un d'autre. À la fille du juge, par exemple. Ou à Hart, dont ils étaient toujours sans nouvelles…

Wendy sentit son cœur se serrer en pensant à Felicity. Si la fillette perdait son père, elle serait inconsolable.

Wendy aussi.

Soudain, Nikki releva le nez de son écran d'ordinateur.

— Vous l'avez trouvé ? demanda Wendy, tout excitée.

— Avant de pouvoir entrer dans son GPS, j'ai dû faire pas mal de recherches pour identifier son véhicule.

— Mais vous avez réussi, n'est-ce pas ?

Nikki acquiesça, mais elle semblait soucieuse et peu disposée à faire part de ses découvertes à Wendy.

— Que se passe-t-il, Nikki ? insista Wendy.

En elle, l'espoir s'était dégonflé comme un soufflé.

— Apparemment, il a eu un accident.

Wendy sut immédiatement qu'il ne s'agissait pas d'un accident.

— Le gars à la camionnette blanche, murmura-t-elle. Il a dû à nouveau le prendre en chasse…

— Un seul véhicule est impliqué dans l'accident, dit Nikki.

Hart était trop bon conducteur pour s'être mis dans le fossé tout seul.

— Où l'accident s'est-il produit ? s'enquit Wendy en prenant sa veste. Venez, on y va.

Voyant que Nikki ne bougeait pas, elle comprit que le garde du corps ne lui avait pas tout dit.

— Qu'est-ce qu'il y a ?

— J'ai aussi piraté son GPS. Hart n'est pas dans sa voiture.

Wendy s'arrêta un instant de respirer, terrassée par cette information. Mais, très vite, elle se ressaisit.

— Il a dû faire du stop. À moins qu'il ne soit dans une ambulance…, suggéra-t-elle lugubrement.

Nikki s'empara de son téléphone, qui était resté sur la table.

— Il y a un texto de Parker, dit-elle.

Elle n'avait pas fini sa phrase que des coups de feu retentirent à l'extérieur. Puis la fenêtre vola en éclats ; des bouts de verre furent projetés dans toute la chambre et sur Nikki.

Se sentant coupable de ne pas l'avoir prévenue de l'arrivée de ce texto, Wendy se précipita vers elle pour lui venir en aide.

— À terre ! ordonna Nikki qui, réagissant au quart de tour, dégaina son arme et riposta en tirant en direction de la fenêtre.

À son tour, Wendy sortit son pistolet.

Accroupie sous la fenêtre, Nikki évitait adroitement les balles, qui allaient se ficher dans le mur derrière Wendy.

— Comment diable ont-ils pu savoir dans quelle chambre nous sommes ? marmonna Nikki.

Wendy crut qu'elle se parlait à elle-même jusqu'à ce qu'elle voie le téléphone collé à son oreille gauche.

— Y a-t-il des blessés dans le parking ? demanda Nikki d'un ton fébrile.

Wendy se souvint alors que le mari de Nikki était dehors. Lars Ecklund, le géant blond qui dépassait tous ses collègues d'une tête.

Il n'avait pas été touché. Elle le comprit lorsqu'elle vit Nikki, visiblement rassurée, écarter le téléphone de son oreille. Elle devina aussi que les nouvelles étaient cependant loin d'être bonnes car le garde du corps déclara :

— Il faut qu'on fiche le camp !

Se dirigeant vers la porte, Nikki lui fit signe de la suivre.

Elles sortirent dans le couloir et entendirent l'ascenseur qui s'arrêtait à l'étage.

— Vite ! dit Nikki en s'élançant dans le couloir, du côté opposé à l'ascenseur.

Wendy tira la porte de la chambre et se mit à courir aussi. Au bout du couloir, elles tombèrent sur la cage d'escalier. Nikki s'immobilisa lorsqu'elle entendit des bruits de pas un peu plus bas.

Pressant un doigt sur ses lèvres, elle intima silence à Wendy, puis elle pointa son index vers le haut : puisqu'elles ne pouvaient pas descendre, elles allaient monter.

Wendy commença à gravir les marches. Ses jambes tremblaient. Pas seulement parce qu'il y avait encore quatre étages à monter, mais parce qu'elle crevait de peur. Monter n'était sûrement pas une bonne idée. Que feraient-elles une fois qu'elles seraient tout en haut ? À part sauter du toit, elle ne voyait pas très bien.

Lorsqu'elles débouchèrent sur le toit, après avoir poussé une porte, elles constatèrent que les options qui s'offraient à elles étaient effectivement très peu nombreuses, voire inexistantes. Avisant une espèce de tuyau qui dépassait dans un coin, Wendy ne fit ni une ni deux. Elle tira dessus pour l'arracher et elle le coinça en travers de la poignée de la porte. Deux secondes plus tard, quelqu'un essayait d'enfoncer la porte.

Le tuyau tint bon, mais il n'était pas gros et finirait par céder.

Les deux femmes n'avaient nulle part où se cacher. À en juger par les coups qui ébranlaient la porte, leurs poursuivants étaient nombreux. Elles étaient armées, mais eux aussi l'étaient. Avaient-elles la moindre chance contre une demi-douzaine de tueurs ?

Lorsque le pare-brise explosa, Hart baissa vite la tête. Pied au plancher, il continua d'avancer, fonçant sans hésiter dans l'homme qui lui avait tiré dessus.

Le tueur fit un vol plané par-dessus le capot de la berline.

De toute évidence, Hart se trouvait bien à la bonne adresse. Car, si Parker lui avait indiqué le nom de l'hôtel, il n'avait pas pu lui dire exactement où il se situait. Tout près de l'aéroport : c'était tout ce que Hart savait.

Voyant ses collègues en difficulté, il sortit son pistolet et, toujours au volant de la berline de location de Bruno, il se lança dans la bagarre, percutant une camionnette garée à côté d'un des 4x4 de l'agence. Il y eut encore quelques coups de feu tandis que les occupants de la camionnette s'extirpaient du véhicule et se couchaient à terre.

— D'où sors-tu ? s'enquit Lars Ecklund à travers la vitre du côté conducteur. Tu avais disparu.

— Je t'expliquerai plus tard. Où est Wendy ?

— À l'intérieur. Avec Nikki.

Hart n'eut pas besoin de le questionner sur la chambre. Au sixième étage, il vit que les carreaux d'une fenêtre avaient été pulvérisés.

— Mais comment ont-ils su ? marmonna-t-il.

Lars poussa un juron et secoua la tête.

— Luther Mills finit toujours par tout savoir, dit-il avant de s'élancer vers le bâtiment.

Hart sortit de la voiture et, laissant ses collègues s'occuper des malfrats qui s'étaient rendus, courut lui aussi vers l'hôtel. Il rattrapa Lars dans le hall. Comme il allait lui demander si des hommes de main de Mills avaient réussi à s'introduire dans l'hôtel, il vit les vigiles étendus par terre.

— J'ai appelé Nikki. Je l'ai prévenue, dit Lars d'une voix mal assurée. Elle a dû faire ce qu'il fallait. Elles ne sont plus dans la chambre, à mon avis.

Il essayait de s'en persuader.

— Mais si elles en sont sorties, où sont-elles allées ? lança Hart, moins confiant que son collègue.

Perplexe, il ressortit de l'hôtel. Les deux femmes n'étaient nulle part en vue. Il y eut soudain un déplacement d'air, et Lars et lui virent une masse sombre passer devant leur nez et s'écraser sur le bitume.

Ils se précipitèrent vers le corps, l'un et l'autre secrètement soulagés de constater qu'il s'agissait d'un homme.

— Elles sont sur le toit ! s'exclamèrent-ils de concert.

Nikki et Wendy s'étaient apparemment réfugiées sur le toit, d'où elles risquaient à tout moment de dégringoler.

Hart eut la vision de Wendy gisant sur le pavé après une chute de dix étages.

Il frémit et secoua la tête pour dissiper cette image perturbante qui lui faisait encore plus regretter de l'avoir abandonnée.

Tout cela parce qu'il avait peur qu'elle lui brise le cœur !

Sa lâcheté lui faisait honte.

Des coups de feu claquaient au-dessus de leurs têtes. Combien de tueurs à gages pouvaient-ils bien y avoir là-haut ?

Sans même se consulter, Lars et Hart traversèrent le hall en courant. Les ascenseurs étaient tous arrêtés au dixième étage.

Mais combien étaient-ils pour avoir eu besoin des trois ascenseurs ? se demanda Hart avec un pincement de cœur. Même armées, les deux femmes ne feraient pas le poids face à une telle puissance de feu.

Lars et lui se ruèrent dans l'escalier dont ils gravirent les marches quatre par quatre, sans savoir ce qu'ils trouveraient sur le toit, dix étages plus haut.

Réussiraient-ils à sauver les deux femmes ? Ou arriveraient-ils trop tard ?

24

Dans la précipitation, elles avaient oublié de p[illegible] munitions. Elles ne pouvaient donc se permettre le moindre gaspillage.

Mais, même en tirant à bon escient, Wendy et Nikki savaient qu'elles n'auraient pas le dessus.

Leurs adversaires étaient bien trop nombreux…

Lorsque Wendy entendit le clic funeste de son chargeur vide, elle ferma les yeux et se prépara à mourir. Comme elle s'y attendait, les tirs se firent plus fournis. Nikki, qui avait pu recharger son arme, ripostait du mieux qu'elle pouvait. Puis à son tour elle cessa de tirer.

Soudain, il n'y eut plus aucun coup de feu.

Wendy retint son souffle. Étaient-ils tous morts ?

Elle hésitait à rouvrir les yeux lorsqu'elle sentit deux grandes mains la saisir, la soulever et l'emporter. Où l'emmenait-on ? Elle aurait pu faire le mort, mais elle craignait d'être trahie par les battements assourdissants de son cœur.

Lorsqu'elle se décida à soulever les paupières, elle comprit la raison de son émoi. Hart la portait vers l'escalier.

— Tu es vivant, murmura-t-elle, émerveillée.

— Le plus étonnant, c'est que tu le sois aussi, fit-il remarquer, pince-sans-rire.

— Eh, Hart, où vas-tu, comme ça ? lança Nikki, derrière eux.

Wendy jeta un coup d'œil par-dessus son épaule. Dans les

bras de son géant de mari, Nikki souriait, miraculeusement indemne.

S'il lui était arrivé quelque chose, Wendy ne se serait jamais pardonné de ne pas lui avoir montré le texto de Parker.

De toute évidence, le sixième sens des Payne n'était pas une légende. Il existait vraiment. Parker avait bien fait de le prendre en compte.

— Je te rappelle que son garde du corps, c'est moi, maintenant, dit Nikki à Hart.

Visiblement très pressé de gagner l'escalier, il fit comme s'il n'avait pas entendu. Il courait presque malgré sa blessure à la cuisse.

— Repose-moi par terre ! dit Wendy. Tu vas te faire mal.

— Mais non, assura-t-il. Tu ne pèses rien.

Il descendit la première volée de marches sans la moindre difficulté. Puis il poussa d'un coup d'épaule la porte menant aux ascenseurs.

Lorsqu'ils furent dans la cabine, elle se tortilla pour qu'il la lâche, mais il la tenait fermement.

— Je sais que je ressemble à la poupée de Felicity, mais ce n'est pas une raison pour me porter. Où m'emmènes-tu, comme ça ?

— En lieu sûr.

Une fois sur le parking, Hart dut parlementer avec un de ses collègues, qui finit par accepter de lui remettre les clés d'un des 4x4.

Sur la route, ils croisèrent des voitures de police et des ambulances qui fonçaient vers l'hôtel.

— On devrait peut-être faire demi-tour, suggéra Wendy. Nous allons devoir faire des dépositions, non ?

— Pour que Luther Mills apprenne que tu as réussi à t'enfuir ? Il a des yeux et des oreilles partout. Rien ne lui échappe.

— Ce n'est pas lui qui a commandité la fusillade de l'autre jour. Parker et moi en sommes persuadés.

— Je sais, dit Hart. C'est le mari de mon ex-femme.

— Quoi ? C'est lui qui nous a tiré dessus ?

— Non. Il avait engagé un homme de main.

Stupéfaite, Wendy garda un instant le silence. Une idée lui vint soudain à l'esprit.

— L'accident de voiture, c'était lui ? demanda-t-elle.

Il acquiesça d'un hochement de tête.

— Monica a voulu te tuer ?

Hart émit un grognement.

— Je me suis trompé sur son compte, mais pas à ce point-là. Monica n'est pas une meurtrière. Elle a bien assez de défauts comme ça.

Wendy repensa à tous ces types qu'elle venait de tuer. Un vertige la saisit qui l'obligea à fermer les yeux.

Une main se referma sur la sienne.

— C'était de l'autodéfense, déclara Hart, comme s'il avait lu dans ses pensées. Sur le toit, tout à l'heure, tu as tiré pour te défendre. Pour sauver ta peau, martela-t-il.

Elle le savait, mais elle n'en avait pas moins mauvaise conscience.

Lorsqu'en soupirant elle rouvrit les yeux, elle ne reconnut pas le paysage qui défilait derrière les vitres du 4x4.

— Où allons-nous ? s'enquit-elle. Pas à la planque où sont mes parents et Felicity, j'espère ?

Elle ne voulait pas les mettre en danger. Tant que Luther Mills ne serait pas jugé et emprisonné, elle préférait se tenir à distance de ceux qu'elle aimait.

Cela valait aussi pour Hart, qu'elle aurait mieux fait de ne pas suivre. Mais il ne lui avait pas vraiment laissé le choix. Et dans ses bras, pendue à son cou, elle se sentait si bien qu'elle n'avait pas tellement insisté pour qu'il la lâche. C'était égoïste de sa part et générait en elle encore un peu plus de culpabilité.

Comme il ne répondait pas, elle ajouta :

— Je sais que Felicity t'attend avec impatience, mais…

— Je l'ai appelée sur le trajet de l'hôtel. Je lui ai dit que j'allais essayer de convaincre Winnie de venir avec moi.

À ces mots, Wendy sentit ses yeux s'emplirent de larmes, qu'elle s'efforça tant bien que mal de retenir. Si elle se mettait à pleurer, elle risquait de ne pas pouvoir s'arrêter.

Après s'être raclé la gorge, elle bredouilla :

— Tu n'aurais pas dû, Hart. Je ne peux pas…

Elle s'interrompit en le voyant s'arrêter en pleine campagne. Il sortit du 4x4 et s'empressa de venir lui ouvrir sa portière. Derrière lui, elle aperçut une petite maison.

— Où sommes-nous ?

Ils ne pouvaient pas être déjà arrivés à la planque, qui était très loin de la ville, d'après ce que Parker avait laissé entendre.

— Chez ma mère.

— Mais je croyais qu'elle était décédée…

Hart acquiesça.

— J'ai mis la maison en location. Les anciens locataires sont partis et les nouveaux n'arriveront qu'au début du mois prochain.

Il sortit un trousseau de clés de sa poche.

— Allez, viens ! Ici, personne ne te trouvera. J'aurais dû t'y amener plus tôt, mais j'ai dû tout faire nettoyer et désinfecter.

Lorsqu'il ouvrit la porte, elle sentit une odeur de shampoing pour moquette. Rien de rédhibitoire. Ils allaient pouvoir rester.

Sauf que Hart devait aller rejoindre sa fille. Felicity avait besoin lui.

Wendy aussi.

Lorsqu'il la prit dans ses bras et inclina son visage vers le sien, ce besoin se fit pressant. Le désir qu'elle avait de lui, l'amour qu'il lui inspirait, étaient trop puissants pour être ignorés.

Elle l'avait cru mort et avait déploré de ne jamais pouvoir lui dire ce qu'elle ressentait. Et, maintenant que l'occasion de le faire se présentait, les mots lui manquaient.

Elle avait peur. Bien plus que tout à l'heure, quand sur

le toit de l'hôtel des tueurs à gages lui tiraient dessus. Hart l'intimidait infiniment plus que ces hommes sans foi ni loi.

Elle craignait que ses sentiments ne soient pas partagés – du moins son amour…

Il la désirait, cela ne faisait aucun doute. Ses baisers enfiévrés tandis qu'il la soulevait à nouveau dans ses bras et l'emportait en étaient la preuve incontestable.

Lorsqu'il buta dans un encadrement de porte et faillit la lâcher, elle s'accrocha à son cou en gloussant.

Il fit encore quelques pas et la laissa tomber… sur un grand lit moelleux.

— Tu as loué la maison meublée ?

— Oui, je préfère. Les locataires restent moins longtemps.

Allongée sur le lit, les bras en croix, elle savourait la chance qu'elle avait de se trouver là. Avec Hart. Après toutes les épreuves qu'ils avaient traversées.

L'adrénaline rugissait dans ses veines. Elle avait frôlé la mort maintes fois et brûlait à présent de célébrer la vie. Et l'amour.

Puisqu'elle avait peur de dire à Hart qu'elle l'aimait, elle allait le lui montrer.

Avec ses baisers les plus fougueux, ses caresses pleines d'audace, sa tendresse infinie et le feu inextinguible de son désir…

Lorsque son téléphone vibra, Hart se leva tout doucement et alla s'enfermer dans la salle de bains pour répondre. Wendy s'était peut-être endormie. Il ne voulait surtout pas la réveiller.

C'était Parker. À la manière dont il dit « allô », Hart devina que son patron était de mauvaise humeur.

— Où es-tu, bon sang ? demanda Parker. Tu ne peux pas reprendre une mission dont je t'avais écarté.

— Wendy n'est pas une mission. Elle est la femme de ma vie, déclara Hart d'une voix forte qui rendait ses précautions vaines. Avec moi, elle est en sécurité. Je vais la protéger et prendre soin d'elle.

Pas seulement jusqu'au procès, mais jusqu'à la fin de leurs jours.

— Non !

La voix féminine qui protestait avec autant de véhémence n'était pas celle de Nikki, à l'autre bout de la ligne. Lorsqu'il le comprit, Hart se retourna.

Wendy, qui s'était déjà rhabillée, se tenait dans l'embrasure de la porte de la salle de bains. Elle serrait son trousseau de clés dans sa main.

Avait-elle l'intention de filer ?

Hart mit brutalement fin à sa conversation avec Parker qui vociférait et réclamait des explications.

Des explications, c'était aussi ce que Hart voulait.

— Qu'est-ce que tu fabriques ? lança-t-il à Wendy, plantée devant lui. Tu t'en vas ?

Il se sentait un peu gêné, pas tant parce qu'il était dévêtu que parce qu'il avait mis son cœur à nu alors même qu'elle s'apprêtait à partir.

D'un bref hochement de tête, elle répondit par l'affirmative.

Avait-il trop attendu pour lui déclarer son amour ?

Ou était-ce qu'elle ne tenait pas vraiment à lui ? Et qu'entre eux il n'y avait rien d'autre que de l'attirance sexuelle, comme elle l'avait prétendu ?

— Tu ne peux pas être mon garde du corps. C'est trop dangereux, décréta-t-elle en évitant son regard et en fixant le bandage autour de sa cuisse.

La plaie avait saigné et taché la gaze.

— Cela n'a rien à voir avec toi, répliqua-t-il. Ou avec Luther Mills. L'explosion de ma voiture et la fusillade au premier hôtel sont l'œuvre de Bruno, le mari de mon ex-femme.

Hart ne parvint pas à la convaincre ; elle secoua la tête.

— Lors de l'attaque chez mes parents, tu as failli être tué, lui rappela-t-elle.

— Grâce à toi, j'en ai réchappé.

Elle affronta enfin son regard. Ses yeux étaient embués de larmes qu'elle tentait de retenir avec force battements de cils.

— C'est beaucoup trop risqué, ajouta-t-elle.

— Le risque, c'était surtout que je tombe amoureux de toi.

Elle en eut le souffle coupé, et ses yeux verts s'écarquillèrent de surprise.

— Pardon ?

— Désolé, dit-il. Mon expérience malheureuse avec Monica m'a rendu cynique.

Elle se raidit.

— Tu as dû beaucoup l'aimer.

Hart secoua la tête.

— Je ne la connaissais pas sous son vrai jour. Quand j'ai découvert qui elle était vraiment, Felicity était déjà en route. Je ne pouvais pas abandonner mon enfant.

— Tu ne peux pas, en effet. Et c'est pourquoi je ne te veux pas comme garde du corps.

— Je sais, murmura Hart en lui caressant la joue. Et tu n'imagines pas à quel point je le regrette.

Elle fronça les sourcils.

— Je ne comprends pas…

— Tu es tout le contraire de Monica, aussi altruiste qu'elle est égoïste. Tu renonces au meilleur garde du corps qui soit – du moins pour toi, précisa-t-il avec un sourire – parce que tu crains pour ma vie.

— Felicity n'a plus que toi, lui rappela-t-elle, le visage baigné de larmes.

— Non, plus maintenant, répliqua Hart. Elle a Winnie, aussi.

— Je ne veux pas la mettre en danger. Elle encore moins que quiconque…

Ces mots lui firent chaud au cœur. Il sut que Felicity finirait par avoir l'amour d'une mère et que Wendy la chérirait comme sa propre fille.

— Ne t'inquiète pas pour ça, dit-il. Je pense avoir trouvé

une solution pour que nous soyons tous réunis et en sécurité. Il faut juste que tu me fasses confiance.

— Il paraît que j'ai tendance à trop faire confiance.

— Si c'était le cas, tu n'aurais pas caché les pièces à conviction, objecta Hart.

Elle acquiesça.

— Fais-moi confiance, implora-t-il. Comme moi je l'ai fait… en te donnant mon cœur.

— Où veux-tu en venir, exactement ? demanda Wendy d'une voix hésitante.

— Je sais que je m'y prends mal, mais j'essaye de te dire ce que je ressens.

— En mon comparant à ton ex-femme ?

— Tu es cent fois mieux qu'elle, et mon seul regret est de ne pas m'en être aperçu plus tôt. Je sais que toi, tu ne me trahiras pas. Et que jamais tu n'abandonneras Felicity. Tu es la femme la plus merveilleuse que j'ai jamais rencontrée. Et je t'aime…

25

Abasourdie par la déclaration que Hart lui avait faite, Wendy n'avait plus trop su que penser.

L'aimait-il vraiment ?

Comme pour le lui prouver, il lui avait à nouveau fait l'amour. Avec une telle ferveur qu'elle avait compris, à la manière dont il l'avait embrassée, caressée et surtout regardée, que ce qu'il ressentait pour elle allait bien au-delà du simple désir. Il s'agissait bel et bien d'amour.

Lorsque, après s'être rhabillés, ils s'apprêtèrent à partir, elle voulut s'assurer encore une fois qu'il savait ce qu'il faisait.

— Tu es bien certain que je ne ferai courir aucun risque à Felicity ?

— Je tiens à ma fille comme à la prunelle de mes yeux, alors il faut que tu me fasses confiance. D'accord ?

— OK. Je te suis, en ce cas. Jusqu'au bout du monde s'il le faut.

Hart aimait bien les parents de Wendy même si son père, Ben, avait une fâcheuse tendance à pointer un pistolet sur lui.

Il leva les mains en l'air.

— Un mariage forcé ne sera pas nécessaire, dit-il. Je consens à prendre votre fille pour épouse.

— Tu devrais peut-être d'abord lui demander son avis, suggéra Wendy, juste derrière lui.

Son père la prit dans ses bras et la fit tournoyer dans les airs comme si elle avait cinq ans.

— Ma chérie !

Puis il la reposa par terre et regarda Hart.

— Merci de nous la ramener saine et sauve, dit-il, profondément ému. Merci d'avoir tenu votre promesse.

— Vous avez tenu la vôtre, dit Hart en lui montrant le jardin, dans lequel Felicity jouait avec Margaret à faire des espèces de pâtés de sable sur une table en fer forgé.

Dès qu'elle la vit, Wendy s'empressa d'aller la rejoindre.

— Winnie ! s'écria Felicity en se jetant à son cou.

Elle avait les mains sales mais, contrairement à Monica qui en aurait fait toute une histoire, Wendy se moquait éperdument que la fillette lui mette du sable dans les cheveux.

Le cœur gonflé à l'hélium, Hart s'apprêtait à aller rejoindre les deux êtres qu'il aimait le plus au monde, mais Ben le retint par le bras.

— Et Luther Mills ? demanda-t-il d'une voix dans laquelle perçait la peur. A-t-il renoncé à éliminer Wendy ?

— Wendy ne l'intéresse plus maintenant qu'elle n'est plus en possession des pièces à conviction.

— Que voulez-vous dire ?

— Elles sont entre les mains du chef de la police, dit Hart.

Ben gloussa et, plein de gratitude, lui posa une main sur l'épaule.

— Comment avez-vous réussi à convaincre Wendy de confier les preuves à son patron ? Ma fille est une vraie tête de mule.

— Elle est consciencieuse, corrigea Hart avec un sourire. Mais elle a compris que son travail n'était pas toute sa vie. Regardez-la ; entre Felicity et elle, c'est le grand amour.

Ben lui pressa affectueusement l'épaule. Il avait les larmes aux yeux. Mais il n'était pas le seul.

— Il va falloir qu'elle témoigne, dit Hart en s'efforçant

de reprendre le contrôle de ses émotions. Nous allons devoir rester ici jusqu'au procès.

— J'en suis ravie ! déclara Margaret en entrant. Merci infiniment de rendre ma fille aussi heureuse.

— C'est elle qui me rend heureux, répliqua Hart, la gorge serrée.

Jamais il n'aurait pensé être aussi heureux un jour.

Felicity l'aperçut et poussa un cri de joie.

— Papa ! Papa est là aussi !

Elle fonça sur lui, et il se retrouva à son tour avec du sable dans le cou et sur ses vêtements. Lorsque Wendy les rejoignit, il passa un bras derrière ses épaules. Il savait qu'à présent Felicity avait non seulement un papa, mais aussi une maman.

Ils formaient désormais une famille, Wendy, Felicity et lui.

— Tes gardes du corps ont tendance à un peu trop s'impliquer dans les missions qui leur sont confiées, dit le chef de la police en se carrant dans son fauteuil.

Parker acquiesça.

— C'est la raison pour laquelle tu nous as choisis, fit-il remarquer à son beau-père. Parce que faire plonger Luther Mills est quelque chose que nous avons tous à cœur, dans l'équipe.

— Il ne s'agit pas seulement de ça, poursuivit Woodrow.

Parker haussa les sourcils.

— Ah bon ?

En possession des pièces à conviction, Woodrow avait fait en sorte qu'au poste tout le monde le sache. Mais, en agissant de la sorte, Parker craignait que son beau-père ne se soit attiré des ennuis.

— De quoi s'agit-il, alors ?

Woodrow le fixa jusqu'à ce que Parker, mal à l'aise, se mette à gigoter sur son siège.

— Tu ressembles bien plus à ta mère que je ne le pensais.

— Comment cela ?

— Tu ne peux pas t'empêcher de jouer les entremetteurs. Tes gardes du corps finissent tous dans les bras de leur protégée. Il y a eu Clint et Rosie, et c'est maintenant au tour de Hart et Wendy de se mettre ensemble.

Parker éclata de rire.

— C'est le hasard, assura-t-il. Je n'y suis pour rien. Les autres ne risquent pas de finir en couple, crois-moi !

Tyce Jackson, un peu brut de décoffrage comme beaucoup d'anciens flics de la Crim, n'avait pas grand-chose en commun avec Bella Holmes, la fille du juge.

Et Landon Myers n'était pas près de faire les yeux doux à l'adjointe du procureur dont il se méfiait comme de la peste.

Quant à Keeli Abbott, son client, l'inspecteur Dubridge avait plus de chances de se faire tuer par elle que par Luther Mills.

Parker gloussa de plus belle.

— Non, les autres ne sont pas près de finir en couple…

RITA HERRON

Le passé dévoilé

Traduction française de
CHRISTINE BOYER

BLACK ROSE

HARLEQUIN

Titre original :
PROTECTIVE ORDER

Prologue

S'il la retrouvait, il la tuerait.

Mais revenir en arrière n'était pas une option.

Elle ne supportait plus ses ordres, ses sautes d'humeur, ses colères. Répondre à ses attentes devenait impossible. Elle n'arrivait plus à jouer les femmes parfaites, à se soumettre à toutes ses exigences dans l'espoir de lui plaire.

Elle étouffait.

Depuis des mois, elle vivait un enfer. Au fil du temps, il l'avait séparée de sa sœur, de ses amis. Et obligée à se plier aux règles qu'il édictait sous peine d'être punie.

Elle n'en pouvait plus.

Baissant la tête, Reese Taggart tira sur sa casquette de base-ball pour dissimuler son visage avant de remonter dans sa voiture. Alors qu'elle démarrait et s'éloignait de la station-service, elle remarqua soudain un grand brun vêtu d'un sweat à capuche qui l'observait depuis l'une des pompes à essence.

Elle sentit un frisson glacé lui parcourir l'échine.

Robert avait-il payé cet homme pour la prendre en filature et l'empêcher de fuir ? se demanda-t-elle, le ventre noué.

Elle pressa la pédale d'accélérateur et fonça vers l'autoroute. Au moment où elle s'engageait sur la rampe d'accès, elle jeta un œil dans son rétroviseur pour voir s'il la suivait. En constatant qu'il rentrait dans la cafétéria, elle poussa un soupir de soulagement.

Avec la tombée de la nuit, un sentiment de désespoir se

mêlait à sa peur. Elle avait quitté son appartement en catastrophe après avoir fourré tout ce qu'elle possédait dans sa voiture. Elle ne savait pas comment elle parviendrait à reconstruire sa vie mais, dans l'immédiat, sa priorité était de prendre le large, de lui échapper.

L'ordonnance restrictive qu'elle avait obtenue n'avait servi à rien. Il ne l'avait pas respectée. Au lieu de rester à distance comme il le lui était demandé, il avait forcé sa porte et l'avait menacée. Il lui avait juré que si jamais elle essayait de partir, de le quitter, elle le payerait cher.

Puis il l'avait attachée sur son lit et laissée seule en lui enjoignant de réfléchir à la façon d'être une bonne épouse.

Ils n'étaient pas mariés. Chaque fois qu'il lui avait demandé sa main, elle avait refusé. Et voilà des mois qu'elle tentait de mettre un terme à leur relation.

Mais il ne voulait pas entendre parler de rupture. Il lui était impossible d'accepter que tout fût fini entre eux.

Lorsqu'elle avait réussi à se libérer de ses liens et à filer, elle avait passé la nuit dans un motel de seconde zone quelque part sur l'autoroute, terrifiée, ignorant quoi faire, où aller. La police ne l'aiderait pas, sauf s'il essayait de la tuer.

Elle n'avait aucune envie de mourir.

Au matin, elle avait pris sa décision. Elle se rendrait à Raleigh où vivait sa sœur. Toutes deux avaient besoin l'une de l'autre. Et Tess avait le droit de savoir pourquoi Reese avait coupé les ponts depuis des mois.

Une rafale de vent frappa son véhicule, si fort que les vitres en tremblèrent. Une tempête s'annonçait. Heureusement, elle n'était plus très loin. Il lui restait une trentaine de kilomètres à parcourir.

Son téléphone bipa pour lui signaler l'arrivée d'un autre texto. De Robert. Encore un. Depuis qu'il avait découvert sa fuite, il ne cessait de l'appeler et de la bombarder de SMS.

Tu regretteras de m'avoir quitté, crois-moi.

Reese n'avait qu'un regret : avoir cru qu'il était un homme

bon, aimant. Et, bien sûr, s'être inscrite sur ce stupide site de rencontre. Ses amies lui avaient dit qu'il n'y avait rien de plus simple pour faire la connaissance de quelqu'un, qu'elles avaient toutes trouvé leur chéri par ce biais et qu'elle n'avait rien à craindre. Il lui suffisait de créer un profil, de l'agrémenter de quelques photos. Et, dès que le contact était établi, de donner rendez-vous à l'heureux élu dans un lieu public, un café par exemple.

Elle avait suivi leurs conseils.

Au début, il s'était montré charmant, très gentil. Un peu timide. Calme. Il l'avait invitée à dîner dans de bons restaurants, complimentée sur sa beauté, son énergie, son courage.

Quelques mois plus tôt, elle avait perdu sa mère, un événement douloureux dont elle avait eu du mal à se remettre. Il lui avait offert une épaule sur laquelle pleurer. Sans le sou, elle avait dû abandonner ses études pour gagner sa vie et il avait promis de l'aider.

De prendre soin d'elle.

Malheureusement, « prendre soin d'elle » signifiait pour lui la couper de ses amis, l'isoler de sa famille et essayer de la contrôler. Elle l'avait compris trop tard.

Comme elle atteignait les environs de Raleigh, elle hésita à prévenir sa sœur de son arrivée. Mais elle y renonça. Elle lui expliquerait tout de vive voix, cela valait mieux.

Des gouttes de sueur perlaient à son front alors qu'elle s'engageait sur la bretelle de sortie et se dirigeait vers la petite maison de sa sœur. Tess était une artiste. Le soir, elle travaillait dans un café, près du centre, mais elle avait décidé de vivre hors de la ville pour peindre. Son inspiration, sa créativité avaient besoin de campagne pour s'épanouir.

Les derniers kilomètres parurent très longs à Reese mais, au fur et à mesure qu'elle approchait, elle se détendait. Sa sœur lui avait terriblement manqué. Elle avait hâte de la voir, de l'embrasser. Maintenant, elle avait besoin d'elle.

En arrivant à l'angle de sa rue, elle remarqua une épaisse

fumée qui s'élevait vers le ciel et elle se sentit blêmir. Le ventre noué, elle écrasa la pédale d'accélérateur.

Comme elle le craignait, la maison de Tess était en feu.

En proie à une indicible terreur, elle composa d'une main tremblante le numéro des secours pour leur demander de l'aide. Puis elle s'arrêta devant le sinistre et ouvrit la portière de sa voiture. Alors qu'elle s'élançait en hurlant, elle heurta un pavé et s'étala de tout son long sur le sol. Elle se releva et reprit sa course. Attisé par le vent, l'incendie gagnait le toit. Il semblait provenir de l'arrière.

De l'atelier.

Les produits chimiques que Tess utilisait pour peindre et nettoyer ses pinceaux y étaient rangés. Mon Dieu…

Reese se rua vers la maisonnette. Peut-être sa sœur n'était-elle pas là. Sa Toyota était garée un peu plus loin, mais…

Elle poussa la porte d'entrée et cria :

— Tess ! Tess !

Elle répéta son nom en traversant les pièces au pas de course. Tess n'était ni dans le salon ni dans la cuisine.

Visiblement, le feu avait démarré à l'arrière.

La gorge irritée par les émanations, Reese ne cessait de tousser tandis qu'elle remontait le couloir. Elle se couvrit la bouche de son écharpe mais refusa de rebrousser chemin. La chambre d'amis était déserte. Elle entra dans celle de Tess, envahie par la fumée, une fumée âcre et pestilentielle. Mais sa sœur ne s'y trouvait pas.

Un regain de terreur la traversa.

L'atelier.

Elle s'y précipita.

Les flammes léchaient les murs, dévoraient les toiles de Tess. Les magnifiques couleurs de ses tableaux dégoulinaient comme du sang. Le feu s'attaquait à présent aux étagères couvertes de fioles, de pinceaux et de matériel artistique.

Et, soudain, Reese aperçut un corps de femme gisant sur le plancher. Inerte.

Elle courut vers elle.

— Tess !

Autour d'elles, l'incendie se déchaînait. Les rideaux aux fenêtres étaient la proie des flammes. Un morceau de bois incandescent tomba sur elle et la brûla au poignet, mais elle le jeta de côté.

Elle s'agenouilla près de Tess et l'examina. Elle était inconsciente.

À la hâte, elle la prit dans ses bras et se mit en devoir de l'extraire de la pièce. La sueur ruisselait sur son visage. Le sol devenait brûlant, l'air irrespirable, le feu se propageait. Il lui fallait se dépêcher.

Elle tira de toutes ses forces, traînant Tess à travers le salon jusqu'à la porte d'entrée.

Au loin, elle entendit le hurlement d'une sirène et, comme elle sortait sous le porche, elle vit des gyrophares tourbillonner dans le ciel sombre.

Elle souleva Tess et descendit les marches avec elle.

Avec précaution, elle l'étendit un peu plus loin sur l'herbe. Puis elle se laissa tomber à côté d'elle et, une fois de plus, la secoua.

— Tess, chérie, accroche-toi ! Bats-toi !

Elle lui saisit la main, chercha son pouls, mais en vain. Enfin, un camion de pompiers surgit dans la rue. Les soldats du feu en sautèrent et entrèrent en action.

Elle leur fit signe, les appela à son secours

— Ma sœur. Elle ne respire plus ! cria-t-elle.

L'un d'eux se précipita. Le visage crispé d'inquiétude, il se pencha et pressa deux doigts contre la gorge de Tess.

Un instant plus tard, il secoua la tête, l'air consterné.

Ce n'était pas possible.

— Non !

Refusant d'abandonner la lutte, Reese le repoussa et commença un massage cardiaque. Mais il lui ordonna de le laisser faire et s'efforça à son tour de sauver Tess.

Alors qu'il pressait la poitrine de sa sœur à un rythme soutenu, elle remarqua soudain des traces rouges sur son cou. Elle reconnut des empreintes de doigts. Ceux d'un homme.

Elle porta la main à sa gorge. Un jour, Robert avait tenté de l'étrangler. Et avait laissé des marques comme celles-là.

Ses menaces lui revinrent en mémoire.

« Tu regretteras de m'avoir quitté. »

Une ambulance arrivait. Des urgentistes en bondirent et s'élancèrent vers eux tandis que les pompiers déployaient des tuyaux, aspergeaient les flammes. Dans un craquement sinistre, le toit s'effondra.

Le médecin chercha le pouls de Tess. Son cœur. Mais très vite il tourna vers elle un visage navré.

— Je suis désolé.

Anéantie, Reese baissa la tête. Des larmes jaillirent de ses yeux et coulèrent sur ses joues. Elle prit sa sœur chérie dans ses bras, la berça en pleurant tandis que la terrible vérité pénétrait sa conscience.

Robert avait tué Tess pour la punir, *elle*.

Tess, la seule personne qui lui restait au monde, sa meilleure amie, sa petite sœur, était morte à vingt-six ans.

Et tout était sa faute.

1

Trois ans plus tard

Pompier et enquêteur/expert en incendies criminels, Griffin Maverick – Griff pour les intimes – était furieux. Ces derniers temps, les feux de forêt se multipliaient dans les montagnes. Si certains étaient accidentels, d'autres avaient été provoqués par l'imprudence de randonneurs – ou, comme il le soupçonnait dans ce cas précis, volontairement par des adolescents pyromanes.

Il lui fallait à tout prix les identifier et, surtout, mettre un terme à leurs agissements. Mais jusqu'ici les coupables avaient réussi à échapper à la police.

Par miracle, à ce jour, aucune victime n'était à déplorer. Pourtant, en ce mois de mars particulièrement venteux, le pire était à craindre. Les flammes se propageaient très vite, détruisant sur leur passage des hectares de forêts le long de l'*Appalachian Trail* et de magnifiques propriétés. Griff s'inquiétait qu'un jour elles ne blessent ou ne tuent quelqu'un.

Ce matin, il avait failli perdre un membre de son équipe lorsqu'un arbre transformé en torche s'était fissuré et avait éclaté au-dessus de Barney. Le malheureux s'était retrouvé piégé au milieu du brasier. Heureusement, ses camarades l'avaient sorti à temps de la fournaise. En revanche, Barney souffrait d'une double fracture à la jambe et avait dû être héliporté à l'hôpital.

L'odeur âcre de la fumée et du bois brûlé imprégnait encore les vêtements de Griff quand il poussa la porte du bar pour rejoindre ses trois frères pour leur soirée « burgers et bière » hebdomadaire. Maintenant que Jacob et Fletch étaient mariés, il leur arrivait de sauter l'un de ces rendez-vous, mais c'était plutôt rare. Tous quatre tenaient à maintenir cette tradition et les liens qui les unissaient. Les frères Maverick étaient très soudés et se serraient les coudes dans les coups durs.

Ils avaient également décidé d'unir leurs forces pour retrouver la personne qui avait mis le feu à l'hôpital de Whistler, cinq ans plus tôt, provoquant la mort de leur père.

Fletch, Jacob et Liam étaient déjà assis au bar à se régaler de frites devant une bière. Dernièrement, Fletch, dont le travail consistait à retrouver les gens perdus en montagne avec la FEMA, avait découvert les traces d'un possible suspect caché dans les Appalaches.

Enfin.

— Tu as l'air de sortir tout droit de l'enfer, dit Fletch alors que Griff se hissait sur l'un des hauts tabourets.

Il en avait, lui aussi, l'impression.

— Je n'ai pas eu le temps de rentrer chez moi me changer.

— Tu ne sais toujours pas qui est responsable de ces feux de forêt, n'est-ce pas ? s'enquit Liam, l'agent du FBI.

— Non et je le regrette, répondit Griff en prenant la chope de bière que lui tendait Liam. C'est le troisième en quinze jours.

— C'est chaque année la même chose, dit Jacob, le shérif de Whistler, avec une grimace fataliste.

Liam plongea une frite dans le ketchup et la croqua.

— J'ai recherché des cas similaires en Caroline du Nord, mais jusqu'à présent je n'ai trouvé aucun sinistre dont l'origine ne soit connue.

— De mon côté, j'ai discuté avec la directrice du lycée, intervint Jacob. Je lui ai demandé de nous alerter si elle entendait parler de pyromanes en herbe au sein de son établissement. Elle tient à protéger la vie privée de ses élèves, mais je lui

ai rappelé que si quelqu'un perdait la vie dans l'un de ces incendies volontaires, celui qui l'avait allumé serait considéré comme un meurtrier, voire un assassin. D'après ce que j'ai compris, l'école a prévu un débat sur le sujet, cette semaine. Peut-être devrais-tu t'y rendre, Griff.

Griff soupira. Il n'avait aucune envie de s'adresser à un groupe d'adolescents rebelles et indisciplinés. Il n'y a pas si longtemps, il en avait lui-même été un.

Et voilà sans doute pourquoi il était qualifié pour leur parler, pensa-t-il.

— J'irai peut-être, moi aussi, pour observer les réactions des gamins et voir si l'un d'eux paraît nerveux, reprit Jacob.

Griff haussa les épaules.

— Ça vaut le coup d'essayer, oui, dit-il en sirotant sa bière. Par ailleurs, où en es-tu avec les analyses des objets que Fletch a trouvés dans la grotte dans les montagnes ?

— Comme je l'ai déjà dit, intervint Liam, les empreintes correspondent à celles de Barry Inman.

Après la mort de sa femme aux urgences de l'hôpital, Barry Inman était devenu fou. Il avait porté plainte contre l'établissement, mais celle-ci avait été classée sans suite, la veille de l'incendie. Or, il avait juré de se venger.

Liam attrapa une autre frite.

— J'ai téléphoné à son frère, mais ils ne s'adressent plus la parole depuis des lustres. D'après lui, Barry a disparu après la tragédie et aucun membre de la famille n'a entendu parler de lui depuis.

— Et la famille de son épouse ? s'enquit Griff.

— D'après la mère de la défunte, Barry a perdu la tête après le décès de sa femme. Apparemment, il avait été mis à pied bien avant qu'elle tombe malade et le couple connaissait de gros problèmes financiers. La mère n'a jamais cru que les médecins avaient été négligents et l'a exhorté à laisser tomber l'affaire. Mais Barry est obsédé par l'idée de faire payer l'hôpital.

— Il pourrait être notre coupable, remarqua Jacob.

Liam hocha la tête.

— Quand nous le trouverons, nous l'interrogerons.

— Pendant mes temps de repos, j'ai sillonné la zone où il s'était planqué et effectué des recherches pour tenter de le pister, reprit Fletch.

L'anxiété envahit Griff. Il y a cinq ans, l'incendie de l'hôpital avait fait des morts et détruit de nombreuses familles. Dans le chaos, le bébé de Cora Reeves avait été kidnappé. Heureusement, Jacob avait retrouvé et rendu la petite fille enlevée à sa mère. Par la suite, il avait épousé Cora et adopté l'enfant.

— Nous allons continuer à y travailler, dit Liam.

Ils donnèrent tous leur accord.

Ils passèrent l'heure suivante à discuter de l'actualité sportive et à se détendre. Mais, au moment où il terminait son hamburger, la sonnerie du téléphone de Griff retentit. Celle du smartphone de Jacob également.

Ils répondirent en même temps.

— D'après le dispatcheur des appels d'urgence, annonça son capitaine à Griff, un incendie est en cours. Je t'envoie par texto le lieu du sinistre.

Griff se leva alors que le SMS apparaissait sur son écran. L'adresse indiquée était celle de l'appartement de Joy Norris, situé au-dessus de son salon de manucure, et il fronça les sourcils. Il espérait que Joy n'y était pas. Il était sorti avec elle plusieurs fois jusqu'au jour où il avait appris qu'elle lui avait menti. Elle avait en effet prétendu être divorcée alors qu'elle était, de fait, toujours mariée. Griff, qui ne supportait pas les mensonges, avait alors rompu.

— J'arrive.

— Je suis en route, dit Jacob, jetant de l'argent sur la table.

Griff ajouta un billet de vingt dollars et suivit Jacob vers la porte.

Ne sachant pas combien de temps ils auraient à rester sur les

lieux du drame, ils s'y rendirent séparément. Jacob actionna sa sirène et ouvrit la voie. À quelques pâtés de maisons du salon, Griff repéra la fumée.

Les autres boutiques à proximité semblaient avoir été épargnées – pour le moment. Mais le sinistre devait être contenu.

Jacob gara sa voiture sur le trottoir. Griff s'arrêta derrière lui et sauta de son véhicule pour rejoindre son équipe qui déployait déjà le matériel près du camion. Il enfila rapidement son équipement.

Alors qu'il approchait du bâtiment en proie aux flammes, la ressemblance entre cet incendie et celui qui avait causé la mort de leur père le frappa. En regardant Jacob, il comprit que son frère pensait la même chose et revivait, lui aussi, cette horrible journée.

— Fais attention à toi, vieux, grommela Jacob, la mine sombre. Tu vas être oncle.

— Je fais toujours attention.

Ce n'est qu'un instant plus tard qu'il comprit le message de son frère. Il le prit dans ses bras.

— Félicitations, vieux. Tu seras un père génial, tout comme l'était le nôtre.

Jacob était déjà un formidable beau-père.

Un afflux d'émotions submergea Griff, mais il le refoula et se dirigea vers la fournaise.

Depuis trois ans, Reese Taggart vivait dans le mensonge. Elle mentait sur son identité, sur ses origines, sur tout.

En réalité, elle se cachait, elle tentait de *lui* échapper.

Elle avait l'impression d'être entourée de ténèbres. Toute sa vie, sa sœur avait joué avec les couleurs de l'arc-en-ciel pour peindre de merveilleux paysages. Depuis sa mort, l'univers de Reese déclinait toutes les nuances de gris. À ses yeux, le monde n'était plus qu'un tas de cendres comme celles de la maison de Tess qui avait entièrement brûlé.

Les mâchoires serrées, elle se mit à sautiller et frappa avec violence le punching-ball, alternant crochets, uppercuts et *jabs*. La sueur ruisselait dans son cou alors qu'elle bourrait le sac de coups, consciente de libérer ainsi sa rage et sa frustration. Elle s'imaginait cogner le monstre qui avait tué sa petite sœur chérie et qui l'avait forcée, elle, à fuir. En proie à une indicible fureur, elle s'acharna sur le malheureux punching-ball.

Après la tragédie, les policiers avaient enquêté sur le meurtre de Tess, lancé un avis de recherche et un appel à témoins. Ils avaient utilisé tous les moyens à leur disposition pour traquer Robert Bouldercrest. En vain. Il semblait s'être volatilisé dans la nature.

Tout comme elle, Robert avait manifestement changé d'identité et était parti vivre ailleurs. Avait-il trouvé une autre femme ? Ou était-il toujours à sa recherche ?

De nouveau, elle bourra le sac de coups de poing.

— C'est bien, Ginny.

Virginia Bagwell – Ginny – était son nom d'emprunt.

Son professeur de gymnastique la draguait ouvertement. Tout comme Ian Phelps, son instructeur au stand de tir. Mais ni l'un ni l'autre ne parviendraient à leurs fins. Plus jamais elle ne ferait confiance à un homme.

Ancien inspecteur de police, Ian avait toujours des amis au commissariat local. Un jour, elle avait hésité à lui demander de l'aide. Mais trop de mauvais souvenirs étaient remontés à la surface. Plusieurs mois plus tôt, elle avait eu affaire à des policiers qui n'avaient pas cru que Robert était le monstre qu'elle leur décrivait. Ils avaient laissé entendre qu'elle avait peut-être cherché ce qui lui était arrivé…

De plus, les ex-collègues de Ian risquaient de devenir curieux à son sujet et découvrir la véritable identité de Reese. Ce serait une catastrophe. Il n'était pas question de courir un tel risque.

Personne ne devait soupçonner la vérité, pas avant que Robert soit derrière les barreaux.

Ou mort.

Elle préférait cette dernière éventualité. En fait, elle s'entraînait pour en faire une réalité.

Le professeur de gymnastique s'approcha d'elle, essuyant son visage en sueur avec une serviette.

— Que diriez-vous de prendre un verre lorsque vous aurez terminé ?

Son sourire et son corps d'athlète avaient charmé la moitié des femmes inscrites dans cette salle de sport. Ginny les avait écoutées chanter ses louanges, les avait vues choisir des machines à côté de lui, s'efforcer d'attirer son attention. Ou même, demander des séances d'entraînement individuelles.

Une fois qu'il les avait conquises, il les laissait tomber comme de vieilles chaussettes.

Mais plus elle refusait ses avances, plus il insistait.

— Je ne peux pas. J'ai rendez-vous, prétendit-elle.

— J'ignorais que vous voyiez quelqu'un.

— Cela fait longtemps, pourtant.

Elle lui tourna le dos et frappa à nouveau le punching-ball avec violence. Ses jointures seraient en sang quand elle aurait fini. Lorsqu'elle laissait sa rage se déchaîner, même les gants ne la protégeaient pas. Mais elle voulait être forte. Elle devait l'être.

Si Robert s'attaquait de nouveau à elle, elle serait prête.

— Joy !

Griff ouvrit la porte de l'appartement à toute volée. La chaleur le prit au visage. Le feu dévorait déjà les meubles et rampait le long de la moquette usée.

— Joy !

La fumée envahissait tout. Il s'élança dans le couloir et fouilla les pièces avec méthode. Personne dans le salon. Personne dans la salle de bains.

— Joy ! Joy !

Il se précipita dans la chambre d'où s'échappaient des flammes. Elles consumaient les rideaux et léchaient le rebord de la fenêtre.

Il aperçut la jeune femme étendue près du lit.

Le cœur battant, il fonça à travers le brasier pour la prendre dans ses bras. Elle était inerte, et il eut l'impression qu'elle ne respirait plus. La serrant contre lui, il traversa l'appartement en sens inverse, dévala les marches pour la porter à l'extérieur.

Le bâtiment explosa au moment où il se précipitait dehors. Le chaos régnait alentour. Des policiers étaient arrivés. Les voisins, les propriétaires des boutiques de la rue et des badauds s'étaient rassemblés sur le trottoir d'en face pour regarder le sinistre. Des sirènes hurlaient, des gyrophares tournoyaient dans la nuit. Le feu ronflait. Sous l'effet de la chaleur, les vitrines avaient volé en éclats, le verre brisé s'était répandu partout.

L'un des médecins courut à sa rencontre, et Griff allongea avec précaution Joy sur une civière. Ses cheveux avaient commencé à brûler. La fumée imprégnait ses vêtements, la suie couvrait sa peau.

Au moins l'avait-il sortie avant que le feu l'atteigne.

Le médecin chercha le pouls de Joy, son cœur.

Celui de Griff s'accéléra dans sa poitrine jusqu'au moment où l'homme en blouse blanche secoua la tête.

Jacob s'approcha, le visage inquiet.

— Griff ?

— D'après le toubib, elle était déjà morte quand je suis entré, répondit-il, les mâchoires serrées.

Jacob grimaça.

— Il n'y a personne d'autre là-dedans ?

— Personne, j'ai vérifié.

— Comment l'incendie a-t-il démarré ? reprit Jacob.

— Je ne sais pas encore, dit Griff. Je vais attendre qu'il s'éteigne pour y retourner. Si quelqu'un avait mis le feu, les substances chimiques et l'acétone présents dans ce salon auraient été les accélérateurs évidents. Cela dit, pourquoi quelqu'un voudrait-il réduire un salon de manucure en cendres ? ajouta-t-il après un instant d'hésitation.

Jacob haussa les épaules.

— Nous allons enquêter, étudier la scène et la situation. Peut-être avait-elle des problèmes financiers et espérait-elle ainsi toucher l'argent de l'assurance.

Griff réfléchit à cette éventualité. Il ne se souvenait pas que Joy avait des ennuis d'argent, mais il n'était pas toujours facile de rentabiliser un petit commerce.

— Y a-t-il de la famille à prévenir ? demanda Jacob.

— Uniquement son ex-mari.

Alors qu'il examinait de plus près le corps de Joy, Jacob fronça les sourcils.

— Regarde, dit-il en montrant à son frère des marques rouges sur le cou de la jeune femme.

Le sang de Griff se glaça.

— Ce n'était pas un accident. Elle a été assassinée. Et l'incendie a sans doute été allumé pour dissimuler le crime.

Deux heures plus tard

Avant d'ouvrir la porte de son appartement d'Asheville, Ginny regarda une nouvelle fois par-dessus son épaule pour s'assurer que personne ne la suivait. Elle avait emprunté un nouvel itinéraire pour rentrer du club de sport. Varier sa routine était devenu une nécessité pour survivre.

Les maniaques étudiaient les habitudes de leurs proies. Robert connaissait certainement les siennes. Même après leur rupture, il n'avait jamais cessé de l'observer dans l'ombre. Il savait où elle faisait ses courses, sur quels sentiers elle aimait courir, qui étaient ses amis. Un jour, elle l'avait surpris à fouiller ses poubelles.

Elle n'avait jamais imaginé qu'il s'attaquerait à Tess, mais maintenant elle avait retenu la leçon. Depuis le meurtre de sa sœur, elle s'interdisait d'approcher qui que ce soit.

Elle ne voulait pas avoir la mort d'une autre personne sur la conscience.

Elle déverrouilla sa porte. Il s'agissait d'une porte blindée. Pourtant, elle fouilla les pièces, son calibre .22 à la main. Une fois certaine que personne ne se trouvait à l'intérieur, elle rangea son pistolet dans un tiroir et se servit un whisky.

Elle ouvrit son ordinateur portable et, une fois de plus, effectua des recherches sur Internet et sur les réseaux sociaux, dans l'espoir d'y trouver une photo de Robert. Durant des mois, il l'avait traquée tel un chien de chasse.

Il était temps qu'il apprenne ce que vivait une proie.

Une heure plus tard, les muscles ankylosés par la fatigue, elle alluma le poste de télévision pour regarder le journal du soir. Après les nouvelles nationales, le journaliste annonça un reportage spécial.

Un incendie à Whistler, en Nouvelle Caroline.

Serrant son verre avec force, elle observa le shérif Jacob Maverick à qui quelqu'un tendait un micro. Il se tenait devant un bâtiment en feu. Les flammes illuminaient le ciel. La rue était en plein chaos, éclairée par les gyrophares, inondée par les lances des pompiers.

— Shérif, pouvez-vous nous dire ce qui s'est passé ici ce soir ? demanda le journaliste.

— Un incendie a détruit le Joy's Nail Salon, le salon de manucure de la ville, répondit-il, le visage en sueur. Bien que notre caserne de pompiers ait réagi immédiatement, les produits chimiques à l'intérieur du salon ont favorisé la propagation rapide du sinistre. À ce stade, mes hommes essayent toujours de le contenir et de l'empêcher d'atteindre les boutiques voisines.

La caméra se dirigea vers une ambulance, un médecin et un grand pompier aux larges épaules.

— Et la gérante des lieux ? poursuivit le journaliste.

Était-elle à l'intérieur du salon quand il a pris feu ? Y a-t-il eu des blessés ? Des victimes ?

— Malheureusement, la propriétaire du salon, Joy Norris, était morte à notre arrivée, grommela le shérif.

Une photo de la dénommée Joy apparut sur l'écran.

— Si quelqu'un a des informations concernant sa mort ou l'incendie de ce soir, merci de nous contacter, ajouta le shérif.

Le numéro du bureau du shérif de Whistler apparut en bas de l'écran, mais le regard de Ginny était rivé sur le portrait de la jeune femme.

Joy Norris avait des cheveux auburn, les yeux verts, un visage en forme de cœur, une peau d'ivoire.

La gorge de Ginny se serra.

Cette Joy Norris était le type de femme que Robert aimait.

Et le portrait craché de Ginny.

2

Le lendemain matin, à l'aube, Ginny prit le volant pour se rendre à Whistler. Tout en roulant vers la petite ville de montagne, elle se remémora le reportage sur l'incendie.

La mort de Joy Norris avait été qualifiée d'homicide. Le shérif n'avait pas donné les détails, mais il avait indiqué qu'elle était morte avant le départ du feu. Comme il n'avait pas précisé la cause du décès, elle suspectait le pire.

Devenait-elle paranoïaque ? Voyait-elle des similitudes là où il n'y en avait pas ?

Déterminée à découvrir si ses soupçons étaient ou non fondés, elle suivit la route sinueuse jusqu'au chalet de Griffin Maverick. Elle avait en effet décidé d'interroger l'expert en incendies criminels plutôt que le shérif. Certes, ils étaient frères, mais Griffin au moins n'était pas chargé du maintien de l'ordre et du respect des lois.

L'hiver était toujours là, et les arbres dénudés de feuilles se balançaient sous le vent. Alors qu'elle se garait devant la cabane en rondins, elle prit un instant pour l'admirer. Le chalet avait le charme d'une carte postale comme d'ailleurs la petite ville de Whistler nichée au cœur des Appalaches.

La beauté du lieu était à couper le souffle, et le bruissement de la rivière qui cascadait sur des rochers à proximité donnait à l'ensemble une touche de sérénité.

En revanche, l'air était frais. Venue des glaciers, la bise mordait la peau. Tout en gravissant les marches du magnifique porche en bois, Ginny se frotta les bras pour se réchauffer. Elle frappa la porte du poing. Au bout d'un moment, n'entendant aucun bruit à l'intérieur, elle actionna la sonnette. En chemin, elle avait réfléchi à l'histoire qu'elle lui raconterait. L'objectif était de recueillir des informations sans révéler son identité ni son passé, ni avoir à s'adresser au shérif.

À une époque, elle avait toute confiance en les forces de l'ordre mais, lorsqu'elle était allée les trouver dans l'espoir d'obtenir de l'aide, ils l'avaient laissée tomber. Il y a deux ans, elle avait découvert une affaire similaire à la tragédie qui avait coûté la vie de Tess. Pourtant quand elle en avait parlé à l'inspecteur chargé de l'enquête, au commissariat de Charlotte, il ne l'avait pas prise au sérieux, se contentant de lui servir de beaux discours. Pire, par la suite, il avait accepté de l'argent de Robert qui l'avait soudoyé pour apprendre où elle était, où elle se cachait.

Elle ne s'en était sortie que par miracle, grâce à une association qui aidait les femmes comme elle.

Comme elle. Elle s'était longtemps crue forte et indépendante. Jamais elle n'aurait imaginé qu'elle se retrouverait un jour dans cette situation. Elle avait vécu des années durant avec la certitude que les victimes de maltraitance conjugale étaient forcément des femmes fragiles, un peu perdues, voire stupides.

Elle avait tort.

Les fous furieux qui s'attaquaient à elles avaient toutes sortes de profils. Ils n'étaient pas tous des brutes épaisses et avinées. Loin de là. Certains d'entre eux étaient beaux, séduisants, cultivés et manipulateurs. Ils savaient pénétrer l'esprit de leurs proies, trouver leurs failles. Ils les repéraient, les ciblaient et les broyaient sans en avoir l'air. Lorsqu'elles se rendaient compte qu'elles étaient réduites en état d'esclaves, il était trop tard.

Plus jamais elle ne ferait confiance aux hommes.

Avec une profonde inspiration, elle passa la main dans

ses cheveux coupés au carré. Ils n'étaient plus auburn mais bruns maintenant. Puis elle tira sur la doudoune qu'elle avait achetée dans une friperie.

Enfin, elle entendit un mouvement à l'intérieur. Des bruits de pas.

Par la fenêtre, elle aperçut Griffin Maverick qui se dirigeait vers l'entrée. Ses cheveux étaient ébouriffés, et il se frottait le visage comme s'il venait de se réveiller.

Elle aurait dû lui téléphoner avant de venir. Mais peut-être aurait-il alors refusé de répondre à ses questions. Or, si Robert était l'auteur de l'incendie de la veille, elle tenait à le savoir.

Il ouvrit la porte et fronça les sourcils, ébloui par le soleil matinal. Brun, grand, bien bâti, il était très bel homme. Une ombre de barbe assombrissait son visage. Ses yeux noisette l'observèrent avec curiosité.

— Je suis désolée, bafouilla-t-elle, déstabilisée par sa propre réaction.

Bien sûr, comme toute femme normalement constituée, elle était sensible à la virilité brute quand elle en était témoin. Mais, depuis trois ans, elle s'interdisait d'imaginer qu'il puisse exister un homme valable sur terre.

— Que vous arrive-t-il ? demanda-t-il d'une voix bourrue. Êtes-vous perdue ou quelque chose comme ça ?

Elle secoua la tête, s'efforçant d'affirmer sa voix pour ne pas se trahir. Rien dans son intonation ne devait révéler qu'elle s'apprêtait à lui servir un gros mensonge.

Se protéger et se venger étaient tout ce qui comptait désormais pour elle. Et si, pour y parvenir, elle devait se servir de cet homme, elle n'avait aucun scrupule à lui mentir.

Troublé, Griff regarda sa visiteuse en se demandant s'il était bien réveillé. Il était plutôt rare qu'une belle et mystérieuse jeune femme se présente à sa porte.

Et, comme il avait passé la plus grande partie de la nuit à

éteindre un incendie puis à travailler sur la scène du crime pour tenter d'en déterminer l'origine, il se sentait épuisé, sale et débraillé… et donc très loin de l'image qu'il aurait voulu donner.

Elle leva un menton délicat.

— Je m'appelle Virginia – Ginny – Bagwell, dit-elle d'une voix qui lui parut angélique.

Peut-être dormait-il encore et rêvait-il. Oui, sûrement.

— Je suis journaliste d'investigation, poursuivit-elle. J'écris une série d'articles sur les incendies criminels, en particulier sur les pyromanes et leurs mobiles. Voilà pourquoi j'aimerais vous interviewer.

Griff se frotta les yeux.

— Je suis désolé, mais j'ai passé la moitié de la nuit à travailler. Pourquoi ne pas contacter ma caserne de pompiers et vous adresser à mon capitaine ? Il a des gens qui s'occupent de la couverture médiatique.

Pour sa part, Griff détestait être sous les feux de la rampe. La veille au soir, il avait laissé Jacob gérer les journalistes pour pouvoir, lui, se concentrer sur sa mission.

— Je vous en prie, dit Ginny avec un sourire si doux qu'il désarmait sans doute la plupart des hommes.

Ou les faisait tomber à ses jolis pieds. Et il était prêt à parier qu'ils étaient charmants et féminins, même s'il était impossible de les voir à travers les grosses chaussures plates qu'elle portait. Elles étaient aussi quelconques que la voiture qu'elle conduisait.

— J'ai effectué des recherches, reprit-elle. Vous êtes l'expert en matière d'incendies criminels et très doué dans votre domaine. J'ai entendu parler de celui d'hier soir et je sais que vous avez lutté pour l'éteindre.

— Tout comme les autres gars de ma caserne.

Elle se mordilla les lèvres, des lèvres rouges et pulpeuses comme un fruit mûr, et un instant le corps de Griff se tendit de désir.

Bon sang. Qu'est-ce qui n'allait pas chez lui ?

Le manque de sommeil expliquait son trouble. Voilà tout.

Elle joua avec le zip de sa doudoune.

— Je suis désolée de vous déranger. Manifestement, votre nuit a été courte. Peut-être pourrais-je vous offrir un café plus tard dans la matinée ? Ou un petit déjeuner ? Qu'en dites-vous ?

Elle était tenace.

— Pour qui travaillez-vous ? Pour quel journal ? Ou quel magazine ? s'enquit Griff.

Une brève hésitation puis elle soupira.

— Je suis en free-lance pour le moment. J'essaye de décrocher un poste sur une chaîne de télévision, et la seule façon d'y parvenir est d'avoir un bon reportage à présenter.

— Vous trouverez des informations sur les mobiles des pyromanes sur Internet, dit-il, devinant qu'elle n'était pas totalement sincère.

— Je ne me contente pas d'énoncer des faits, répondit-elle. Je veux comprendre. Et voilà pourquoi le témoignage de quelqu'un qui a enquêté sur les incendies criminels, qui sait ce qui se passe dans la tête d'un pyromane, qui comprend son mode de fonctionnement, me serait infiniment précieux.

Il s'adossa au chambranle de la porte.

— Comprendre impliquerait une certaine empathie avec l'incendiaire et ce n'est certainement pas le cas. J'étudie les mobiles des pyromanes. Je cherche à savoir pourquoi ils passent à l'acte. Pas pour minimiser leurs responsabilités. Mais connaître leurs motivations peut aider à identifier les coupables.

— C'est exactement ce qui m'intéresse, dit-elle. Je vous en prie, retrouvons-nous pour un café, plus tard. Votre heure sera la mienne.

En souriant, elle lui tendit une carte de visite avec son nom et son numéro de téléphone.

— Je vais réserver une chambre dans l'un des hôtels du coin. Prévenez-moi quand vous serez prêt à me parler.

Leurs doigts se frôlèrent alors qu'il saisissait le carton de bristol. Dans le mouvement, la manche de sa doudoune remonta légèrement. Assez pour révéler une tache rouge presque brune sur son poignet.

Une marque de brûlure.

Le cœur de Griff s'accéléra dans sa poitrine. Ginny Bagwell cherchait peut-être à écrire un reportage sur les incendiaires, mais elle ne lui avait pas tout dit. Elle s'y intéressait aussi pour des raisons personnelles.

De plus, elle était venue le trouver parce qu'elle avait effectué des recherches sur lui. Ce détail éveilla sa curiosité.

— Très bien, je vous appellerai après m'être un peu reposé, dit-il, espérant qu'après avoir dormi quelques heures, il serait moins troublé par sa beauté.

De toute façon, il découvrirait ce qu'elle avait en tête.

Alors qu'elle arrivait à Whistler, Ginny s'efforça de calmer ses nerfs à vif. Niché dans les montagnes à quelques heures de route d'Asheville, le village lui parut très pittoresque avec ses boutiques de cadeaux et ses enseignes de confections artisanales. La région accueillait de nombreux randonneurs, attirés par l'*Appalachian Trail*, et des amateurs de montagne qui y pratiquaient le canoë l'été et le ski en hiver.

La veille, elle avait lu tout ce qu'elle avait pu trouver sur la ville. Cinq ans plus tôt, un terrible incendie avait détruit l'hôpital local, faisant plusieurs victimes et coûtant la vie au père des frères Maverick.

Comme Griff, elle connaissait la douleur de perdre un être cher. Son cœur se serra en songeant au chagrin qu'il devait éprouver. Pourtant, cet élément leur permettrait peut-être de trouver un terrain d'entente.

Consciente qu'il lui fallait rester sur ses gardes, au cas où Robert serait à Whistler, elle balaya les rues du regard tandis qu'elle traversait la petite ville au volant de sa voiture. De même, elle inspecta le parking du Whistler Inn avant de s'y engager. Situé au cœur des collines, l'endroit lui parut charmant. Cela dit, elle aurait du mal à s'y détendre et à profiter de la beauté du paysage.

Pas quand le meurtrier de sa sœur était toujours en liberté.

Elle récupéra son sac de voyage dans le coffre et remonta l'allée pavée jusqu'aux portes de l'hôtel. Comme elle sentait les poils de sa nuque se hérisser, elle se retourna et scruta à nouveau les alentours.

Robert ne pouvait pas savoir qu'elle était là. N'est-ce pas ?

Non, elle avait été prudente. Elle avait loué une voiture en utilisant son faux permis de conduire afin que personne ne puisse remonter jusqu'à Reese Taggart. Ses cheveux étaient maintenant d'une couleur différente et coupés plus court. Grâce aux lentilles, ses yeux verts étaient devenus bleus.

Elle se glissa à l'intérieur du motel. La réceptionniste lui sourit et lui proposa la chambre qu'elle appelait *The Sunflower room*, « la chambre des Tournesols ». Ginny s'attendait à ce qu'elle soit peinte en jaune vif, mais les murs étaient blancs avec des touches de vert et de corail. Un bouquet de tournesols en tissu l'attendait comme pour lui souhaiter la bienvenue.

Lumineuse et gaie, la pièce semblait à des années-lumière de la raison pour laquelle elle était ici. Elle lui rappelait une époque heureuse où sa sœur et elle rêvaient ensemble de leur avenir.

Tess n'avait plus d'avenir… à cause d'elle.

Les larmes brouillèrent la vue de Ginny. Certains jours, elle réussissait à dominer sa tristesse et son désespoir. Mais, à d'autres, le chagrin la frappait avec une telle violence qu'elle en restait anéantie, le souffle coupé.

Souvent, de petites choses apparemment insignifiantes déclenchaient un flot de souvenirs qui l'étranglaient d'émotions et de regrets. Par exemple, Tess adorait les glaces à la menthe et aux pépites de chocolat. Le jour de son anniversaire, Ginny s'en était acheté une pour lui rendre hommage, mais très vite elle s'était mise à sangloter comme une gamine. Une autre fois, alors qu'elle sirotait un expresso, elle avait entendu la chanson préférée de sa sœur passer sur le juke-box. La gorge serrée, elle avait dû quitter le café à la hâte.

D'un revers de main, elle essuya ses larmes et se força à se concentrer sur sa mission. Elle espérait que Griffin Maverick l'appellerait.

Sinon, elle trouverait un autre moyen pour découvrir si la mort de la jeune femme dans l'incendie du salon de manucure était liée à Robert.

Elle posa sa valise dans un coin et installa son ordinateur portable sur le bureau. Elle se sentait épuisée. Trop de tensions l'empêchaient de dormir. Le visage de la morte la narguait dans son sommeil. Joy Norris ressemblait tellement à la Reese d'il y a trois ans que Ginny avait l'impression de se regarder dans un miroir.

Si elle n'était pas un jour tombée amoureuse de Robert, Tess serait toujours en vie. Et, si elle avait réussi à arrêter Robert après l'assassinat de sa sœur, il n'aurait pas pu s'en prendre à une autre, comme à cette malheureuse Joy.

Elle saisit une bouteille d'eau, la décapsula et en but une longue gorgée puis elle s'assit et démarra son ordinateur.

Ce voyage à Whistler ne la mènerait peut-être pas à Robert. Le meurtre de Joy Norris n'était sans doute pas lié à celui de Tess. Cela dit, le portrait de la manucure était plus que troublant. Mais il lui fallait avoir la certitude que cette Joy Norris était une autre victime de Robert.

Elle passa l'heure suivante à parcourir Internet, cherchant des photos ou des liens avec Robert Bouldercrest. Elle se plongea dans les actualités locales et les médias sociaux.

Mais elle ne trouva rien.

Déterminée à explorer toutes les pistes, elle décida de se connecter de nouveau sur des sites de rencontre en ligne. Elle avait rencontré Robert sur un site appelé *Meet Your Mate*,

« Rencontrez l'Âme Sœur ». Elle s'y rendit en priorité, au cas où il serait resté fidèle à son ancien terrain de chasse.

Elle créa un nouveau profil sous le nom de June Embers et dénicha une photo assez floue d'une inconnue qui ferait l'affaire. Elle répondit aux questions comme elle l'avait fait lors de la création de son premier profil, trois ans plus tôt.

Si Robert avait été attiré par Reese Taggart, étudiante en journalisme, calme et timide, qui vivait seule et venait de perdre sa mère, il avait de grandes chances de tomber amoureux de June, libraire de son état, qui avait grandi en famille d'accueil et rêvait de se marier, d'avoir des enfants. Elle publia le profil, puis l'ajouta à plusieurs autres sites de rencontre.

Robert aimait jouer les sauveurs, les chevaliers blancs qui volent au secours des demoiselles seules et éprouvées par la vie. Comme June.

Avec Reese, il s'était montré chevaleresque. Affectueux. Romantique.

Jusqu'à ce qu'il se transforme en monstre.

Trois heures plus tard, Griff sortit du lit, l'esprit encore embrumé de sommeil. Il se sentait comme dans un état bizarre où des images réelles se confondaient avec d'autres, imaginées. Avait-il rêvé l'apparition de cette belle brune à sa porte, ce matin ?

Alors qu'il se traînait vers la cuisine en bâillant, son téléphone lui annonça l'arrivée d'un texto. Il émanait de Jacob.

Rendez-vous à 13 heures au bureau du légiste pour les résultats de l'autopsie de Joy Norris.

Griff lui envoya en réponse :

À tout à l'heure.

Il sortait des placards de quoi se préparer un café lorsqu'il repéra la carte de visite que Ginny avait laissée. Il ne l'avait donc pas rêvée.

Il prit la carte, la retourna entre ses doigts. En carton de bristol simple, d'un design classique, elle n'attirait pas l'œil.

Le nom de Virginia Bagwell y figurait en italique avec le titre « journaliste d'investigation » ainsi qu'un numéro de téléphone et une adresse à Asheville.

La curiosité piquée, il tapota la carte entre ses doigts. Comment s'était-elle fait cette brûlure ? Pourquoi ce reportage lui importait-il au point de se rendre à Whistler et de frapper à sa porte ?

Son cœur s'accéléra alors qu'une pensée le traversait soudain. Savait-elle quelque chose sur l'incendie d'il y a cinq ans ?

La brûlure... Se pouvait-il que Ginny Bagwell se soit trouvée à l'hôpital de Whistler, le jour du drame ?

3

Griff se servit un grand bol de café qu'il sirota tout en s'installant devant son ordinateur. Il ouvrit le fichier « Incendie de l'Hôpital de Whistler » que Jacob, Liam, Fletch et lui avaient compilé au cours des cinq dernières années. Il réunissait tout ce qui concernait le drame, des documents officiels ou des articles de presse. Il lança une recherche avec le nom de Virginia Bagwell pour voir s'il correspondait à celui de l'une des victimes de la tragédie ou si elle vivait dans la région à l'époque.

Rien n'apparut.

Intrigué, il saisit son téléphone portable et composa le numéro noté sur la carte de visite. Il avait un peu de temps devant lui avant de retrouver Jacob et le médecin légiste pour faire le point sur l'autopsie de Joy.

Ginny répondit à la troisième sonnerie.

— Je me demandais si vous appelleriez, monsieur Maverick.

Lui aussi se l'était demandé…

— Appelez-moi Griff. Si ça vous va, nous pouvons nous retrouver pour un petit déjeuner tardif à 11 heures à la brasserie Mitzi's Café, sur la place.

L'endroit venait d'ouvrir, et il avait entendu dire que la cuisine y était excellente. Non seulement la jeune Mitzi était ravissante, mais elle proposait des pancakes servis avec des myrtilles et de la crème qui étaient, paraît-il, succulents. Griff avait toujours eu un faible pour le sucré.

— J'y serai, dit-elle. À tout à l'heure.

Il raccrocha et monta prendre une douche.

Pendant qu'elle s'efforcerait d'obtenir des informations sur les pyromanes, il découvrirait ce qu'elle cachait.

Tandis qu'elle se dirigeait vers la brasserie, Ginny jeta un coup d'œil par-dessus son épaule et s'assura une fois de plus qu'elle n'était pas suivie. Dehors, le soleil tentait de se frayer un chemin à travers d'épais nuages qui laissaient présager de la pluie. Le vent soufflait en rafales. Elle traversa la rue et longea le magasin d'artisanat. La tête baissée, le visage enfoui dans son écharpe pour dissimuler ses traits, elle marchait vite tout en surveillant les alentours.

Comme elle atteignait l'auvent du café du coin, le Brew, un SUV gris métallisé passa lentement devant elle. Aussitôt, elle se glissa à l'ombre du bâtiment, se plaqua contre le mur et tira des jumelles de son sac. Elle les pointa vers le véhicule.

Robert se trouvait-il au volant ?

Le cœur battant, elle regarda la voiture se garer un peu plus loin. Quand l'homme ouvrit la portière et sortit du SUV, elle poussa un soupir de soulagement.

Il ne s'agissait pas de Robert.

Elle reprit sa route, se hâtant vers le point de rendez-vous.

La brasserie de Mitzi semblait tout droit sortie d'un décor de western avec ses portes de saloon, ses nappes à carreaux rouges et blancs, la musique country diffusée à l'intérieur et le brouhaha des conversations et des rires des consommateurs.

Ginny expliqua à l'hôtesse d'accueil qu'elle attendait quelqu'un puis demanda une table au fond de la salle. Comme toujours, elle s'installa dos au mur et face à la porte. Elle balaya l'établissement du regard à la recherche d'une issue de secours, au cas où elle aurait besoin de s'enfuir en catastrophe.

Une fois assise, elle commanda un café et consulta son

téléphone, y cherchant d'éventuelles informations sur l'incendie du salon de manucure. Mais il n'y avait rien de nouveau.

Des pas résonnèrent sur le plancher, et elle leva les yeux. Comme Griff approchait, son grand corps semblait occuper tout l'espace, suscitant en elle une myriade d'émotions. De la peur, parce qu'il était grand, musclé et fort. Mais aussi un certain trouble, proche du désir, parce qu'il était beau comme le péché.

En général, elle évitait ce type d'hommes. Elle jeta un coup d'œil à la marque de brûlure sur son poignet en guise de piqûre de rappel.

Si tu joues avec le feu, tu te brûleras.

Elle n'aurait pas toujours la chance de s'en tirer vivante et elle tenait à vivre assez longtemps pour venger Tess.

En s'asseyant en face de Ginny, Griff se sentait de plus en plus perplexe. Il l'avait vue arriver dans la rue, regarder dix fois par-dessus son épaule comme pour s'assurer qu'elle n'était pas suivie et sortir des jumelles de son sac pour identifier l'homme au volant de ce SUV gris.

À quoi jouait-elle ?

Était-elle vraiment venue ici dans l'espoir d'obtenir des informations sur les incendies criminels et les pyromanes ou cherchait-elle à en savoir plus sur un autre sujet ? Et si oui, lequel ?

Elle lui sourit avec une telle chaleur qu'il en fut troublé.

— Merci d'être venu.

— J'avais besoin de me restaurer, répondit-il d'un ton bourru.

Elle hocha la tête. Comme la serveuse approchait, il lui demanda du café, des pancakes avec des myrtilles et de la crème. Ginny prit la même chose.

Sans perdre de temps, elle commença à l'interroger, lui

posant des questions de base sur les causes les plus fréquentes des incendies.

— Beaucoup de départs de feu sont accidentels, dit-il, jouant le jeu. Provoqués par un câblage défectueux ou par négligence à cause d'une cigarette mal écrasée ou de l'oubli d'une casserole sur la gazinière.

— Et qu'en est-il des récents incendies de forêt ?

La serveuse revenait avec leurs assiettes, et il mourait de faim.

— Il se peut que des randonneurs n'aient pas éteint correctement leur feu de camp. Le vent a attisé les braises et…

— C'est ce qui s'est passé, à votre avis ?

— Je pense que des adolescents sont derrière ces sinistres, mais nous n'en avons pas encore la preuve. Nous n'avons pas de suspect. C'est une simple intuition. Comprenez-vous ?

— Oui, répondit-elle d'une voix douce. Avez-vous découvert de l'essence à proximité ?

— Nous avons trouvé des boîtes d'allumettes et des canettes de bière vides qui ont sans doute servi à transporter un hydrocarbure, oui.

— Ces incendies semblent donc plus intentionnels qu'accidentels. Y a-t-il des points communs en matière de timing ?

— Pas vraiment. Cela dit, deux d'entre eux ont démarré à la tombée de la nuit. Ce qui colle avec l'hypothèse que je défends. Il est possible qu'à la sortie du lycée, des gamins se soient retrouvés dans le bois pour boire quelques bières avant le retour de leurs parents.

Son assiette terminée, il l'observa tout en sirotant son café.

— Parlez-moi des pyromanes, dit-elle. Ils sont obsédés par le feu, n'est-ce pas ?

— Exact. Certains souffrent de troubles pulsionnels. Ils adorent le frisson que leur donne la vue des flammes. Mais c'est rare.

Elle s'humecta les lèvres.

— Je crois savoir que bon nombre d'incendiaires mettent le feu à une scène pour dissimuler un autre crime, n'est-ce pas ?

Il devina qu'ils abordaient enfin le cœur du problème, ce sur quoi elle voulait réellement l'interroger.

— En effet. Le feu peut effacer de précieux indices et rendre difficile l'établissement du crime en question. Mais un incendie ne détruit pas entièrement un cadavre. Les experts parviennent toujours à examiner les restes humains et à les faire parler. Et à découvrir des éléments révélateurs via les analyses médico-légales.

— En avez-vous trouvé hier soir dans le salon de manucure ? Pensez-vous que quelqu'un a tué Joy Norris puis mis le feu dans l'espoir de dissimuler son meurtre ?

Il croisa les bras.

— Je n'ai pas le droit de divulguer d'informations sur une enquête en cours.

— Mais vous soupçonnez un tel scénario, non ? insista-t-elle.

— Vous êtes ici pour cette raison, n'est-ce pas ? Savez-vous quelque chose à propos de l'incendie d'hier ou du meurtre de Joy ?

Ses yeux s'écarquillèrent.

— Comme je l'ai dit, j'écris un article sur les incendies criminels et…

— Je ne vous crois pas, la coupa-t-il.

Joy lui avait déjà menti, et il n'aimait pas être pris pour un imbécile.

Elle caressa du doigt le bord de sa tasse de café.

— D'accord. Je vous dis ce que je sais si, vous aussi, vous vous confiez à moi.

Il fronça les sourcils.

— Il m'est impossible à ce stade de vous donner des certitudes. Nous enquêtons toujours. Je suis censé rencontrer le médecin légiste et le shérif en début d'après-midi à propos des résultats de l'autopsie, dit-il en s'emparant de l'addition. Maintenant, à votre tour de me dire ce que vous savez.

Elle planta les yeux dans les siens, soutint son regard et, pendant un moment chargé de tensions, il crut qu'elle allait répondre. Mais elle se détourna comme s'il l'avait brûlée.

Soudain, une certaine agitation se fit entendre à l'entrée de la brasserie. Une voix d'homme en colère s'éleva, couvrant le brouhaha des conversations.

Griff se retourna pour identifier le problème, et son cœur s'accéléra dans sa poitrine en voyant l'ex-mari de Joy, Wayne, se diriger vers lui, les poings serrés. Il resta impassible tandis que Wayne l'attrapait par le col de sa chemise.

— Qu'avez-vous fait à ma femme ? cria Wayne. D'abord vous l'avez baisée alors que nous étions encore mariés. Et ensuite, quoi ? Elle a rompu, alors vous l'avez tuée ?

Livide, Ginny agrippa le bord de sa chaise, sonnée par les accusations du nouveau venu. Griff avait donc couché avec l'épouse de cet homme, avec une femme mariée ?

Une profonde déception s'empara d'elle. Et dire qu'elle avait été sur le point de lui faire confiance, de lui révéler une partie de la vérité ! Griff sauvait des vies. Elle l'avait catalogué comme faisant partie des « gentils ».

Mais il avait couché avec la femme d'un autre…

Il se redressa, saisit le bras de son agresseur et se dégagea.

— Écoutez-moi, Wayne, je n'ai fait aucun mal à Joy, répondit-il sans détour. Et, dès que j'ai appris que votre divorce n'était pas définitif, j'ai rompu avec elle.

— Je ne vous crois pas, gronda son interlocuteur avec colère. Vous vouliez poursuivre votre relation avec elle, mais elle vous a dit que nous nous remettions ensemble et cela vous a déplu.

— Si vous vous étiez réconciliés, tant mieux, dit Griff d'un ton dubitatif. Mais je n'en sais rien. Et peut-être est-ce vous qui l'avez attaquée. Peut-être vous a-t-elle dit qu'elle ne reviendrait pas vers vous et ne l'avez-vous pas supporté.

Ginny retint son souffle. Si le mari de Joy était assez jaloux pour la blesser, voire pour la tuer, elle s'était peut-être trompée. Peut-être ce Wayne était-il le meurtrier de Joy. Peut-être Robert n'y était-il pour rien. Peut-être ne se trouvait-il pas à Whistler.

Elle ne savait pas si elle en était soulagée ou déçue. Robert la terrifiait, et elle rêvait de se débarrasser de lui pour toujours.

— Maintenant, je vous suggère de vous calmer, poursuivit Griff d'une voix grave. De toute façon, je dois vous laisser. J'ai un rendez-vous, je suis attendu.

Il ne prit pas la peine de lui dire au revoir. Repoussant le mari de Joy, il se dirigea vers la caisse pour régler la note, puis sortit.

Le dénommé Wayne se tourna vers elle et la fusilla d'un regard furibond.

— Parce qu'il est pompier, vous imaginiez peut-être que ce type est un héros mais, croyez-moi, ce n'est pas le cas.

Le venin qui teintait ses mots comme le ton sur lequel il s'exprimait alertèrent Ginny. Il lui rappelait un autre homme qui avait vite perdu son sourire charmant pour devenir un serpent.

Le mari de Joy l'avait-il tuée avant de mettre le feu à son salon pour la punir d'avoir couché avec Griff ?

En proie à une profonde humiliation, Griff quitta le Mitzi's Café. Il n'était pas fier d'avoir couché avec une femme mariée, mais à l'époque il la croyait divorcée. S'il s'était douté qu'il n'en était rien, rien ne se serait passé entre eux. Il en voulait à Joy de lui avoir menti, mais il ne lui aurait jamais fait de mal.

Son père avait transmis à ses fils quelques principes de vie. Il leur avait appris à respecter et à protéger, en particulier les femmes et les enfants. Griff était devenu pompier pour honorer la mémoire de cet homme hors du commun.

Wayne Norris, en revanche, n'était pas quelqu'un d'honorable. Il avait poussé Joy à bout en se comportant mal avec elle, sans parler de sa consommation excessive d'alcool. Elle avait juré à Griff qu'elle ne reviendrait jamais vers lui.

Ce qui signifiait que Wayne mentait en prétendant qu'il s'était réconcilié avec elle. Peut-être mentait-il sur d'autres aspects de l'affaire… Peut-être l'avait-il accusé publiquement pour détourner les soupçons de lui.

Sans décolérer, Griff monta dans son camion et se rendit au bureau du médecin légiste. Son smartphone sonna alors qu'il roulait. Le chef du laboratoire médico-légal l'appelait.

— Maverick, j'ai quelques résultats, annonça le lieutenant Miller. Les seules substances inflammables présentes chez Joy étaient l'acétone et les produits chimiques utilisés de façon courante au salon.

L'incendiaire avait donc compris qu'il avait tout sur place et n'avait pas besoin d'accélérateur supplémentaire.

— Mais les analyses prouvent que les quantités déversées étaient énormes, sans rapport avec celles nécessaires à une manucure pour effectuer son travail. Quelqu'un a inondé d'acétone tout le coin salon ainsi que le pourtour des portes et des fenêtres.

— Pour s'assurer que le feu se propagerait vite.

— Exactement. Et nous avons également trouvé des traces d'acétone à l'étage dans l'appartement de Joy, poursuivit Miller. Là encore, en grandes quantités.

— Le sinistre est donc d'origine criminelle, conclut Griff. Y avait-il plusieurs départs de feu ?

— Oui. Le coupable ne voulait pas risquer que l'incendie s'éteigne avant d'avoir détruit la totalité de la scène de crime.

— Merci de ce compte rendu. Je transmettrai ces éléments au shérif, dit Griff. Je suis sûr qu'il voudra étudier les finances de Joy et de son ex, pour voir par exemple si elle avait une assurance-vie et qui en était bénéficiaire.

Si Wayne n'avait pas tué Joy par dépit, il aurait pu le faire par intérêt, pour toucher de l'argent.

Griff vit alors Jacob entrer dans le parking au volant de son SUV de patrouille et se garer à côté de lui.

Il le salua d'un geste de la main et poursuivit :

— Le labo a trouvé quelque chose sur notre incendiaire ?

— Nous sommes toujours en train d'y travailler, répondit le lieutenant Miller. Le feu a détruit la plus grande partie du bâtiment. Ajoutez à cela les dégâts causés par l'eau et la fumée et vous aurez une idée de la difficulté de la tâche.

Après l'avoir remercié et raccroché, Griff descendit de son véhicule. Jacob l'imita, et Griff lui résuma les grandes lignes du rapport médico-légal tandis qu'ils se dirigeaient vers le petit édifice qui abritait la morgue.

Jacob soupira :

— J'ai l'intention de m'intéresser de près à son ex-mari.

— Je viens de me heurter avec lui au Mitzi's Café, dit Griff avant de lui raconter la scène.

— Je suis désolé qu'il t'ait agressé, répondit Jacob. J'ai dû lui annoncer la mort de sa femme, hier soir. Mais je voulais attendre les résultats de l'autopsie pour l'interroger.

Griff comprit que Jacob préférait être armé du rapport du médecin légiste avant de cuisiner Wayne.

— Ce gars est une bombe à retardement, déclara Griff. Qui sait de quoi il est capable.

— Je vais chercher tout ce que je peux sur lui.

Ils remontèrent le couloir puis Jacob frappa à la porte du médecin légiste. Le Dr Hammerhead l'ouvrit et fronça ses épais sourcils.

— Entrez. J'ai bientôt terminé.

Il les conduisit à la table d'examen où gisait le corps de Joy. Les bacs et les instruments utilisés par le légiste étaient alignés sur un plateau d'acier à côté du cadavre.

L'estomac de Griff se noua à la vue de l'incision en Y sur la poitrine de la jeune femme. Elle semblait livide sous la lumière des néons.

Il eut du mal à refouler les émotions qui l'étreignaient.

Joy lui avait peut-être menti, mais elle n'avait pas mérité de mourir ainsi. Elle avait toute la vie devant elle.

La veille au soir, quand il l'avait sortie de cet appartement en feu, sa peau était bleuâtre. Ce matin, des ecchymoses ornaient ses bras, son épaule.

— J'ai effectué des analyses approfondies, indiqua le Dr Hammerhead. Elle avait bu un verre ou deux dans la soirée, elle avait un peu d'alcool dans le sang, mais je n'ai trouvé aucune trace de drogue.

Il désigna les marques rouges sur le cou de Joy.

— Elle est morte asphyxiée, elle a été étranglée.

Tout comme Jacob et lui l'avaient supposé. Griff se concentra sur ces empreintes de doigts. Elles étaient épaisses.

S'agissait-il des doigts de Wayne ? Ou Joy était-elle en relation avec un autre homme ?

L'attente devenait insupportable. Ginny devait absolument savoir si Joy Norris était morte étranglée. Si la malheureuse avait succombé sous les coups de son mari, elle-même n'avait plus qu'à quitter Whistler.

Et à retourner se cacher.

Elle était fatiguée de cette vie de fugitive.

Voilà trop longtemps que ce sale type lui bousillait l'existence. Il la pourchassait depuis trois ans.

Elle devait mettre un terme à cette situation.

Elle envoya un texto à Griff :

Que dit le légiste à propos des causes du décès de Joy Norris ?

Comme il ne répondait pas, elle sortit du café, décidée à se rendre à la morgue pour lui poser directement la question.

Alors qu'elle s'apprêtait à traverser, une voiture surgit au coin de la rue. Au lieu de descendre du trottoir, elle recula mais soudain quelqu'un la poussa avec violence dans le dos.

Précipitée en avant, elle agita les bras pour tenter de

recouvrer l'équilibre mais n'y parvint pas. Elle tomba sur le macadam alors que le véhicule fonçait droit sur elle.

Il savait où était Reese. Il l'avait compris au moment où elle était entrée en ville.

Elle s'était crue intelligente. Elle avait pensé que changer la couleur de ses cheveux, son nom et vivre dans l'ombre suffiraient. L'idiote. Il n'avait pas été dupe un instant.

Il avait fait de même.

Mais il avait gardé un œil sur elle. Tout en se faisant la main sur une autre, il l'avait bercée, elle, dans un faux sentiment de sécurité.

Elle était venue à Whistler dans l'espoir de le retrouver. Comme il l'avait prévu. Son plan avait fonctionné. Elle avait dû entendre parler de Joy. Joy, qui ressemblait tellement à Reese qu'il n'avait pas pu s'empêcher de la traiter comme Reese méritait de l'être.

Joy était morte, maintenant. Mais bientôt il récupérerait Reese. Rien ne l'arrêterait, cette fois.

Mais d'abord il avait envie de s'amuser un peu comme un chat avec une souris. Il tenait à la voir s'angoisser et souffrir.

Il s'éloigna vers le parc, mais se retourna après quelques pas pour observer la scène de loin. Elle venait d'éviter de justesse d'être renversée par une voiture.

Des rires montèrent à sa gorge. En la poussant, il avait remarqué qu'elle s'était musclée, endurcie, ces derniers temps. Et sa doudoune manquait d'élégance.

Bien sûr, elle aurait meilleure allure dans quelque chose de plus féminin.

Son corps se tendit en imaginant Reese dans une nuisette en satin noir et une culotte en dentelle rouge.

Une nuisette et une culotte qu'elle ne garderait pas longtemps.

4

Comme la voiture fonçait sur elle, Ginny, étendue à terre, vit sa dernière heure arriver. Puis tout se passa très vite. Le crissement des pneus, le hurlement de quelqu'un à proximité et l'instinct de survie, la remirent en mouvement. En un dixième de seconde, elle se redressa et bondit en arrière. La conductrice fit un écart pour ne pas la heurter et écrasa la pédale de frein.

Le drame évité de peu déclencha aussitôt un indicible chaos. Tous les véhicules s'arrêtèrent et un concert de klaxons résonna dans la rue. Un homme l'aida à se relever, un autre ordonna aux badauds de s'écarter. Ginny tremblait de tous ses membres. Ses genoux et ses mains étaient en sang.

Un homme lui prit le bras pour l'aider à remonter sur le trottoir. Ginny tenait à peine sur ses jambes, mais les rouages de son cerveau tournaient à plein régime.

La jeune femme qui conduisait la voiture courut vers elle.

— Comment allez-vous ? J'ai eu si peur ! J'ai failli vous tuer. Vous m'avez surprise. J'ai eu l'impression que vous vous jetiez sous mes roues et…

Elle ne s'était pas jetée sous ses roues. On l'avait poussée.

— Il faut appeler les secours ! lança quelqu'un.

Affolée, Ginny secoua la tête.

— Non, non, ce n'est pas la peine. Tout va bien.

Elle regarda la malheureuse conductrice, manifestement sous le choc.

— Quand je vous ai vue tomber, j'ai pilé, disait-elle d'une

voix frisant l'hystérie. J'ai cru que je n'arriverais pas à vous éviter.

— Ce n'est pas votre faute, lui assura Ginny. J'ai trébuché et je suis tombée au moment où vous passiez devant moi.

— Mais j'aurais pu vous tuer, répéta-t-elle avant de fondre en larmes.

Une passante lui tapota le dos pour la réconforter.

— Je vais très bien, insista Ginny. Je ne suis pas blessée.

Et elle ne voulait surtout pas avoir affaire à la police.

Elle se tourna vers la conductrice qui sanglotait.

— Vous avez eu peur, mais vous avez très bien réagi, dit-elle avec calme. Vous vous êtes arrêtée à temps. Je suis indemne. Et j'étais en faute. Pas vous.

Puis elle se hâta vers sa voiture, garée au bout de la rue. Dans l'immédiat, elle tenait surtout à échapper à l'attention des badauds. Certains continuaient à discuter entre eux.

Elle s'était tordu la cheville en tombant. Ses mains et ses genoux écorchés saignaient. Mais elle marcha d'un bon pas jusqu'au passage protégé. Il était pratiquement désert, et le petit bonhomme clignotait pour encourager les piétons à traverser. Pourtant, avant de l'emprunter, elle regarda attentivement autour d'elle, derrière elle et sur les côtés.

Le vent dans ses cheveux la fit frissonner. À moins que ce ne soit le contrecoup de sa chute. En tout cas, elle n'avait pas trébuché, elle n'était pas tombée toute seule.

Elle déverrouilla sa portière, se glissa dans l'habitacle et s'y enferma. Le souffle court, elle posa le front sur le volant. Elle tremblait comme une feuille, les larmes brûlaient ses paupières, la peur l'envahissait.

Elle avait senti des mains se coller sur son dos et la pousser avec force. Et toute la journée, elle avait eu l'impression qu'elle était épiée.

Pire. Au moment où elle avait été projetée en avant, des fragrances musquées avaient chatouillé ses narines.

Celles de l'eau de toilette de Robert.

En sortant de la morgue, Griff et Jacob aspirèrent de grandes bouffées d'air frais.

— Je ne m'habituerai jamais aux odeurs de cet endroit, dit Jacob.

— Moi non plus, répondit Griff en passant la main dans ses cheveux.

Son frère se tourna vers lui.

— L'ex-mari de Joy t'a donc accusé de l'avoir attaquée parce qu'elle avait mis un terme à votre relation. Que s'est-il passé exactement ?

Griff avait trop honte d'avoir couché avec une femme mariée pour se confier à ses frères, à l'époque, quand il avait découvert la trahison de Joy.

— Lorsque nous nous sommes rencontrés, elle m'a dit qu'elle était divorcée. Nous sommes sortis ensemble deux ou trois fois, rien de sérieux. Du moins, de mon côté.

— Et pour elle ? demanda Jacob.

Griff haussa les épaules.

— Elle me jouait la comédie de la femme amoureuse, mais elle n'était pas sincère. Un jour, je l'ai entendue parler à l'une de ses amies au téléphone. Elle lui disait qu'elle voulait donner une leçon à Wayne qui l'avait trompée. Elle se servait de moi pour se venger des infidélités de son mari.

— Dans le contexte, c'est embêtant, répliqua Jacob.

— Tu ne penses quand même pas que j'avais une bonne raison de la tuer ?

— Non, mais quelqu'un d'autre pourrait l'imaginer.

— C'est moi qui ai rompu et il y a plus de trois mois.

— As-tu un alibi pour hier soir ?

— Tu ne crois pas sérieusement que je suis son meurtrier ! s'exclama Griff avec colère.

— Bien sûr que non, dit Jacob. Mais pour mon enquête je suis obligé de vérifier les emplois du temps de toutes les personnes proches de Joy. C'est un travail de routine.

Les tensions qui pesaient sur la poitrine de Griff s'allégèrent un peu. Il comprenait la problématique de son frère, mais la situation lui déplaisait.

— J'ai éteint des feux de forêt tout l'après-midi et toute la soirée. Lorsque les copains et moi en sommes venus à bout, je suis allé directement au bar pour notre soirée hebdomadaire « burgers et bière ».

— Très bien. J'interrogerai Wayne et je verrai s'il a un alibi.

— Sa fureur contre Joy qui voulait le quitter pourrait être un mobile. À moins que…

Traversé par une idée subite, Griff poursuivit :

— Si Joy m'a utilisé, peut-être s'est-elle servie d'un autre homme également.

— Tu as raison. Je vais interroger ses amies et collègues et tenter de savoir si elle avait d'autres amoureux ou des ennemis.

Ginny s'ordonna de se ressaisir, de recouvrer son sang-froid. Elle était venue à Whistler parce qu'elle cherchait Robert.

Peut-être l'avait-elle trouvé. Ou, plutôt, l'avait-*il* trouvée.

L'odeur écœurante de son eau de toilette lui donnait la nausée, ravivant de mauvais souvenirs. Elle se remémorait ses mains sur elle, son corps sur elle, sa possessivité, sa violence.

Plus jamais, elle ne retournerait auprès de lui.

Résolue à lui faire payer son crime, elle releva la tête et prit une profonde inspiration. Elle ouvrit la boîte à gants et en sortit un paquet de lingettes désinfectantes. Elle s'en servit pour nettoyer ses écorchures.

Elle considéra son reflet dans son rétroviseur. À la vue de ses cheveux emmêlés, de ses joues marbrées de larmes, elle tamponna son visage et sortit sa trousse de maquillage de son sac. Armée d'un gros pinceau, elle passa un peu de blush sur ses joues.

Lorsqu'elle se sentit mieux, elle démarra et se mêla à la circulation. Elle suivit les indications du GPS pour se rendre à la morgue. Peut-être y parviendrait-elle à temps pour croiser Griff et le convaincre de lui parler.

Les rues étaient embouteillées. Tout en traversant la ville au ralenti, elle scruta les trottoirs, observa les passants. Une berline noire attira soudain son attention, et elle plissa les paupières pour tenter de voir à l'intérieur. Malheureusement, les vitres teintées l'empêchèrent de distinguer le visage du conducteur.

Alors qu'elle approchait de la morgue, des nuages sombres s'accumulaient au-dessus de sa tête, annonciateurs de pluie. Elle aperçut soudain Griff. Il se tenait sur les marches du petit bâtiment en compagnie de son frère, le shérif. Elle se gara dans le parking en bas de la rue et attendit que les deux hommes se séparent.

Ils semblaient graves, presque tendus. Qu'avaient-ils appris du médecin légiste ? Avaient-ils récupéré l'ordinateur ou le téléphone portable de Joy ?

Ginny aurait aimé fouiller l'appartement de la jeune femme pour recueillir des indices, mais bien sûr elle n'en aurait pas la possibilité. L'incendie avait détruit ainsi que tout ce qu'il contenait.

Enfin, le shérif tapota l'épaule de Griff et s'éloigna pour se diriger vers sa voiture de patrouille.

Griff resta immobile un moment, les sourcils froncés.

Peut-être était-il plus bouleversé par la mort de Joy qu'il nc s'y attendait. S'il avait été amoureux de la manucure et qu'il apprenait que Robert l'avait tuée, sans doute reprocherait-il à Ginny de lui avoir caché la vérité sur ses relations avec lui.

Raison de plus pour garder le silence. Tant qu'elle ne saurait pas avec certitude si Robert était responsable de la mort de Joy, elle ne devait rien lui dire.

Le vent ébouriffa les cheveux de Griff, lui donnant un air sauvage qui lui rappela que les hommes étaient dangereux. La beauté était secondaire et souvent trompeuse. Que savait-elle de toute façon sur Griff Maverick ? Qu'il était pompier et que son métier consistait à sauver des vies.

Mais peut-être était-il quelqu'un de totalement différent sur le plan personnel.

Tout comme Robert l'était.

Comme Griff mettait la main en visière pour observer la rue, elle enfonça la tête dans ses épaules. Avait-il remarqué sa présence ?

Elle retint son souffle puis leva un bref instant le nez pour jeter un œil par la vitre. Il avait disparu.

Elle fronça les sourcils. Où était-il passé ?

Un mouvement attira son attention, et elle le repéra un peu plus loin. Les mains dans les poches de son blouson de cuir, visiblement tendu, il se dirigeait vers une camionnette noire. Il y grimpa, démarra et s'éloigna.

Ginny quitta le parking à sa suite. Elle s'efforça de rester à bonne distance, espérant qu'il ne la verrait pas.

Tout en roulant vers son chalet, Griff se remémorait sa relation avec Joy. Il avait fait sa connaissance lors d'une réunion du conseil municipal. Elle venait d'emménager à Whistler et était ravie d'y ouvrir son salon. Très jolie, et souriante, elle se disait divorcée et prétendait vouloir repartir de zéro.

Elle lui avait semblé intelligente, indépendante et charmante. Un soir, il l'avait invitée à dîner. En sortant du restaurant, lorsqu'elle lui avait proposé de monter chez elle « pour boire un dernier verre », il avait évidemment accepté. À l'époque, il travaillait sans relâche, il était frustré de n'avoir aucune piste concernant l'incendie de l'hôpital qui avait coûté la vie à son père, il se sentait un peu déprimé et… seul. Qu'elle lui tombe dans les bras l'avait flatté, bien sûr, et quand elle l'avait entraîné vers son lit, il ne s'était pas fait prier.

Par la suite, ils étaient sortis ensemble deux ou trois fois mais, très vite, il avait senti qu'elle n'était pas sincère. Il avait alors découvert qu'elle n'était pas encore divorcée.

Batifoler avec les femmes mariées n'était pas son genre. Et il ne tolérait pas les mensonges. Doublement furieux, il avait rompu sur-le-champ.

Comme il s'engageait sur la place de la ville, il décida de se renseigner sur la vie amoureuse de Joy. Il ferait un saut au bar qu'elle fréquentait pour interroger le barman sur les fréquentations de Joy.

Par habitude, il regarda dans son rétroviseur et fronça les sourcils à la vue de la petite berline de Ginny Bagwell, deux voitures derrière lui.

Le suivait-elle ?

Curieux de le savoir, il tourna à droite. Comme il fallait s'y attendre, elle l'imita. En matière de filatures, elle n'était pas très douée. Irrité qu'elle imagine qu'il ne remarquerait pas son manège, il roula quelques kilomètres de plus. Elle était toujours derrière.

Pourquoi diable était-elle si déterminée à lui parler ? Si elle tenait tant à obtenir des informations sur le meurtre de Joy, elle ferait mieux de s'adresser à Jacob.

Pourquoi lui ? se demanda-t-il, déconcerté. Et pourquoi s'intéressait-elle à ce point à la mort de Joy ?

Il avait eu sa dose de mensonges. Pour en finir, il entra sur le parking devant la mairie. Elle se gara un peu plus bas.

Griff sauta de son camion et se dirigea vers elle.

Parvenu à sa hauteur, il frappa à la vitre. Elle pressa le bouton pour la baisser, une expression de biche apeurée sur le visage.

— Griff, c'est drôle qu'on se retrouve, dit-elle, feignant la surprise.

— Ce n'est pas drôle du tout, répliqua-t-il avec colère. Il ne s'agit pas d'une coïncidence et vous le savez très bien.

Il croisa les bras et la fusilla du regard.

— Maintenant, dites-moi pourquoi vous me suivez.

Elle leva le menton.

— Comme je vous l'ai dit, je veux rédiger un article sur les incendies criminels. Je vous ai envoyé un texto à propos de la cause du décès de Joy Norris, mais vous n'avez pas répondu. A-t-elle été étranglée ?

L'intuition qu'elle lui cachait quelque chose s'intensifia.

— Pourquoi n'allez-vous pas poser la question au shérif ? Pourquoi m'interroger, moi ?

— A-t-elle été étranglée ? insista-t-elle.

Le désespoir qui teintait sa voix éveilla un peu plus la curiosité de Griff.

— Oui, répondit-il. Comment le savez-vous ?

Elle pâlit mais redressa les épaules.

— Ce n'est qu'une supposition.

Griff l'étudia avec attention. Quelque chose clochait…

Il planta les yeux dans les siens.

— Écoutez-moi. Si vous savez quelque chose sur le meurtre de Joy, vous feriez mieux de le dire. Pour le moment, notre seul suspect, c'est son ex-mari. S'il est innocent, nous n'avons rien.

Elle détourna le regard et fixa ses mains qui serraient le volant avec force.

— Je… je suis ici pour écrire un article, répéta-t-elle. Je ne connaissais même pas Joy.

Peut-être. Mais elle cachait quelque chose.

— Si vous avez peur ou si quelque chose d'autre vous ennuie, je vous accompagnerai pour parler à mon frère, proposa-t-il.

Elle se mordilla les lèvres et secoua la tête.

— Je dois y aller. Désolée de vous avoir dérangé.

— Dites-moi…

— Je ne vous ennuierai plus, promis. Je me débrouillerai autrement pour obtenir des informations.

Elle remonta sa vitre, démarra et s'éloigna.

Qu'avait-elle en tête, au juste ? Poser des questions sur un meurtre était dangereux pour une femme seule.

L'ignorait-elle ?

5

Tout en s'éloignant, Ginny se réprimandait en son for intérieur. Elle ne pouvait permettre à un autre homme de l'intimider. Or, Griff Maverick venait de la déstabiliser.

Elle aurait dû faire ce qu'elle lui avait dit qu'elle ferait désormais. Enquêter seule. Découvrir par ses propres moyens si Joy était ou non sortie avec Robert.

Elle décida de commencer ses investigations en discutant avec Mitzi au saloon. Par prudence, elle scruta par les baies vitrées l'intérieur de la brasserie avant d'en pousser les portes. Cela dit, le fait de ne pas voir Robert ne signifiait pas qu'il ne se trouvait pas dans les parages, caché quelque part.

À l'espionner, à essayer de l'énerver, de lui faire peur.

Il avait déjà joué à ce petit jeu quand elle l'avait quitté pour la première fois. Dans l'espoir de la reconquérir, il avait d'abord multiplié les coups de téléphone insistants et les promesses. La manœuvre ayant échoué, il s'était mis à la suivre ouvertement, à la traquer. Il surgissait aux moments et là où elle ne s'y attendait pas. Au café où elle aimait se rendre le matin. À la bibliothèque de l'université lorsqu'elle avait décidé de reprendre ses études. Au restaurant où elle travaillait le soir pour payer le loyer de sa chambre de bonne.

Parfois, il se contentait de s'asseoir et de la regarder. D'autres fois, il lui écrivait des petits mots, lui rappelant qu'elle lui appartenait. Deux fois, en rentrant chez elle, elle s'était rendu compte qu'il y était venu en son absence.

Il avait alors l'habitude de lui laisser un cadeau sur le lit. Des fleurs, un parfum, une nuisette… Les fragrances nauséabondes de son eau de toilette flottaient dans l'air.

Pour conjurer sa peur, elle prit une profonde inspiration avant d'entrer dans l'établissement. De bonnes odeurs de café et de tarte aux pommes lui mirent l'eau à la bouche. Mitzi s'activait derrière le comptoir pour servir un vieil homme et sa femme. Leurs tasses à la main, ils s'installèrent à une table et se blottirent l'un contre l'autre comme de jeunes mariés.

La gorge de Ginny se serra. À une époque, elle avait fait des rêves de prince charmant, de grand amour et de conte de fées. Puis Tess lui avait été enlevée. Sa petite sœur n'aurait jamais la chance d'aimer et d'être aimée, de devenir mère. Ses toiles avaient coloré le monde. Sans elle, la vie était terne et sombre.

Ginny se hissa sur l'un des tabourets du bar et adressa un sourire amical à Mitzi. La blondeur de la jeune femme soulignait sa jeunesse. Charmante et détendue, elle avait visiblement le bien-être de ses clients à cœur.

— Que puis-je vous offrir ? demanda-t-elle en tendant un cappuccino à la serveuse pour qu'elle l'apporte à une table.

— Un expresso, répondit Ginny.

Son estomac ne supporterait rien de plus, pas après avoir enduré les fragrances de cette eau de toilette.

Tout en posant une tasse fumante près d'elle, Mitzi reprit :

— Vous étiez avec Griff tout à l'heure, non ?

— Oui, je suis journaliste d'investigation et je souhaite écrire un article sur les incendies criminels et les pyromanes. J'ai entendu parler du sinistre qui a ravagé le salon de manucure et j'espérais obtenir de lui quelques informations.

Mitzi entreprit d'essuyer des verres.

— Vous n'êtes pas d'ici, alors ?

— Non, et je n'ai pas l'intention de rester, précisa Ginny, pour lui faire comprendre qu'elle n'était pas une menace au cas où Mitzi s'intéresserait à Griff. Je partirai dès que j'aurai fini mon papier. Au fait, connaissiez-vous la propriétaire du salon ?

Les lèvres pincées, Mitzi s'accouda au comptoir. À cette heure de la journée, l'endroit était pratiquement désert. Pourtant, elle chuchota d'un air de conspirateur.

— Elle venait parfois boire un verre, mais je ne la portais pas dans mon cœur. Non seulement elle changeait d'amoureux comme de chemise, mais elle se servait de Griff pour régler ses comptes avec son mari.

— Vraiment ? dit Ginny, ravie d'en apprendre davantage sur la manucure. Vous rappelez-vous l'avoir vue avec quelqu'un en particulier ?

Mitzi y réfléchit un moment.

— À plusieurs reprises, elle est venue en compagnie d'un très beau gosse. Un banquier qui l'avait aidée à obtenir le prêt pour son salon.

— À quoi ressemblait-il ? s'enquit Ginny.

— La trentaine, brun, classe. Il flirtait ouvertement avec elle, et j'avais l'impression que leurs relations n'étaient pas que professionnelles.

— Vous souvenez-vous de son nom ?

Mitzi secoua la tête.

— Non, je ne pense pas qu'elle ne me l'ait dit.

— Y avait-il quelqu'un d'autre dans sa vie ?

— Je ne crois pas, mais je ne suis arrivée ici qu'il y a quelques mois. En tout cas, Joy avait tout d'une fêtarde. Elle aimait la nuit, les boîtes, les bars, boire et danser…

Ginny frissonna. Robert avait des goûts similaires. Il aimait sortir, de préférence dans les bons restaurants et tous les lieux branchés. Contrairement à Ginny qui ne s'était jamais sentie très à l'aise dans ce genre d'endroits.

Les clochettes au-dessus de la porte tintèrent lorsqu'un groupe de femmes entra. Mitzi leur fit signe de la main.

— Je dois m'entretenir avec ces dames, dit-elle. Elles veulent organiser un déjeuner, une aubaine pour mes affaires.

Ginny lui sourit. Dans des circonstances différentes, toutes deux auraient certainement été amies.

— Si vous vous souvenez d'autre chose, appelez-moi, dit-elle en lui tendant une carte de visite.

— Bien sûr, répondit Mitzi. Bonne chance pour votre article.

Le téléphone de Ginny émit un petit bip alors que Mitzi sortait du bar pour saluer les nouvelles venues.

Elle tira son smartphone de sa poche et consulta le texto. Il émanait du site de rencontre *Meet Your Mate*.

June Embers avait reçu un message. Un dénommé Karl Cross demandait à la rencontrer. Elle consulta le profil de ce dernier, à la recherche d'une photo, mais la seule qui y figurait avait été prise de loin et dans l'ombre. Elle ne pouvait distinguer les traits de son visage.

En tout cas, ce Karl avait la taille et la corpulence de Robert. Vêtu d'un costume très élégant, il aimait les bons restaurants, les grands crus et les femmes à forte personnalité.

Elle retrouvait tout ce que Robert avait autrefois indiqué sur sa fiche, à l'exception de l'attirance pour les femmes à forte personnalité. Au contraire, il les préférait douces et dociles. Pour mieux les contrôler. Pour qu'elles lui obéissent, cherchent à lui faire plaisir et considèrent ses moindres désirs comme des ordres.

Karl Cross était peut-être Robert, mais pour en être sûre elle devait le rencontrer.

Tendue, elle lui répondit qu'elle serait ravie de prendre un verre avec lui au Whistler's Nightcap, un bar du centre-ville, à 19 heures.

Tout en se dirigeant vers le bureau du shérif, Griff serrait les mâchoires, furieux contre lui-même. Il n'avait pas bien géré son échange avec Ginny. Certes, il n'avait pas l'intention de laisser une autre femme se servir de lui ou l'embobiner avec de beaux mensonges. Mais il regrettait de s'être montré aussi dur. Elle avait eu l'air effrayée. Son père lui aurait reproché de s'être adressé à elle sur ce ton.

Pourquoi avait-il été aussi en colère ?

Parce qu'elle est jolie, séduisante, et que tu avais envie de lui faire confiance mais que tu en as été incapable.

Le tonnerre grondait au loin, des nuages noirs chargés de pluie s'amoncelaient au-dessus de sa tête. Il jeta un coup d'œil à l'endroit où Ginny s'était garée. Mais sa voiture n'était plus là.

Peut-être avait-elle renoncé à son reportage et quitté la ville. À moins que, comme il le pressentait, elle n'y soit venue pour davantage qu'un article.

Le vent faisait trembler les vitres alors qu'il entrait dans le bureau de Jacob.

— J'ai besoin de voir mon frère, dit-il à l'accueil.

— Il interroge Wayne Norris, en ce moment.

— Dans ce cas, je l'attendrai dans son bureau.

Griff salua d'un geste l'adjoint qui était au téléphone et remonta le couloir jusqu'au domaine réservé de Jacob. La pièce était en désordre, mais Griff remarqua une petite photo sur l'écran d'ordinateur. En l'examinant de plus près, il vit qu'il s'agissait d'une échographie du bébé à naître.

Un sourire se dessina sur ses lèvres. La famille Maverick s'agrandissait. Curieusement, alors qu'il n'imaginait pas que l'un d'eux se marierait un jour, lui-même rêvait à présent d'une femme pour combler ses nuits solitaires.

Le visage de Ginny s'imposa à son esprit.

Oublie.

Il décida de profiter de cette attente pour tenter d'en apprendre davantage sur elle. Le fait qu'elle soit toujours là excitait sa curiosité.

Il fit une recherche sur Internet et trouva deux Virginia Bagwell. L'une avait soixante-quinze ans et possédait une animalerie dans le Maine. L'autre était morte, deux ans plus tôt.

Ensuite, il tapa les mots « journaliste » et « journaliste d'investigation ». Il passa la demi-heure suivante à parcourir diverses publications et articles, mais ne trouva rien d'écrit par une Virginia ou Ginny Bagwell.

Il fit ensuite quelques recherches sur les chaînes du coin. Mais là encore il n'aboutit à rien.

Des pas résonnèrent derrière lui, et Jacob apparut dans l'embrasure de la porte.

— Que fais-tu ? s'enquit Jacob.

— Je me renseigne sur Ginny Bagwell. C'est une journaliste qui m'a suivi depuis la morgue, dit-il. Je pense qu'elle sait quelque chose sur le meurtre de Joy.

— Vraiment ?

— Elle prétend enquêter pour un reportage sur les pyromanes et avoir appris l'incendie chez Joy au journal télévisé. Mais elle ne m'a interrogé que sur Joy. Elle voulait savoir comment elle était morte, si elle avait été étranglée…

Jacob haussa les sourcils.

— A-t-elle parlé spécifiquement d'étranglement ?

Griff hocha la tête.

— Comme tu n'as pas révélé ce détail aux médias, je me demande si le meurtre n'est pas ce qui l'a amenée à Whistler.

Jacob désigna d'un geste l'ordinateur.

— Et voilà pourquoi tu effectues des recherches sur elle ?

— Absolument, mais je ne trouve rien sur une Ginny ou Virginia Bagwell. Il m'a aussi paru étrange qu'elle vienne me voir, moi, au lieu de se tourner vers toi.

Jacob se gratta la nuque.

— Peut-être cache-t-elle quelque chose. Quoi qu'il en soit, cela vaut la peine de s'y intéresser de plus près. Je vais demander à Liam de creuser un peu. En attendant, garde un œil sur elle, ajouta-t-il en croisant les bras.

— J'en ai bien l'intention, oui.

La difficulté serait de rester objectif.

— Comment s'est passé l'interrogatoire de Wayne ? s'enquit Griff. Penses-tu qu'il a tué Joy ?

Jacob secoua la tête.

— Cet individu m'insupporte, mais il a un alibi en béton.

— Il a pu engager quelqu'un pour faire le sale boulot, suggéra Griff.

— C'est une possibilité. Mon adjoint examine ses relevés bancaires pour savoir s'il avait des problèmes financiers.

— Et qu'en est-il de l'assurance-vie ?

— L'activité de Joy fonctionnait bien. Elle rentabilisait bien son affaire. Wayne n'est plus bénéficiaire de son assurance-vie depuis qu'elle a demandé le divorce. Il n'a pas non plus le moindre droit sur son entreprise.

— Peut-être était-il furieux qu'elle lui ait coupé les vivres.

— Peut-être, dit Jacob. Mais je dois commencer à chercher d'autres suspects. Je m'apprêtais à aller interroger Riley Thornton, la réceptionniste du salon. Peut-être est-elle au courant de quelque chose concernant la vie personnelle de Joy.

— De mon côté, j'ai l'intention de passer au bar où nous allions, Joy et moi, ce soir, dit Griff. Le barman l'a peut-être vue en compagnie de quelqu'un.

— Bonne idée. Je t'y retrouve, si tu veux, proposa Jacob.

Griff secoua la tête.

— Laisse-moi y aller seul. Le barman risque de se braquer à la vue d'une étoile de shérif. De plus, poursuivit Griff en montrant l'image de l'échographie, tu as une famille qui t'attend. Comment va Cora ?

— Elle est fatiguée mais euphorique, répondit Jacob avec un sourire. Et Nina est ravie d'avoir bientôt un petit frère ou une petite sœur.

— Je suis heureux pour toi, vieux, dit Griff, soudain impatient de partir. Tu me diras si Liam sait quelque chose sur Ginny.

Dehors, quelques gouttes de pluie commençaient à tomber, les nuages s'assombrissaient encore. Il retourna à son camion, puis décida de partir à la recherche de Ginny.

Quand il passa devant le saloon de Mitzi, la petite berline de Ginny était garée devant.

Mais, au moment précis où il s'approchait, il l'aperçut, sortant de la brasserie. Il ralentit, le cœur battant. Il la vit regarder par-dessus son épaule tout en marchant. Elle s'arrêta devant la boutique d'artisanat, scruta la rue comme si elle cherchait quelqu'un. Ou comme si elle pensait que quelqu'un la suivait.

Que – ou qui – fuyait-elle ?

Ginny longea les devantures jusqu'au salon de manucure de Joy ou plutôt ce qu'il en restait, à savoir des gravats carbonisés, des matériaux brûlés, le tout recouvert de cendres. Un ruban jaune et noir signalant une scène de crime entourait toujours la zone.

Les commerces les plus proches comprenaient un salon de coiffure pour hommes, un magasin de mode, une toiletteuse pour chiens, une boutique de cadeaux et une échoppe de tatouage.

Un frisson nerveux parcourut Ginny alors qu'elle entrait dans le salon de coiffure. Une odeur d'after-shave lui chatouilla les narines. Trois coiffeurs s'occupaient de leurs clients, assis devant d'immenses miroirs.

Un sourire aux lèvres, elle s'approcha du jeune homme à l'accueil. Âgé d'une vingtaine d'années, il avait les cheveux noués en catogan et portait un diamant à l'oreille gauche. Elle se présenta comme journaliste et lui demanda s'il connaissait Joy.

— Vaguement, répondit-il d'un air renfrogné. Ce qui lui est arrivé est terrible. Les épouses de certains de nos clients aimaient lui confier leurs mains pendant que les hommes venaient se faire couper les cheveux ou tailler leur barbe ici.

— Savez-vous si elle voyait quelqu'un en particulier ?

Le téléphone sonna, et il secoua la tête tout en décrochant.

— Aucune idée.

Pendant qu'il prenait l'appel, Ginny s'avança vers un autre

coiffeur, un homme d'une quarantaine d'années. Il lui sourit mais se rembrunit lorsqu'elle expliqua la raison de sa visite.

— Je ne la connaissais pas bien. Je l'ai invitée à dîner un soir, mais elle a refusé. Je n'étais sans doute pas son genre.

— Quel était son genre ?

— Comme je l'ai dit, j'ignore tout de sa vie.

Elle posa une carte de visite sur sa table de travail.

— Appelez-moi si vous pensez à quelque chose.

Aucun des deux autres employés ne semblait proche de Joy ni savoir avec qui elle aurait noué des relations étroites.

Quand elle quitta le salon, elle poussa la porte de la toiletteuse pour chiens. Une blonde aux cheveux bouclés de l'âge de Joy tendait un caniche miniature à sa propriétaire. Ginny la regarda encaisser sa cliente et caresser le minuscule animal pour lui dire au revoir.

À en croire son badge, elle se prénommait Katie. Ginny se présenta et l'interrogea sur Joy.

— Elle me faisait les ongles, dit Katie. Mon métier n'épargne pas mes mains. Elles souffrent beaucoup.

— Évoquiez-vous parfois vos vies personnelles ? demanda Ginny.

— Je lui ai souvent parlé de mon copain, déclara Katie tout en rangeant le comptoir. Elle était de bon conseil.

— Joy voyait-elle quelqu'un ? s'enquit Ginny.

Katie tapota ses doigts sur le bureau.

— Pourquoi cette question ? Pensez-vous que son petit ami l'a tuée ?

— Je n'en sais rien, affirma Ginny. La police enquête. Mais j'envisage tout pour mon article.

Katie sembla y réfléchir.

— Eh bien, oui, elle avait rencontré quelqu'un depuis peu, mais elle ne m'a pas dit son nom. D'après elle, il était beau, charmant et savait comment chouchouter une femme.

— Vous a-t-elle montré une photo de lui ou l'a-t-elle décrit ?

— Rien de précis, elle disait qu'il était classe et aimait

l'emmener dans des endroits sympas, de bons restaurants. Pas comme la plupart des minables avec qui elle était sortie auparavant.

— Où avaient-ils fait connaissance ?

— Sur un site de rencontre, répondit Katie en riant. Toutes mes copines l'ont fait, mais les hommes qui les ont branchées étaient des nuls. L'un d'eux travaillait dans le porno, un autre dans les armes à feu et un autre encore dans le SM… pour vous dire !

— Mes amies m'ont raconté des histoires similaires, dit Ginny avec un sourire. Vous souvenez-vous du nom du site en question ?

Katie passa ses doigts dans ses boucles blondes.

— Euh… *Meet Your Man*, je crois. Non, attendez…

— Voulez-vous dire *Meet Your Mate* ?

Ses yeux s'éclairèrent.

— Oui, c'est ça !

La gorge de Ginny se serra. Ce soir, elle était censée rencontrer un homme de *Meet Your Mate*. Robert cherchait-il déjà à remplacer Joy ?

Il alluma son briquet et fit jaillir une belle flamme jaune et bleue. Depuis l'enfance, il était fasciné par le feu.

Depuis la nuit où il avait regardé l'incendie qui avait ravagé la maison familiale avec sa mère à l'intérieur…

Il avait alors cinq ans. Son père l'avait entraîné dehors et lui avait demandé de rester près du grand érable. De la mousse espagnole en tombait. On aurait dit les cheveux d'une sorcière.

— Ne bouge pas, bonhomme. Je reviens ! avait crié son père avant de retourner à l'intérieur.

Mais, au lieu d'obéir, il s'était faufilé et avait regardé ses parents se disputer dans la cuisine.

— Tu ne me quitteras jamais, avait dit son père. Jamais.

— Donne-moi le petit et laisse-moi partir, avait supplié sa mère.

Son père l'avait saisie par les bras et secouée comme un prunier.

— Tu as promis de m'aimer jusqu'à ce que la mort nous sépare.

Comme elle essayait de se libérer de son emprise, son père l'avait balancée avec violence contre le mur. Elle s'était effondrée. Il s'était alors jeté sur elle et avait enroulé ses mains autour de son cou.

Un hurlement de terreur s'était bloqué dans sa gorge alors qu'il voyait son père étrangler sa mère. Elle agitait les bras et la tête, luttant pour se dégager. Mais son père était trop fort et trop en colère.

Le monde était soudain devenu flou. Peut-être à cause de ses larmes ou de la fumée qui remplissait l'air. Il s'était frotté les yeux. Quand sa vision s'était éclaircie, sa mère était étendue sur le sol et ne bougeait plus. Sa robe rouge était répandue autour d'elle comme une mare de sang. Ses yeux étaient grands ouverts et fixaient le plafond.

Son père avait allumé le brûleur de la gazinière et y avait jeté une allumette. Puis il était sorti de la cuisine.

Il lui avait souri, et un bien-être étrange l'avait envahi comme chaque fois que son père frappait sa mère.

Peu après, une énorme explosion avait retenti et des flammes avaient jailli de la maison. Les fenêtres avaient explosé, des éclats de verre s'étaient répandus dans l'herbe. Le toit s'était effondré.

Son père l'avait pris dans ses bras et serré avec force. Ils étaient restés silencieux à regarder le feu dévorer la maison et tout ce qui s'y trouvait.

— Voilà ce qui arrive aux femmes qui veulent quitter leur mari, avait dit son père en le hissant dans la vieille camionnette. Elles doivent être punies.

Il avait ravalé un sanglot. Son père le gronderait s'il pleurait comme un bébé.

— Et maman ? avait-il murmuré finalement.

— Ne t'inquiète pas, fiston. Elle aurait dû m'écouter.

Puis son père avait démarré et accéléré sans un regard en arrière.

Lui, il s'était retourné sur le siège pour voir la fumée flotter dans le ciel et les flammes éclairer la nuit.

Sa mère lui manquerait.

Mais, fasciné, il ne parvenait pas à détacher les yeux de ce feu.

6

Griff se sentait presque dans la peau d'un maniaque harcelant une proie alors qu'il regardait Ginny se rendre successivement chez le coiffeur pour hommes et chez la toiletteuse pour chiens.

Elle n'enquêtait pas sur un banal incendie criminel mais sur le meurtre de Joy, comprit-il. L'avait-elle connue ? Si oui, pourquoi ne pas le dire ?

La sonnerie de son smartphone retentit.

— Où es-tu ? lança Jacob sans préambule.

— J'ai pris Ginny en filature, répondit-il. Elle est venue inspecter les cendres du salon de manucure avant d'interroger les coiffeurs et la toiletteuse.

— Garde-la à l'œil, dit Jacob. Liam n'a rien trouvé sur elle. Il devient évident qu'elle se présente sous une fausse identité.

— Le tout est de savoir pourquoi, marmonna Griff.

— Bonne question, dit Jacob. De mon côté, j'ai parlé à Riley. La mort de Joy l'a anéantie. Il paraît qu'un promoteur immobilier voulait racheter tous les commerces de cette portion de la rue et espérait qu'ils accepteraient tous son offre.

— Et Joy refusait de vendre ? devina Griff, la gorge serrée.

— Exactement, et apparemment elle était la seule à résister. Le propriétaire du salon de coiffure avait déjà trouvé un autre endroit qui lui convenait. Mais Joy aimait le quartier et l'appartement au-dessus lui plaisait beaucoup aussi.

— Qui est ce promoteur ? demanda Griff.

— Un dénommé Thad Rigden. Il vient d'Asheville. Liam enquête sur lui, et je compte l'interroger dès que je l'aurai localisé.

À en croire sa carte de visite, Ginny venait également d'Asheville. Y avait-il un lien ?

Les paroles de Jacob résonnèrent dans sa tête.

« Garde-la à l'œil. Il devient évident qu'elle se présente sous une fausse identité. »

Griff décida d'adopter une nouvelle stratégie avec Ginny. « On n'attrape pas les mouches avec du vinaigre », répétait souvent sa mère. Il se promit d'essayer tous les breuvages sucrés, les plus délicieux nectars, pour découvrir ce qu'était venue faire cette jolie femme dans la région et pourquoi elle avait envie de se servir de lui.

Ginny pressentait que l'homme dont Joy avait fait la connaissance il y a peu était à l'origine de sa mort. Cela dit, même si Robert était sorti avec elle, il n'était pas forcément entré en relation avec elle via un site de rencontre. Il avait pu la croiser dans l'un des bars de la ville ou même se rendre chez le coiffeur, l'apercevoir dans son salon en passant devant sa vitrine et avoir alors envie de la séduire.

— Joy a-t-elle fait allusion à des problèmes qu'elle aurait eus avec quelqu'un ? s'enquit Ginny. Avec un ex-petit ami peut-être ?

— Son ex-mari était un vrai boulet, répondit Katie tout en saluant d'un sourire une cliente qui poussait la porte, son chien dans les bras. Et elle était en conflit avec ce promoteur.

— Quel promoteur ?

— Un certain Thad Rigden. Un promoteur immobilier qui voulait racheter toutes nos boutiques, les raser pour construire à la place des studios de luxe. Joy refusait de vendre. Elle aimait l'emplacement et estimait que Whistler avait davantage besoin de commerces de proximité que d'une résidence pour riches.

— Et vous, étiez-vous prête à céder vos murs ? poursuivit Ginny.

Katie haussa les épaules.

— Il en offrait un bon prix, alors oui. De plus, il avait promis de m'aider à trouver un autre lieu. En fait, tout le monde avait accepté sauf Joy. Même son associé la poussait à vendre, mais elle ne voulait rien entendre.

— Joy avait un associé ? s'exclama Ginny, surprise.

— Oui, un investisseur privé. Mais je n'ai jamais su de qui il s'agissait.

Ginny dressa l'oreille. Quel qu'il soit, cet agent immobilier connaîtrait sans doute le nom de ce mystérieux associé.

— Cet investisseur avait donc tout à gagner à la disparition de Joy.

Katie ouvrit de grands yeux catastrophés.

— Vous pensez que quelqu'un l'a tuée pour récupérer l'argent de sa boutique ou pour avoir la possibilité de lancer un projet immobilier ? demanda-t-elle d'une voix blanche.

— Non, non, je n'en sais rien. J'explore différentes pistes, c'est tout, dit Ginny.

En tout cas, elle devait absolument s'entretenir avec ce promoteur. Son esprit échafaudait déjà un scénario digne d'une série noire. Robert avait le sens des affaires et aurait pu se faire passer pour ce magnat de l'immobilier.

— Avez-vous ses coordonnées ? s'enquit Ginny.

Katie fouilla dans un tiroir, en sortit une carte de visite qu'elle lui tendit.

— Gardez-la, dit-elle. Il en a laissé plusieurs.

— Merci, répondit Ginny en lui offrant la sienne en échange. Appelez-moi si autre chose vous revenait.

Laissant Katie s'occuper de sa cliente, elle sortit. Une

fois dans la rue, elle composa le numéro du promoteur. La sonnerie retentit trois fois puis elle tomba sur la boîte vocale. Elle laissa un message, prétendant être intéressée par l'achat d'une boutique en vue du lancement d'une nouvelle activité. Elle précisa que Katie lui avait recommandé ses services.

Peut-être apprendrait-elle ainsi que l'associé de Joy était Robert ou peut-être lui donnerait-il un autre nom.

Griff s'apprêtait à appeler Ginny mais, avant qu'il n'ait le temps de composer son numéro, la sonnerie de son propre téléphone retentit.

Son chef.

— Désolé, Griff, je sais que tu es de repos aujourd'hui mais nous avons besoin d'aide. Un départ de feu a été signalé dans la pinède de Pigeon Creek.

Griff n'était qu'à quelques kilomètres de la caserne, aussi s'y rendit-il directement. Il arriva au moment où le camion s'apprêtait à partir. Il se prépara rapidement, espérant que la pluie les aiderait à venir à bout du sinistre. Les nuages sombres étaient menaçants, mais l'orage n'avait pas encore éclaté. Et le vent risquait de compliquer les choses.

Trey, le chef d'équipe, lui transmit par radio les coordonnées GPS de l'incendie et l'envoya avec ses camarades dans le secteur où il avait démarré. Comme Griff le craignait, le vent attisait les flammes, les poussant vers les feuilles et les broussailles sèches. Elles menaçaient plusieurs chalets à proximité.

— Une équipe inonde déjà la zone habitée pour tenter d'empêcher le feu de l'atteindre. S'il prend de l'ampleur, nous l'attaquerons par le haut, dit Trey.

— C'est noté, répondit Griff via le micro de son casque.

Au moment où ils parvenaient, sirènes hurlantes, aux abords du lieu d'intervention qui leur avait été attribué, d'immenses flammes s'élançaient vers le ciel. Transformée en brasier, la pinède était impressionnante. Le feu crépitait, ronflait, grondait. L'incendie devenait incontrôlable.

Avec son équipe, Griff passa à l'action, déployant les rampes, les échelles, pour atteindre le cœur du foyer, progressant pas à pas. Ils craignaient surtout que le vent ne change brusquement de direction.

La chaleur était étouffante sous son casque, l'odeur de bois calciné imprégnait l'air, le rendant presque irrespirable. Griff transpirait à grosses gouttes, et la fumée était si épaisse qu'il distinguait à peine les alentours à travers sa visière protectrice.

Ils travaillèrent deux heures durant dans des conditions difficiles, mais leurs efforts furent couronnés de succès. Ils réussirent à maîtriser le sinistre. Néanmoins, ils déversèrent des tonnes d'eau sur les braises pour s'assurer que le vent ne les ranimerait pas. Griff priait pour que personne n'ait été piégé dans l'incendie. La fumée à elle seule était capable de tuer.

Alors que le feu s'éteignait lentement, Griff commença à rechercher son origine et la présence éventuelle de bidons d'essence. La fournaise l'empêchait de s'aventurer sur le sol calciné. Il se contenta donc de s'en approcher et de le balayer des yeux.

Plusieurs bouteilles de bière vides attirèrent son attention ainsi que des empreintes de pas. Comme il projetait sa lampe torche dans cette direction, il repéra une boîte d'allumettes. Elles étaient de la même marque que celles qu'il avait trouvées lors du précédent sinistre. Il s'agissait bien du même pyromane – ou des mêmes adolescents s'ils étaient les incendiaires – que la dernière fois.

Il avait deviné depuis longtemps que ces incendies n'étaient pas accidentels, mais maintenant il en avait la preuve. Il espérait que les gars du labo trouveraient une empreinte sur les objets qu'il avait ramassés et qu'ils pourraient arrêter le coupable avant un nouveau drame.

Ginny interrogea tous les commerçants du quartier du Joy's Nail Salon. Chacun d'eux lui confirma l'histoire de Katie selon laquelle ils étaient sur le point de vendre au promoteur. La description de ce dernier correspondait à Robert, bien qu'aucun d'entre eux ne l'ait jamais rencontré. Et personne n'avait vu non plus le mystérieux associé de Joy. Apparemment, une femme travaillant avec le promoteur avait visité pour lui les lieux et effectué les premières évaluations.

Elle décida de retourner à l'hôtel et de se doucher avant de retrouver Karl Cross au bar. En regagnant sa voiture, elle s'assura une fois de plus qu'elle n'était pas suivie.

Tout en roulant, elle se sentait bizarrement épiée. Elle secoua la tête et s'efforça de se calmer. Quand elle arriva devant le parking du motel, elle le scruta avant de s'y engager. Un homme vêtu d'un sweat à capuche se dirigeait vers une Lexus. Un autre, en costume et imperméable, s'engouffrait dans une élégante Cadillac noire, mais elle ne parvint pas à voir son visage.

Devenait-elle paranoïaque ?

Pendant des mois après la mort de Tess, elle croyait voir Robert partout. Dans la rue, au supermarché, au café… Elle l'avait signalé à la police mais, sans preuve, ils ne pouvaient rien faire.

À un moment donné, elle finissait par penser qu'elle perdait la raison.

Elle était certaine qu'il la surveillait. Qu'il était caché dans l'ombre. Il tenait à lui signifier sa présence. Un jour, il avait laissé un bouquet de fleurs fanées sur son pare-brise. Une autre fois, il avait écrit un message au rouge à lèvres sur sa boîte aux lettres.

Chaque fois qu'un incident de ce genre se produisait, elle pliait bagage et partait s'installer ailleurs. Elle prenait une chambre dans les hôtels bas de gamme, dans des refuges pour SDF, parfois dans des squats. Partout où elle croyait être en sécurité. Elle ne restait jamais longtemps quelque part. En trois ans, son séjour le plus long avait duré trois mois, et c'était à Ashville.

Elle n'avait plus ni maison ni famille. Personne.

Se ressaisissant, elle observa la rue. Des nuages noirs grondaient autour d'elle, le ciel était sombre et morne tout comme son humeur.

Une fois garée, elle coupa le moteur, rabattit la capuche de son imperméable sur sa tête et saisit son sac. Elle garda l'autre main sur son arme, dissimulée dans sa poche, tandis qu'elle se hâtait vers l'entrée de l'hôtel. Les propriétaires prenaient manifestement grand soin du jardin. Il promettait d'être magnifique dans quelques semaines avec ses parterres et ses rosiers grimpants.

Tess en aurait fait des aquarelles à la beauté magique, presque féerique, dont elle avait le secret. Elle aurait également adoré peindre ces majestueuses montagnes qui se profilaient à l'horizon.

Ginny traversa le hall et monta, le cœur battant, jusqu'à sa chambre. Alors qu'elle sortait sa clé de son sac et déverrouillait la serrure, un mauvais pressentiment l'envahit et un frisson glacé lui parcourut l'échine.

L'eau de toilette. De nouveau, elle sentait les fragrances nauséabondes de l'eau de toilette de Robert comme s'il était dans ce couloir.

La peur la pétrifia. Manifestement, il avait réussi à entrer dans sa chambre, mais y était-il encore ?

Elle retint son souffle en passant la tête dans l'embrasure de la porte. Elle inspecta la pièce du regard. La couverture et les oreillers sur le lit en fer étaient exactement comme elle les avait laissés. Sa valise ouverte sur le porte-bagages.

Apparemment, il n'y avait personne.

Tendue, elle entra. Avait-elle laissé la porte de la salle de bains entrouverte ? Elle ne se le rappelait pas.

L'arme au poing, elle la poussa.

Un message était écrit au rouge à lèvres sur le miroir,

semblable à ceux que Robert lui avait laissés dans le passé pour la narguer.

Un message qui disait :

JE SUIS LÀ, MON AMOUR. JE VEILLE SUR TOI, COMME TOUJOURS.

Griff sortait de la douche lorsque son téléphone sonna.

— Salut, Jacob, dit-il en prenant l'appel. As-tu reçu mon message concernant les bouteilles et les allumettes que j'ai déposées au laboratoire pour analyses ?

— Oui, je leur ai dit d'accélérer le processus. Je tiens à arrêter au plus vite le coupable. Par ailleurs, j'ai prévu un moment pour parler aux élèves du lycée. Une réunion a été organisée demain à 10 heures, ajouta-t-il.

Griff se frotta la nuque là où sa peau était encore rougie par la chaleur du feu.

— J'y serai.

Jacob s'éclaircit la gorge.

— Au fait, j'ai interrogé certains des commerçants de la rue de Joy. Comme tu l'avais dit, cette journaliste est passée partout leur poser des questions.

Griff se frotta les yeux.

— Elle est tenace.

— Oui, mais elle pourrait se faire tuer à force de fouiner dans ce genre d'affaires. Je vais la prier de laisser la police mener l'enquête.

Griff étendit sa serviette mouillée sur le radiateur et enfila un boxer.

— Laisse-moi lui parler, d'abord, proposa-t-il. Elle semblait effrayée à l'idée de te rencontrer.

— Sans doute parce qu'elle sait que j'ai la possibilité de l'arrêter.

Il espérait que ce n'était pas le cas.

— Je vais aller tout de suite à l'hôtel, lui dire de laisser tomber.

Il doutait qu'elle l'écoute. Mais ça valait le coup d'essayer.

Après avoir raccroché, Griff finit de s'habiller. Il mit une chemise bleu marine avec son jean et se peigna les cheveux. Il ne savait pas pourquoi il prenait le temps de se faire beau. Peut-être espérait-il ainsi l'impressionner. Oui, sûrement.

Un moment plus tard, il se gara devant le petit établissement. Quelques gouttes de pluie s'écrasaient sur le sol au moment où il atteignait le porche. Les carillons tintaient sous le vent. Il entra et demanda à l'accueil la chambre de Ginny.

Les yeux de la propriétaire s'éclairèrent comme si elle pensait qu'il avait un rendez-vous galant avec elle.

Il grogna silencieusement en montant l'escalier et frappa à la porte de la chambre des Tournesols.

Un long moment s'écoula sans réponse. Il refrappa.

— Ginny, c'est Griff. Je dois vous parler.

Il dut patienter encore avant d'entendre enfin sa voix.

— J'arrive. Un instant.

Des pas résonnèrent à l'intérieur, la serrure grinça et Ginny apparut. Dès qu'il l'aperçut, il comprit que quelque chose n'allait pas.

Elle était livide, et un sparadrap ornait son front. Il était en grande partie caché par ses cheveux mais visible quand elle inclina la tête sur le côté. Ses mains semblaient également meurtries, griffées.

Que lui était-il arrivé ?

7

Les mots de Robert tournaient en boucle dans la tête de Ginny.

« Je suis là, mon amour. Je veille sur toi, comme toujours. »

Elle n'avait pas été victime de délires paranoïaques. Que Robert ait ou non tué Joy, en tout cas, il était à Whistler. Et s'était introduit dans sa chambre.

En proie à une brusque nausée, elle s'efforça de se ressaisir. Elle devait faire bonne figure devant Griff.

Mais pourquoi fallait-il qu'il surgisse maintenant ?

Elle avait besoin de temps pour assimiler le fait que Robert était dans les parages. Elle s'était crue prête à l'affronter, à le tuer. Mais soudain le courage lui manquait.

— Ginny ? grommela Griff d'une voix teintée d'inquiétude.

Il lui saisit le bras avec douceur, referma la porte et la guida vers le lit. Ses jambes ne la portaient plus, et elle s'y laissa tomber. Quelque part, elle avait conscience que depuis Robert elle ne s'était jamais retrouvée seule avec un homme. Et que ce Griff, si grand et si musclé, pourrait la réduire à sa merci, s'il le voulait. Mais la peur qui l'envahissait n'avait rien à voir avec lui.

Il s'agenouilla devant elle, lui prit délicatement les mains et en examina les paumes.

— Dites-moi ce qui s'est passé. Vous n'aviez pas ces égratignures ce matin, au café.

En état de choc, elle ne ressentait aucune douleur. Elle

n'éprouvait qu'une sourde terreur à l'idée de Robert rôdant aux alentours et jouant avec elle comme un chat avec une souris. Alors qu'elle s'était crue capable de maîtriser la situation.

— Que s'est-il passé ? répéta Griff.

Elle vit une véritable inquiétude briller dans ses yeux et, touchée, faillit exploser en sanglots. Mais elle se souvint à temps que Robert, en menteur accompli, avait lui aussi fait semblant de se soucier d'elle. Même après l'avoir frappée, il l'embrassait et la couvrait de regards tendres, de mots doux et de promesses.

Tout n'était que mensonge.

Tirant sur ses mains, elle se redressa.

— Rien. Je suis tombée dans la rue, tout à l'heure.

— Vous avez été victime d'une chute ? D'un accident ?

— Oui. Il y avait foule, et en traversant je n'ai pas fait attention et j'ai trébuché.

Après avoir entendu les explications vaseuses d'autres victimes de maltraitance pour justifier des marques de coups, elle mesurait à quel point les siennes étaient peu crédibles.

— Alors pourquoi tremblez-vous encore ? Plusieurs heures plus tard ?

Au lieu de répondre, Ginny préféra changer de sujet.

— Que faites-vous ici, Griff ?

— Mon frère Jacob m'a dit que vous aviez posé beaucoup de questions sur Joy en ville.

Ginny croisa les bras.

— En effet. C'est mon travail, nous en avons déjà discuté.

— S'intéresser de trop près à une enquête pour meurtre est dangereux. Vous pourriez vous faire tuer.

Ginny leva le menton.

— Votre métier aussi est dangereux.

— Je combats les incendies pour sauver des vies, répliqua-t-il.

— J'exerce peut-être le mien pour la même raison. Si j'identifie l'assassin de Joy et qu'il s'agit d'un récidiviste, je sauverai d'autres femmes d'un sort similaire.

Lorsque Griff plissa les yeux en la dévisageant avec curiosité, elle se demanda si elle en avait trop dit. Mais il ne la ferait pas renoncer. Parce que en effet elle ne cherchait pas uniquement à écrire un article. Mais à sauver des vies.

Y compris la sienne.

Quand il étudiait un incendie, Griff procédait avec méthode. Il l'examinait sous tous les angles pour déterminer son origine, cherchait le type d'accélérateur utilisé pour l'alimenter. Et s'appuyait sur les analyses du laboratoire criminel pour identifier le pyromane.

Avec Ginny, il devait s'y prendre de la même manière.

De toute évidence, les arguments rationnels ne l'atteignaient pas. Et il était prêt à parier sa prochaine paie qu'elle n'était pas tombée accidentellement.

Lui conseiller d'abandonner cette enquête avait semblé une bonne idée. Mais soit elle était très têtue, soit… cette affaire la touchait de façon personnelle pour une raison qu'il ignorait. Avait-elle connu Joy ?

Sa remarque à propos d'un possible récidiviste résonna dans sa tête, mettant sa patience à rude épreuve.

— Pourquoi envisagez-vous l'acte d'un récidiviste ? Ginny, savez-vous qui a tué Joy ?

— Non, non, il s'agit d'une simple hypothèse.

Il ne la croyait pas et il s'écarta pour lui dissimuler sa colère. Tout à l'heure, quand il l'avait surprise à le suivre, il avait exprimé sa contrariété et l'avait effrayée. Il ne voulait pas lui faire peur à nouveau, d'autant qu'à l'évidence quelque chose d'autre l'avait terrifiée par la suite.

Plus que tout, il avait besoin de gagner sa confiance.

— Êtes-vous consciente qu'en posant des questions sur ce tueur, vous attirez son attention et qu'il pourrait s'attaquer à vous ?

— Bien sûr. Mais le jeu en vaut la chandelle.

— Pourquoi êtes-vous prête à risquer votre vie ? Connaissiez-vous Joy ?

— Non, répondit-elle en secouant la tête avec tristesse.

Il poursuivit :

— Celui qui l'a étranglée a-t-il tué dans le passé quelqu'un que vous connaissiez ?

Cette fois, elle détourna les yeux et frotta la marque brune à son poignet. Un signe révélateur, comprit-il. Il avait raison. Et cela le rendit plus curieux encore d'apprendre dans quelles circonstances elle s'était fait cette brûlure.

Inquiet pour elle maintenant, il baissa la voix.

— Ginny, dites-moi ce que vous savez.

Il lui attrapa le bras, mais elle le repoussa. Elle se leva et traversa la pièce. Pendant un moment, elle resta devant la fenêtre à regarder la pluie ruisseler contre la vitre.

Elle lui parut pâle, accablée et effrayée. Mais belle comme une enfant perdue dans une tempête. L'envie de la prendre dans ses bras s'imposa si fort à lui qu'il dut faire appel à toute sa volonté pour se l'interdire.

Insister ne ferait que la faire fuir, il le savait bien.

Ginny faillit céder. Griff avait l'air si gentil, si attentionné. Mais elle se souvint à temps qu'elle ne devait pas lui faire confiance. Il sauvait des vies et son frère était shérif. Ils n'approuveraient certainement pas sa détermination à tuer Robert. Mais permettre à Griff de la réconforter la tentait.

Certes, Robert était en ville, mais peut-être n'avait-il rien à voir avec le meurtre de Joy. Il lui fallait découvrir la vérité.

— Ginny, je ne peux pas vous aider si vous ne parlez pas.

— Je n'ai pas besoin de votre aide.

— Je pense que si, murmura-t-il.

Elle devait lui donner quelque chose, comprit-elle.

— Très bien, dit-elle. Asseyez-vous et je vais tout vous raconter. Mais vous le garderez pour vous. C'est confidentiel.

— D'accord.

Elle prit une profonde inspiration pour se donner le temps de planifier une histoire dans sa tête. Bientôt, elle mentirait avec autant d'aplomb que Robert, se dit-elle avec amertume. Elle n'aimait pas tromper les gens. Mais que la police ait laissé Robert s'en tirer après le meurtre de sa sœur lui était encore plus insupportable.

— J'ai récemment été contactée par une femme. Son ex-compagnon a tenté de l'étrangler puis il a mis le feu à sa maison pour dissimuler son crime.

— A-t-elle survécu ?

Malheureusement pas.

— À peine. Depuis lors, elle vit cachée parce qu'elle a très peur qu'il la retrouve et finisse ce qu'il a commencé.

— A-t-elle signalé l'attaque à la police ? demanda Griff.

— Oui mais ça ne s'est pas bien passé, dit-elle se remémorant avec colère la façon dont elle avait été traitée lorsqu'elle avait signalé les abus de Robert. Et il a réussi à s'enfuir.

— Comment s'appelle-t-il ? Où est-il ?

— Elle l'avait rencontré sur un site de rencontre en ligne, mais lorsque la police a enquêté, il avait supprimé son profil.

— Et le FBI n'a rien pu faire ? Ni les cyberexperts ?

— Ils n'ont rien trouvé. Il avait probablement utilisé une fausse identité et il s'en est certainement forgé une autre, maintenant.

— Et a-t-elle pu faire réaliser un portrait-robot ? s'enquit Griff.

— Je ne sais pas. Elle ne m'en a pas donné, en tout cas.

— Mes frères sont différents des policiers à qui elle a eu affaire, affirma-t-il. Ils sont compétents, intègres et consciencieux.

— Peut-être. Mais je dois d'abord savoir si ces meurtres sont liés.

— Elle vous a appelée quand elle a appris la nouvelle

du meurtre de Joy ? lança Griff, s'efforçant de reconstituer l'histoire.

— Oui. C'est la raison pour laquelle je voulais savoir si Joy était morte étranglée, si le mode opératoire était le même. Si ce n'est pas le cas, j'irai chercher cet homme ailleurs. Mais si c'est le même… Eh bien, je tiens à le coincer.

Griff resta silencieux pendant un moment.

— D'accord. Dites-lui d'envoyer un portrait-robot et je le montrerai moi-même aux habitants de cette ville. Et si vous me donnez le nom que cet individu a utilisé sur son profil du site de rencontre, je demanderai à Liam de le chercher.

Ginny secoua la tête.

— Il n'en est pas question. Tout ce que je viens de vous raconter est confidentiel. Cette femme m'a fait confiance, à moi, pas à la police. Si je découvre que c'est lui le coupable, je vous le dirai.

Griff lui caressa doucement le bras.

— Ginny, si vous avez raison et que ce type est un prédateur en série, il est dangereux et n'aura aucun scrupule à vous tuer.

— Je m'en fiche, rétorqua-t-elle, butée. Je veux le retrouver et lui faire payer ses crimes.

Griff tenta une fois encore de convaincre Ginny de tout répéter à Jacob, mais elle refusa.

— Je me suis confiée à vous parce que vous m'avez promis le secret. Cette femme tient à rester anonyme.

Il se demanda s'il devait ou non en parler à Jacob.

Il n'avait jamais trahi sa parole et il n'avait pas envie de commencer maintenant. Jacob l'avait exhorté à rester près de Ginny, à voir ce qu'il pouvait apprendre, et il l'avait fait. Mais maintenant son intérêt était piqué à la fois par ce que Ginny avait raconté et par ce qu'elle avait gardé pour elle.

Cette brûlure sur son poignet signifiait qu'elle avait été impliquée dans un incendie.

Quelle qu'elle soit, cette « victime anonyme » était-elle une inconnue pour elle ? Ou quelqu'un qu'elle connaissait ? Ou pire, était-il possible que Ginny ait été elle-même victime de l'homme qui avait tué Joy ?

Quoi qu'il en soit, la pensée de Ginny en danger le dérangeait et éveillait ses instincts protecteurs.

Après l'avoir quittée, il resta assis dans son camion pendant un moment. Il lui fallait se rendre au bar pour interroger le barman sur les hommes que fréquentait peut-être Joy ces derniers temps, mais il hésitait à laisser Ginny seule. Une demi-heure plus tard, comme elle ne semblait pas vouloir se risquer hors de sa chambre, il pensa qu'elle y resterait pour la nuit.

Il démarra et se rendit à Whistler's Nightcap. L'établissement brassait une clientèle hétéroclite, des habitants de la ville et de ses environs mais aussi des randonneurs de passage et des campeurs. Bientôt, Whistler se réanimerait avec les festivals de printemps et le rafting en eaux vives. En attendant, plusieurs groupes de marcheurs s'étaient entassés dans la salle pour boire une bière ou se restaurer tout en préparant leurs excursions.

La plupart ne termineraient jamais l'*Appalachian Trail* qui traversait la Géorgie et le Maine. Mais parcourir une partie du sentier était déjà un exploit qui méritait l'admiration de leurs familles et amis.

Fletch sauverait la moitié d'entre eux lorsqu'ils auraient des accidents, se blesseraient ou se perdraient, ce qui arrivait souvent à des amateurs qui s'aventuraient en pleine nature.

Griff glissa son téléphone dans sa poche, rabattit le capuchon de sa parka pour se protéger de la pluie battante et se hâta vers la porte. Mais il ne pouvait chasser l'image de Ginny de son esprit. Elle avait l'air si vulnérable et si fière. Cette fierté forçait son admiration mais le terrifiait en même temps.

De la musique country emplissait la salle, bondée à cette heure-ci. Griff ne connaissait pas le groupe qui se produisait sur scène. La lumière tamisée aidait les ivrognes qui cherchaient sans y croire une fille pour la nuit.

Griff avait joué à ce jeu. Avec Joy, par exemple.

Il avait appris sa leçon et ne s'était plus risqué avec une quasi-inconnue depuis lors. Deux brunes au bar – la vingtaine, séduisantes – lui lancèrent des regards appuyés. Il leur sourit mais se dirigea vers l'extrémité opposée. Il se hissa sur un tabouret de façon à faire face à la porte et en même temps, à voir la piste de danse où des couples se balançaient.

Le barman, un professeur de gym aux larges épaules nommé Boone, leva la main pour le saluer. Griff attendit qu'il lui apporte sa bière pour l'interroger.

— As-tu entendu parler du meurtre de Joy Norris ?

— Oui, c'est terrible. Vous étiez sortis ensemble, non ?

— Très brièvement, répondit Griff. Dès que j'ai appris qu'elle était mariée à l'époque, j'ai tout arrêté.

— La plupart des gars s'en foutent. La moitié des filles aussi.

Quelle honte, songea Griff. Ses parents seraient toujours mariés et fidèles l'un à l'autre s'ils étaient encore en vie. Jacob et Cora, et Fletch et Jade le seraient aussi, il en était sûr.

— As-tu vu Joy passer du temps avec quelqu'un ?

Boone se gratta le menton.

— Elle est venue il y a quelques semaines avec un gars en costard. Il faisait un peu tache ici.

— Ils semblaient proches l'un de l'autre ?

— En tout cas, il se montrait très protecteur. Quand un autre a voulu inviter Joy à danser, il l'a mal pris.

La nature suspecte de Griff refit surface.

— Comment s'appelait-il ?

Boone fronça les sourcils, cherchant dans ses souvenirs, puis fit signe à l'une des serveuses de se dépêcher.

— Je ne sais plus très bien. Winston ou William peut-être.

— Peux-tu le décrire ?

Deux montagnards au bar hélèrent Boone.

— Tu nous apportes une bière ou tu préfères bavarder toute la nuit ?

— Désolé, je ne peux pas m'éterniser. Mes clients m'attendent.

Boone jeta son torchon sur son épaule et commença à s'éloigner, mais Griff insista :

— Donne-moi au moins une description.

— Grand, bien habillé, les cheveux blonds. Plutôt baraqué. Le genre d'individu avec qui tu n'as pas trop envie de te battre.

La serveuse apparut, et Boone le laissa pour s'occuper des randonneurs qui s'impatientaient.

Griff digéra l'information en étudiant la foule, au cas où l'homme décrit par Boone serait dans la salle.

Mais quelqu'un d'autre attira soudain son attention.

Ginny.

Que faisait-elle ici ?

8

Depuis son expérience avec Robert, Ginny n'avait rencontré aucun homme. Certes, dans le cas présent, il ne s'agissait pas d'un vrai rendez-vous galant, mais elle devait faire semblant.

Tendue, elle promena les yeux à l'intérieur du bar. La musique country et le décor décontracté ne correspondaient pas au style de Robert. En règle générale, il préférait les endroits plus branchés. Cela dit, Whistler n'étant pas une grande ville, les choix étaient limités. Et il était possible qu'il s'efforce de faire profil bas pour éviter d'être repéré.

Elle se dirigea vers la salle de restaurant où le volume sonore était plus faible et l'atmosphère plus intime.

L'hôtesse, une grande blonde moulée dans une robe noire, aurait beaucoup plu à Robert, songea-t-elle. Même s'il lui avait dit à l'époque où ils avaient fait connaissance qu'il avait un faible pour les rousses.

Comme d'habitude, Ginny demanda à être assise face à la porte et la blonde l'escorta jusqu'à une table située au fond.

Agrippant son sac à main dans lequel elle avait glissé son calibre .22, elle s'installa et commença à observer les personnes qui entraient ou sortaient.

Karl Cross avait précisé qu'il porterait un manteau bleu marine et un jean, une tenue peu habillée pour Robert mais, là encore, peut-être cherchait-il à ne pas attirer les soupçons.

Elle commanda un verre de vin blanc mais n'y toucha pas, tenant à être en pleine possession de ses moyens si elle avait besoin de se défendre. Elle attendit, surprise du nombre de femmes célibataires qui se pressaient au bar, manifestement à la recherche d'un homme.

Pour sa part, elle trouvait dangereux de suivre un inconnu croisé dans un bar. Mais, comme elle en avait fait l'amère expérience, les sites de rencontre en ligne l'étaient tout autant. Un profil attrayant, un texte de présentation bien tourné, pouvaient faire croire à une femme qu'elle allait voir arriver son prince charmant. Mais la réalité était souvent tout autre. Derrière un écran, il était facile d'arranger la vérité, voire de mentir ouvertement.

Un grand brun aux tempes argentées entra puis un cow-boy coiffé d'un stetson. Ce dernier se rendit directement au bar tandis que l'autre s'arrêtait pour promener les yeux autour de lui. Comme il portait un manteau sombre, elle se tendit.

Ce n'était pas Robert. Mais s'agissait-il de Karl Cross ?

Pour se donner une contenance, elle prit une gorgée de vin alors qu'il commençait à traverser la salle. Mais, au lieu de se diriger vers elle, il salua de la main une femme attablée non loin d'elle et la rejoignit. Occupée à regarder le couple s'embrasser, elle ne vit pas un troisième homme s'approcher avant de sentir sa présence devant elle.

Elle leva les yeux vers lui, la gorge serrée. Lui aussi était grand, brun, de taille moyenne, de belle apparence.

Mais ce n'était pas Robert.

Il lui décocha un sourire avenant.

— June ?

— C'est moi, dit-elle, déjà impatiente d'abréger la soirée.

Il s'assit en face d'elle et l'examina de l'œil d'un maquignon sur un marché aux bestiaux. D'instinct, elle eut envie de redresser le menton en signe de défi mais se souvint à temps qu'elle était censée être timide et réservée.

— Quel plaisir de vous rencontrer, dit-il. Vous avez un profil intéressant.

Elle esquissa un petit sourire embarrassé.

— Vous aussi. Vivez-vous à Whistler ?

— Non, non mais je possède un chalet dans la montagne. J'y viens pour me détendre entre deux voyages d'affaires.

— Voyagez-vous beaucoup ?

La serveuse apparut, et il commanda un whisky.

— Pas mal, oui. Je me rends partout où des investissements intéressants peuvent être réalisés.

— Dans quels types d'investissements vous êtes-vous spécialisé ?

— Oh ! je n'ai pas de spécialité. Je fais un peu de tout.

La méfiance de Ginny grimpa d'un cran. Il était trop évasif.

— Quel est votre port d'attache ? reprit-elle.

— Charlotte. Et vous, êtes-vous d'ici ? demanda-t-il.

— Non, je suis venue rendre visite à ma famille, à ma grand-mère, déclara-elle.

En clair, si elle disparaissait, quelqu'un s'en inquiéterait.

Ils bavardèrent un moment puis elle décida d'aborder la véritable raison pour laquelle elle avait voulu le rencontrer.

— Vous êtes très séduisant, vous ne devez pas avoir de mal à plaire aux femmes. En rencontrez-vous beaucoup ?

— Je ne me plains pas, répondit-il en riant. Mais je recherche un type spécifique.

— Ah. Et lequel ?

— Quelqu'un de plutôt timide, modeste. De nos jours, la plupart des femmes veulent le pouvoir. Elles n'apprécient pas qu'un homme prenne soin d'elles.

D'état d'esprit, il ressemblait à Robert et elle se crispa.

— Êtes-vous déjà sorti avec une habitante de Whistler ?

Le sourire de Karl Cross s'envola.

— Est-ce important ?

— J'aimerais savoir si une rivale serait jalouse de nous voir ensemble…

— Vous n'avez rien à craindre. La dernière avec qui j'étais en relation est morte subitement.

Mon Dieu.

— Il s'agissait de cette jolie Joy, non ? Je suis arrivée en ville le lendemain de sa mort dans cet horrible incendie.

— La connaissiez-vous ?

— Non, mais j'ai entendu dire qu'elle aimait jouer avec les hommes.

— Tout ce que je déteste, grogna-t-il en serrant les poings. Les femmes infidèles m'insupportent plus que tout.

Si celle avec laquelle il était sorti était Joy, il venait de confirmer un mobile de meurtre.

Il lui prit la main pour la lui caresser du bout des doigts.

— Mais vous n'êtes pas comme ça, n'est-ce pas, June ? Vous ne jouez pas ? Vous ne mentiriez pas à un homme ?

Ginny en avait assez. Certes, ce n'était pas Robert, mais il avait la même mentalité. Elle se libéra de son emprise et repoussa sa chaise.

— Désolée, Karl, mais vous n'êtes pas la personne que je cherche.

Il lui saisit le poignet, le serrant si fort qu'elle grimaça.

— Pourquoi ? Donnez-moi au moins une chance !

— Nous ne sommes pas faits l'un pour l'autre.

Elle tira sur son bras, mais il refusa de la lâcher.

— Ce n'est pas juste, June. Rasseyez-vous…

— Laissez-la partir.

Ginny leva les yeux et découvrit Griff. Les mâchoires serrées, il fusillait Karl d'un regard létal.

Rien n'énervait davantage Griff qu'un tyran qui maltraitait une femme. Et, en quelques instants, ce gars était passé de « sympathique » à « possessif ».

L'homme libéra Ginny puis lança à Griff d'un ton venimeux.

— Qui êtes-vous, vous ?

Griff serrait les poings. Recourir à la force physique n'était pas son style, mais il ne fallait pas le provoquer. Et, pour protéger Ginny, il ne reculerait pas devant une confrontation. Ce pauvre type ne faisait pas le poids.

— Un ami de la dame, répondit-il froidement.

Une expression irritée sur le visage, Ginny frotta son poignet, rougi par la poigne de l'individu.

— Je gère, Griff, merci, dit-elle avec raideur.

Il arqua un sourcil étonné. Connaissait-elle ce minable ? Allait-elle vraiment le défendre ?

Karl repoussa sa chaise.

— Qu'est-ce que cela signifie ? Vous planifiez un rendez-vous puis votre petit ami vient m'agresser ?

Ginny blêmit.

— Griff n'est pas mon copain. Mais je préfère en rester là.

Elle saisit son sac et s'éloigna.

Karl se leva comme pour la poursuivre, mais Griff se dressa aussitôt pour lui bloquer le passage.

— Vous l'avez entendue. Elle préfère en rester là. Approchez-la encore et je vous réduis en bouillie. Compris ?

Karl redressa les épaules, les yeux brillants de colère.

— De toute façon, elle n'est pas mon genre.

Griff résista à l'envie de le frapper. Au lieu de quoi, il le planta là et partit à la recherche de Ginny.

Il se précipita vers la porte et fouilla le parking des yeux. Repérant Ginny qui grimpait dans sa voiture, il se précipita et attrapa la portière au moment où elle s'apprêtait à la claquer.

Elle écarquilla les yeux, et un éclat de peur assombrit son regard. Il leva aussitôt les mains pour indiquer qu'il ne lui voulait pas de mal.

— Tout va bien ? demanda-t-il d'un ton bourru.

— Oui. Et j'avais la situation sous contrôle.

— Bien sûr. Mais quand je vois un homme brutaliser une femme, je ne peux m'empêcher d'intervenir. Mon père m'a appris à respecter la gent féminine.

Son commentaire parut rassurer un peu Ginny.

— Alors, merci. Mais je ne risquais rien.

Il se pencha plus près d'elle dans l'embrasure de la portière.

— De quoi s'agissait-il ? Connaissez-vous ce gars ?

Elle détourna les yeux, parut hésiter. Finalement, elle soupira et répondit :

— Je ne veux pas en parler ici. Rejoignez-moi à l'hôtel.

Elle démarra mais inspecta le parking en s'éloignant. Avait-elle peur que l'homme qui avait tenté de la retenir ne la suive ?

Ou fuyait-elle quelqu'un d'autre ?

Ginny se rendit au motel, soulagée de constater que Karl Cross ne la suivait pas. Apparemment, Griff lui avait fait peur. Mais pourquoi ce dernier était-il venu à son secours ? L'avait-il suivie jusqu'au bar ?

Elle sortit de sa voiture, se sentant à bout de nerfs. Robert était-il revenu dans sa chambre en son absence ? s'interrogeait-elle avec angoisse.

— Allons dans le petit salon, proposa-t-elle à Griff qui se garait derrière elle. Ils servent du vin et du café au buffet.

Ils remontèrent le sentier vers l'hôtel. La pluie avait cessé, mais le vent s'était de nouveau levé, jouant avec les feuilles sur la pelouse et avec les carillons éoliens du porche. Ce tintement rappela à Ginny les grelots des Noëls de son enfance avec Tess. Chaque année, leur mère leur achetait des chaussettes idiotes qu'elles accrochaient près du sapin.

Des larmes lui brûlèrent les paupières. Chaque souvenir de sa sœur ravivait sa rage et son chagrin.

Griff lui ouvrit la porte, et ils traversèrent le hall pour gagner le salon. Heureusement, il était désert.

Elle remplit deux verres de vin, un pour elle et l'autre pour Griff. Mais, lorsqu'elle le lui tendit, il secoua la tête, préférant un café. Quant à elle, elle espérait que l'alcool l'aiderait à se calmer.

Griff s'assit en face d'elle dans un grand fauteuil club.

— Dites-moi, Ginny. Qui était cet homme ?

— J'avais rendez-vous avec lui, admit-elle à contrecœur.

— Vous avez prétendu être venue ici pour rédiger un article et vous donnez des rendez-vous galants à des inconnus ? Je ne comprends pas.

Elle n'avait pas de comptes à lui rendre, mais manifestement il n'allait pas laisser tomber.

— Je vous ai dit que j'avais reçu le témoignage d'une victime de maltraitance, dit-elle. Elle avait rencontré son tortionnaire sur l'un de ces sites de rencontre.

Griff serra les mâchoires.

— Laissez-moi deviner. Vous vous êtes inscrite sur ce site dans l'espoir d'y croiser ce sale type ?

Ginny passa le doigt sur le bord de son verre.

— Comme je l'ai précisé plus tôt, il a disparu dans la nature. Elle est terrifiée, elle est sûre qu'il la cherche.

— Avez-vous eu une description de cet homme ?

— De corpulence moyenne, il est blond et bien habillé. Il aime les bons restaurants et les grands vins.

Griff se tendit.

— Le barman a donné une description similaire d'un individu avec qui Joy était passée boire un verre plusieurs soirs de suite. Un dénommé Winston ou William.

Ginny, qui s'apprêtait à porter son verre à ses lèvres, interrompit son geste.

— Lui m'a dit s'appeler Karl Cross. Il m'a paru sur la défensive quand j'ai posé des questions sur Joy et il m'a expliqué que la dernière femme avec qui il était sorti était morte subitement.

— Je vais demander à Jacob et Liam d'enquêter sur lui.

— Je ne veux pas impliquer les forces de l'ordre. Tout ce que je partage avec vous est confidentiel.

Griff émit un bruit de gorge pour marquer sa frustration.

— Bon sang, Ginny, j'essaye seulement d'aider. Vous devez surmonter cette paranoïa à propos de la police.

— C’est impossible. L’agresseur de cette femme a soudoyé un enquêteur pour savoir où elle se cachait et il a failli la tuer.

— J’en suis désolé, mais je vous assure que mes frères sont différents. Ils feront tout ce qu’ils peuvent pour retrouver ce salaud et le faire payer.

Ginny avait envie de le croire.

Mais ses frères ne feraient que la gêner, elle le savait.

Griff observa Ginny pendant un moment. Il devinait qu’elle lui avait sorti plusieurs mensonges mais, si ce qu’elle avait dit à propos de l’inspecteur de police acceptant un pot-de-vin était vrai, il comprenait sa méfiance à l’égard des forces de l’ordre. Insister ne ferait que la faire fuir. Il en apprendrait davantage en s’efforçant de collaborer avec elle.

— Très bien, je garderai le silence, vous pouvez me faire confiance, assura-t-il. Mais la confiance fonctionne dans les deux sens. De votre côté, vous vous engagez à ne pas publier ce que je vous dis, à moins que Jacob ne m’ait donné au préalable le feu vert.

— Bien sûr.

— Pensez-vous que l’homme que vous avez rencontré ce soir puisse être celui qui a attaqué votre source ?

— Je ne sais pas. Mais demandez à votre frère de le vérifier. S’il sortait avec Joy, il pourrait être votre suspect.

— Quel site de rencontre en ligne avez-vous utilisé ?

— *Meet Your Mate.*

Voir cet individu poser les mains sur Ginny avait ennuyé Griff plus qu’il ne voulait l’admettre. Il tenta de se convaincre que sa réaction provenait de l’instinct de protection qu’il éprouvait pour n’importe quelle femme. Mais la douleur qui teintait la voix de Ginny lui déchira le cœur à un niveau plus personnel.

— Vous jouez avec le feu en essayant d’attirer un prédateur, dit-il d’une voix rauque.

Ginny finit son verre de vin et se leva.

— Vous ne me ferez pas me changer d'avis. Alors, souvenez-vous de notre accord.Tandis qu'elle s'éloignait, il décrocha son téléphone de sa ceinture, les mâchoires serrées, et composa le numéro de Liam pour lui demander de chercher tout ce qu'il pourrait sur Karl Cross et sur ce site de rencontre.

Il leur faudrait également s'intéresser à d'éventuelles autres enquêtes concernant des féminicides par étranglement suivis d'incendie criminel.

Qu'elle le veuille ou non, il n'avait pas l'intention de laisser Ginny servir d'appât et se faire tuer.

9

En proie à un mélange d'admiration et d'inquiétude, Ginny regarda Griff partir. Il était fort, impressionnant, peut-être dangereux. Elle avait vu la flamme de colère dans ses yeux quand il avait ordonné à Karl de la lâcher. Et son regard pénétrant la mettait mal à l'aise.

Pourtant, même si elle hésitait à lui faire confiance, elle ne pensait pas qu'il lui ferait du mal. Du moins pas physiquement. Il avait montré son côté protecteur, non pas de manière possessive comme Robert autrefois mais de façon altruiste, chevaleresque.

Devait-elle y croire ?

En réalité, cela n'avait pas d'importance. Elle était venue à Whistler pour une seule et unique raison. Retrouver l'homme qui avait tué sa sœur. Dès qu'elle aurait regagné sa chambre, elle rappellerait le promoteur. Peut-être finirait-il par décrocher.

Par réflexe, elle scruta le hall principal de l'hôtel en le traversant pour gagner l'escalier. Il était peu probable que Karl Cross l'ait suivie jusqu'ici, mais une femme n'était jamais trop prudente. Croiser un jour la route d'un fou furieux lui avait suffi. Mieux valait rester à distance des hommes.

Certes, elle venait de passer un accord avec l'un d'eux. Mais son but était de partager des informations, rien de plus.

Elle réfléchit au scoop que Griff lui avait appris. Le blond avec lequel Joy s'était rendue plusieurs fois au bar aurait pu être Robert. S'il se faisait désormais appeler William ou Winston, peut-être trouverait-elle son profil sur le site de rencontre.

Il pleuvait à verse et les baies vitrées du hall étaient couvertes de buée. Un bref instant, elle crut voir un individu dans l'allée. Vêtu d'un long manteau sombre et coiffé d'un chapeau, il semblait l'observer de loin.

S'agissait-il de Robert ?

Le cœur battant, elle glissa la main dans son sac pour s'emparer de son arme. Le vent soufflait, les arbres se tordaient sous ses assauts. Des centaines de gouttes de pluie mitraillaient les vitres.

Elle courut vers les portes d'entrée mais, lorsqu'elle les ouvrit, il n'y avait personne dans le jardin.

La gorge serrée, elle les referma avant de s'élancer dans l'escalier. Son pied glissa sur le bois ciré, et elle se rattrapa de justesse à la rampe. S'ordonnant de se calmer, elle ralentit le pas pour gravir les marches. Si Robert avait été dehors, il n'y était plus. Il était parti.

Du moins, pour le moment.

Parvenue au second étage, elle observa le couloir pour s'assurer qu'il ne s'y trouvait pas puis se précipita vers sa chambre. Elle l'ouvrit d'une main tremblante à l'aide de sa clé. L'odeur écœurante de l'after-shave de Robert flottait toujours dans l'air.

Se pouvait-il qu'il soit revenu ?

Les jambes faibles, elle entra, l'arme au poing, scruta le coin salon puis reporta son attention sur l'alcôve, sur le lit.

À la vue des lys blancs sur les oreillers, elle réprima un cri.

« Les lys symbolisent la pureté, répétait Robert autrefois. Tout comme je veux que tu sois pure pour moi. »

La gorge serrée, elle inspecta la pièce et se dirigea vers la salle de bains. Un bain avait été coulé. Des pétales de rose flottaient sur l'eau. Une bouteille de champagne rafraîchissait dans le lavabo, deux flûtes étaient posées sur la tablette.

Et sur le miroir elle lut :

DORS BIEN, MON AMOUR. BIENTÔT, TU SERAS DANS MES BRAS.

Dès qu'il atteignit son chalet, Griff téléphona à Jacob pour lui résumer sa conversation avec Ginny.

— A-t-elle précisé où cette attaque s'était produite ? En Caroline du Nord ou dans un autre État ? demanda Jacob.

Il aurait dû l'interroger à ce sujet, se reprocha Griff, mais sa spécialité était d'éteindre les feux et d'enquêter sur les incendies, pas sur les homicides.

— Non. La prochaine fois que je la verrai, j'essayerai d'en savoir plus. Mais comme elle est originaire d'Asheville, il est probable que les faits ont eu lieu en Caroline du Nord.

— Je demanderai à Liam de chercher là-bas une affaire non résolue correspondant à ce scénario.

Pour entrer chez lui, Griff tapa le code qui débloquait l'alarme.

— As-tu du nouveau du labo concernant le dernier incendie ? poursuivit-il.

— Le responsable vient de m'appeler. Ils ont trouvé des correspondances pour certaines des empreintes prélevées sur les bouteilles de bière. Elles appartiennent à deux lycéens. Jérôme Miller, qui a un jour été surpris à voler des cigarettes dans une station-service, et Randy Henner, qui conduisait sans permis l'été dernier.

— Tous deux s'étaient rendus coupables de petits crimes. Allumer un incendie est un acte grave, dit Griff. Cette escalade paraît bizarre et très inquiétante.

— Je sais. L'alcool est peut-être en cause. Le lycée a prévu une conférence avec les gosses demain. J'ai prévenu la directrice que j'interrogerai ensuite les deux garçons.

— J'y serai.

— Encore une chose, dit Jacob. Apporte une photo de Ginny si tu peux en trouver une pour aider Liam à découvrir qui elle est vraiment.

À ces mots, un profond malaise envahit Griff. Il n'aimait pas espionner qui que ce soit dans son dos. Mais Ginny jouait un jeu dangereux et il tenait à la protéger, alors il accepta.

Peut-être Liam confirmerait-il qu'elle était exactement ce qu'elle prétendait être et qu'il pouvait lui faire confiance.

Il parla ensuite à son frère de *Meet Your Mate*.

— Si Joy a rencontré son assassin sur ce site, nous devons creuser.

— Je rappellerai les experts informatiques et je verrai s'ils ont pu récupérer quoi que ce soit sur l'ordinateur de Joy. À demain.

Après avoir raccroché, Griff se versa un whisky. Il avait besoin de repos, mais comment espérer dormir alors qu'un tueur ciblait sans doute Ginny ?

Pétrifiée, Ginny regardait les pétales de rose flotter à la surface de l'eau dans la baignoire en se remémorant d'horribles souvenirs avec Robert.

Lors de leur première rencontre, il l'avait charmée avec des compliments flatteurs et des mots doux murmurés à l'oreille. Il l'avait invitée à dîner dans un grand restaurant. Il lui avait promis de la soutenir financièrement pendant qu'elle terminerait ses études pour obtenir son diplôme de journaliste. Par la suite, il l'avait emmenée s'habiller dans des boutiques de créateurs et lui avait offert des bijoux coûteux.

Elle lui avait assuré qu'elle n'avait pas besoin de vêtements de marque ni de joyaux, qu'elle était une fille simple qui aimait les repas à la maison et les nuits tranquilles, qui rêvait un jour d'une famille à elle.

Il avait promis qu'il en désirait une, lui aussi. Mais il ne s'agissait que de paroles en l'air. Trois mois après le début de leurs relations, il avait annoncé qu'il ne voulait pas d'enfants, qu'il n'était pas question que son corps soit abîmé par une grossesse. Les apparences lui importaient. Voilà pourquoi elle avait dû s'astreindre à suivre des cours de gymnastique, un régime, apprendre à s'habiller, à se maquiller.

Pour être la femme parfaite.

Il voulait être fier de s'afficher avec elle, fier de montrer à ses amis et clients la maison qu'il avait achetée. Une maison d'architecte toute en acier et en verre.

Elle avait alors compris qu'ils n'étaient pas faits l'un pour l'autre. Pour elle, une maison était un foyer, rempli d'enfants et d'amour. Elle ne cherchait pas à jouer les mannequins ni à impressionner les gens, elle se moquait des faux-semblants.

Quand elle le lui avait dit, il s'était mis en colère. Il estimait qu'elle lui devait une reconnaissance éternelle après tout ce qu'il avait fait pour elle.

Et il l'avait avertie qu'il ne la laisserait jamais le quitter.

Elle passa les doigts sur sa gorge, se remémorant avec angoisse le moment où il l'avait saisie par le cou. Terrifiée, elle avait alors décidé de s'en aller. Mais, lorsqu'il l'avait surprise à faire ses valises, résolu à lui donner une leçon, il avait de nouveau essayé de l'étrangler.

Elle s'était débattue, mais il avait enfoncé ses doigts dans sa trachée et pendant un moment elle s'était presque évanouie. Dans la lutte, elle avait réussi à attraper une lampe et l'avait écrasée contre sa tête. Il l'avait lâchée, et elle avait couru vers la porte. Malheureusement, il l'avait pourchassée et rattrapée. Elle n'oublierait jamais la raclée qui avait suivi.

Une leçon méritée, avait-il décrété.

Plus tard, il l'avait réconfortée et lui avait fait couler un bain. Il s'était assis à côté d'elle pour soigner ses blessures alors qu'elle tremblait, en état de choc.

Mais, cette nuit-là, une profonde colère avait balayé l'amour qu'elle avait pour lui. Au lieu de la soumettre, ses paires de claques aussi violentes qu'injustes avaient cimenté sa détermination à le quitter et avaient engendré de la haine.

Dehors, le vent qui cognait les vitres la fit revenir au présent. Elle s'efforça de chasser ces terribles souvenirs et de recouvrer de l'énergie. Se remémorant le doux visage de Tess, elle essuya ses larmes et passa à l'action.

Elle se précipita vers la porte et la ferma à clé. Furieuse contre Robert, elle vida la baignoire, jeta les pétales de rose et les lys à la poubelle, le champagne dans le lavabo.

Boostée par une décharge d'adrénaline, elle ouvrit son ordinateur portable et se connecta sur le site de rencontre pour y chercher un dénommé William ou Winston qui correspondrait à la description de Robert.

Vingt minutes plus tard, après avoir parcouru une douzaine de fiches, elle trouva un portrait correspondant. Un certain William Roberts.

Roberts ? Aurait-il pu utiliser son prénom comme un nom dans le profil ?

Là encore, le visage de l'homme était dans l'ombre. Vêtu d'un costume trois-pièces, il avait une barbe soigneusement taillée et se tenait près d'une Mercedes. Il appréciait les grands crus, la gastronomie et travaillait à la Bourse.

Tout correspondait.

Elle lui envoya un message pour lui proposer de le rencontrer, puis se mit en pyjama et se glissa dans son lit, son arme à portée de la main. Elle se tourna de côté pour faire face à la porte, déterminée à tirer s'il revenait dans la nuit.

Le lendemain matin, Griff se présenta à l'école une demi-heure avant le début de la conférence pour rencontrer Jacob.

— Je n'ai encore rien reçu de Liam, lui dit ce dernier. Mais il a promis d'enquêter sur Ginny Bagwell ainsi que sur les meurtres et tentatives de meurtre impliquant un étranglement et un incendie criminel.

Griff avait pensé à Ginny toute la nuit. Son histoire ne collait pas. Si Jacob avait du nouveau et qu'il pouvait en parler avec elle, peut-être se confierait-elle.

La directrice et la conseillère d'orientation, Linette Akron, les retrouvèrent dans le gymnase où les lycéens entraient par petits groupes. Griff n'aimait pas parler en public, mais l'affaire était sérieuse. Il avait passé la matinée à compiler des photos des récents incendies et de grands brûlés. Les adolescents étaient souvent impressionnables, mais ils évoluaient dans un univers de plus en plus violent. Ils avaient tous entendu parler de fusillades au sein des établissements scolaires, d'attentats. Dieu sait que les informations déversées quotidiennement sur leurs smartphones les empêchaient de rêver. Malgré tout, la psychologue serait là, au cas où un élève aurait besoin d'aide ou se sentirait mal.

La directrice prit la parole la première pour exposer les raisons de cette réunion puis présenta Griff. Jacob se posta à côté de la porte, près de l'endroit où les deux garçons suspectés avaient été stratégiquement placés.

— Nous sommes ici aujourd'hui pour évoquer un sujet très grave, dit-elle. Au cours des dernières semaines, plusieurs feux de forêt ont été allumés le long de l'*Appalachian Trail*, dont un à proximité de l'école. L'un des pompiers de la ville tenait à en discuter avec vous.

Griff monta sur le podium et s'éclaircit la gorge. Il commença par une explication générale sur les incendies criminels. Le PowerPoint qu'il avait préparé montrait des images de feux de forêt et la vitesse à laquelle ils se propageaient aux campings et aux zones résidentielles avoisinants. Lorsque des clichés de grands brûlés et de cadavres apparurent, des exclamations choquées jaillirent.

— Nous voulions en parler avec vous aujourd'hui car nous avons besoin de votre aide.

Griff cliqua pour montrer une photo des bouteilles de

bière et de la boîte d'allumettes récupérées sur la scène de crime.

— Ces objets ont été découverts près du point de départ de feu. Bien qu'il soit possible que les incendies aient démarré à cause d'un barbecue sauvage, d'une cigarette mal éteinte ou jetée par la vitre ouverte d'une voiture, plusieurs indices tendent à prouver qu'ils ont été intentionnellement allumés.

Les adolescents commençaient à manifester leur malaise. L'un des garçons soupçonnés semblait angoissé et louchait vers la porte avec envie, mais Jacob le regarda et secoua la tête.

— Nous avons besoin de savoir si vous avez vu ou entendu quoi que ce soit, à l'école ou ailleurs, poursuivit-il.

Dans le gymnase, la peur et la panique étaient palpables.

Griff adopta une position non conflictuelle.

— Je suis sûr qu'aucun de vous ne veut que quelqu'un soit blessé ou tué à cause de ces incendies. Si vous avez des informations, il est de votre devoir d'en parler à vos parents, à la conseillère d'orientation ou au shérif. Parce que s'il y a des blessés ou des victimes, il ne s'agira plus d'incendie criminel mais d'homicide involontaire ou peut-être de meurtre.

La conseillère intervint alors pour offrir ses services, mettant l'accent sur l'anonymat qu'elle garantissait. Elle avait déjà créé une boîte aux lettres spéciale pour permettre aux élèves de signaler des cas de harcèlements, de trafic de drogue ou d'armes au sein de l'établissement et elle exhorta les lycéens à l'utiliser pour se confier sans crainte.

Dès la fin de la conférence, certains adolescents se présentèrent à elle. Jacob s'approcha des deux garçons qu'il avait dans le viseur. Comme ils étaient mineurs, leurs parents avaient été convoqués pour assister aux interrogatoires.

Jacob lui assura qu'il le tiendrait au courant s'il obtenait des aveux, et Griff quitta l'école.

Toute la nuit, il avait été hanté par des images de Ginny attaquée ou étranglée. Il espérait qu'elle était en sécurité.

Il feuilleta les photos qu'il avait prises de Reese alors qu'elle sillonnait Whistler pour poser des questions aux gens à propos du meurtre de Joy Norris. Elle pensait que personne ne la reconnaîtrait, et il l'avait laissée le croire.

Il se mit à rire en caressant du doigt son visage en forme de cœur. Joy lui avait tellement rappelé Reese qu'en fermant les yeux il s'imaginait avec elle.

Mais, dès qu'elle ouvrait la bouche pour lui parler de cette voix nasillarde, il voyait son visage trop maquillé, sa vulgarité.

Personne ne pouvait remplacer Reese. Elle était parfaite.

Et elle était à lui.

Une fois qu'il l'aurait récupérée, il s'assurerait qu'elle le sache.

Et qu'elle ne le quitte plus jamais.

10

Robert s'amusait avec elle. Il jouait à lui faire peur, à l'énerver.

Et cela fonctionnait.

Ginny garda son arme à portée de main pendant qu'elle se douchait et s'habillait.

Alors qu'elle allumait son ordinateur pour se connecter sur *Meet Your Mate*, son téléphone lui signala la réception d'un message. Il émanait de Thad Rigden, le promoteur immobilier qui avait voulu acheter les commerces de la rue abritant le Joy's Nail Salon.

Sa voix lui parut légèrement plus aiguë que celle de Robert, mais peut-être l'avait-il modifiée pour ne pas être reconnu. Il lui proposait un café chez Mitzi à 10 h 30. Elle accepta et passa la demi-heure suivante à parcourir les profils du site de rencontre en ligne, s'intéressant en particulier à tous les William et Winston.

L'homme à qui elle avait fait signe la veille lui répondit qu'il aimerait prendre un verre vers 17 heures pour faire connaissance. Après avoir confirmé leur rendez-vous, elle glissa son arme dans son sac à main, attrapa sa doudoune et quitta sa chambre.

Se sentant en danger, elle inspecta le couloir avec attention avant de l'emprunter et descendit lentement l'escalier, aux aguets. En bas des marches, elle scruta l'entrée et le salon. Un couple âgé partageait un petit déjeuner tardif. Deux jeunes femmes en tenue de randonnée s'apprêtaient à sortir, équipées de piolets et de sacs à dos.

Quand elle poussa les portes de l'hôtel, le vent qui soufflait en rafales plaqua ses cheveux sur son visage. Elle remarqua le bout d'une cigarette qui brillait au loin, à la lisière des bois.

Robert ?

Il ne fumait pas beaucoup à l'époque où ils étaient ensemble mais, à l'occasion, il appréciait un cigare. Elle pensa aux incendies de forêt que Griff avait combattus ces derniers temps et se demanda si Robert pouvait en être responsable.

Un peu d'exercice ne lui ferait pas de mal, et elle décida de se rendre à pied en ville. Tout en marchant, elle garda la main sur son sac pour pouvoir s'emparer facilement de son arme si nécessaire.

Il y avait foule au saloon. Des retraités, des campeurs, et surtout des randonneurs qui se préparaient à traverser les Appalaches. En entrant, elle sourit à Mitzi qui lui fit signe.

— Le promoteur immobilier est là, dit Mitzi en l'invitant à la suivre jusqu'à une table au fond de la salle.

Le ventre de Ginny se noua tandis qu'elles approchaient. L'homme lui tournait le dos. Elle aperçut un costume de bonne coupe, des cheveux bruns coupés court. Alors qu'il soulevait sa tasse pour la porter à ses lèvres, elle remarqua une chevalière en or à son auriculaire.

Robert portait une chevalière en or avec la lettre R gravée dessus. Elle avait gardé plusieurs jours l'empreinte de ce R sur la joue après qu'il l'avait frappée.

Griff attendait Jacob devant le lycée pendant que ce dernier interrogeait les deux garçons qu'il avait identifiés comme suspects potentiels. Les souvenirs de ses années lycée lui revinrent en mémoire.

Il jouait alors dans l'équipe de football et avait participé aux championnats nationaux. En ce temps-là, il n'y avait pas de fusillades dans les écoles. Les problèmes de drogue étaient rares et la violence contenue. Quand il était jeune, les garçons aimaient se battre, se balader en VTT et donner rendez-vous aux filles au stade pour les embrasser derrière les gradins. Les réseaux sociaux n'existaient pas. Il rencontrait ses copains au lycée, à des matchs de football ou au bord de la rivière.

Son père lui avait appris, ainsi qu'à ses frères, à bivouaquer, à pêcher et à faire du kayak. Griff adorait le grand air et les randonnées en montagne. Bien sûr, tous les quatre faisaient parfois des bêtises et partageaient des bières avant d'avoir l'âge de boire de l'alcool, mais ils respectaient toujours la nature et les gens.

Leur père s'était présenté comme shérif pour protéger les habitants et avait inculqué de solides valeurs à ses fils.

Puis cet incendie lui avait pris la vie. En quelques instants.

Griff se reprocherait jusqu'à son dernier souffle de ne pas lui avoir ordonné de rester à l'écart du sinistre. Son père avait couru dans le bâtiment en flammes alors qu'il n'y était pas préparé. Il ne portait pas l'équipement. Il n'avait pas de masque à oxygène, pas de casque ni de vêtements ignifuges.

Mais le feu avait provoqué un tel chaos et mis tant de vies en danger que son père n'avait pas hésité. Il avait tenu à participer au sauvetage. Des dizaines de malades, de handicapés, en fauteuil ou alités, avaient besoin d'aide. Des personnes âgées, des femmes, des enfants et des bébés étaient menacés.

Ils avaient tenté de tous les sauver. Mais ils n'avaient pas réussi.

Et il en était mort.

Des bruits de pas tirèrent Griff de ses pensées. Jacob s'approchait de lui, le visage sombre. Il s'attendait à ce qu'il escorte les garçons jusqu'au bureau du shérif, peut-être même jusqu'à la maison d'arrêt des mineurs, mais son frère était seul. Les adolescents s'éloignaient de leur côté avec leurs parents.

Au passage, Jacob serra la main de la directrice et de la conseillère, puis rejoignit Griff.

— Tu ne les as pas arrêtés ? s'enquit Griff tandis qu'ils se dirigeaient vers la voiture de patrouille de Jacob.

— Ils ont reconnu avoir bu des bières dans les bois, fumé quelques cigarettes et allumé un feu de camp, répondit Jacob. Mais ils affirment qu'ils avaient recouvert le feu de terre avant de partir.

— Il aurait pu redémarrer accidentellement.

Jacob secoua la tête.

— Ils ont tous les deux des alibis pour les nuits des autres incendies de forêt. Les parents ont confirmé qu'ils étaient chez eux pour préparer des examens lors du premier, et un enseignant a attesté qu'ils participaient à une rencontre sportive à l'extérieur de la ville lors du dernier sinistre.

Griff marmonna un juron frustré.

— S'ils n'ont pas allumé ces feux, certains de leurs camarades en sont peut-être responsables.

— C'est possible, mais je commence à me demander s'il faut continuer à chercher les coupables parmi les lycéens. J'en doute de plus en plus.

— Pourquoi ?

— Ils prétendent avoir aperçu un homme vêtu d'un long manteau et coiffé d'un chapeau sur une colline près des lieux des incendies. Il avait des jumelles. Et ils ont précisé qu'ils avaient vu des empreintes de pas autour de Raven's Ridge.

— Je vais retourner là-bas pour fouiller la zone, décida Griff. Si l'individu qu'ils ont remarqué est notre pyromane, il a peut-être laissé des traces de son passage derrière lui.

Ginny glissa la main dans son sac à main et saisit son arme avant de s'approcher de la table. Elle avait les jambes en coton, mais la colère la galvanisait alors qu'elle se préparait, une fois de plus, à faire face à Robert.

L'homme se leva et lui tendit la main. Il avait la taille et la carrure de Robert, mais ses yeux étaient plus écartés, son nez plus long et son front moins haut.

Ce n'était pas Robert.

Un sentiment de soulagement mêlé de frustration submergea Ginny. Elle avait tellement hâte d'en finir, d'identifier enfin Robert et de… le tuer ? Serait-elle vraiment capable de presser la gâchette ?

Le doux visage de Tess lui revint en mémoire, et elle déglutit avec peine.

Oui, elle en serait capable.

Mais ce promoteur n'avait pas tué sa sœur. Elle perdait son temps. À moins que… À moins qu'il n'ait tué Joy.

Il lui sourit et lui serra la main.

— Thad Rigden. Vous êtes bien Ginny Bagwell, la femme qui m'a appelé pour lui trouver une boutique en ville ?

Ginny hocha la tête et prit la chaise en face de lui. Quand Mitzi sortit son calepin, elle commanda un expresso.

— Parlez-moi de vous, Ginny, dit Thad. D'où venez-vous et que faites-vous ?

— Je vis à Asheville, répondit-elle simplement. Et je suis journaliste.

Il leva un sourcil surpris.

— Je pensais que vous cherchiez une boutique pour développer une activité commerciale. Mais peut-être ai-je mal compris votre message ?

— Je suis désolée de vous avoir induit en erreur, déclara-t-elle, décidant d'opter pour une demi-vérité. J'ai parlé aux voisins de Joy Norris, et ils m'ont dit que vous lui aviez proposé d'acheter les boutiques de la rue. Que vous aviez l'intention de reconstruire tout le quartier.

Son sourire amical s'envola.

— C'est vrai. Tout le monde sauf Joy avait accepté de vendre. Mais j'espérais la convaincre de le faire.

— Vraiment ?

— Oui, je pense qu'elle attendait une offre plus conséquente, alors j'y travaillais pour parvenir à un accord.

— Je vois. Maintenant qu'elle est morte, il vous sera probablement plus facile de conclure.

Il secoua la tête.

— En fait, rien n'est moins sûr. Si elle n'a pas rédigé de testament, désignant un ou des héritiers bien définis, il faudra au contraire des mois pour aboutir. Cela ralentira tout le projet.

C'était vrai.

— En a-t-elle rédigé un ?

— Je n'en sais rien, répondit-il, irrité. Et maintenant que la police pense qu'il s'agit d'un homicide, rien ne se fera tant que l'enquête ne sera pas terminée.

— L'un des commerçants voisins a dit que Joy avait un associé. Savez-vous de qui il s'agit ?

— Non. Si je l'avais su, j'aurais essayé de le convaincre de raisonner Joy. Pourquoi me posez-vous ces questions ?

Ginny se tordait les mains sous la table.

— D'après les différents témoignages, j'ai l'impression que votre relation dépassait le cadre strictement professionnel.

Un malaise manifeste crispa les traits de Thad Rigden.

— Nous avons dîné à plusieurs reprises ensemble, mais c'était surtout pour affaires. J'espérais qu'en lui montrant mes plans, elle serait plus encline à vendre.

— Mais cela n'a pas marché ?

— Non, elle était têtue, marmonna-t-il.

— Cela a dû vous mettre en colère, surtout si son refus remettait tout le projet en cause.

— Si vous suggérez que j'ai tué Joy parce qu'elle ne souhaitait pas vendre, vous êtes loin du compte. Vous devriez peut-être parler au shérif au lieu d'échafauder et de répandre partout des calomnies sur mon compte.

— Je lui ai parlé, mais il ne partage pas mes convictions.

— Pour ma part, je lui ai demandé ce qui s'était passé, mais il n'a rien voulu me dire. Il a même laissé entendre que j'aurais pu la tuer pour mettre la main sur son commerce, comme vous venez de le faire.

Il poussa un soupir exaspéré et se leva brusquement.

— Si j'étais vous, madame Bagwell, je retournerais à Asheville. Si vous continuez à lancer des accusations à tort et à travers, vous risquez de finir comme Joy.

Griff appela Fletch, lui résuma sa conversation avec Jacob et lui demanda de le retrouver près de Raven's Ridge. Tous deux grimpèrent dans la montagne, dépassèrent le point de départ du feu, identifié lors du dernier incendie de forêt.

Une crête surplombait la zone calcinée, de sorte que le pyromane aurait pu allumer un feu, gagner une corniche et, de là, regarder les flammes se propager et embraser la pinède.

Les enquêteurs des scènes de crime avaient passé le secteur au peigne fin, mais Griff et Fletch entreprirent de l'inspecter de nouveau pour s'assurer que rien ne leur avait échappé. Puis ils montèrent vers la crête en suivant le sentier qui serpentait jusqu'au sommet. La pluie menaçait, des nuages sombres s'accumulaient au-dessus d'eux. Le tonnerre grondait au loin.

Griff et Fletch traversèrent des bois si denses qu'ils durent parfois se faufiler entre les arbres. Lorsqu'ils atteignirent la corniche qui s'avançait au-dessus de la pinède en contrebas, ils se rendirent compte qu'elle offrait une vue imprenable sur l'endroit où le feu avait démarré.

Le lieu idéal pour un incendiaire. De là, il pouvait suivre la progression des flammes.

Pour gagner du temps, Griff et Fletch se séparèrent et fouillèrent des zones distinctes. L'imminence d'un orage les obligeait à se dépêcher. Près d'un rocher, Griff repéra des empreintes de bottes qui avaient été protégées de la pluie grâce à l'épaisseur du feuillage. Il les éclaira avec sa lampe torche et pensa qu'ils pourraient en faire un moule. Un peu plus loin, il remarqua des herbes écrasées qui formaient un petit chemin.

Il balaya l'endroit du faisceau lumineux de sa lampe. Il remarqua soudain un objet brillant piégé dans les ronces. Il enfila des gants et se pencha pour le ramasser. Il le porta devant ses yeux pour l'examiner. Il s'agissait d'un briquet – en argent, cher, avec une panthère noire gravée sur le côté.

Aucun adolescent ne possédait un tel briquet.

Un randonneur sur le sentier avait pu le laisser tomber. Mais, vu le lieu où il l'avait trouvé et la proximité avec le départ de feu du dernier incendie de forêt, cette découverte éveilla aussitôt ses soupçons. Il le glissa dans un sac d'indice, puis rejoignit Fletch qui finissait de mouler l'empreinte de pas.

Ils continuèrent à fouiller la zone pendant une bonne heure. Malheureusement, ils ne trouvèrent rien d'autre. La pluie menaçant, ils rejoignirent leurs véhicules.

— Je dépose tout ça au bureau de Jacob, proposa Fletch.

— Merci.

Le briquet appartenait peut-être à l'incendiaire. En tout cas, le fait que le salon et l'appartement de Joy aient également brûlé semblait de moins en moins une coïncidence.

Ce qui le ramena à Ginny Bagwell.

Elle avait paru secouée, la veille au soir. Après sa prétendue chute, elle était couverte d'ecchymoses et d'égratignures. Peut-être était-elle tombée accidentellement comme elle l'avait affirmé, peut-être avait-elle été poussée. Il l'avait prévenue qu'elle flirtait avec le danger.

Et si quelque chose lui était arrivé aujourd'hui pendant son absence ?

Ginny passa l'après-midi au café à effectuer des recherches sur Thad Rigden sur son ordinateur. Elle chercha tout ce qui tendrait à prouver qu'il était louche, dangereux ou qu'il aurait pu tuer Joy parce qu'elle refusait de vendre son commerce.

Deux ans plus tôt, il avait divorcé. Le divorce avait été houleux, conflictuel, et son ex-femme l'avait poursuivi pour récupérer la moitié de leur patrimoine – un patrimoine qui s'élevait à près d'un million de dollars. De plus, elle avait déposé une ordonnance restrictive contre Thad au cours de la procédure, prétendant qu'il multipliait menaces et tactiques d'intimidation.

S'était-il comporté de la sorte avec Joy, et la situation était-elle devenue incontrôlable ? Avait-il été obligé d'investir pour reconstituer la somme qu'il avait versée à son ex-femme ? Avait-il dû recourir au meurtre pour espérer aboutir à ses fins ?

Comme elle regardait l'horloge murale, elle s'aperçut soudain qu'il était temps de rencontrer son rendez-vous de *Meet Your Mate*. Elle retourna à la hâte à l'hôtel, se changea, enfilant un joli pull et un pantalon noir, puis se dirigea vers le bar à vins que William Roberts lui avait suggéré.

Comme toujours, elle regarda autour d'elle pour vérifier qu'aucune menace ne planait alentour et s'assit face à la porte. Pendant l'heure qui suivit, elle observa des couples et des individus aller et venir, mais son rendez-vous ne se montra pas. Se demandant si elle s'était trompée sur l'heure ou le lieu, elle le vérifia sur son téléphone, consulta ses messages.

Elle n'avait pas fait d'erreur.

L'abruti lui avait posé un lapin.

Agacée, elle vida le verre de merlot qu'elle avait siroté en attendant, régla l'addition et se dirigea vers la sortie. Des nuages d'orage menaçaient, le tonnerre grondait, et elle accéléra le pas dans l'espoir de revenir à l'hôtel avant que le déluge annoncé lui tombe dessus.

Le soleil s'était couché pendant qu'elle était dans le bar à vins, la nuit était noire et la chute des températures perceptible. Au moment où elle passait entre Mitzi's et la boutique d'artisanat, elle entendit des bruits de pas derrière elle.

Elle s'arrêta, se retourna.

Une silhouette surgit soudain et bondit vers elle. Avant qu'elle puisse se protéger ou crier, deux mains puissantes la poussèrent vers le mur de brique. Elle le heurta avec violence et s'écroula dans la ruelle sombre.

11

Alors que Griff roulait vers l'hôtel, une silhouette attira soudain son attention. L'homme marchait dans la ruelle qui longeait l'arrière du saloon de Mitzi. Il ralentit, se demandant s'il s'agissait d'un touriste perdu ou d'un individu qui tentait de s'introduire par-derrière dans l'établissement. Il n'était pas rare que des SDF fouillent les poubelles à l'extérieur des restaurants pour se nourrir. Mais, avec le début de la saison touristique, il arrivait aussi que des voleurs se cachent dans les coins sombres pour s'attaquer aux randonneurs.

Pour en avoir le cœur net, il se gara un peu plus loin et sortit de son véhicule. Comme il approchait de la ruelle, il entendit des éclats de voix.

— Lâchez-moi !

L'instinct protecteur de Griff s'éveilla aussitôt, et il se précipita. Il aperçut Ginny. Elle était à terre mais se débattait pour repousser son agresseur. Avant que Griff ait le temps d'arriver à leur hauteur, elle se dégagea et envoya de violents coups de pied à son assaillant. Ce dernier recula avec un grognement avant de se jeter à nouveau sur elle. Sans se laisser démonter, elle se releva d'un bond, repliant le bras au-dessus d'elle dans un geste défensif. Manifestement, elle s'était entraînée aux arts martiaux et aux techniques d'autodéfense. Quand l'homme la saisit à la gorge, elle le frappa au visage. Le sang jaillit de son nez, il se mit à hurler. Mais, une fois encore, il fondit sur elle.

Griff balaya des yeux la ruelle, à la recherche d'un bâton ou de n'importe quoi qu'il pourrait utiliser comme une arme, mais il faisait trop sombre pour voir quoi que ce soit par terre. Les poings serrés, il s'élança. L'agresseur de Ginny dut l'entendre car il se retourna. Griff ne parvint pas à distinguer ses traits. Non seulement il avait rabattu la capuche de son sweat sur sa tête pour dissimuler son visage, mais il faisait nuit. De taille moyenne, il portait des vêtements sombres.

Avec un cri de rage, l'assaillant comprit qu'il n'aurait pas le dessus et s'enfuit à l'autre bout de la ruelle.

Griff courut vers Ginny. Comme elle se relevait péniblement, elle parut surprise de le voir. Ses cheveux étaient emmêlés, ses yeux écarquillés par la peur.

Il lui prit le bras pour la stabiliser et l'examina rapidement à la recherche d'éventuelles blessures. Sa lèvre inférieure saignait, et sa joue était rouge. L'homme l'avait frappée.

— Ginny, ça va ?

Elle hocha la tête, mais elle tremblait de tous ses membres. Elle semblait sonnée. D'instinct, il l'attira contre lui et enroula ses bras autour d'elle pour l'étreindre contre lui.

— C'est fini, vous ne risquez plus rien, maintenant, dit-il en lui caressant le dos avant de déposer un baiser sur ses cheveux. Il est parti et ne vous fera plus de mal.

Elle l'agrippa avec force, le souffle court. Devinant qu'elle était au bord des larmes, Griff la berça quelques instants pour tenter de la réconforter. Mais, très vite, il l'entraîna vers un banc à proximité.

— Restez ici et appelez Jacob. Je vais essayer de rattraper ce type !

Sans lui laisser le temps de protester, il partit en courant.

Parvenu au bout de la ruelle, il regarda des deux côtés. Il surprit un bref mouvement sur la gauche et se précipita dans cette direction. Au moment où il arrivait au croisement, il avait perdu la silhouette de vue. Il balaya des yeux le parking et les devantures des boutiques du coin, mais l'homme avait disparu.

Avec un juron, il scruta avec attention les alentours mais n'aperçut qu'un couple qui promenait son chien et un vieillard qui marchait en s'aidant d'une canne vers un restaurant italien.

Griff aurait voulu poursuivre ses recherches mais, inquiet pour Ginny, il préféra y renoncer et retourner à la hâte dans la ruelle. Elle l'attendait sur le banc. Comme il s'approchait d'elle, elle lui parut à la fois anéantie et en colère.

Il se laissa tomber à côté d'elle.

— Avez-vous appelé Jacob ?

— Non, dit-elle en secouant la tête.

— Pourquoi pas ?

— Je vous l'ai dit, je n'aime pas la police.

Griff en avait assez de son entêtement.

— Ginny, vous venez d'être attaquée. Cet individu aurait pu vous tuer.

Quand elle leva la tête, les émotions qui brillaient dans ses yeux le mirent presque à genoux.

— Je sais. Mais j'étais prête.

— Vous avez peut-être suivi quelques cours d'autodéfense, mais il aurait quand même pu vous tuer. Vous avez interrogé beaucoup de personnes à propos de la mort de Joy. Votre assaillant était peut-être son assassin.

— J'en suis bien consciente.

Griff décrocha son smartphone de sa ceinture.

— Nous devons signaler cette agression à Jacob. Et cette fois, il n'y a pas lieu de discuter.

Elle posa la main sur la sienne.

— S'il vous plaît, Griff, ne faites pas ça.

— Je regrette, murmura-t-il. Jacob est le shérif de cette ville. Il doit être mis au courant.

L'expression qui se peignit sur le visage de Ginny le plongea dans un profond désarroi. Pourtant, il composa le numéro de son frère. Pas question de rester les bras croisés à regarder des hommes attaquer des femmes et s'en tirer.

D'instinct, Ginny eut d'abord envie de fuir. Il lui fallait quitter au plus vite la ville, rouler le plus loin possible pour se cacher loin d'ici.

Mais cette existence de fugitive lui pesait de plus en plus. Elle était fatiguée. Ce n'était pas une vie. Et elle donnait ainsi à Robert le pouvoir de la faire souffrir. Encore et toujours.

Il lui avait souvent répété qu'elle ne parviendrait jamais à lui échapper. Et en effet, même loin de lui, elle était toujours sous son emprise parce qu'il occupait en permanence ses pensées. Et l'empêchait de profiter de la vie. Où qu'elle aille, où qu'elle soit, elle était sur le qui-vive, à le chercher des yeux, à s'assurer qu'il n'était pas là, tapi dans l'ombre, à attendre le bon moment pour l'attaquer. Il hantait ses nuits, son sommeil et chaque instant de ses journées. En permanence, elle se remémorait sa voix, ses menaces, ses propos blessants, ses coups…

Depuis trois ans, elle était seule. Depuis qu'il avait tué sa petite sœur.

Elle redressa les épaules. Cette fois, elle ne fuirait pas. Cette fois, elle se battrait. Pour Tess. Et pour elle.

— Allons à mon camion, dit Griff. Nous y attendrons Jacob.

Elle hocha la tête, même si elle ne parvenait pas à regarder Griff en face. Elle craignait qu'il ne lise dans ses pensées.

Maintenant que la décharge d'adrénaline provoquée par l'attaque se dissipait, son corps endolori se rappelait à son bon souvenir. Elle avait froid soudain et elle se mit à trembler.

Griff l'aida à grimper dans son véhicule et démarra pour allumer le chauffage. Il récupéra une couverture pliée à l'arrière et l'enroula autour d'elle. Elle le remercia d'un mouvement de tête. Des larmes brûlaient ses paupières.

Des larmes qu'elle refusait de laisser couler devant lui.

Mais sa tendresse la touchait profondément.

Elle lui permit de la prendre dans ses bras et de la serrer contre lui.

— Venez là. Êtes-vous blessée ? murmura-t-il dans ses cheveux.

Seul son amour-propre avait souffert, et elle secoua la tête.

— Avez-vous vu son visage ? demanda-t-il.

Elle ferma les yeux, s'efforçant de se remémorer les détails de l'agression. Elle ne comprenait pas. Elle avait fait preuve d'une telle prudence, elle n'avait cessé de scruter les alentours chaque fois qu'elle s'était rendue quelque part. Mais l'homme était sorti de nulle part et l'avait attaquée par-derrière. Il était fort. À peu près de la taille et de la stature de Robert.

Avait-elle senti les fragrances de son eau de toilette ?

— Ginny, l'avez-vous reconnu ?

— Non, répondit-elle avec sincérité.

Elle avait des soupçons, mais elle n'était pas certaine qu'il s'agissait de Robert. Robert aurait sans doute dit quelque chose. Il aimait qu'elle sache qu'il était là, tout près d'elle, qu'elle était à sa merci.

Pour la narguer, il aurait chuchoté à son oreille les mots doux qu'il employait autrefois pour la désigner.

Mon amour.

Au début, elle avait été émue, charmée qu'il l'appelle ainsi. Elle pensait avoir de la chance d'être aimée par quelqu'un d'aussi merveilleux. Son cœur fondait pour lui.

Elle avait cru qu'il prendrait soin d'elle, qu'il serait l'amour de sa vie. Mais, le jour où elle avait découvert le monstre qui se cachait sous le masque de l'amoureux, tout avait changé.

S'il l'épiait et s'il la voyait s'entretenir avec le shérif, il supposerait qu'elle avait parlé de lui aux autorités. Il en serait fou furieux.

— Avez-vous envie de me raconter l'attaque ? demanda Griff.

Elle leva la tête, s'efforçant de refouler les émotions qui

l'envahissaient, des émotions qu'elle refusait d'éprouver. Aucun homme n'était aussi tendre que Griff semblait l'être. Ce n'était pas possible, pas réel.

Elle ne pouvait pas se permettre d'y croire.

Griff frotta le dos de Ginny en cercles lents et apaisants. Elle semblait si petite et vulnérable dans ses bras qu'il voulait l'y garder en sécurité.

Il n'avait pas aimé voir cet individu l'agresser. Pas du tout.

Elle se croyait forte, mais son assaillant la dépassait de deux bonnes têtes.

Les gyrophares allumés, Jacob arriva et se gara près du camion de Griff. Ce dernier s'écarta à contrecœur de Ginny. Il ne devait pas s'impliquer avec elle alors qu'elle gardait des secrets. Il ouvrit la portière et rejoignit son frère.

Jacob croisa les bras tout en regardant Ginny.

— Que s'est-il passé ?

— Je me rendais à l'hôtel pour aller lui parler quand je l'ai aperçue dans la ruelle. Un gars l'attaquait, et elle sc défendait.

Jacob haussa un sourcil.

— Peux-tu me le décrire ?

— Je ne l'ai pas bien vu, il faisait sombre. De taille moyenne, il portait un sweat à capuche qui couvrait à moitié ses traits.

— Ginny sait-elle de qui il s'agit ?

— Elle prétend qu'elle n'a pas vu son visage.

— Tu la crois ?

Un moment tendu s'écoula. Puis Griff s'éclaircit la gorge.

— Oui.

— D'accord. Reste avec elle et je vais fouiller la ruelle, puis nous irons au poste pour enregistrer sa déposition.

Jacob récupéra sa lampe torche et sa mallette dans sa voiture avant de se diriger vers la scène. Quand Griff retourna dans son camion, Ginny se démêlait les cheveux des doigts et avait l'air plus calme. Mais elle avait une marque rouge sur la joue. La colère s'empara de lui, et il serra les mâchoires.

— Jacob inspecte la ruelle puis nous irons au bureau du shérif déposer un compte rendu de ce qui s'est passé.

— Ce n'est vraiment pas nécessaire, dit-elle. Mon agresseur est parti depuis longtemps et je ne l'ai pas identifié.

— Peut-être a-t-il laissé des indices au cours de la bagarre, répliqua Griff. Quelque chose qui nous aidera à le coincer.

Ginny hocha la tête et se tourna vers la vitre. Pendant qu'ils attendaient, le silence tomba entre eux.

— Qu'est-ce qui vous a poussée à vous lancer dans le journalisme d'investigation ? demanda-t-il enfin.

— Mon père était grand reporter, répondit-elle. Il parcourait le monde pour découvrir les combines et les coups fourrés de grands groupes à l'étranger. J'ai eu envie de suivre ses traces.

Griff n'avait jamais pensé au journalisme de cette façon.

— Il doit être fier de vous, dit-il doucement.

— Il est mort quand j'avais douze ans. Sous les balles d'un tueur à gages missionné par l'une des sociétés sur lesquelles il enquêtait, expliqua Ginny d'une voix teintée de douleur.

Griff lui aussi avait voulu impressionner son père.

— Je suis désolé. Le donneur d'ordre est allé en prison ?

— Oui, mais il a fallu quelques années à la police pour l'arrêter et prouver sa culpabilité. Vous avez perdu le vôtre dans l'incendie qui s'est produit à Whistler, n'est-ce pas ?

— Vous êtes bien renseignée.

— Il est mort en héros.

— Mes frères et moi nous battons pour que justice lui soit rendue. Et nous n'abandonnerons pas tant que nous ne l'aurons pas obtenue.

Ils avaient plus en commun que ce qu'elle croyait.

Son commentaire la poussa pourtant à s'interroger. Son père serait-il fier d'elle ?

Non. Elle avait été idiote de tomber amoureuse d'un charmeur habile qui n'était en réalité qu'un manipulateur et elle aurait dû repérer plus tôt les signes annonciateurs de sa violence.

Mais elle s'était laissé aveugler par ses compliments, ses cadeaux et ses petites attentions. Tess avait toujours été la plus jolie des deux sœurs, celle que les garçons regardaient. Alors que Reese avait en permanence le nez dans un livre et s'intéressait plus aux récits extraordinaires qu'aux étudiants de son âge.

Et, à cause de sa bêtise et de sa naïveté, Tess, sa petite princesse adorée, était morte. Elle ne se le pardonnerait jamais

Son père avait voulu exposer le côté sombre des grandes entreprises et aider ainsi leurs concurrents ou clients, victimes inconscientes de leurs agissements.

Qu'aurait-il pensé de son plan pour venger la mort de Tess ?

— Jacob revient, dit Griff, interrompant ses pensées.

Ginny résista aux émotions qui l'envahissaient. Griff était têtu. Discuter avec lui n'avait aucun sens pour le moment.

Il démarra et suivit Jacob jusqu'au poste de police. Ginny se hérissa lorsqu'elle y entra. L'endroit lui rappelait de mauvais souvenirs. Après la mort de Tess et les menaces de Robert, elle avait supplié les autorités de l'aider. Mais, en retour, elle n'avait eu droit qu'à des regards sceptiques, des questions, des doutes, des mines apitoyées.

Pourtant, elle leur avait fait confiance. Elle avait eu tort. L'un d'eux l'avait trahie en révélant à Robert où elle se cachait.

À qui pouvait-elle se fier maintenant ? songea-t-elle avec colère.

Jacob les guida le long d'un couloir jusqu'à son bureau. Un adjoint leva les yeux à leur passage. Sa curiosité manifeste énerva encore un peu plus Ginny.

Jacob la considéra d'un air sombre.

— Tout d'abord, avez-vous besoin d'un médecin ?

Elle secoua la tête.

— Je vais bien, à part des égratignures.

— Sa joue est meurtrie et ses mains en sang, intervint Griff.

Ginny le fusilla du regard. Elle n'avait pas besoin de lui pour lui rappeler qu'elle avait failli perdre la bataille contre cet homme.

Jacob leur fit signe de s'asseoir et il revint quelques instants plus tard avec deux cafés. Il en tendit un à Griff et lui offrit l'autre. Refroidie par l'épreuve, elle prit le gobelet dans ses mains pour les réchauffer.

— Tout cela est une perte de temps, déclara-t-elle avant que Jacob ouvre la bouche. Je n'ai pas vu le visage de mon agresseur. Je suis incapable de vous le décrire et je ne sais pas qui il n'était ni pourquoi il m'a attaquée.

— Vous mettez le nez dans une enquête pour meurtre, dit Jacob. Voilà sans doute l'origine de l'agression.

Les deux hommes échangèrent un regard silencieux que Ginny ne parvint pas à décrypter.

Ils étaient unis par un lien fraternel fort, devina-t-elle. Elle et Tess avaient eu aussi cette complicité de sœurs, se comprenant à demi-mot ou d'un regard.

Jacob poussa un bloc-notes devant elle.

— Écrivez les noms de tous les gens à qui vous avez parlé. Et n'oubliez personne. Pensez en particulier aux hommes que vous avez rencontrés via *Meet Your Mate.*

— Comment savez-vous que je suis inscrite sur ce site ?

Jacob haussa les épaules.

— Griff l'a mentionné. Votre source anonyme aussi avait rencontré son assaillant sur un site. C'est donc un point de départ logique.

Elle préféra garder pour elle son commentaire. Si Robert n'avait pas tué Joy, l'un des hommes du site ou le promoteur immobilier aurait pu l'assassiner. Jacob devrait enquêter sur eux et la laisser se charger des investigations concernant Robert.

À moins que William Roberts ne soit Robert. Il avait pu lui fixer rendez-vous pour l'attirer loin de Griff, la regarder l'attendre en vain dans le bar à vins, et la suivre lorsqu'elle avait quitté le saloon pour l'attaquer dans la ruelle.

Elle nota rapidement plusieurs noms.

Les bras croisés, Jacob l'observait.

— Avez-vous un portrait-robot ou une photo de l'homme qui a attaqué la femme qui vous a contactée ? demanda-t-il.

Ginny se leva, furieuse.

— Non, mais je travaille sur cette affaire. C'est la raison pour laquelle je préfère ne pas impliquer la police à ce stade. Je n'aime pas être interrogée comme si j'étais suspectée d'un crime.

— Mademoiselle Bagwell, j'essaye de découvrir qui vous a agressée et de résoudre une enquête pour meurtre, dit le shérif. Sans votre coopération, c'est impossible.

Elle lui tendit le bloc-notes.

— Voici votre liste.

Sur ces mots, elle se leva et se dirigea vers la porte, mais Griff la héla.

— Ginny, attendez ! Y a-t-il quelqu'un d'autre qui veut vous faire du mal ?

Son plan fonctionnait à merveille. Reese, qui s'appelait maintenant Ginny, était nerveuse. Elle avait dû découvrir les fleurs qu'il lui avait laissées dans sa chambre. Et lire son message sur le miroir de la salle de bains.

Elle savait qu'il était là, qu'il la suivait.

Qu'il la récupérait bientôt.

Une violente colère le souleva quand il se souvint de ce grand pompier qui l'avait aidée dans la ruelle. Alors qu'il était sur le point de venir à sa rescousse, de jouer les chevaliers blancs – son personnage préféré –, l'autre était intervenu pour lui voler la vedette.

Sortait-elle avec lui ? Avec d'autres hommes ?

Apparemment, oui. Elle s'était reconnectée sur ce maudit

site de rencontre. Il s'y était réinscrit lui-même depuis des mois, au cas où elle referait surface.

Pire encore, le pompier semblait proche du shérif. D'après Mitzi, ils étaient frères.

Reese – Ginny – avait-elle parlé de lui à la police ? Leur avait-elle montré une photo de son premier profil ?

Cela n'avait pas d'importance. Il avait totalement changé physiquement. Elle ne le reconnaîtrait pas dans la rue.

Mais elle se souviendrait de lui quand il la retrouverait. Elle se souviendrait de tout.

Il l'y aiderait.

12

La question de Griff résonna dans les oreilles de Ginny. « Y a-t-il quelqu'un d'autre qui veut vous faire du mal ? »

Elle hésita puis secoua la tête.

— Je vous ai donné les noms de toutes les personnes à qui j'ai parlé depuis mon arrivée. Interrogez-les et vous me direz ensuite si l'un d'eux m'a attaquée.

Sur ces mots, elle quitta le bureau et remonta le couloir jusqu'à la sortie du bâtiment.

Dehors, le ciel était sombre, le vent si violent qu'il tordait les branches des arbres et courbait les réverbères. La pluie menaçait toujours, les températures avaient chuté, refroidies par l'air glacé venu des montagnes.

Comme elle scrutait la rue avant de s'y engager, elle sentit les poils de sa nuque se hérisser. Même si elle avait quitté Robert, elle avait l'impression qu'il était toujours là, à rôder autour d'elle comme un vautour. Il voulait la rendre folle. Lui faire peur. L'emprise qu'il exerçait sur elle n'avait jamais cessé, en réalité.

Il fallait que ça s'arrête.

Elle parvenait au carrefour et attendait que le feu passe au rouge pour traverser quand elle entendit Griff l'appeler. Tendue, elle se retourna, se préparant à une confrontation.

Il la rejoignit.

— Il n'est pas question de vous laisser rentrer seule à l'hôtel, dit-il.

L'inquiétude dans sa voix la toucha.

— Griff, j'apprécie que vous soyez venu à mon secours tout à l'heure, mais je vais bien maintenant. Je veux seulement regagner ma chambre et me reposer.

— D'accord. Mais je tiens à m'assurer que vous y arriviez saine et sauve.

— Ce n'est pas nécessaire.

— C'est au contraire indispensable. Vous avez été attaquée, ce soir. Et si ce type revenait s'en prendre à vous ?

— Il espérait probablement me voler mon portefeuille et il est parti depuis longtemps, répliqua-t-elle en accélérant le pas.

— Vous n'en croyez pas un mot et moi non plus, dit Griff. S'il vous a ciblée parce que vous posez trop de questions sur le meurtre de Joy, il ne va certainement pas en rester là.

Ginny ignora la culpabilité qu'elle ressentait pour avoir caché la vérité à Griff. Il semblait sincère, il avait vraiment l'air de s'inquiéter pour elle. Se rendant compte qu'elle ne réussirait pas à l'empêcher de l'escorter, elle le laissa faire mais resta silencieuse jusqu'à l'hôtel.

Tout en bois, l'édifice était magnifique, pittoresque, et lui rappelait cruellement que la beauté existait en ce bas monde même si sa propre vie n'était que laideur.

Mais, en voyant une ombre à la fenêtre de sa chambre, elle réprima un cri. Par automatisme, sa main se posa sur son sac et elle eut besoin de toute sa volonté pour ne pas sortir son arme.

— Merci de m'avoir raccompagnée.

Elle s'éloigna de Griff pour gravir les marches du porche, mais il resta sur ses talons.

— Je vous accompagne jusqu'à votre chambre.

— Griff, cela suffit. Je n'ai pas besoin de baby-sitter.

— Je me perçois plutôt comme un garde du corps.

Il y a trois ans, elle avait eu besoin d'être protégée de la sorte et avait demandé à la police de l'aider. Mais ils n'avaient pas assez de personnel.

Il était trop tard maintenant.

Si Robert l'attendait dans sa chambre, elle voulait le voir et en finir avec lui. Elle quitterait ensuite la ville avant que Griff n'ait la possibilité de découvrir la véritable raison pour laquelle elle était venue à Whistler.

Griff prit doucement le bras de Ginny. Tout à l'heure, alors qu'elle sortait au pas de charge du bureau de Jacob, son frère lui avait confié un élément nouveau. Capital. Liam avait découvert une autre affaire, un assassinat similaire à celui de Joy. Il y a trois ans, une autre femme avait été étranglée et sa maison incendiée par la suite pour dissimuler le meurtre.

Une dénommée Tess Taggart, originaire de Raleigh.

Il se demanda si Ginny était au courant de cette histoire. Elle avait affirmé que la malheureuse qui s'était confiée à elle avait survécu. Il s'agissait donc de quelqu'un d'autre. Mais, si elle avait effectué des recherches et entendu parler de cette autre victime, peut-être y avait-elle vu un lien avec l'assassinat de Joy.

— Allez, Ginny, murmura-t-il. J'aimerais jeter un œil à vos bleus. Vous avez sans doute besoin de les soigner.

— Je n'ai besoin de rien, promis, répondit-elle.

— J'ai été formé aux premiers secours. Ils font partie de mon travail.

— Vous devenez pénible, dit-elle d'un ton irrité.

— Un gentleman s'assure toujours qu'une dame arrive à bon port saine et sauve. Je vous reconduis jusqu'à votre porte.

Ginny poussa un gros soupir.

— Je n'ai pas fréquenté beaucoup de gentlemen, ces derniers temps.

Son commentaire souleva d'autres questions dans l'esprit de Griff, mais il se contenta de répliquer :

— Eh bien, je le regrette pour vous, mais mes parents m'ont appris à me comporter comme tel.

Comme il poussait les portes d'entrée de l'hôtel, Ginny passa devant lui et se retourna.

— Merci, Griff. Je suis arrivée, maintenant. Ça ira.

— À votre porte, insista-t-il.

Une lueur de colère passa dans ses yeux, elle soupira puis se hâta vers l'escalier. Il la suivit, balayant l'entrée et la salle de restaurant des yeux au passage, au cas où son agresseur s'y serait glissé en se faisant passer pour un client. Si le monstre qui l'avait attaquée l'avait fait à cause du meurtre de Joy, il savait sûrement où elle était descendue.

Il avait remarqué sa réaction lorsqu'elle avait levé les yeux vers la fenêtre et s'était demandé ce qu'elle avait vu.

Y avait-il quelqu'un dans sa chambre ?

Plus curieux que jamais, il lui reprit le bras et l'entraîna.

— Je vais m'assurer que vous êtes en sécurité pour la nuit, puis je partirai.

Elle lui jeta regard agacé, tout en sortant sa clé. Sa main tremblait, et pendant un moment elle resta simplement là, devant la porte, comme si elle avait peur d'entrer. Avait-elle peur qu'il la suive à l'intérieur ? Avait-elle peur de *lui* ?

Son ventre se noua à cette idée. Peut-être se montrait-il trop insistant. Mais il cherchait seulement à la protéger.

Et à découvrir ce qu'elle cachait. Si elle savait qui avait tué Joy, elle devait parler.

Par nervosité, elle finit par laisser tomber ses clés. Il les ramassa et déverrouilla lui-même la porte. Il remarqua alors la salle de bains qui avait été laissée entrouverte et le lit sur lequel était étendue une nuisette en soie rouge.

L'avait-elle laissée là pour s'en vêtir à son retour afin d'accueillir un amoureux ? Avait-elle un petit ami quelque part qui devait la rejoindre à Whistler ?

En tout cas, il avait vraiment l'impression d'une mise en scène pour des retrouvailles amoureuses.

Des centaines de pétales de rose jonchaient le sol, de la porte jusqu'au lit qui en était recouvert. Une bouteille de champagne dans un seau à glace, deux flûtes sur la table de chevet et une boîte de chocolats complétaient le tableau.

Il y avait également une photo sur l'oreiller.

Le portrait d'une jeune femme qui ressemblait beaucoup à Ginny.

Le sang se retira du visage de Ginny, et elle chancela. Avec un gémissement, elle s'agrippa à la porte pour ne pas s'étaler de tout son long par terre.

Il la rattrapa au vol alors que ses jambes se dérobaient sous elle.

Que se passait-il ? S'il s'agissait d'une mise en scène destinée à un rendez-vous amoureux, elle n'en avait pas l'air heureuse.

Le portrait… La photo de Tess… Sa petite sœur chérie.

Un trop-plein d'émotions obstrua la gorge de Ginny et sa vue se brouilla tandis qu'une myriade de souvenirs affluait à sa mémoire. Elle se rappela les dernières fois qu'elle avait vu Tess. Par exemple, lors de leur dernier Noël, il y a trois ans, elles avaient confectionné un bon petit repas, s'étaient régalées d'une bûche au chocolat faite maison pour le dessert. Elles avaient fini la soirée en feuilletant des albums de photos, des images de leur enfance, de vacances.

Elle se remémora aussi la fête du printemps à Boone. Tess y avait réservé un stand pour exposer ses toiles. Après avoir vendu trois huiles originales, elle était euphorique. Amateurs d'art, ses acheteurs avaient été enthousiastes en découvrant ses œuvres et lui avaient promis de la pistonner auprès des galeries du coin.

Après la mort de leur père, lorsque leur mère avait mesuré à quel point la vie était fragile, elle avait fait jurer à Ginny de prendre soin de Tess si quelque chose lui arrivait.

Mais elle n'avait pas tenu sa promesse. Elle l'avait laissée tomber. Elle les avait tous laissés tomber.

Tess aurait dû connaître une longue carrière d'artiste,

trépidante et fructueuse. Elle rêvait dc voyager, de peindre Paris, les monuments des bords de Seine.

Mais tous ses rêves avaient été réduits à néant, sa vie avait pris fin dans une violence insensée.

Parce que Ginny avait été manipulée par un psychopathe, par Robert.

C'est elle qui aurait dû mourir. *Elle*. Pas Tess.

— Ginny, que se passe-t-il ?

La main de Griff sur son épaule, à la fois douce et ferme, la ramena au présent.

— Attendiez-vous quelqu'un ce soir ? poursuivit-il.

Oui, d'une certaine façon. Elle savait qu'il était dans les parages, qu'il la guettait dans l'ombre.

Elle devait se ressaisir.

Avec un soupir las, elle entra dans la chambre. Elle mourait d'envie de s'emparer de son arme, mais d'instinct elle devinait que Robert n'était plus là. Il était parti. Il avait réussi son coup, il avait réussi à la torturer. Il ne voulait rien d'autre.

— Ginny, je vous en prie, parlez-moi, dit Griff.

Il s'exprimait d'un ton si calme, si apaisant, qu'elle lui fit signe d'entrer et de fermer la porte.

Il obéit et se tourna vers elle.

— Attendiez-vous quelqu'un ? Un petit ami peut-être ? demanda Griff.

Elle laissa tomber son sac sur la console puis se dirigea vers la salle de bains et jeta un œil à l'intérieur. Un autre bain l'attendait. D'autres pétales de rose flottaient sur l'eau. Le savon parfumé qu'il avait choisi pour elle était posé sur le bord. Son odeur écœurante lui donna la nausée.

Griff était derrière elle et regardait par-dessus son épaule.

— J'interromps quelque chose ?

Elle éprouva soudain un intense soulagement à le sentir près d'elle. Heureusement qu'il avait insisté pour la raccompagner.

Oui, Griff interrompait quelque chose. Il interrompait le jeu sordide d'un malade mental. Manifestement, Robert n'avait pas envie de l'affronter en face-à-face tout de suite. Ce fou furieux choisirait l'heure et le lieu.

Il tenait toujours à tout contrôler.

Submergée par une vague de colère, elle plongea soudain la main dans la baignoire pour vider l'eau, puis se précipita vers le lit. Elle prit le portrait de Tess et le pressa contre sa poitrine. Elle entreprit alors d'écraser rageusement les pétales de rose sous ses bottes.

Griff recula, les mains levées. Son visage reflétait une profonde confusion. Puis il comprit manifestement que, pour une raison qui lui échappait, elle avait besoin de se défouler.

En réalité, elle avait juste besoin de dégager Robert de sa vie pour toujours.

Épuisée par le combat contre son agresseur dans la ruelle et par les manœuvres d'intimidation de Robert, elle finit par se laisser tomber sur une chaise, luttant contre les larmes.

Griff se tenait près de la porte. Il semblait retenir son souffle.

Elle resta un long moment silencieuse, serrant la photo de Tess contre elle, s'efforçant de recouvrer son sang-froid. Au loin, le tonnerre grondait.

Griff s'agenouilla devant elle.

— Je sais que la journée a été difficile. Vous avez été attaquée. Et maintenant il est évident que quelqu'un s'est introduit dans votre chambre pendant votre absence. Que se passe-t-il, Ginny ?

Elle secoua la tête, mais il insista :

— Savez-vous qui était ici ?

Elle poussa un soupir tremblant puis planta les yeux dans les siens. La gentillesse qu'elle voyait se refléter dans ses prunelles la déchirait. Sa détermination à garder son secret faiblissait. Elle maudissait Robert de l'avoir mise dans cette position.

— Le savez-vous ? répéta Griff.

Elle opina d'un air accablé.

— Qui était-ce ?

Dans l'espoir d'endiguer ses larmes, elle ferma les paupières. Elle n'avait pas envie de raconter cette histoire à Griff. Elle avait tellement honte.

Il prit sa main, traça lentement des cercles sur sa paume, puis caressa d'un doigt la brûlure sur son poignet.

— Qui que ce soit, a-t-il quelque chose à voir avec ça ?

Elle hocha tête.

Il lui leva le menton pour la regarder en face. Les yeux de Robert étaient fourbes, manipulateurs, menteurs. Ceux de Griff étaient graves, sombres, remplis d'une compréhension, d'une gentillesse et d'une tendresse qu'elle n'avait jamais vues auparavant chez un homme. Il était fort. Il gérait des situations de vie ou de mort. Il sauvait des vies. Il se souciait des autres.

Il pourrait la broyer s'il le voulait. Pas physiquement parce qu'il n'était pas ce genre d'homme. Une rareté, une exception.

Mais émotionnellement. Parce qu'elle commençait à lui faire confiance, à l'aimer.

L'aiderait-il s'il connaissait la vérité ? Ou la verrait-il comme elle se voyait elle-même – comme la véritable responsable de la mort de sa petite sœur ?

Les pièces du puzzle commençaient à s'emboîter, à former une image que Griff n'aimait pas. Il devinait les bribes de vérités et de secrets qui avaient amené Ginny à Whistler.

Elle n'était pas venue pour rédiger un article. Pas seulement en tout cas.

Il lui prit avec délicatesse le portrait des mains et l'étudia. La fille sur la photo paraissait plus jeune que Ginny. Mais toutes deux avaient les mêmes yeux, le même sourire. Elles se ressemblaient beaucoup mais étaient différentes.

S'agissait-il d'une parente ?

— Qui est-ce ? demanda-t-il doucement.

Elle caressa la photo.

— Ma sœur. Elle s'appelait Tess.

Griff réprima sa réaction alors que la vérité se faisait jour.

— Tess Taggart, la femme de Raleigh qui a été assassinée. Que lui est-il arrivé ? interrogea-t-il.

— Elle est morte.

Livide, elle se leva et se dirigea vers la fenêtre. La pluie recommençait à mitrailler les vitres et le brouillard envahissait l'extérieur, les enveloppant dans la chaleur de la chambre.

Ginny frissonna, et il répéta :

— Que lui est-il arrivé ?

— Je n'ai pas envie d'en parler.

Peut-être pas, mais il sentait qu'elle en avait besoin. Il essaya de se souvenir de tout ce qu'elle lui avait dit, déchiffrant ses paroles et ses non-dits pour trouver la vérité dans son histoire.

— L'homme qui a organisé cette mise en scène dans cette chambre… C'est lui qui l'a tuée ?

Elle ferma les yeux, ses lèvres tremblaient.

— Oui.

— Sortait-elle avec lui ?

Elle secoua la tête.

— Non. Il ne la connaissait même pas.

Glacé, Griff commençait à deviner ce qui s'était passé. Elle lui avait parlé d'une victime anonyme, avait prétendu que la femme avait échappé à son meurtrier. Avait-elle menti ?

Il se remémora le rapport de Liam.

— Comment est-elle morte, Ginny ?

Elle gardait les paupières closes comme si elle revivait de douloureux souvenirs. Ou peut-être essayait-elle de concocter un autre mensonge.

— Elle a été étranglée, non ? Comme Joy ? C'est la raison pour laquelle vous êtes venue à Whistler, n'est-ce pas ?

Elle n'eut pas à répondre. L'expression de son visage disait tout.

Elle semblait brisée, anéantie. Incapable de s'en empêcher, il la prit dans ses bras.

— Vous croyez que l'homme qui a tué votre sœur a

également tué Joy, non ? Et il était dans votre chambre. Il sait que vous le cherchez ?

Hochant la tête, elle murmura d'une voix blanche :

— Je ne le crois pas. Je le sais. Et c'est ma faute si Tess est morte, si Joy est morte. Tout est ma faute.

13

Sur le moment, avouer sa faute à Griff soulagea un peu Ginny. Mais, très vite, le dégoût d'elle-même l'emporta. Elle avait honte de s'être comportée comme elle l'avait fait, honte d'avoir fait preuve de tant de naïveté, d'irresponsabilité.

Elle avait si longtemps porté seule le fardeau de la culpabilité que reconnaître ses torts à voix haute lui parut plus humiliant encore. Griff la regarderait différemment maintenant. Forcément. Elle-même se méprisait.

Mais au moins, maintenant, il savait. Il serait écœuré, préférerait se tenir à distance et la laisserait tranquille.

Les mâchoires serrées, il planta les yeux dans les siens.

— Que voulez-vous dire ? En quoi est-ce votre faute ?

Elle croisa les bras sur sa poitrine, se blindant intérieurement.

— Tess ne connaissait pas l'homme qui l'a tuée. Moi, oui. Il était mon amoureux à l'époque, mon compagnon.

— C'était elle la victime dont vous parliez l'autre jour ?

Elle hocha la tête. Au point où elle en était, autant tout lui raconter.

— J'ai croisé la route de Robert sur un site de rencontre. Toutes mes amies y étaient inscrites et m'assuraient qu'il n'y avait aucun danger dès lors que nous faisions connaissance dans un endroit public.

— Continuez.

— Au début, il était gentil, charmant, il me couvrait de

compliments et de cadeaux, il m'invitait à dîner, m'offrait des bijoux, des vêtements de marque…

— Et ensuite ?

— Ensuite, il est devenu possessif. Il m'a peu à peu éloignée de ma sœur et de mes amies. Sous prétexte de vouloir être fier de s'afficher avec moi, il a entrepris de me transformer en femme idéale, parfaite. Par ailleurs, je devais lui être entièrement dévouée, consacrer ma vie à lui faire plaisir, à combler ses exigences. Bref, très vite, j'ai étouffé. Mais quand j'ai voulu le quitter, il… il ne l'a pas bien pris.

Griff fronça les sourcils.

— Il vous a frappée ?

Elle rougit de honte.

— Il m'a battue comme plâtre. Mais sa violence a cristallisé mon désir de rompre, m'a donné encore plus envie de m'éloigner de lui.

Il tendit la main vers elle, mais elle secoua la tête. Dans l'immédiat, elle ne supporterait pas le moindre contact. Ni sa pitié.

— Êtes-vous allée trouver la police ? s'enquit-il.

— Oui pour porter plainte et demander une ordonnance restrictive afin de lui interdire de m'approcher. Mais je n'ai réussi qu'à l'énerver. Au lieu de respecter cette injonction, il a commencé à me suivre, à me traquer partout. Il surgissait au milieu de mes cours – je m'étais inscrite dans une école de journalisme. Il me laissait des petits cadeaux, des messages, pour me rappeler qu'il était là, que j'étais à lui, ajouta-t-elle en frissonnant. Après un moment, comme ses lettres et ses attentions prétendues romantiques ne me faisaient pas revenir à lui, il s'est introduit chez moi par effraction. Il m'a rouée de coups et je me suis retrouvée aux urgences. Il a raconté aux médecins que j'étais tombée dans l'escalier. Après cet épisode, j'ai de nouveau prévenu la police.

— A-t-il été arrêté, interrogé ?

— Oui, mais il avait de l'argent et des amis aux bras longs.

Il a été vite libéré. Il est revenu chez moi, furieux que j'aie eu le culot de porter plainte contre lui. Il a juré que je le payerais.

Et elle avait payé… de la vie de sa sœur.

Griff fronça les sourcils.

— Et alors, qu'est-il arrivé ?

— J'ai demandé une véritable protection aux autorités. J'aurais voulu qu'ils m'allouent les services d'un garde du corps, mais ils n'avaient pas les effectifs nécessaires. Alors je n'avais pas d'autre issue que de déménager, de me créer une nouvelle identité. Je croyais lui avoir échappé, mais il a soudoyé l'un des enquêteurs et m'a retrouvée.

Cette partie de l'histoire était donc vraie.

— Pas étonnant que vous ne fassiez pas confiance à la police, dit Griff.

— Cette fois-là, il m'a ligotée et m'a laissée ainsi pendant des jours, espérant que je retiendrais la leçon. Mais j'ai réussi à me détacher et à m'enfuir par la fenêtre. Je pensais me rendre chez Tess, m'y réfugier en attendant de décider de la suite. En route, il m'a appelée et m'a juré que je regretterais de l'avoir quitté. Que je le payerais cher.

Son souffle se bloqua dans sa poitrine au souvenir de sa voix menaçante au téléphone.

— Quand je suis arrivée, la maison de ma sœur était la proie des flammes. J'ai tenté de la sauver, mais il était trop tard.

Des larmes jaillirent de ses yeux alors que le souvenir du visage pâle et sans vie de Tess remontait à sa mémoire.

— Elle serait toujours vivante si je n'avais pas été stupide, si je n'étais pas sortie avec lui.

Depuis le début, Griff sentait que Ginny lui mentait, qu'il y avait une histoire derrière la brûlure sur son poignet. Mais il n'aurait jamais imaginé qu'elle ait pu être victime de violence ni qu'un fou furieux ait assassiné sa sœur. Il comprenait mieux pourquoi elle avait suivi des cours d'autodéfense.

— La police a-t-elle enquêté sur le meurtre de votre sœur ?

— Oui, mais ils n'ont rien trouvé pour l'incriminer. Ni ses empreintes ni rien. Puis il s'est volatilisé dans la nature.

— Et vous pensez qu'il est venu à Whistler, qu'il a noué une relation avec Joy et l'a assassinée ? Et qu'il a organisé cette mise en scène, dit-il avec un geste vers les pétales de fleurs écrasés sur le sol.

— J'en suis certaine. Il est cruel, il aime me narguer, me montrer qu'il est le plus fort et que je ne peux pas lui échapper. Il doit payer, ajouta-t-elle. Je dois lui faire payer.

Griff passa les mains dans ses cheveux, s'efforçant de réprimer sa colère. Si quelqu'un avait tué l'un de ses frères, lui aussi serait fou de rage et de chagrin.

— Il avait l'habitude de laisser des pétales de rose sur mon lit et dans mon bain, poursuivit-elle. Il a également laissé un message sur le miroir hier, écrit avec le rouge à lèvres qu'il m'obligeait à porter.

— L'avez-vous aperçu en ville depuis votre arrivée ? demanda Griff.

— Non mais j'ai l'impression d'être épiée, suivie. Et quand je suis tombée sous les roues d'une voiture, l'autre jour…

— Il vous avait poussée ? Ginny, pourquoi ne pas l'avoir dit ?

— Personne ne se vante d'être harcelée par un maniaque, vous savez. De plus, je devais être sûre. Ce promoteur immobilier a peut-être assassiné Joy parce qu'elle refusait de lui vendre sa boutique.

— Jacob étudie cette éventualité.

Griff continuait de réfléchir.

— Le site de rencontre… vous vous y êtes réinscrite pour essayer de le retrouver. Non ?

— J'ai pensé qu'il y retournerait peut-être.

— Ginny, vous devez cesser ça. C'est trop dangereux.

— Quelqu'un doit l'arrêter ! cria-t-elle. Il a assassiné ma sœur et bousillé ma vie. Dans l'espoir de lui échapper, j'ai changé de ville, d'État, de nom, d'apparence… mais il est toujours après moi.

— Ginny Bagwell n'est pas votre vrai nom ?

— Non.

Quelle vie avait-elle connue depuis l'assassinat de sa sœur ? Un enfer dominé par la culpabilité et la peur.

Ce Robert était dangereux. *Mortellement* dangereux.

— Je suis désolé de ce qui vous est arrivé, dit-il. Mais vous ne pouvez pas faire face seule. Laissez-moi vous aider.

— Ce n'est pas votre problème, répondit-elle d'un ton neutre.

Griff s'approcha d'elle, faisant attention à ne pas la toucher. Il ne voulait pas lui faire peur.

— J'en fais mon affaire, répliqua-t-il. Vous avez peut-être déjà rencontré des flics pourris ou incompétents, mais mes frères sont différents. Jacob et Liam, qui est agent du FBI, trouveront ce salaud et cette fois il payera pour ce qu'il a fait.

— Vous ne comprenez pas, dit-elle d'une voix blanche. Je refuse de vous impliquer. Il vous tuera si vous m'aidez.

Ginny se sentait incapable de vivre avec la mort de quelqu'un d'autre sur la conscience.

— Je sais me défendre et veiller sur moi, déclara Griff. Mais nous devons parler à Jacob et à Liam. Si ce type est à Whistler, il doit être arrêté au plus vite.

Ginny tenait plus que tout à empêcher Robert de tuer une autre femme. Se confier à la police compliquerait son plan de vengeance, mais sauver des vies était plus important à ses yeux que de le voir souffrir.

— Dites-moi son nom, Ginny. Et si vous avez une photo de lui, elle nous serait utile.

Elle n'avait pas envie de les impliquer mais, devinant qu'elle n'avait pas le choix, elle céda.

— Il s'appelait alors Robert Bouldercrest, mais je doute

qu'il porte encore ce nom maintenant. Je l'ai cherché en vain sur les réseaux sociaux et sur les sites de rencontre.

— Liam a des ressources au FBI. Que fait-il dans la vie ?

— C'est un investisseur, dit-elle. C'est la raison pour laquelle j'ai pensé qu'il pouvait être derrière Thad Rigden, le promoteur immobilier. Robert se vantait souvent de son flair en matière de placements. Il rachetait des entreprises en faillite, les remettait à flot et les revendait.

— Mais vous avez rencontré Rigden, non ?

— Oui, et Thad Rigden n'est pas Robert, c'est une certitude.

— Avez-vous une photo de ce Robert ? demanda Griff.

— Malheureusement, non. La nuit où il m'a ligotée, il a confisqué mon téléphone. Après m'être échappée, j'ai acheté des appareils jetables dans l'espoir de l'empêcher de me pister et de me retrouver. Et, quand j'ai recherché son ancien profil sur *Meet Your Mate*, il l'avait supprimé.

— Et un portrait-robot ? La femme de Jacob, Cora, sait dessiner. Si vous lui décrivez Robert, elle fera son portrait.

— Je refuse d'impliquer quelqu'un d'autre, Griff. Il pourrait lui faire du mal.

— Croyez-moi, nous prendrons toutes les précautions nécessaires. Je ne ferais jamais rien susceptible d'exposer la famille de Jacob au danger. Je vais l'appeler pour qu'il nous retrouve ici.

— Robert sait que j'ai pris une chambre à l'hôtel, lui rappela-t-elle.

— Alors, nous irons chez Liam qui vit dans la montagne. Il viendra plus tard voir si Robert a laissé des empreintes ici.

— La police a déjà ses empreintes, dit Ginny. Et je sais que c'est lui. Il m'a laissé un message on ne peut plus clair.

Griff téléphona à son frère pendant qu'elle balayait les pétales de rose. Elle nettoya également la salle de bains, puis se regarda dans le miroir. Elle considéra sans complaisance son reflet, l'ecchymose sur sa joue, ses yeux vitreux de peur.

Refusant de ressembler à une victime, elle récupéra son sac et se poudra pour tenter d'avoir meilleure figure.

Après avoir raccroché, Griff lui demanda :

— Êtes-vous prête à aller chez Liam ?

Non, elle ne l'était pas et ne le serait jamais. Il lui faudrait à nouveau répéter son histoire, expliquer qu'elle était responsable de la mort de sa sœur.

Sa haine pour Robert resurgit. S'il avait tué Joy Norris, il pourrait tuer à nouveau – pour l'atteindre, *elle*. Voilà pourquoi, malgré ses réticences, elle devait absolument coopérer avec les frères Maverick.

Elle fouilla dans sa valise, attrapa un foulard en guise de déguisement, puis suivit Griff à l'extérieur jusqu'à son camion. Avant d'y grimper, elle balaya les alentours des yeux mais ne vit personne. Ce qui ne signifiait rien. Robert savait se rendre invisible.

Les sens en alerte, elle boucla sa ceinture tandis que Griff démarrait. Bientôt, il s'engagea sur une route qui menait hors de la ville. Il jeta à plusieurs reprises un œil à son rétroviseur. Une berline noire semblait les suivre, mais lorsqu'il emprunta une rue latérale la voiture continua.

Ils roulèrent un moment en silence. Peut-être parce qu'il la sentait nerveuse et cherchait comment la détendre, Griff lui proposa de se tutoyer. Surprise, elle hésita un bref instant mais accepta.

En savoir un peu plus sur les personnes qu'elle allait rencontrer la rassurerait et la détendrait davantage encore.

— Parle-moi de la femme de Jacob, dit-elle.

— Cora a été mariée quelques années à un autre et a eu une petite fille avec lui. Malheureusement, l'enfant a été kidnappée lors de l'incendie de l'hôpital qui a tué notre père.

— C'est horrible.

— Oui. En tout cas, ce drame a eu raison de leur mariage. Mais elle n'a jamais renoncé à chercher sa fille. Il y a quelques mois, mon frère a rouvert le dossier et a retrouvé la petite.

— Et maintenant, Cora est mariée à Jacob ?

— Oui. Et ils attendent un bébé.

Au moins le cauchemar de Cora était-il terminé, à présent. Mais la malheureuse avait connu l'enfer, songea Ginny. Séparée de son enfant, sans savoir s'il était encore en vie, sans savoir si elle le reverrait…

Un silence tendu tomba entre eux alors que Griff roulait dans la montagne. Il semblait perdu dans ses pensées, mais peut-être se concentrait-il simplement sur sa conduite.

Quand ils atteignirent enfin le chalet de Liam, elle mesura à quel point l'endroit était isolé. Perchée au sommet d'une colline, la maison en rondins bénéficiait d'une vue spectaculaire sur les Appalaches et sur la rivière en contrebas. La voiture de Jacob était garée dans l'allée.

Le ventre noué par l'angoisse, elle descendit du camion et suivit Griff vers le chalet. Les pins se balançaient dans le vent. La montagne était si belle que son cœur se serra. Tess aurait adoré ce splendide panorama et en aurait fait de magnifiques tableaux.

Liam les accueillit à la porte puis leur autre frère, Jacob, lui présenta sa femme, Cora. Très jolie, elle posait sans cesse une main sur son ventre rebondi. La joie qui irradiait son visage était indéniable.

— Griff nous a expliqué la situation, dit Liam. Je suis désolé pour ce que vous avez traversé. J'ai demandé à mes collègues du FBI de nous aider à retrouver Bouldercrest.

Un peu réconfortée, Ginny hocha la tête. Cora la fit asseoir sur le canapé près du feu et lui proposa un thé. Ginny accepta avec reconnaissance. Siroter un breuvage brûlant atténuerait peut-être le froid qui la glaçait de l'intérieur.

Très vite, elles décidèrent de se tutoyer.

— Je n'en reviens pas de tout ce qui t'est arrivé, dit Cora. Je ne peux qu'imaginer l'enfer que tu as connu.

— Et je ne peux qu'imaginer le tien quand ta fille a disparu.

Cora sourit.

— Nous en avons bien bavé, l'une et l'autre, n'est-ce pas ?

Ginny acquiesça et se détendit. Elles avaient tous deux souffert à leur manière, mais Cora était forte et avait survécu.

Elle survivrait, elle aussi. Empêcher Robert de s'attaquer à une autre femme était la clé de cette survie.

Il l'épiait depuis des jours. Mitzi était sympathique, chaleureuse, très jolie. Elle traitait ses clients comme des amis.

Il avait vu Ginny – Reese – lui parler dans ce saloon. Il se demandait ce qu'elle lui avait raconté, si elle l'avait mise en garde contre les hommes comme lui.

Avec un petit rire, il sortit son briquet de sa poche. Il en fit jaillir une flamme qu'il contempla un moment.

La nuit était tombée. Ginny avait trouvé ses cadeaux.

Il l'avait revue avec ce pompier. Si elle pensait pouvoir se lier à un autre, elle avait tort. Elle avait manifestement besoin d'une nouvelle leçon. De comprendre que si elle ne revenait pas à lui, il continuerait à tuer.

Elle recevrait le message cinq sur cinq ce soir quand elle entendrait parler de la pauvre Mitzi.

14

Les mains dans les poches de son jean, Griff jeta un coup d'œil à Ginny. Elle avait été crispée d'angoisse pendant tout le trajet. Qui pourrait le lui reprocher ?

Son ex-petit ami était un psychopathe. Il l'avait maltraitée, frappée, avait tué sa sœur. Tout cela au nom de l'amour…

Pas étonnant qu'elle ait des problèmes de confiance.

Fletch et Jade les rejoignirent, et Griff se chargea des présentations.

— Fletch s'occupe de retrouver et de sauver les randonneurs en perdition sur l'*Appalachian Trail*, dit-il à Ginny. Et Jade est inspecteur de police. Elle est proche de ses collègues d'Asheville.

Ginny les salua tout en se tordant nerveusement les mains.

— Je n'avais pas compris que toute te famille serait là.

— Nous avons l'habitude d'unir nos forces quand il y a un problème, expliqua Griff. Si ton maniaque se cache dans les montagnes, Fletch doit savoir à quoi il ressemble.

— Je n'imagine pas Robert camper ou vivre dans les bois, indiqua Ginny. Il aime son confort, il a des goûts de luxe.

— Je vais faire le tour des hôtels et des palaces où il aurait pu réserver une chambre, proposa Jade.

Cora sortit un carnet de croquis d'un sac en bandoulière.

— On s'y met, Ginny ?

Griff et ses frères les laissèrent pour s'attabler dans la

pièce voisine autour de l'ordinateur portable de Liam. Jade les rejoignit, désireuse de connaître les détails de l'affaire.

Se tournant vers Griff, Jacob commença par exprimer ce qu'il avait sur le cœur :

— Le fait qu'elle nous ait menti, à toi et à moi, ne me plaît pas, déclara-t-il. Qu'elle soit venue à Whistler en sachant qui avait tué Joy et l'ait gardé pour elle non plus.

— Elle n'était pas certaine qu'il soit coupable, rétorqua Griff. Ce n'est pas comme s'il avait reconnu avoir tué Joy.

— Elle aurait quand même dû venir me voir pour me confier ses soupçons, répliqua Jacob.

— Il y a trois ans, le dénommé Robert Bouldercrest avait soudoyé un policier pour retrouver sa trace. Voilà pourquoi elle n'a pas confiance en la police. J'ai dû déployer tous mes talents de persuasion pour la convaincre de venir vous parler.

Liam hocha la tête d'un air sombre.

— J'ai retrouvé le dossier « Tess Taggart ». Elle a bien été étranglée avant l'incendie. Ginny n'aurait pas pu la sauver.

— Sauf si elle était restée avec ce Bouldercrest, dit Griff. Ce qui n'était pas une option. Et c'est elle qu'il aurait tuée.

— C'est certain, intervint Jade. Les auteurs de violence conjugale et de harcèlement sont narcissiques, obsessionnels et possessifs. Ils traitent les femmes comme si elles leur appartenaient et, lorsqu'elles leur échappent, ils les tuent pour que personne d'autre ne les ait.

Protéger Ginny semblait une tâche colossale, songeait Griff. Mais, avec l'aide de ses frères, il avait une chance d'y arriver.

— A-t-elle la preuve que Joy sortait avec ce Robert ? demanda Liam.

— Voir la photo de Joy a décidé Ginny à venir ici. Joy lui ressemblait beaucoup avant qu'elle ne change d'apparence.

Liam se tourna vers son ordinateur et cliqua sur une icône.

— Voilà Reese Taggart, alias Ginny, il y a cinq ans, annonça-t-il.

Le cœur de Griff se serra à la vue de la beauté qui apparut

sur l'écran. Elle était sublime avec ses yeux verts, ses longs cheveux auburn et son sourire heureux.

Pour tenter d'échapper à Bouldercrest, elle avait teint sa chevelure en noir et l'avait coupée. Griff la trouvait jolie en brune, mais elle était magnifique au naturel. Avait-elle sciemment adopté une apparence passe-partout pour ne pas attirer l'attention de Robert ou d'un autre homme ?

Une profonde tristesse l'envahit. Elle vivait un enfer.

La colère qu'il éprouvait contre Bouldercrest le submergea.

— Physiquement, elle ressemblait à Joy, affirma-t-il. C'est indéniable.

Mais Ginny était plus jolie, plus douce, plus sincère. De plus, Joy avait trompé son ex-mari et menti à Griff.

Ginny aussi lui avait menti, mais c'était pour se protéger.

S'il avait été à sa place, si quelqu'un avait tué ses frères, n'aurait-il pas, lui aussi, tout fait pour le lui faire payer ?

— De mon côté, j'ai effectué des petites vérifications, dit Jade. Son histoire à propos du policier qui avait révélé contre de l'argent l'endroit où elle se cachait est vraie. Il a reconnu les faits et a été suspendu. Il avait le choix entre démissionner ou aller en prison.

— Ginny aurait pu être tuée à cause de lui, marmonna Griff.

— Quant à moi, intervint Liam, j'ai pensé que ce Robert s'en était peut-être pris à d'autres femmes avant de rencontrer Ginny. J'ai cherché et découvert une autre enquête concernant un homicide dont le mode opératoire était très similaire. La femme assassinée vivait à Savannah en Géorgie.

— Ginny n'était donc pas la première victime ?

Liam secoua la tête.

— Manifestement pas. Nous avons affaire à un tueur en série. Et il ne s'arrêtera pas tant qu'il n'aura pas été attrapé.

Ginny ressentait des liens, presque de parenté, avec Cora qui lui rappelaient sa relation avec Tess.

Elle lui décrivit Robert en détail, corrigeant Cora quand celle-ci lui dessina une bouche un peu trop grande, des yeux trop rapprochés. Son nez était plus fin, il avait une fossette au menton. Robert n'avait pas la tête d'une brute épaisse. Loin d'arborer une mine patibulaire, il avait un sourire charmant. Il était si séduisant qu'il aurait pu figurer dans un magazine.

— Rien chez lui ne semble anormal ou dangereux, dit-elle.

— Et voilà pourquoi tu es tombée amoureuse, répondit Cora d'un ton compréhensif.

— Quelle idiote.

— Cet homme est un prédateur et un manipulateur. Il est très difficile de démasquer ce genre d'individus. Parce que tu es saine d'esprit, tu n'avais aucune raison de te méfier, de soupçonner qu'il n'était pas ce qu'il prétendait être. Charles Manson aussi a séduit de nombreuses femmes qui n'imaginaient pas quel criminel il était.

— Mais ma sœur est morte parce que je portais des œillères, déclara Ginny, accablée.

— Je suis sûre qu'elle comprendrait et ne voudrait pas que tu te fasses des reproches.

En effet, Tess était altruiste, pleine de vie et toujours prête à pardonner. Le cœur de Ginny se serra : elle lui manquait tellement.

Cora termina le croquis et le tourna vers elle.

— Ce portrait lui ressemble-t-il ?

L'homme dessiné avait tellement tout de Robert qu'elle en resta un instant sidérée.

— C'est lui, dit-elle enfin.

Jade les rejoignit et étudia le croquis.

— Nous allons transmettre ce portrait-robot à toutes les autorités judiciaires du coin avec un avis de recherche.

— Il a sans doute changé d'apparence, maintenant. Il sait que la police le recherche pour le meurtre de ma sœur. C'est un vrai caméléon. Il se fond dans le décor et passe inaperçu.

La détermination de Jade ne faiblit pas.

— Ne t'inquiète pas. Les frères Maverick sont intelligents, sérieux et efficaces. Ils le retrouveront.

Cora prit la main de Ginny.

— Tu peux avoir confiance. Dans cette famille, tout le monde se tient les coudes.

— Liam et Jacob sont excellents dans leurs domaines, renchérit Jade. Quant à Fletch, ajouta-t-elle avec un regard amoureux vers son mari, il est honnête, intègre, fiable et fera tout pour coincer ce psychopathe.

— Je… ne sais pas quoi dire, murmura Ginny. Les policiers auxquels j'ai eu affaire jusqu'ici me traitaient comme si j'étais responsable de tout.

D'ailleurs, ils avaient également considéré sa mère comme suspecte lorsque son père avait été assassiné.

— Je vois très bien de quoi tu parles, affirma Cora. Quand ma fille a été kidnappée, la police s'est comportée comme si son père et moi étions coupables. C'était horrible et, tu peux me croire, je n'avais pas envie de collaborer avec les enquêteurs.

Ginny hocha la tête. Cora avait compris.

— Et de mon côté, je sais ce que c'est d'être une victime, intervint Jade. Il y a quelques mois, j'enquêtais sur une affaire de meurtres en série lorsque j'ai été attaquée et laissée pour morte dans les montagnes, en plein blizzard. Quand j'ai été sauvée, je ne me souvenais de rien, pas même de mon nom.

Ginny la dévisagea, bouche bée.

— Comment as-tu survécu ?

Jade sourit.

— Fletch m'a retrouvée et transportée dans un abri pour y attendre la fin de la tempête. Lentement, mes souvenirs ont commencé à revenir. Mais j'ai fait des cauchemars pendant des semaines. Jacob et Liam m'ont aidée à obtenir justice, déclara-t-elle avec feu. Ils t'aideront aussi, Ginny. Il faut leur faire confiance.

Une douce chaleur envahit Ginny, chassant le froid dont elle était la proie. Ces deux femmes avaient surmonté leurs traumatismes et semblaient heureuses, plus fortes, à présent. Peut-être s'en sortirait-elle, elle aussi.

Jade tendit la main vers le croquis.

— Permets-moi de le confier à Liam pour qu'il le diffuse.

Quand il l'eut entre les mains, Griff étudia le portrait-robot avec attention avant de se tourner vers elle, l'air sombre. Sans doute se demandait-il comment elle avait pu être assez bête pour tomber dans les griffes d'un taré sadique comme Robert.

Elle s'était posé mille fois la question.

— Je vais refaire du thé, prévint Cora en se dirigeant vers la cuisine.

Griff se glissa sur le canapé à côté de Ginny.

— Ça va ? s'enquit-il doucement.

Elle hocha la tête, même si rien n'allait en réalité.

— Je ne peux pas croire que j'ai laissé cet homme me réduire ainsi à sa merci.

— Arrête, dit Griff. Tu n'as rien à te reprocher. Tu es une victime.

— Ma sœur a perdu la vie à cause de moi.

Un silence tendu plana avant que Griff ne reprenne la parole.

— Tu n'es pas la seule à être tombée amoureuse de lui.

— Joy aussi, oui.

— Et une autre femme qu'il avait connue avant toi. En tout cas, Liam a retrouvé une certaine Ava, morte dans des conditions similaires. Elle vivait à Savannah, en Géorgie.

Le cœur de Ginny se serra.

— A-t-elle été étranglée ?

Griff hocha la tête.

— Et sa maison a ensuite été incendiée, oui. Elle s'appelait Ava Frances, elle avait vingt-cinq ans. D'après ses collègues, elle avait rencontré un homme sur un site de rencontre. Un certain David Lakin, un investisseur.

— Tout comme Robert, murmura Ginny.

— Une de ses amies l'avait prévenue qu'il se comportait de façon malsaine avec elle. Après leurs fiançailles, il l'avait éloignée de ses copines et de sa famille. Elle avait même dû démissionner, abandonner son travail, pour rester à la maison et être la future épouse dont il rêvait… Une femme au foyer, à sa disposition.

Ginny sentit ses bras se couvrir de chair de poule.

— Qu'est-il arrivé ?

— L'une des amies d'Ava a voulu s'expliquer avec lui. Il l'a étranglée et a incendié son appartement pour dissimuler le meurtre.

— Mon Dieu !

Des images du cadavre de Tess s'imposèrent à la mémoire de Ginny. Elle craignit de se trouver mal.

— Une semaine plus tard, Ava a été retrouvée morte à son tour dans sa voiture qu'il avait incendiée après l'avoir étranglée.

Ginny baissa la tête et prit plusieurs respirations profondes pour endiguer les nausées qui la soulevaient.

Robert avait fait subir les mêmes traitements à une autre et il avait tué l'amie de sa fiancée d'alors comme il avait tué Tess. Qui sait combien d'autres vies il détruirait s'ils ne l'arrêtaient pas maintenant ?

Il n'avait laissé personne en vie, aucune femme, aucun témoin. Ce qui signifiait qu'il ne voulait pas que Ginny redevienne sa compagne, comme il l'avait prétendu.

Il voulait la tuer.

Maintenant Griff comprenait pourquoi Ginny fuyait et se méfiait de la police. Son comportement prenait un sens. Il espérait que Cora et Jade avaient apaisé ses craintes.

— Bouldercrest sait-il où habite Ginny ? demanda Jacob.

— Il s'est introduit dans sa chambre d'hôtel.

— L'a-t-elle signalé aux propriétaires de l'établissement ?

— Je ne pense pas. Après ce qui s'est passé avec ce policier véreux, elle ne fait plus confiance à personne.

Griff voulait qu'elle lui fasse confiance presque autant qu'il voulait la protéger.

— Je vais envoyer une voiture faire le guet devant le motel, suggéra Jacob. S'il y retourne, nous l'attraperons.

— D'accord. Cela dit, je pense que Ginny ne devrait pas rester à l'hôtel, ce soir, reprit Griff. C'est trop dangereux.

— Que suggères-tu ? lança Jacob.

— J'ai envie de l'installer dans ma chambre d'amis. Mon système d'alarme est à la pointe du progrès.

— C'est vrai, reconnut Liam. Mais si ce type te voit avec Ginny, la situation risque de devenir dangereuse pour toi.

— Je suis capable de me défendre. Tu oublies que je suis confronté au danger tous les jours.

— C'est différent, répliqua Jacob. Tu n'as pas seulement affaire à un pyromane. Ce Robert est un psychopathe, un tueur.

— Raison de plus pour nous assurer qu'il n'arrivera pas à atteindre Ginny, dit Griff.

Ses frères acceptèrent à contrecœur, et Jacob téléphona à son adjoint. Il l'envoya monter la garde devant l'hôtel au cas où Bouldercrest se montrerait.

Liam scanna le portrait-robot que Cora avait dessiné et l'introduisit dans les banques de données pour alerter toutes les forces de l'ordre du comté et les lancer à la recherche de Bouldercrest. Fletch en prit un exemplaire pour le transmettre aux rangers qui patrouillaient sur l'*Appalachian Trail* et un autre pour lui-même.

— As-tu du nouveau sur les lycéens et les incendies de forêt ? lança-t-il à Jacob.

— Je ne crois pas que ces garçons soient coupables. Je pense de plus en plus que le pyromane les a vus faire la fête dans les bois et a mis le feu à proximité de l'endroit où ils étaient pour que nos soupçons se portent sur eux.

— Et c'est exactement comme ça que cela s'est passé, marmonna Griff. Je me demande si Bouldercrest n'a pas allumé cet incendie pour brouiller les pistes.

— C'est possible, admit Liam.

Jacob tapota le dos de Griff.

— Ne baisse pas la garde, vieux. À ce jour, Bouldercrest a réussi à s'échapper après avoir perpétré quatre meurtres à notre connaissance et une tentative d'assassinat visant Ginny. Il est intelligent et méthodique.

Griff promit d'être prudent et d'appeler Jacob s'il remarquait la présence de Robert, si ce dernier le suivait, par exemple. Cora et Jade embrassèrent Ginny avant leur départ avec des paroles d'encouragement. Le cœur de Griff se gonfla de gratitude pour ses belles-sœurs. Il avait de la chance de les avoir. Ginny était seule et n'avait personne. Il n'était pas question de la laisser tomber.

— Nous allons le retrouver et le traduire en justice, lui assura-t-il alors qu'ils roulaient vers son chalet.

Ginny regardait la montagne par la vitre de sa portière.

— J'espère. Il a déjà détruit tant de vies.

Elle avait raison. Il eut soudain envie de la prendre dans ses bras, de lui assurer que personne ne lui ferait plus jamais de mal.

Elle n'avait pas paru emballée à l'idée de rester chez lui, mais il avait insisté.

— Nous devons faire halte à l'hôtel pour que je prenne quelques affaires, dit-elle.

Il secoua la tête.

— Pas ce soir. Je ne veux pas qu'il nous suive jusque chez moi. Je t'y descendrai demain matin.

La peur brillait dans les yeux de Ginny. Craignait-elle de passer la nuit dans son chalet ?

— Ginny, je te jure que tu auras ta propre chambre et ton intimité chez moi. J'ai un système d'alarme à la pointe du progrès. Je te garantis que personne ne peut entrer sans que je le sache. Et je ne te dérangerai pas.

— La maison de Robert en était équipée, elle aussi. Il l'utilisait pour me garder enfermée à l'intérieur.

— Je ne suis pas Robert, répondit Griff qui sentait la colère contre le monstre qui l'avait maltraitée gronder en lui. Je veux seulement que tu sois en sécurité pour la nuit. Jacob a demandé à son adjoint de monter la garde devant l'hôtel. Si Robert se présente, nous l'arrêterons et ce cauchemar sera terminé.

Elle frissonna et serra les pans de sa doudoune contre elle comme si le mince vêtement pouvait tenir les démons à distance.

Il espérait qu'elle ne le voyait pas comme l'un d'eux.

15

Malgré les réticences de Griff, Ginny insista pour prendre sa voiture. Il était important pour elle d'avoir la possibilité d'aller et venir au volant de son propre véhicule.

Jamais elle ne laisserait un autre homme gérer sa vie.

L'idée de retourner à proximité de l'hôtel où elle était descendue déplaisait à Griff. Robert Bouldercrest connaissait les lieux et se trouvait sans doute dans les parages.

Après discussion, ils convinrent d'un compromis. L'un des adjoints de Jacob irait chercher la voiture de Ginny et la déposerait chez Griff.

Ginny avait l'habitude de ne compter que sur elle depuis si longtemps qu'elle en avait oublié ce qu'était une famille. À force d'être seule, elle ne savait plus ce que signifiait être entourée, soutenue par des personnes bienveillantes, aimantes. Elle n'imaginait pas que des gens soient prêts à se mettre en quatre pour l'un des leurs.

Elle sentait cette solidarité entre les frères Maverick. Non seulement ils avaient beaucoup d'affection les uns pour les autres et travaillaient ensemble, mais ils savaient pouvoir s'appuyer sur les trois autres, quoi qu'il arrive, toujours.

Aimerait-elle avoir une famille aussi unie ? s'interrogeat-elle. Elle l'avait connue avec Tess. Mais, avant même la tragédie, elle avait laissé Robert la couper de sa sœur chérie.

Lorsque Griff se gara devant sa cabane en rondins, elle mesura soudain à quel point il devait aimer ces montagnes et cette région pour y être resté après la mort de son père. Après avoir perdu leur mère, Tess et elle avaient préféré vendre la demeure familiale. Il leur était trop douloureux de continuer à vivre là où elles avaient grandi. Partout où elles regardaient, elles revoyaient leurs parents, revivaient leurs souvenirs d'enfance, l'amour. Le vide qu'ils avaient laissé était sidéral.

— Tu dois être fatiguée, déclara Griff alors qu'ils luttaient contre le vent pour atteindre son porche. Comment va ta tête ?

— Tout va bien, merci.

En se remémorant l'attaque dont elle avait été victime dans la ruelle, elle frissonna. Si Robert avait été son agresseur, il lui aurait sans doute dit quelque chose pour lui permettre de l'identifier… Il aimait tellement montrer sa supériorité qu'il n'aurait pas su résister à la tentation Peut-être avait-elle irrité Thad Rigden. Cela dit, le promoteur lui semblait trop sophistiqué pour attaquer une femme dans la rue.

— Ta maison est magnifique, dit-elle avec sincérité en y entrant. Chaleureuse et confortable.

— Merci. Après avoir perdu nos parents, nous avions décidé de vendre la propriété familiale et chacun de nous a construit un chalet dans les environs. Continuer de vivre dans notre maison d'enfance nous paraissait trop triste.

Ginny sourit.

— Tess et moi avons également vendu celle de nos parents peu après le décès de ma mère.

Encore un point commun.

Griff actionna l'interrupteur. Le salon était impressionnant avec sa haute cheminée en pierre, ses immenses baies vitrées et les portes-fenêtres ouvrant sur la terrasse. La vue sur les montagnes était à couper le souffle. Le feu qui dansait dans l'âtre donnait une note romantique à l'ensemble.

— Tu as fait les travaux toi-même ? demanda-t-elle d'un ton admiratif.

— Comme j'aime beaucoup travailler le bois, j'ai construit l'escalier et la table de mes mains, expliqua-t-il fièrement. Les poutres de la charpente viennent des pins de la propriété familiale. J'ai ainsi apporté un petit morceau de mon enfance ici.

— Très bonne idée.

— Mes frères et moi l'avons tous fait.

Tout comme elle qui avait gardé la couette en patchwork que sa grand-mère avait confectionnée autrefois. Incapable de s'en séparer, elle l'emportait partout avec elle. Ainsi, elle avait l'impression que son aïeule était toujours là, avec elle. À la réchauffer de sa tendresse.

Griff coupa le système d'alarme puis lui proposa un verre.

— J'ai du whisky ou du vin, dit-il.

— Un whisky me ferait du bien.

Et calmerait peut-être un peu son angoisse.

Il versa un doigt d'alcool dans un verre, y ajouta des glaçons et le lui tendit. Elle joua avec pendant qu'il ouvrait son réfrigérateur.

— J'espère que tu aimes les omelettes, lança-t-il. Ma spécialité pour le dîner quand je n'ai pas le temps de faire de courses.

— Je n'ai pas très faim et ne pensais pas dîner, répondit-elle en traversant la pièce pour contempler la vue par les baies vitrées.

Les arbres se tordaient sous les assauts du vent et d'épais nuages plongeaient la nuit dans une obscurité presque totale.

Le ventre noué, elle jeta un coup d'œil à Griff. Avant d'être brisée par Robert, elle aurait sans doute été attirée par lui.

Mais elle ne se sentait plus en sécurité. Ni chez lui ni dans sa famille. Ni nulle part.

Griff fit glisser des oignons, des poivrons et des champignons coupés en morceaux dans la poêle, les regarda grésiller avant d'incorporer les œufs et de parsemer le tout de fromage râpé. L'odeur du bacon grillé lui mit l'eau à la bouche.

Il s'interdisait de regarder Ginny. Debout devant les

portes-fenêtres elle admirait la montagne sous l'orage, mais elle semblait tourmentée. Lui-même adorait voir les éléments déchaînés. Il se sentait bien, en sécurité, dans son chalet en pleine nature. Mais, vu la situation de Ginny, il comprenait ses inquiétudes. Cela dit, pendant un moment, il avait surpris une brève lueur de désir dans ses yeux comme si elle avait envie de vivre dans un endroit aussi beau mais préférait y renoncer.

Comme si elle se croyait seule au monde.

Il n'avait jamais eu l'impression d'être seul dans la vie parce qu'il avait ses frères. En revanche, il vivait de plus en plus mal une autre forme de solitude.

Deux de ses frères avaient maintenant une compagne. Il les enviait. Et, ce soir, il se réjouissait de partager un repas avec Ginny dans son chalet.

Un soupir d'autodérision lui échappa. Il ne devait pas commencer à fantasmer sur une relation avec elle. Elle avait été victime d'un maniaque qui la harcelait.

Songer à ce qu'elle avait dû endurer le mit en colère, et une fois de plus il se promit de la protéger.

L'omelette et le bacon étaient à point.

— C'est prêt, annonça-t-il en se demandant si elle apprécierait ses talents culinaires.

Lorsqu'elle se retourna, elle lui parut si vulnérable qu'instinctivement il eut envie de la prendre dans ses bras et de l'étreindre jusqu'à ce que sa peur s'apaise.

Ne fais pas ça. La toucher serait la pire chose à faire.

— Ça sent délicieusement bon, lança-t-elle en s'approchant.

— Un autre whisky ? proposa-t-il.

— Non, merci. Je préfère garder la tête froide au cas où Robert nous trouverait.

Vivre en permanence sur le qui-vive devait être un enfer.

Il rangea la bouteille de whisky au fond du bar et remplit des verres d'eau. Lui aussi avait besoin de rester alerte. Si ce maniaque se risquait à venir ici, il le réduirait en bouillie. Puis, il appellerait ses frères.

Elle s'installa devant le comptoir, et il se hissa sur le tabouret à côté d'elle.

— Tu n'étais pas obligé de préparer le repas, dit-elle en attrapant sa fourchette.

— J'avais faim. En plus, j'aime beaucoup faire la cuisine. À la caserne, nous cuisinons à tour de rôle.

Un sourire adoucit les traits de Ginny.

— Ma mère, elle aussi, adorait s'activer aux fourneaux. Elle prétendait que cela la détendait.

— C'est en effet un excellent moyen de relâcher les tensions, affirma-t-il en souriant.

De nouveau, elle lui sourit, et Griff eut du mal à s'interdire de la toucher.

— Alors, ta mère aimait cuisiner ? demanda-t-il pour rompre le silence qui devenait gênant.

— Oui, elle était un vrai cordon-bleu. C'est délicieux. As-tu ajouté de la ciboulette ?

— Oui, fit Griff. Tu t'y connais en herbes ?

— Grâce encore à ma mère. Elle suivait un régime pauvre en sel, alors elle mettait des herbes partout, pour compenser.

— Avait-elle une spécialité ?

— Les plats de pâtes et les desserts, répondit Ginny. La pâtisserie était pour elle une forme d'art. Mais, bien sûr, la véritable artiste de la famille était ma sœur.

— Tess était peintre, n'cst ce pas ?

— Elle peignait de magnifiques paysages. Des huiles mais aussi des aquarelles subtiles, féeriques. Elle aurait adoré immortaliser cette vue.

— Je ne peux pas m'imaginer vivre ailleurs qu'en montagne, dit-il.

— Pour ma part, je ne peux pas m'imaginer vivre longtemps quelque part. Depuis trois ans, je ne suis jamais restée au même endroit plus de trois mois. Chaque fois, j'avais l'impression d'être surveillée et je m'en allais.

La gorge de Griff se serra. Il avait toujours eu une famille. Ginny n'avait personne.

Un silence tendu tomba alors qu'ils terminaient leur repas. Lorsqu'elle quitta son tabouret pour faire la vaisselle, il secoua la tête.

— Je m'en occupe. Va te reposer.

Elle le dévisagea avec perplexité.

— Pourquoi es-tu si gentil avec moi ? Je t'ai menti. Et à cause de moi, Tess… est morte et Joy peut-être aussi.

Griff ne put résister. Il se leva et la prit dans ses bras.

— Tu m'as menti, mais j'en comprends maintenant la raison. Et tu n'es pas responsable de la mort de ta sœur ni de celle de Joy.

Il ne savait pas comment l'en convaincre.

— Ce type est un manipulateur, Ginny. Dès que tu as compris qui il était vraiment, tu as agi en conséquence.

— Mais ma petite sœur est morte à cause de moi.

— Tess aurait voulu que tu oublies cette violence. Et que tu sois heureuse, maintenant.

— Je ne peux pas être heureuse tant que son assassin est en liberté.

Avec un gros soupir, elle tourna les talons et gagna la chambre d'amis. Quelques instants plus tard, il l'entendit verrouiller sa porte.

Ginny se pelotonna sous la couette qui couvrait le lit de la chambre d'amis de Griff. Le vent soufflait si fort au dehors qu'il faisait trembler les tuiles du toit et les vitres des fenêtres. Avec mars, l'hiver s'accrochait dans les montagnes, l'air glacé refroidissait l'atmosphère au diapason de son cœur.

Dans l'après-midi, entourée de la famille aimante de Griff et des compagnes de ses frères, elle avait senti son armure se fissurer. Elle avait presque envisagé la possibilité d'un avenir, d'une vie digne de ce nom.

Elle avait entrevu une lumière au bout du tunnel sombre dans lequel elle était tombée le jour où elle avait serré le corps de sa sœur dans ses bras.

En frissonnant, elle s'enfouit plus profondément sous la couette, se demandant quelles mains avaient cousu avec amour le motif. En plus de la pâtisserie, sa mère adorait le patchwork, sa grand-mère aussi. Quand elle était petite, elle s'asseyait souvent dans l'atelier de couture de sa grand-mère. Elle la regardait étaler des échantillons colorés de tissus sur sa table de travail. Si Tess avait été l'artiste de la famille, Reese avait adoré aider son aïeule à organiser les différentes nuances et couleurs pour créer un dessin.

Une année, elle avait cousu des courtepointes en patchwork pour ses deux petites-filles comme cadeaux de Noël. Elles avaient dormi enveloppées dedans pendant les froides nuits d'hiver. Elles avaient l'impression que les bras aimants de leur grand-mère étaient enroulés autour d'elles. Après sa mort, les courtepointes étaient devenues encore plus importantes à leurs yeux.

Des pas résonnèrent dans le salon tout proche, et elle se tendit. Elle retint sa respiration comme elle le faisait autrefois lorsqu'elle entendait Robert rentrer à la maison. Serait-il d'humeur aimante ? Exigerait-il sa présence, son attention ? Ou serait-il en colère et évacuerait-il sa frustration sur elle ? Avait-elle fait une erreur ? Avait-elle laissé un verre sur le comptoir ? Oublié d'empiler les plats comme il lui avait appris ? Allait-il la frapper ?

Elle agrippa la couette, écoutant les pas se rapprocher. Attendant que la porte s'ouvre.

Mais ils s'éloignèrent. Griff était là. Pas Robert. Griff qui avait promis de la protéger.

Serait-elle capable de partager à nouveau une intimité amoureuse avec quelqu'un ?

Le souvenir de Griff la prenant dans ses bras lui revint en mémoire. Cela lui avait paru si bon de s'abandonner à sa

douceur, à sa chaleur. Au lieu de se soumettre à la force brute possessive de Robert.

Elle le détestait de l'avoir changée. D'avoir brisé ses élans amoureux et de l'avoir rendue méfiante à l'égard de chaque homme qu'elle rencontrait.

L'angoisse l'envahit et elle se recroquevilla dans le lit, savourant la chaleur et le confort qu'elle offrait. La maison était calme, la nuit paisible.

Épuisée, elle ferma les paupières et s'endormit.

Dans ses rêves, elle n'était plus brisée. Et le monde était plein de couleurs.

Debout sur sa terrasse, Griff s'efforçait de réprimer ses sentiments pour Ginny, le désir qui le dévorait.

Elle méritait mieux qu'un homme comme lui. Elle méritait d'être heureuse et de se débarrasser du poids de la culpabilité.

Il avait très envie de régler les problèmes qui l'empêchaient de vivre. Ce qui signifiait la protéger et aider ses frères à retrouver l'homme qui avait fait de son existence un enfer.

Il contempla le ciel, espérant que, de l'au-delà, son père lui enverrait de la force et sa mère de la sagesse.

Quelque chose bruissait dans les bois derrière la maison. Aux aguets, il scruta la pinède. Le clair de lune était mince comme une moustache de chat. Et quelque part au loin, un coyote hurla.

Il prit ses jumelles sur la table basse et s'en servit pour observer la propriété de la balustrade. Les branches d'arbres se balançaient dans le vent.

Il imaginait Robert Bouldercrest rôder dans les parages, essayant d'effrayer Ginny. Pour s'attaquer aux femmes et jouir de leur peur, cet homme devait être un vrai minable.

Griff ne comprendrait jamais ce genre d'individus.

Les sens en alerte, il veilla encore une heure. Finalement, convaincu que l'intrus était parti, s'il avait été là, il ferma la

porte, la verrouilla. Puis il vérifia que le système d'alarme était bien branché et regagna sa chambre. Il se déshabilla, se mit en boxer. Après s'être brossé les dents, il se coucha.

Mais, au moment où il fermait les yeux pour dormir quelques heures, son téléphone sonna sur sa table de chevet. Il s'en empara et regarda l'écran. Son chef l'appelait.

— Griff, nous avons besoin de toi pour combattre un début d'incendie en ville. Burges a attrapé un sale virus et Thomas s'est foulé la cheville lors de la dernière intervention.

Griff s'assit et chercha instantanément ses vêtements.

— Où se situe le sinistre ?

— Au Mitzi's Café.

Il se leva, gagné par une sourde inquiétude. Le système d'alarme branché suffirait-il à protéger Ginny s'il la laissait seule chez lui ?

16

Griff s'en voulait beaucoup de devoir réveiller Ginny. Mais il n'était pas question de partir sans l'en avoir prévenue.

Il s'habilla rapidement puis inspecta de nouveau les alentours à travers les baies vitrées. Rien ne semblait anormal. À moitié rassuré, il donna un petit coup sur la porte de la chambre d'amis.

— Ginny ?

À part le vent qui faisait trembler la maison, il n'entendait rien. Il attendit un peu puis frappa une nouvelle fois.

— Ginny, c'est Griff. Je dois sortir.

Il perçut enfin des bruits de pas à l'intérieur de la pièce, et Ginny apparut. Avec ses cheveux ébouriffés, son visage dépourvu de maquillage, elle paraissait jeune, innocente et si belle que la poitrine de Griff se serra. La marque rouge qui ornait toujours sa joue lui rappela qu'elle était en danger.

— Que se passe-t-il ? demanda-t-elle d'une voix fatiguée.

— Un incendie s'est déclaré en ville, annonça-t-il. Je dois y aller.

— Un incendie ?

— À la brasserie de Mitzi. Retourne te coucher. Je brancherai l'alarme en partant. Tu seras en sécurité cette nuit.

— La brasserie de Mitzi ? répéta-t-elle. Comment est-ce possible ? J'y étais encore il y a quelques heures et…

— Il ne s'agit sans doute que d'un feu en cuisine, mais les copains ont besoin de moi. Tout va bien. Le système d'alarme est connecté à mon téléphone et tu as mon numéro. Enferme-toi dans ta chambre et rendors-toi. Je reviens dès que possible.

D'un petit hochement de tête, elle marqua son accord mais, visiblement, la survenue d'un nouveau sinistre la perturbait. Il ne voulait pas lui faire peur, mais lui-même était inquiet.

Mitzi vivait seule. Il était possible que Robert l'ait ciblée pour en faire sa prochaine victime.

Il attendit que Ginny ait bien verrouillé sa porte pour reprogrammer le système d'alarme. Puis il attrapa sa parka, son téléphone et sortit à la hâte de la maison. Avant de grimper dans son camion, il scruta la pinède au cas où Robert aurait découvert que Ginny était chez lui. Tout semblait calme, mais il ne se sentait pas tranquille.

La route était déserte, la montagne paisible, aucune lumière dans la nuit ne venait éveiller ses soupçons. Une fois sur une ligne droite, il accéléra et atteignit la ville en un temps record. Son équipe était déjà sur place, déroulant des tuyaux, sortant les rampes à incendie et se préparant à entrer.

Apparemment, seule la cuisine du restaurant était en feu. Il était tard. Mitzi était sans doute rentrée chez elle. Il l'espérait.

Il enfila son équipement en vitesse.

— Des nouvelles de Mitzi ? demanda-t-il en se précipitant vers Baxter qui dirigeait l'intervention et donnait les ordres.

— Non, mais nous venons d'arriver.

— Qui a prévenu la caserne ?

— Aucune idée. Voilà le shérif. Peut-être le sait-il.

— J'ignorais que tu travaillais ce soir, Griff, dit Jacob.

— J'étais en principe de repos, mais les copains ont besoin de moi. Je vais entrer voir si quelqu'un est à l'intérieur. Pourvu que Mitzi soit chez elle.

Jacob lui tapota le bras.

— Sois prudent, frérot.

Griff hocha la tête, rabattit sa visière sur son visage et courut vers le bâtiment sinistré. Une épaisse fumée avait envahi la salle de restaurant, obstruant sa vision, mais l'avant de l'établissement n'avait pas encore été touché. Il balaya la pièce des yeux. Dieu merci, elle était déserte.

— Il y a quelqu'un ? cria-t-il.

Il n'entendait que le crépitement du bois et le sifflement du feu. Mitzi était peut-être à l'arrière, bloquée ou blessée. Il passa entre les tables et franchit la porte qui menait à la cuisine. Des flammes y dansaient.

Il découvrit vite l'origine du brasier et se demanda si Mitzi avait laissé par mégarde l'immense gazinière allumée.

— Mitzi ? Mitzi ? Y a-t-il quelqu'un ? répéta-t-il.

Pas de réponse.

Derrière lui, ses camarades commençaient à se déployer.

Il se dirigea vers le petit bureau aménagé à côté de l'office. Au moment où il quittait la cuisine, un bout de planche en feu se brisa et tomba sur lui. Il l'écarta de ses mains gantées. En passant, il promena le faisceau lumineux de sa lampe torche dans la réserve, mais il n'y avait personne à l'intérieur. Les sacs de farine, de sucre et d'autres produits alimentaires éclataient sous la chaleur tandis qu'il se retirait pour inspecter le bureau.

Sur les étagères, des livres de cuisine brûlaient, des menus se tordaient, dévorés par les flammes. Elles menaçaient la table sur laquelle trônaient un ordinateur et quelques dossiers. Heureusement, là encore, il n'y avait personne.

Ils travaillèrent pendant plus d'une heure à circonscrire l'incendie. La sueur ruisselait sur le visage de Griff. Lorsqu'ils vinrent à bout du sinistre, Griff goûta les cendres et inspecta du regard les lieux dévastés, dans l'espoir de découvrir ce qui aurait pu déclencher le drame. Il aperçut alors un briquet à essence vide près de la gazinière.

Incendie criminel, comprit-il.

Il demanda à Baxter de mettre l'objet dans un sac à indices puis entreprit de chercher d'autres pièces à conviction. Quand les décombres calcinés auraient refroidi, il lui serait plus facile de fouiller l'endroit en profondeur.

Préoccupé par Ginny, il consulta son téléphone. Il n'avait

reçu aucun message d'elle. En revanche Jacob avait envoyé un texto.

Mitzi n'est pas chez elle. Apparemment, une bagarre a éclaté à l'étage. Comme si elle s'était battue avec quelqu'un. Il y a du sang sur le sol. Il semble qu'elle ait été enlevée.

Le sang de Griff se glaça dans ses veines, et il courut prévenir Baxter qu'il partait. Puis il grimpa dans son camion et roula à tombeau ouvert vers la maison de Mitzi.

Ginny était si épuisée qu'après le départ de Griff elle se rendormit aussitôt. Être chez lui lui donnait un sentiment de sécurité qu'elle n'avait pas connu depuis des années.

Mais une heure plus tard elle se réveilla en sursaut. Elle se demanda ce qui l'avait tirée du sommeil. Se pouvait-il que quelqu'un l'espionne de derrière la fenêtre ?

Elle prit son arme dans son sac, son téléphone sur la table de chevet et s'approcha des rideaux. Retenant son souffle, elle les écarta.

À première vue, il n'y avait personne. Mais il était possible que quelqu'un soit caché à proximité du chalet.

La peur la saisit. Elle se hâta vers la porte de la chambre, pressa l'oreille contre le bois et écouta. Ne percevant aucun bruit, elle respira un peu mieux. Griff avait branché l'alarme, mais Robert était un expert en technologie moderne. S'il y avait un moyen de désactiver le système, il le trouverait.

Pour être pleinement rassurée, elle devait faire le tour de la maison, l'inspecter. Elle se remémora les paroles de Griff. Le restaurant de Mitzi était en feu.

Elle s'était rendue chez Mitzi, avait parlé à la jolie propriétaire de l'établissement, avait interrogé plusieurs membres de son personnel.

Et si Robert les avait vues bavarder ensemble ? Et si l'incendie du saloon était sa façon d'attirer son attention ? Ou pire… et si en la surprenant en train de partager un bon moment avec Mitzi, il avait alors décidé de s'en prendre à cette dernière pour la punir, *elle* ?

La gorge serrée de peur, elle se sentit blêmir.

Non… pas Mitzi… Pas une autre victime à cause d'elle.

En proie à un mélange de colère et d'angoisse, elle déverrouilla la porte de la chambre, l'arme au poing. Griff avait laissé le plafonnier de la cuisine allumé. Les rideaux étaient tirés sur les baies vitrées. La porte d'entrée fermée.

Rien n'indiquait la présence d'un intrus.

Cela dit, Robert était peut-être quelque part dehors. Le chalet était situé en plein cœur de la montagne. Il y avait des dizaines d'endroits où se cacher. Ou peut-être était-il avec Mitzi, à jouer sadiquement avec elle, à la faire souffrir avant de la tuer.

Étouffant un cri de dégoût, elle s'approcha des baies vitrées. Elle agrippa les rideaux, mais il lui fallut rassembler son courage pour les ouvrir et regarder les bois.

Des nuages sombres obscurcissaient le ciel, l'orage grondait. Au loin dans la pinède, elle aperçut un petit point rouge. De quoi s'agissait-il ? Du bout incandescent d'une cigarette ? De la flamme d'un briquet ?

Le cœur battant, elle plissa les paupières. Oui, elle distinguait une petite lumière orangée qui vacillait dans le noir. Et qui se rapprochait.

Elle tremblait de tous ses membres. Mais le visage de Tess remonta à sa mémoire et elle leva son arme.

Viens, Robert. Rejoins-moi puisque tu es là. Je t'attends. Tu ne seras pas déçu.

Elle se raidit en se rendant compte que le point lumineux était à présent tout proche. Dans la cour.

Baissant les yeux sur son téléphone, elle hésita à appeler Griff. Mais elle n'en avait déjà plus de temps. Elle devait gérer la situation seule.

Et se débarrasser de Robert une bonne fois pour toutes.

Griff s'arrêta devant la maison de Mitzi.

Toutes les lumières étaient allumées, et la voiture de patrouille de Jacob garée dans l'allée. Griff bondit de son camion, traversa la cour en courant et frappa la porte du poing.

— C'est moi, Jacob.

Son frère lui ouvrit

— Ne touche à rien. J'ai appelé les gars de la police scientifiques pour récolter des indices. Si le maniaque qui harcèle Ginny a kidnappé Mitzi, nous devons suivre les procédures à la lettre. Tous les éléments que nous recueillerons nous aideront à le coincer.

Griff passa la main dans ses cheveux.

— L'incendie du saloon de Mitzi était criminel. Nous avons trouvé un briquet à essence vide dans la cuisine. Le gars a sans doute ouvert la gazinière et mit le feu.

— Les dégâts sont-ils importants ? demanda Jacob.

— La cuisine et le bureau ont été détruits. Mais, à l'exception des dommages causés par la fumée et l'eau, la salle de restaurant n'a pas trop souffert.

S'ils retrouvaient Mitzi saine et sauve, elle aurait la possibilité de reconstruire. Il priait pour qu'elle soit en vie.

Jacob lui fit signe de le suivre. Griff veilla à ne pas toucher les murs, ni la porte, ni quoi que ce soit à l'intérieur. Le salon avait l'air propre et bien rangé. Entre les fenêtres, une petite bibliothèque était remplie de livres de recettes. La cuisine était immense et chaleureuse, équipée d'appareils ménagers perfectionnés. Au centre, trônait un grand îlot doté d'un comptoir en acier inoxydable chargé de gadgets. Mais, dans un coin, un percolateur et un moulin à café manuel prouvaient que Mitzi appréciait également les savoir-faire d'autrefois. Des torchons, propres et repassés, étaient bien alignés à proximité.

— Tout semble en ordre, dit-il.

— Attends d'avoir jeté un œil à l'étage, dit Jacob. Voilà pourquoi je soupçonne un acte criminel. Le reste de la maison est impeccablement rangé, mais va voir la chambre de Mitzi…

Jacob désigna la porte ouverte et, dès qu'il en franchit le seuil, Griff comprit ce que son frère voulait dire. Les draps avaient été arrachés du lit comme si Mitzi s'était battue avec quelqu'un. La lampe de chevet gisait, brisée, sur le plancher. Des traînées de sang sur le sol à proximité lui parurent plus inquiétantes encore.

Avait-elle frappé son agresseur avec la lampe ? Ou s'était-il blessé tout seul ?

Jacob lui montra d'autres traces sanglantes sur le parquet en pin et sur le tapis.

— Apparemment, Mitzi s'est défendue, ils se sont battus. L'un d'eux a saigné, mais il ne s'agit pas de quantités importantes, alors espérons que Mitzi est toujours en vie.

— Mais pour combien de temps ? grogna Griff.

— Si le groupe sanguin ou l'ADN correspondent à ceux de Bouldercrest, nous aurons la certitude d'avoir affaire au même suspect. Sais-tu si Mitzi avait un amoureux ?

— Je n'en ai aucune idée, répondit Griff. Mais son personnel pourra sans doute nous renseigner.

— Je vais les interroger ainsi que les voisins.

Griff jeta un coup d'œil dans la salle de bains. Aucun désordre n'y régnait. L'altercation avait eu lieu exclusivement dans la chambre.

Un profond malaise lui nouait le ventre. L'ordonnance restrictive que Ginny avait demandée et obtenue contre Bouldercrest n'avait pas été respectée.

Griff se raidit.

Il ne la laisserait pas tomber.

— Si Robert a enlevé Mitzi, pourquoi mettre le feu à son saloon et non à sa maison ? demanda-t-il.

Jacob fronça les sourcils.

— Peut-être pour faire diversion et diviser nos effectifs. Nous avons besoin d'enquêter ici *et* au restaurant.

Intelligent. Une autre pensée traversa Griff. S'il avait

découvert que Ginny était chez lui, Bouldercrest avait peut-être tenté de l'attirer, lui, loin du chalet.

Et cela avait fonctionné.

— Je retourne chez moi pour m'assurer que Ginny va bien.

— De mon côté, je dois attendre les techniciens de la police scientifique, dit Jacob. Mais si ce type est chez toi, appelle-moi. Je t'enverrai des renforts. Il est dangereux, ajouta-t-il d'un air sombre. N'essaye pas de le neutraliser toi-même.

Si Bouldercrest était au chalet et menaçait Ginny, Griff était déterminé à faire ce qu'il fallait pour la protéger.

— Tu m'appelleras, n'est-ce pas ? insista Jacob sur le ton de grand frère qu'il avait déjà quand ils étaient enfants.

Sans doute pensait-il que cette intonation l'impressionnait encore.

Avec un rire bref, Griff acquiesça. Il n'avait pas le temps de discuter. Si Robert avait kidnappé Mitzi, elle était en danger et son sort dépendait de l'enquête de Jacob. Et, si le psychopathe avait mis le feu au restaurant pour attirer Griff loin de chez lui, il se trouvait peut-être au chalet maintenant.

Le cœur battant, il se précipita dehors et grimpa dans son camion. Il quitta les lieux sur des chapeaux de roues pour foncer vers la montagne.

En plein cœur de la nuit, il n'y avait personne sur le réseau secondaire, à l'exception de quelques camions, et il roula à toute vitesse sur la route sinueuse. Au fur et à mesure qu'il se rapprochait, sa peur s'intensifiait.

Si Bouldercrest avait kidnappé Mitzi, où l'emmènerait-il ? La tuerait-elle tout de suite ou la garderait-elle pour son propre plaisir de malade sadique ? Où se cacherait-il ?

Pauvre Mitzi. Elle était innocente. Elle ne méritait pas d'être utilisée comme pion dans le jeu tordu d'un dément. Ni d'être blessée par ce taré. Et encore moins de mourir.

Ginny non plus.

Son téléphone sonna. Le nom de la société qui gérait son système de sécurité apparut sur l'écran. Il prit l'appel.

— Votre alarme s'est déclenchée. Vous avez quatre-vingt-dix secondes pour l'éteindre ou police secours sera alertée.

Ginny était en danger…

Ginny se figea quand l'alarme se mit à hurler.

Elle inspecta des yeux la cour arrière. La lumière avait disparu. Non… Elle se déplaçait. Là, sur les marches. Elle montait vers elle.

Elle tendit le bras et, le doigt sur la détente, visa.

Mais soudain un grand bruit la fit sursauter. Quelque chose venait de frapper avec violence l'une des portes-fenêtres.

C'est alors qu'elle vit Robert, le visage pressé contre la vitre, un rictus mauvais sur les lèvres.

17

Le ventre noué, Griff gravit la route de montagne vers son chalet. Tout en roulant, il scruta la route et les bois à la recherche du harceleur de Ginny. Il rappela la société de sécurité pour leur dire qu'il était inutile d'envoyer une voiture de patrouille alors qu'il était presque chez lui.

Si besoin, il contacterait Jacob.

La forêt était plongée dans la pénombre. La nature sauvage offrait une multitude de cachettes à un prédateur. Les faisceaux de ses phares saisirent soudain un animal devant lui. Un chien errant. Il fit une embardée pour l'éviter, ses pneus dérapèrent sur le talus. Il leva le pied et redressa son camion. Il n'était plus très loin de chez lui et accéléra.

Comme il approchait de sa maison en rondins, il ne remarqua rien d'inquiétant. La lumière de la chambre d'amis était éteinte. Seule celle de la cuisine brillait. Il ne pouvait pas voir la terrasse, mais il ne repéra aucun véhicule dans l'allée. Cela dit, Bouldercrest aurait pu se garer à distance de la propriété et la rejoindre à travers bois ou en passant par la rivière à bord d'un canoë ou d'une autre embarcation.

Griff coupa ses phares, ne voulant pas prévenir Bouldercrest de son arrivée si l'autre lui avait tendu une embuscade. Il ralentit et se gara devant le chalet. Sans bruit, il débloqua la boîte à gants pour s'emparer du pistolet qui s'y trouvait. Un instant plus tard, il ouvrit la portière, sauta sur le sol. Il longea les buissons vers le porche puis monta les marches le plus silencieusement possible.

Lorsqu'il atteignit la terrasse, il jeta un œil par la fenêtre de la cuisine, sur le côté. Le plafonnier était toujours allumé, le feu dans la cheminée brûlait doucement.

Tout semblait calme, normal.

Retenant son souffle, il tapa le code de sécurité, déverrouilla sa porte et se glissa à l'intérieur. Il se dirigea vers le salon, l'arme au poing, prêt à tout.

Au moment où il passait devant la chambre d'amis, il jeta un œil à l'intérieur. Elle était déserte. Où était Ginny ?

Le cœur battant, il repartit vers la grande salle de séjour et l'inspecta du regard. Son cœur se serra quand il l'aperçut. Recroquevillée derrière le grand fauteuil club, un pistolet pointé sur lui, les yeux écarquillés, elle semblait surprise de le voir apparaître. Malgré l'obscurité, il sentait la terreur qui émanait d'elle.

— Ginny, dit-il levant les mains en signe d'apaisement. Ne tire pas. C'est moi, Griff.

À la lueur du feu, il se rendit compte qu'elle tremblait comme une feuille, mais elle ne bougea pas. Elle ne semblait pas l'avoir entendu.

— Ginny, écoute-moi. L'alarme s'est déclenchée et je suis revenu pour m'assurer que tout allait bien.

Il rangea son arme et s'approcha lentement d'elle.

— Tu ne risques plus rien, maintenant. S'il te plaît, pose ce pistolet, demanda-t-il d'une voix douce. Regarde-moi. C'est moi, Griff, répéta-t-il.

Elle battit des paupières puis parut enfin enregistrer les mots qu'il prononçait et baissa le bras. S'agenouillant devant elle, Griff lui retira l'arme des mains.

Il serra les mâchoires, s'efforça de maîtriser sa colère. Il ne supportait aucune intrusion sur sa propriété et encore moins celle d'un voyou qui s'attaquait aux femmes.

Il prit son ravissant visage entre ses mains et la força à le regarder dans les yeux.

— Tu es en sécurité, à présent, murmura-t-il.

— Non, répondit-elle d'une voix brisée. Il est là. Je l'ai vu.

Ginny avait cru qu'elle réussirait à affronter Robert, mais elle s'était pétrifiée quand elle l'avait aperçu, ricanant sur la terrasse.

Elle devait absolument se ressaisir. Ne pas le laisser la tétaniser de peur.

— Il est là ? répéta Griff. En es-tu sûre ? Où se trouvait-il ?

— J'ai vu le bout incandescent d'une cigarette approcher puis il a traversé la cour, grimpé les marches du porche.

— Es-tu certaine qu'il s'agissait de lui ? As-tu reconnu son visage ?

— Oui. Il a jeté quelque chose contre la porte-fenêtre.

— A-t-il essayé de pénétrer à l'intérieur ?

— Non. L'alarme retentissait, et il m'a souri… avant de tourner les talons pour disparaître dans les bois. Il adore ces petits jeux sadiques, expliqua-t-elle. Il y jouait déjà dans le passé. Il veut me montrer qu'il me tient, qu'il est capable de me harceler sans se faire prendre.

— Laisse-moi regarder ce qu'il a balancé contre les vitres.

Ginny le suivit, anxieuse de savoir si Robert était vraiment parti ou s'il se cachait quelque part, dans l'ombre. Peut-être avait-il cru qu'elle s'aventurerait à l'extérieur pour voir ce qu'il avait jeté. Peut-être l'attendait-il dehors pour l'enlever.

De l'intérieur, Griff scruta le porche plongé dans l'obscurité.

Mais il n'y avait personne. Les bois étaient épais, mais pourquoi se cacher dans la pinède alors qu'il avait atteint son objectif ? S'il avait voulu attaquer Ginny ou la blesser ce soir, il serait entré.

Griff déverrouilla les portes-fenêtres et sortit. Ginny resta en arrière, sur ses gardes, pendant qu'il promenait le faisceau lumineux d'une lampe de poche sur la terrasse. Lorsqu'il s'agenouilla pour ramasser quelque chose, elle se tendit. Il sortit un mouchoir de sa poche et s'en servit pour y mettre ce qu'il venait de trouver.

— C'est quoi ? s'enquit-elle alors qu'il retournait à l'intérieur.

Griff ouvrit sa paume. À première vue, il lui montrait l'un des galets de la rivière, lisses et ronds à force d'avoir été roulés par le courant. Mais, quand il écarta les doigts, elle remarqua un morceau de papier enroulé autour du caillou. Griff enleva l'élastique qui le maintenait en place et découvrit une mèche de cheveux.

— Mon Dieu ! Est-ce ce que je crois ? demanda-t-elle d'une voix rauque.

Veillant à ne pas y laisser ses propres empreintes, Griff déplia le feuillet et, lorsqu'elle lut le message, son ventre se noua.

Mitzi te salue bien. Ne m'oblige pas à la tuer.

Griff fixa le morceau de papier griffonné. Il n'avait jamais rencontré Robert Bouldercrest, mais il détestait ce fumier. Il était non seulement dangereux mais d'un indicible sadisme.

— Il a Mitzi, balbutia Ginny d'une voix blanche. Tu le savais, Griff ?

— Je m'en doutais, répondit-il. Elle n'était pas dans le saloon en feu. Jacob est allé chez elle, mais il n'y avait personne dans sa maison. Et apparemment elle s'est battue avec quelqu'un dans sa chambre.

Il referma la porte-fenêtre, tira les rideaux sur les baies vitrées. Si Robert rôdait encore dans les montagnes et les bois alentour, il ne pourrait plus les voir.

Mais le message accroché à ce maudit caillou tournait en boucle dans sa tête. Et les cheveux de Mitzi… Que lui avait-il fait ? Était-elle encore en vie ? Avaient-ils encore la possibilité de la sauver ? Et si oui, comment ?

Ginny avait l'air à la fois effrayée et en colère. Il comprenait ses sentiments.

— Laisse-moi appeler Jacob, dit Griff. Il doit récupérer cette pierre qui est une pièce à conviction et s'assurer que ces cheveux sont ceux de Mitzi. Et Liam peut rameuter du monde pour chercher Bouldercrest dans le coin.

— Il veut me torturer en me forçant à imaginer ce qu'il lui fait subir.

Cet individu était un animal. Et il avait Mitzi.

Griff lui frotta les bras dans l'espoir de la réchauffer.

— Assieds-toi près du feu.

Elle se laissa tomber sur la chaise, la tête dans les mains, tandis qu'il téléphonait à Jacob.

— Je suis toujours chez Mitzi, indiqua Jacob. Que se passe-t-il ?

Griff lui parla de la visite de Robert et du « cadeau » qu'il avait laissé à Ginny.

— Elle est certaine que c'est lui et qu'il a Mitzi. Nous devons la retrouver rapidement, Jacob.

— Je vais demander à mes hommes de ratisser les bois derrière ta maison et de mettre en place des barrages routiers.

— Il ne tentera pas de sortir de la ville, marmonna Griff avec dégoût. Il cherche à torturer Ginny en s'attaquant à Mitzi.

— Tu as raison. Je vais lancer des battues avec les adjoints bénévoles du comté, déclara Jacob. Ils commenceront par fouiller les bâtiments et les chalets abandonnés du coin. Bouldercrest s'est planqué avec elle quelque part. Et nous allons les trouver.

Mais y parviendraient-ils à temps, avant qu'il ne tue Mitzi ?

Griff se mordit l'intérieur de sa joue pour ne pas exprimer son inquiétude à voix haute. Ginny était déjà à l'agonie.

— Je passerai demain matin prendre ce galet et le déposerai au laboratoire pour analyses, poursuivit Jacob. En attendant, tu ferais mieux de rester dans le chalet avec Ginny. Avec le système d'alarme branché.

— Ne t'inquiète pas. Je ne la laisserai plus seule.

Le ton protecteur de Griff réchauffa Ginny et l'aida à se calmer. Mais, lorsqu'elle imaginait ce que Robert faisait subir à Mitzi, elle avait envie de hurler.

Griff raccrocha et lui lança un regard inquiet.

— Ça va ?

— Moi oui, mais Mitzi sûrement pas.

Elle faisait les cent pas devant la cheminée.

— Je me demande ce qu'il lui fait. S'il s'apprête à la tuer ou…

— Arrête, Ginny. Je sais que tu es terrifiée et j'ai peur pour Mitzi, moi aussi. Mais Jacob et Liam la retrouveront. Les adjoints suppléants vont quadriller Whistler et ses environs. Liam enquête de son côté. Ils transmettront les informations à Fletch afin qu'il inspecte tous les coins de l'*Appalachian Trail* où Robert pourrait s'être caché. Nous le trouverons.

— Et si nous n'y parvenons pas à temps ?

La panique rendait sa voix presque inaudible.

— Essaye d'être positive, dit-il.

— Tu ne connais pas Robert, répliqua Ginny en frissonnant. Il est froid et calculateur. Il prend du plaisir à faire souffrir.

— Je commence à mesurer à quel point il est détraqué, déclara Griff d'une voix teintée de dégoût. Et je veux qu'il paye pour ses crimes, pour ce qu'il t'a fait et à Joy et à toutes les autres.

— Robert jouait avec moi comme un chat avec une souris parce qu'il connaissait mes faiblesses. Je dois découvrir les siennes et renverser la situation.

Griff haussa les sourcils.

— C'est une bonne idée. Que sais-tu de lui ?

Elle fouilla sa mémoire, filtrant les rares détails qu'il avait révélés sans le vouloir. L'un d'entre eux était-il exploitable ?

— Pas grand-chose, reconnut-elle. Il a perdu sa mère quand il était jeune.

— Dans quelles circonstances ? Le sais-tu ?

Elle secoua la tête.

— Il refusait d'en parler. Mais son père l'a élevé seul et lui a appris tout ce qu'il savait.

Un frisson la parcourut, elle se raidit.

— Je pensais qu'il parlait des affaires, mais peut-être faisait-il référence à autre chose…

— À la façon dont son père traitait les femmes, par exemple, suggéra Griff. Souvent, les enfants maltraités deviennent des adultes maltraitants.

— C'est vrai. Le psychologue avec qui j'ai travaillé m'a aidée à comprendre comment un agresseur choisit ses victimes. Les prédateurs sont des experts pour détecter les faiblesses des autres et les utiliser contre eux.

— Il est violent et manque d'assurance, dit Griff. Et s'il avait vu son père se comporter de manière brutale avec sa mère ou avec une autre femme ? Et le feu. Peut-être…

— Peut-être quoi ?

— Peut-être son père aimait-il lui aussi mettre le feu, lança Griff. Robert a pu être témoin d'incendies dans son enfance. Si tel est le cas, il pourrait y avoir des traces de ces sinistres.

Il décrocha son téléphone.

— Je vais demander à Liam d'étudier cet angle.

Ginny fit une prière silencieuse, espérant qu'ils trouveraient quelque chose à utiliser contre lui.

Mitzi était adorable. Et très jolie. Il la suivait depuis qu'il était arrivé dans cette ville.

Mais elle n'était pas Reese.

Parfois, il en venait à détester Reese, à regretter de l'avoir un jour rencontrée. Il regrettait surtout d'être tombé amoureux d'elle. Maintenant, il était incapable de regarder une autre femme sans la comparer à sa bien-aimée.

Joy n'avait pas été à la hauteur. Bien sûr, elle avait accepté ses avances, l'avait laissé entrer dans son lit. Elle avait apprécié ses cadeaux et ses attentions. Mais elle avait un côté vulgaire qui le dégoûtait. Elle n'était pas assez belle ni assez intelligente pour lui plaire. De plus, elle était trop maquillée. Tout était factice chez elle, à commencer par sa personnalité.

Elle avait aimé son argent. Il l'avait tout de suite remarqué.

Au début, Reese avait également été impressionnée par ses cadeaux. Mais, après quelques mois, elle avait dit qu'elle n'en voulait plus. Elle refusait les tenues chics qu'il choisissait pour elle. Elle lui avait même rendu le collier de perles et la bague de rubis. Lorsqu'il lui avait proposé de l'emmener en Europe pour une escapade romantique d'un mois, elle avait hésité mais refusé finalement, prétextant qu'elle ne voulait pas s'éloigner de sa sœur aussi longtemps.

Il sc mit à rire. Il avait réglé la question, non ?

Mitzi le regarda avec des yeux remplis de larmes. Ses sanglots étaient étouffés par le bâillon qu'il avait fourré dans sa bouche. Elle tremblait de peur.

Il s'assit à côté d'elle. Elle était ligotée sur le lit, et il caressa ses cheveux. Et il en manquait quelques mèches qu'il avait coupées pour les envoyer à Reese.

Peu importe que les cheveux de Mitzi ne soient pas plus longs, beaux et parfaits.

Là où elle allait, personne ne s'en formaliserait.

18

Ginny faisait les cent pas devant la cheminée tandis que Griff envoyait un texto à Liam pour lui transmettre les nouveaux éléments concernant Robert Bouldercrest.

Il était 4 heures du matin. En raccrochant, il roula les épaules pour tenter de soulager ses muscles ankylosés et d'apaiser les tensions dont il était la proie. Ses vêtements sentaient encore la fumée, et son visage était couvert de suie.

— Pourquoi n'essayerais-tu pas de te reposer un peu ? dit-il à Ginny. Jacob a envoyé ses adjoints à la recherche de Mitzi. Tant que nous n'avons rien de plus sur Bouldercrest, il n'y a rien d'autre à faire qu'attendre.

— Et si je demandais à passer au journal télévisé pour lui proposer de m'échanger contre Mitzi ? lança-t-elle.

Il secoua la tête.

— Il n'en est pas question. Même s'il acceptait ce marché, rien ne dit qu'il ne la tuerait pas. Et toi, ensuite.

En la voyant blêmir, il regretta de lui avoir parlé si brutalement. Mais ce qu'il lui avait dit était vrai. Et il n'avait pas l'intention de la laisser s'offrir en sacrifice. Trop de choses pourraient mal tourner.

— Je me sens tellement impuissante ! cria-t-elle. À cause de moi, Mitzi est entre les mains de ce fou furieux et je suis contrainte à rester là, les bras croisés.

Submergée par un trop-plein d'émotions, elle se laissa tomber sur le canapé et plongea le visage dans ses mains.

Incapable de s'en empêcher, il traversa la pièce, s'assit à côté d'elle et la prit dans ses bras.

— C'est terrifiant, je le sais, mais tu n'es pas seule.

Il lui caressa le dos d'un geste réconfortant, et elle se blottit contre lui. Elle semblait si petite et si fragile qu'il déposa un baiser dans ses cheveux et lui assura que tout irait bien. Il l'espérait.

La chaleur du feu comme le crépitement du bois dans la cheminée étaient apaisants. Quand elle leva la tête pour le regarder dans les yeux, Griff en eut le souffle coupé.

Malgré la peur, l'angoisse, les tensions, il se passait quelque chose entre eux. Soulevé par un élan de désir, il mourait d'envie de la serrer plus étroitement encore contre lui.

Lorsqu'elle caressa sa joue, il baissa la tête pour l'observer avec attention. Il ne voulait surtout pas la brusquer, lui faire peur ni lui mettre la moindre pression.

Il vit son regard se teinter de désir et ses lèvres s'entrouvrir. Comme il se penchait lentement vers elle, elle l'imita, mais il s'obligea à rester à une certaine distance pour lui donner la liberté de s'écarter.

Elle ne le repoussa pas.

Au contraire, elle se colla à lui pour presser sa bouche contre la sienne. Ce baiser fut si doux, si tendre, qu'un flot d'émotions qu'il n'avait jamais ressenties pour une autre le souleva.

Elle glissa les doigts dans ses cheveux, le rapprochant encore d'elle. Comme leurs langues entamaient une danse sensuelle, Griff eut besoin de toute sa volonté pour ne pas l'allonger sur le canapé et faire courir ses mains sur son corps doux et souple.

Il s'agissait de Ginny, se répétait-il. Une femme qui avait été victime d'intimidation, de maltraitance et de menaces. Une femme qui avait désormais du mal à faire confiance.

Il n'était pas question de la brusquer, de risquer de rompre le lien fragile qu'il avait noué avec elle, ni d'éteindre la petite flamme qui naissait entre eux.

Mais, s'il s'interdisait de la faire sienne, il la protégerait pour que le fou ne puisse pas l'atteindre.

Ginny n'avait aucune idée de ce qui lui arrivait, mais un désir profond la dévorait. L'envie d'embrasser Griff à pleine bouche devenait irrésistible. La chaleur de ses bras avait le pouvoir de chasser ses démons, du moins pour un moment.

Elle n'avait pas embrassé un homme, ni même rêvé d'en embrasser un, depuis si longtemps que cette étreinte provoqua en elle une vague puissante, une faim d'une surprenante intensité. Des relents de peur la traversèrent, mais elle les ignora.

Griff ne ressemblait en rien à Robert. Il n'était ni dominateur ni brutal, il n'essayait pas de lui arracher ses vêtements. Depuis qu'elle le connaissait, il n'avait jamais rien fait d'autre que la protéger. Même maintenant, dans ses bras, alors qu'elle sentait la force qui émanait de son grand corps musclé, ses gestes étaient tendres, doux.

Elle n'avait qu'un mot à dire pour qu'il arrête, elle le savait.

Mais elle n'avait pas envie qu'il s'arrête. Pas encore, en tout cas. Elle avait besoin du réconfort que lui offraient ses bras et ses lèvres. Il lui rappelait qu'il y avait eu de la joie dans sa vie, autrefois. Et qu'elle n'avait pas toujours connu la peur, la colère, la tristesse et l'angoisse qui la consumaient depuis trois ans.

Griff lui caressa le dos tout en taquinant ses lèvres du bout de sa langue. De doux et tendres, leurs baisers devinrent sensuels, brûlants, torrides. Un désir impérieux monta en elle, la poussant à s'accrocher à lui.

Ne sachant pas s'il devait ou non continuer, il s'écarta et la regarda d'un air interrogateur.

L'élan qu'elle ressentait pour lui balaya ses peurs et intima au silence la petite voix terrifiée qui l'exhortait à fuir. De nouveau, elle colla sa bouche à la sienne. Elle promena les mains sur ses épaules et son dos, se délectant de la façon dont ses muscles roulaient sous ses doigts.

Sentir qu'elle avait le contrôle l'enhardissait. Elle avait le pouvoir de l'allumer, mais elle n'avait pas à craindre qu'il la force à quoi que ce soit ou n'explose de fureur si elle décidait de tout arrêter.

Cette prise de conscience était cathartique et intensifiait son envie de lui.

Comme s'il devinait ce dont elle avait besoin, il picora ses joues, sa gorge de petits baisers tandis que sa main caressait ses seins.

Elle se cambra contre lui. Son souffle semblait énorme dans la nuit. Mais soudain le bruit du vent contre les baies vitrées rompit le silence et brisa le désir naissant.

Griff parut le comprendre. Avec douceur, il prit son visage entre ses mains et l'embrassa de nouveau. Elle percevait sa faim d'elle mais aussi sa tendresse et son respect.

Le souffle court, il s'écarta doucement d'elle.

— Je sens la fumée. Je vais monter me doucher, dit-il. Rallonge-toi sur le canapé et essaye de dormir, Ginny, ajouta-t-il en déposant un baiser sur son front. Je suis là et l'alarme est branchée. Espérons que demain, Liam et Jacob auront avancé et des réponses à nous apporter.

Il avait raison. Elle ne pouvait pas faire l'amour avec lui en oubliant que Robert avait kidnappé Mitzi. La vie de Mitzi était entre les mains cruelles de ce détraqué.

Elle devait se concentrer sur la seule et unique raison pour laquelle elle était venue à Whistler. Et tomber amoureuse de Griff Maverick n'avait jamais fait partie du programme.

Griff se glissa dans la cabine de douche. Il avait hâte de débarrasser sa peau et ses cheveux de la sueur, de l'odeur âcre de la fumée et de la suie. Quand il avait embrassé Ginny, il avait pris conscience qu'il avait envie d'être propre pour la serrer contre lui.

Il se savonna avec énergie et se lava les cheveux. Il ne voulait pas que Ginny le lie à cette odeur d'incendie.

Ne commence pas à rêver, vieux. Elle t'a embrassé par gratitude. Uniquement par gratitude. Et pour conjurer sa peur. Elle ne veut qu'être protégée.

Il se frotta, jusqu'à ce que sa peau soit à vif et que chaque parcelle de désir soit effacée de son esprit. Pourtant, alors qu'il se frictionnait à l'aide d'une serviette et enfilait des vêtements propres, une pensée plus inquiétante s'insinua en lui.

Il n'éprouvait pas uniquement du désir pour Ginny. Il était tombé amoureux d'elle.

Mais Ginny n'était même pas son vrai nom.

Il devait s'en souvenir. Quand Bouldercrest aurait été capturé et incarcéré, elle retournerait à sa véritable vie. Elle n'avait aucune envie qu'un autre homme lui impose ses desiderata, essaye de l'envahir, de l'emprisonner.

Elle avait besoin de respirer. Et de se sentir en sécurité.

Il la protégerait.

Il sortit de la salle d'eau et retourna la voir. Recroquevillée sur le canapé, elle s'était endormie. Mais elle se tournait et se retournait, murmurant des protestations comme si elle fuyait ce fou jusque dans ses rêves.

Épuisé et détestant la voir souffrir, il s'installa sur le sofa, s'allongea à côté d'elle et la prit dans ses bras. Elle se blottit contre lui, et il lui embrassa les cheveux, apaisant ses cauchemars jusqu'à ce qu'elle tombe dans un profond sommeil.

Il ferma les paupières et l'enlaça tendrement, s'ordonnant de repousser ses inquiétudes à propos de Mitzi. Il faisait confiance à Jacob et Liam pour effectuer correctement leur travail. Cette nuit, il protégerait Ginny et se reposerait.

Demain, il lui faudrait être en forme s'ils remontaient la piste de Bouldercrest. Ou si Ginny décidait de fuir à nouveau.

L'épuisement le submergea, et il s'endormit. Mais, tout

comme lorsqu'il était de garde à la caserne, il ne dormait que d'un œil, prêt à se lever d'un bond en cas de besoin.

Un peu plus tard, les rayons du soleil à travers les rideaux le réveillèrent. En bâillant, il jeta un coup d'œil à sa montre. 7 h 30 : il avait dormi plus de deux heures.

Pas mal vu la situation, pensa-t-il.

Ginny soupira dans son sommeil, et il lui caressa doucement les cheveux. Blottie dans ses bras, elle avait l'air si paisible qu'il ne voulait pas la déranger, alors il la serra plus fort contre lui et resta là avec elle pendant une autre heure, en écoutant le vent souffler dehors et les oiseaux saluer le lever du jour. La lueur du feu scintillait sur la peau de Ginny, la rendant presque dorée. Mais la vue de l'ecchymose sur sa joue le ramena à la réalité.

— Je vais prendre soin de toi, murmura-t-il, voulant être rationnel mais sachant qu'il était déjà trop tard.

Pourquoi Ginny avait-elle touché son cœur ? Ce n'était pas le moment. Ses frères et lui n'avaient pas encore démasqué l'assassin de leur père.

Son téléphone bipa sur la table basse. Il s'en saisit et lut le message de Liam.

J'ai des infos sur Bouldercrest. Retrouve-moi dans une heure.

Ginny bougea, et il lutta pour garder le contrôle alors qu'elle se frottait inconsciemment contre lui.

— Griff ? balbutia-t-elle.

Il s'ordonna de renoncer à ses pensées lubriques et à répondre à son frère.

Passe nous prendre. Je ne veux pas laisser Ginny seule.

Liam répondit qu'il arriverait dans une demi-heure.

Griff s'empara du plaid du canapé et l'étendit sur elle. Il se leva et se dirigea vers la cuisine pour préparer du café. Il monta ensuite prendre une autre douche.

Bien froide afin de réprimer son érection matinale avant que son frère ne commence à se poser des questions.

Les délicieux arômes d'un café tirèrent Ginny d'un profond sommeil. Elle battit des paupières, désorientée, puis s'aperçut qu'elle s'était endormie sur le canapé de Griff. Le souvenir de ses bras autour d'elle toute la nuit et de son corps chaud contre le sien la fit frissonner.

Elle aurait voulu ne jamais quitter cet endroit où elle se sentait si bien, en sécurité et… aimée.

Un bonheur qu'elle n'avait jamais ressenti avec Robert. Elle avait été sa propriété, sa chose, il s'était servi d'elle pour combler ses besoins. Les siens n'existaient pas à ses yeux.

Elle se redressa et vit Griff qui s'activait dans la cuisine. La lumière du feu jouait sur ses larges épaules et ses cheveux noirs. Il lui parut sexy, il lui donnait faim.

Elle n'avait aucune raison de penser à Griff et au sexe.

— Le café sent bon, dit-elle doucement.

Il se tourna vers elle avec un petit sourire.

— Tu le prends avec de la crème ? Du sucre ?

— Noir. J'ai besoin de quelque chose de fort ce matin.

— Moi aussi.

Il lui tendit le mug et elle le prit, se réchauffant les mains dessus.

— Liam va passer. Il a des informations sur Bouldercrest.

Le cœur de Ginny bondit.

— Et sur Mitzi ?

— Pas encore. Jacob ratisse le secteur avec ses hommes.

Ginny avala une gorgée du breuvage. Chaque heure qui passait diminuait les chances de trouver Mitzi vivante.

— Je ferais mieux de me préparer alors.

Prenant soudain conscience qu'elle portait le sweat que Griff lui avait prêté pour dormir, un sweat trop grand pour elle, elle se leva, emportant son mug avec elle dans la salle de bains. Elle ferma la porte puis considéra son reflet dans le miroir, ses cheveux ébouriffés, ses yeux battus de sommeil, sa peau blême.

Que voyait Griff en la regardant ?

Une femme avec des problèmes. Qu'il aidait. C'est tout.

Elle s'aspergea le visage puis passa les doigts dans ses cheveux pour tenter de les démêler. Leur couleur brune commençait à s'estomper, ses racines auburn transparaissaient. Elle allait devoir les teindre de nouveau.

Elle avait besoin d'une douche, mais cela attendrait. Se mettre nue dans la salle de bains de Griff avec son frère qui devait arriver et lui à proximité lui semblait trop intime. Après avoir parlé avec eux, elle retournerait à l'hôtel, s'y laverait et s'y changerait. Elle avait besoin de mettre un peu de distance entre elle et le beau pompier qui la faisait trop rêver. Il lui donnait envie d'un avenir qui n'était pas pour elle, qu'elle n'aurait jamais.

Elle s'habilla rapidement avec les vêtements qu'elle portait la veille, puis finit son café en regagnant le salon. Griff posa une assiette de brioches à la cannelle sur la table basse.

— C'est toi qui les as faites ? demanda-t-elle, impressionnée.

Elle se mit à rire, et ce rire parut étrange à ses propres oreilles.

La sonnette retentit interrompant le moment, et il se dépêcha d'aller ouvrir. Son frère Liam apparut, le visage grave. Griff lui offrit du café, et tous deux s'installèrent autour de la table.

Liam y déposa un dossier.

— Des nouvelles de Mitzi ? s'enquit Ginny.

— Jacob pense avoir trouvé un chalet où Bouldercrest se serait caché, mais il n'y est déjà plus. Aucun signe de Mitzi pour le moment, mais nous faisons appel à des chiens pisteurs.

Griff lui tendit le sachet contenant le gros caillou et les cheveux de Mitzi.

— D'une manière ou d'une autre, il a découvert que Ginny était là.

Liam jura dans sa barbe, puis tapota le dossier.

— Laissez-moi vous résumer ce que j'ai appris sur Bouldercrest. Il m'a fallu plusieurs heures de recherche, mais je pense avoir découvert qui est l'homme que tu appelais Robert, Ginny.

Il lui montra une photo, et Ginny confirma qu'il s'agissait de Robert.

— Son vrai nom est Ansel Holmes, dit Liam. Ses parents se prénommaient Louise et Jimmy.

Liam leur montra une photo des restes d'une maison calcinée puis celle d'une petite femme aux cheveux auburn.

— La mère d'Ansel. Elle est morte quand il avait cinq ans.

Ginny pressa ses doigts sur sa bouche pour étouffer un cri. *Les cheveux de sa mère étaient auburn…*

— Que s'est-il passé ? demanda Griff.

— Apparemment, les parents d'Ansel avaient des problèmes conjugaux, dit Liam. Les voisins ont souvent été témoins de violences domestiques, et la police s'est rendue chez eux à deux reprises. Selon une habitante du quartier, la mère voulait quitter son mari et emmener l'enfant.

— Mais le père a refusé, murmura Ginny.

— Exact, affirma Liam. La voisine a entendu Holmes dire à sa femme qu'elle ne partirait jamais et qu'elle ne lui enlèverait certainement pas son fils.

Ginny posa son café sur la table. Elle était livide.

— Et alors, qu'est-il arrivé ? insista Griff.

— Une nuit, peu de temps après cet épisode, des voisins ont signalé un incendie dans la maison. Lorsque la police est arrivée, ils ont trouvé le corps de la mère à l'intérieur.

— Laisse-moi deviner, intervint Ginny. Elle avait été étranglée ?

Griff s'éclaircit la gorge.

— Et la police a découvert que le feu avait été allumé pour dissimuler les traces du meurtre ?

— Exact. Mais, plus inquiétant encore, la police pense que le fils a été témoin de cet assassinat.

— Ont-ils arrêté le père ? demanda Griff.

Liam secoua la tête.

— Il a disparu avec le garçon. C'est alors qu'ils sont devenus la famille Bouldercrest.

— Son père lui a appris à tuer, conclut Ginny. Et, quand j'ai essayé de le quitter, mon départ a déclenché le souvenir de sa mère essayant, elle aussi, de partir, de quitter son père.

Parce qu'elle avait les cheveux auburn.

Et maintenant, dans son esprit, il tuait sa mère encore et encore…

19

Ginny avait presque pitié de Robert. Avoir été témoin autrefois des mauvais traitements infligés à sa mère et du meurtre de cette dernière par son père l'avait perturbé. Pourtant, les enfants traumatisés ne devenaient pas tous des tueurs à l'âge adulte.

— Un profileur dirait qu'il choisissait ses victimes comme substituts de la mère qui, à ses yeux, l'avait abandonné, dit Liam. Cela n'excuse pas ses crimes, mais comprendre son processus psychique peut être utile pour le retrouver et pour obtenir des aveux lorsque nous l'interrogerons.

— Il ne pense pas avoir fait quoi que ce soit de répréhensible, renchérit Ginny d'un ton neutre. Son père lui a probablement martelé toute son enfance que la femme était soumise à l'homme et devait lui obéir.

— Une vision archaïque du couple, marmonna Griff.

Son commentaire réchauffa le cœur de Ginny. Pourtant, elle continua à reconstituer le schéma mental de Robert.

— Dans son esprit, ses actes correspondent aux principes inculqués par son père. Il estime avoir été bon avec moi et toutes les autres femmes. Pour lui, nous étions ingrates.

— C'est un psychopathe, grommela Griff.

— Il souffre d'un trouble narcissique de la personnalité, déclara Liam. Combiné à un trouble obsessionnel compulsif et à la violence. Son père l'obligeait peut-être à le regarder frapper sa mère, lui expliquait qu'il lui donnait à elle une leçon et lui apprenait à se comporter en bon fils.

— Cette femme était censée être parfaite, souligna Ginny. Comme moi. Mais je n'ai jamais été à la hauteur.

Griff lui serra le bras.

— Cela n'a rien à voir avec toi, Ginny. Ce type est un malade.

— Je sais. Mais, quand tu as entendu des mois durant que tout était ta faute, il est difficile de ne pas se sentir coupable.

— Son passé est à l'origine de sa folie.

— Griff a raison, approuva Liam. Avec ce genre de personne, aucune femme n'est à la hauteur de ses croyances aussi malsaines qu'irréalistes.

— Quelqu'un qui t'aime vraiment et se soucie de toi se concentre sur le positif, poursuivit Griff. Et cherche à te faire plaisir.

Ginny prit une profonde inspiration. Griff était plus sain mentalement que Robert ne l'avait jamais été.

— Que faisons-nous maintenant ?

— Nos équipes continuent de rechercher Mitzi et s'efforcent de lister les différentes identités que Ansel Holmes a empruntées et, surtout, de le localiser, répondit Liam. Maintenant que nous avons un profil et un portrait-robot, je vais les divulguer aux médias. Peut-être quelqu'un à Whistler ou dans le coin l'a-t-il repéré ou pourra-t-il nous aider à le retrouver.

— Et nous indiquer où il a emmené Mitzi, dit Ginny.

— Ça aussi.

— Laissez-moi faire une déclaration aux infos, proposa Ginny.

— Je t'ai déjà dit non, Ginny, lui rappela Griff.

Elle se tourna vers Liam.

— S'il te plaît. Après tout, c'est moi qu'il veut en réalité.

— C'est trop dangereux. Donne-nous un peu de temps. Si nous n'arrivons pas à le coincer, nous envisagerons peut-être d'autres solutions.

Elle serra les mâchoires. Elle appréciait le fait que Liam et Griff cherchent à la protéger. Mais ils ne l'écoutaient pas, ne tenaient pas compte de ce qu'elle disait, de ce qu'elle voulait.

Elle était fatiguée que les hommes prennent des décisions à sa place. Si Mitzi mourait, elle devrait vivre avec sa mort sur la conscience. Pas eux.

Elle était venue à Whistler pour découvrir où se terrait Robert. Et mettre fin à ce cauchemar une bonne fois pour toutes.

Griff regardait Ginny faire les cent pas. Après un moment, il s'écarta pour parler à mi-voix à son frère.

— Penses-tu que ces éléments nous aideront à trouver Bouldercrest ?

— Peut-être pas, dit Liam. Mais, lorsque nous le localiserons, nous aurons la possibilité d'établir une connexion personnelle avec lui qui nous donnera une chance de le convaincre de libérer Mitzi.

— Si elle est encore en vie, ce que nous ignorons. Que puis-je faire ? demanda-t-il.

— Ginny semble te faire confiance. Reste avec elle et assure-toi qu'elle ne fait pas quelque chose de stupide comme s'attaquer à Bouldercrest toute seule de son côté.

Griff voulait croire que Ginny ne commettrait pas une telle erreur. Elle était intelligente. Mais leurs affects poussaient parfois les gens à des comportements irrationnels.

— Nous vous tiendrons au courant si nous entendons quelque chose ou si nous trouvons Mitzi, ajouta Liam.

Griff hocha la tête. Alors qu'il raccompagnait son frère à la porte, il reporta son attention sur Ginny. Sa nervosité était palpable.

Avec un soupir, elle cessa d'arpenter le salon.

— Je dois retourner à l'hôtel, pour me doucher et me changer.

— Je te suis au volant de mon camion. Là-bas, nous prendrons tes bagages et les ramènerons ici.

— D'accord.

Il enfila sa parka, récupéra ses clés et escorta Ginny à l'extérieur.

Il ne pleuvait plus, mais de gros nuages sombres planaient toujours au-dessus de leurs têtes, projetant une grisaille sur la montagne. Les arbres se balançaient sous le vent. Le froid de l'air laissait présager une autre tempête, peut-être une tornade.

Savoir que Bouldercrest était entré chez lui mettait Griff en colère. Il balaya la cour des yeux, cherchant des indices pour deviner la présence de ce malade. Peut-être espérait-il que Griff laisserait Ginny seule au chalet.

Ça n'arriverait pas.

La circulation était fluide, mais il restait vigilant. La route était sinueuse, souvent verglacée. Ginny le suivait à bord de sa petite berline. Quand il s'arrêta devant l'hôtel, il remarqua que l'adjoint que Jacob avait chargé de monter la garde était toujours là. Il patientait, assis au volant d'une voiture banalisée.

Griff le salua d'un geste de la main, sauta de son camion et escorta Ginny jusqu'à l'hôtel.

— Tu peux me laisser maintenant, lui dit-elle.

— Je ne pars pas, répliqua-t-il. Je t'accompagne jusqu'à la chambre. Je t'attendrai en bas pendant que tu te doucheras et que tu prépareras des affaires.

Elle n'avait pas l'air contente qu'il joue ainsi les gardes du corps, mais elle ne discuta pas. Ils montèrent l'escalier, et elle déverrouilla la porte. Il insista pour entrer d'abord et vérifier qu'il n'y avait personne à l'intérieur.

À première vue, rien n'avait changé. Il examina rapidement la salle de bains et n'y vit rien d'anormal.

Comme Ginny pénétrait dans la chambre à son tour, le téléphone de Griff retentit. Jacob cherchait à le joindre.

— Griff, la pinède derrière chez toi est la proie des flammes. Je demande à l'adjoint qui monte la garde devant l'hôtel de te rejoindre à l'intérieur. Il veillera sur Ginny pendant que tu retournes chez toi.

— Que se passe-t-il ? s'enquit Ginny quand il raccrocha.

— Un départ de feu à proximité de mon chalet. Je dois y aller. Reste dans ta chambre, Ginny, en attendant l'adjoint de Jacob. Bouldercrest a très bien pu allumer cet incendie pour m'éloigner de toi. Alors, je t'en prie, ne bouge pas d'ici jusqu'à mon retour.

Il la serra rapidement dans ses bras, se précipita vers la porte et attendit qu'elle la verrouille pour dévaler l'escalier.

Tout se déroulait comme elle le craignait depuis le départ. Robert ciblait Griff parce que ce dernier l'aidait. Personne n'était en sécurité auprès d'elle.

Pourquoi avait-elle baissé la garde ?

Tout en priant pour que le chalet n'ait pas été détruit par Robert, elle entra dans la salle de bains pour se doucher. Elle ne cessait de repenser au baiser de Griff. Il avait fait preuve de tant de tendresse, de tant de douceur, qu'elle avait faim de davantage. Un profond désir la tenaillait.

Contrairement à Robert, Griff savait respecter une femme, donner au lieu de prendre. Et la laisser respirer.

Elle voulait qu'il l'embrasse à nouveau. Sentir ses lèvres sur les siennes, ses bras autour d'elle et savoir qu'elle n'était pas seule.

En général, l'eau chaude la calmait, mais là une sourde angoisse la tenaillait, lui interdisant de se détendre. Elle se rinça, s'enroula dans une serviette et se dépêcha de s'habiller.

Au moment où elle ouvrait son sac de voyage, une sonnerie de téléphone retentit. Comme elle attrapait sa doudoune, elle se rendit compte que l'appareil qui sonnait n'était pas le sien. Un frisson lui parcourut l'échine. Sous une pile de sous-vêtements, elle découvrit un téléphone jetable.

Son cœur battait la chamade quand elle répondit.

— Allô ?

— C'est bon d'entendre ta voix, mon amour, murmura Robert. Tu m'as tellement manqué.

Elle ferma les paupières et se remémora le visage de sa sœur. Elle imagina la terreur de Tess lorsque Robert avait enroulé ses mains autour de sa gorge.

Puis elle songea à Joy. Là encore, elle se représenta le choc et la peur qu'avait dû éprouver la malheureuse en prenant conscience que l'homme qu'elle trouvait charmant était un tueur sadique.

Et Mitzi, la jeune femme si amicale qui aimait cuisiner.

— Tu as enlevé Mitzi, n'est-ce pas ?

— Je t'avais dit de ne pas me quitter.

— Elle n'a rien à voir avec nous, Robert. S'il te plaît, relâche-la.

— Impossible, mon amour. Tu as besoin d'une leçon.

— J'ai compris la leçon. Laisse-la partir, maintenant.

— Pas avant que tu ne reconnaisses quc tu m'appartiens. Je te l'ai dit la première fois que nous avons fait l'amour, tu t'en souviens ?

Ce souvenir fit à Ginny l'effet d'un coup de poing dans le ventre. Cette nuit-là avait commencé de façon tendre et romantique. Mais, soudain, il l'avait saisie brutalement, avait cloué ses bras au-dessus de sa tête et lui avait déclaré qu'elle était à lui. La peur l'avait envahie à la vue de son regard de dément. Il n'avait plus rien de romantique ou de tendre.

— Je ne t'appartiens pas, déclara-t-elle d'un ton neutre. Je te l'ai expliqué quand je suis partie. Mitzi n'a pas à souffrir à cause de moi.

— Je ne te laisserai jamais m'abandonner.

Son ton sinistre la glaça.

— Tu as tué Joy Norris, n'est-ce pas ?

— Elle n'était pas toi, mon amour, répondit-il en riant. Personne ne pourra prendre ta place. Jamais. Tu le sais, non ?

— Tu as besoin d'un psychiatre, Robert. Rends-toi et fais-toi aider.

— Il n'y a rien de détraqué chez moi, Reese. C'est toi qui n'as pas été fidèle à ta parole. Tu m'avais promis de ne jamais me quitter.

Il réécrivait l'histoire à son avantage. Son thérapeute l'avait prévenue que les auteurs de sévices étaient des manipulateurs qui donnaient aux victimes le sentiment d'être en faute.

— Je n'ai jamais promis de te laisser m'agresser ou assassiner qui que ce soit, rétorqua-t-elle. Maintenant, laisse Mitzi partir, Robert, et oublie-moi.

— Je ne te quitterai jamais. Jamais. Tu es à moi.

— Mais je ne t'aime pas.

Comment avait-elle pu tomber amoureuse d'un monstre ?

— C'est à cause de ce pompier ! Il t'a détournée de moi.

— Il n'a rien à voir avec toi.

— Tu as passé la nuit avec lui ! Tu m'as trompé.

— Je ne t'ai pas trompé puisque toi et moi ne sommes ni mariés ni en couple, dit-elle. Et nous ne le serons jamais.

— Mais nous nous retrouverons bientôt. Et cette fois, pour toujours.

— Non, Robert. Me forcer, tuer ma sœur ou continuer à t'attaquer à d'autres femmes ne me fera pas t'aimer.

— Parce que tu es amoureuse de *lui*, répliqua-t-il d'un ton amer. Quand il ne sera plus dans le paysage, tu me reviendras.

Elle ouvrit la bouche pour lui jurer que Griff ne signifiait rien pour elle. Elle devait le protéger.

Mais Robert avait déjà raccroché.

Dès qu'il y arriva, Griff se rendit compte que le feu n'avait pas atteint son chalet. Un intense soulagement s'empara de lui.

Mais il vit alors les flammes qui ravageaient les bois autour de sa propriété et blêmit. Contournant la maison en rondins, il descendit la colline. Le camion de pompiers était garé près du brasier. Son équipe était déjà sur place, à inonder les broussailles à l'aide de lances d'incendie. De la fumée s'élevait au-dessus de la montagne et flottait dans le ciel, obscurcissant encore la scène.

Jacob se tenait à proximité, l'air sombre.

— Les lycéens n'y sont pour rien, affirma-t-il alors que Griff approchait. Ils étaient chez eux. Après les interrogatoires, leurs parents surveillaient de près leurs mouvements.

— Bouldercrest est à l'origine de cet incendie, je le sais, déclara Griff, les mâchoires serrées.

D'un revers de bras, Jacob essuya la sueur de son front. Déjà l'odeur du bois brûlé imprégnait l'atmosphère, et des cendres tourbillonnaient dans le vent. Le feu menaçait de se propager dans la pinède.

— Griff, cet homme est extrêmement dangereux. Il sait que Ginny est venue chez toi, c'est pour ça que tu es dans son collimateur.

— Ne t'inquiète pas pour moi, Jacob. Je suis capable de me défendre. Mais Ginny… est vulnérable. Laisse-moi aider mon équipe à éteindre les flammes puis nous riposterons.

Jacob le dévisagea d'un œil inquiet, mais son téléphone sonna et il se détourna pour prendre l'appel pendant que Griff courait vers le camion de pompiers. Il se prépara à la hâte et rejoignit ses camarades. Le vent soufflait sur la montagne, poussant les flammes d'un arbre à l'autre et attisant l'incendie.

— Nous avons mis en place un périmètre, dit Baxter alors que Griff déroulait l'un des tuyaux. J'espère que nous parviendrons à contenir le sinistre.

— Et qu'en est-il du point de départ de feu ? demanda Griff.

Baxter désigna les limites de la propriété de Griff.

— Tu as de la chance. Si le vent avait soufflé vers le haut, les flammes auraient gagné ta terrasse.

De la chance ? Peut-être. Jusqu'à présent, il était vivant et sa maison avait été épargnée. Mais qu'allait faire Robert Bouldercrest ensuite ?

Ils travaillèrent pendant l'heure suivante à maîtriser l'incendie. Lorsqu'ils en vinrent à bout, Griff était en sueur, en colère et de plus en plus inquiet pour Ginny.

Jacob était parti avec le bidon d'essence découvert à proximité. Il le déposerait au laboratoire qui y chercherait des empreintes. Un membre de son équipe fut chargé de rester et de surveiller l'évolution de la situation, au cas où le vent soufflerait sur les braises et ressusciterait le feu.

Griff enleva son équipement et le rangea, puis retourna à l'hôtel. En chemin, il appela le portable de Ginny, mais elle ne répondit pas. Peut-être était-elle sous la douche, mais l'anxiété le gagnait.

Quand il arriva, il était en quasi-panique. Il se gara dans le petit parking et jeta un coup d'œil à la voiture banalisée d'où l'adjoint surveillait l'hôtel.

Le cœur serré, il se hâta dans sa direction pour s'entretenir avec lui. À première vue, l'homme s'était endormi. Affalé sur son siège, la tête contre la vitre, il semblait assoupi.

La colère saisit Griff. Comment osait-il dormir alors qu'il était censé surveiller Ginny ?

Il tapota la vitre, mais l'adjoint ne réagit pas. Il frappa plus fort, mais rien. La gorge nouée, il ouvrit la portière pour le secouer.

Comme l'adjoint ne bougeait toujours pas, Griff se pencha à l'intérieur.

Il vit alors le sang. Sur la chemise de l'adjoint. Sur sa poitrine. Sur ses mains.

Le malheureux avait reçu une balle en pleine poitrine.

Et il était mort.

Mitzi le dévisageait avec des yeux effrayés, semblables à ceux d'une biche. C'était une jolie fille.

Mais elle n'était pas Reese.

— Tu n'es pas elle, murmura-t-il en caressant ses cheveux et ses joues ruisselantes de larmes.

Elle se tortillait, se tordant ses mains pour essayer de se libérer de ses liens.

La regarder se débattre l'excitait. Il aimait les battantes. Tant qu'elles apprenaient la leçon et restaient à leur place.

Mais ses cheveux n'étaient pas de la bonne couleur.

Il déposa un baiser sur son front, et elle retint son souffle comme si elle espérait qu'il allait la relâcher.

Quelle idiote. Même s'il la violait ou si elle se donnait à lui en lui jurant qu'elle l'aimait, elle allait mourir.

Il prit son visage entre ses mains et pinça ses joues si fort qu'elle fondit en larmes.

— Tout dépend de ma Reese, maintenant. Ta vie et celle du pompier dépendent de sa décision. Si elle ne revient pas à moi, tu mourras et lui aussi.

20

Catastrophée, Ginny imagina le magnifique chalet de Griff ravagé par les flammes, un chalet qu'il avait pratiquement construit de ses mains.

Il avait perdu son père dans un incendie, et maintenant sa propre maison risquait de subir le même sort. Et si Robert, après avoir allumé le feu, l'attendait là-bas ? Et s'il avait projeté de le tuer ? Sans doute avait-il tendu un piège à Griff.

Comme elle s'emparait de son smartphone pour le prévenir du danger, elle hésita. Mieux valait utiliser le téléphone jetable. Malheureusement, quand elle l'eut en main, elle fut incapable de se souvenir du numéro de Griff. Paniquée, elle pensa contacter le bureau du shérif, mais à quoi bon ? Jacob était déjà chez Griff et protégerait son frère.

Du moins, l'espérait-elle. Tout en arpentant sa chambre pour tenter de se calmer, elle se demandait quoi faire. Il n'était pas question de laisser Robert s'en prendre à Griff ou à Mitzi ou à qui que ce soit d'autre.

Elle avait promis à Griff de demeurer à l'intérieur de l'hôtel, mais comment rester assise, les bras croisés, alors que Robert préparait peut-être son attaque ?

Un plan commençait à germer dans son esprit. Il lui revenait de prendre les choses en main, comprit-elle. De s'occuper elle-même de ce fou dangereux.

Déterminée, elle récupéra son arme, la glissa dans la poche

de sa doudoune qu'elle enfila. Puis elle composa le numéro à partir duquel Robert l'avait appelée.

Il répondit à la troisième sonnerie.

— J'attendais ton appel, mon amour.

— Je t'en conjure, Robert, ne fais pas de mal à Mitzi ni à Griff. Je me rends, tu as gagné. Je me plierai à tes desiderata. Dis-moi où tu es pour que je puisse venir te retrouver.

— Ton pompier t'a-t-il poussée à me contacter ?

— Il ignore tout de cet appel.

Elle espérait seulement que Griff allait bien.

— Et la police ? Tu es de mèche avec le shérif ?

— Non, non. Je n'en ai parlé à personne. Je veux que ce cauchemar s'arrête, c'est tout. Que personne d'autre ne soit blessé, Robert.

— D'accord. Je t'envoie l'adresse par SMS. Rejoins-moi ce soir. Et ne t'avise pas de prévenir les flics ou le pompier. Sinon Mitzi mourra.

Ginny se tendit. Maintenant qu'elle avait compris les rouages de son cerveau détraqué, ce qui nourrissait son sadisme, elle devait entrer dans le jeu de Robert. Pour sauver Mitzi.

— D'accord. Je ferai tout ce que tu dis.

— Tu as intérêt, Reese. C'est ta dernière chance.

Un coup à la porte la fit sursauter.

— Envoie-moi l'adresse, dit-elle précipitamment. Et ne fais pas de mal à Mitzi.

Et, sans attendre de réponse, elle raccrocha.

— Ginny, es-tu là ? C'est moi ! cria Griff.

Elle se précipita vers la porte et l'ouvrit. À la vue de son beau visage, elle faillit crier de soulagement.

Robert n'avait pas réussi à l'atteindre. Du moins, pas encore. Et, pour le protéger, elle allait devoir lui mentir, trouver le moyen d'échapper à sa vigilance et affronter Robert seule.

Il poussa un soupir et sourit.

— Merci, mon Dieu, tu es là, déclara-t-il en la prenant

dans ses bras pour l'étreindre avec force. J'avais si peur qu'il ne t'ait attaquée.

— Je vais bien, dit-elle en le serrant contre elle. De mon côté, je craignais qu'il s'en soit pris à toi ou à ta maison.

Il lui caressa la joue du pouce.

— Mon chalet est intact. Mais…

— Mais quoi ?

— Il a tué l'adjoint qui surveillait l'hôtel.

À ces mots, une vague d'émotions submergea Ginny. Le chagrin, la culpabilité se disputaient avec la haine pour Robert.

Cette nouvelle renforça la terreur qu'elle éprouvait en songeant à Mitzi et à Griff. Et conforta sa décision de braver Robert seule.

Le cœur de Griff battait si fort qu'il menaçait d'exploser. Voir le visage de Ginny dévasté par la panique et la peur l'emplissait d'une profonde tristesse.

Elle baissa la tête, accablée

— À cause de moi, quelqu'un d'autre est mort.

Il regrettait de le lui avoir dit, mais il n'avait pas le choix. Elle devait savoir jusqu'où était allé Robert. Pour comprendre la nécessité de rester près de lui et de le laisser la protéger.

— L'adjoint connaissait les risques du métier, Ginny.

— Sa mort n'en est pas moins horrible et injuste.

Elle tremblait comme une feuille, et il la serra plus fort.

— Je sais. C'était un homme bon.

— Était-il marié ? Avait-il des enfants ?

— Non, non, dit Griff. Il était divorcé. Il n'avait pas d'enfants, du moins pas à ma connaissance, ajouta-t-il en lui caressant le dos. Calme-toi, tout va bien.

— Rien ne va.

— Je sais, murmura-t-il. Il est mort en effectuant son devoir, mais nous retrouverons Robert. Je te le promets.

— Combien de personnes vont-elles encore mourir avant qu'il ne soit capturé ? demanda-t-elle avec amertume.

Griff posa un baiser dans ses cheveux.

— Je dois redescendre pour attendre Jacob. Je suis monté en vitesse m'assurer que tout allait bien, que tu étais saine et sauve.

Il se reprochait d'avoir laissé le cadavre de l'adjoint sans surveillance. Et si quelqu'un polluait la scène du crime ?

— Verrouille bien ta porte et ne sors pas de ta chambre, ordonna Griff.

— Je viens avec toi.

— Non ! Voir le corps de ce malheureux ne te ferait aucun bien, répliqua, Griff. Je te promets de revenir vers toi dès que Jacob aura pris le relais.

Une sirène retentit à l'extérieur, et elle s'éloigna de lui.

— D'accord. Va. Je t'attends.

Il espérait qu'elle serait là à son retour et qu'elle ne ferait rien de stupide comme essayer de filer seule, sans lui.

Dès que Griff quitta la pièce, Ginny s'y enferma à clé. Puis elle se dirigea vers la fenêtre et écarta le rideau. Elle vit Jacob bondir de sa voiture de patrouille pour se précipiter vers celle de l'adjoint.

Griff l'y rejoignit au moment où une ambulance arrivait.

La situation empirait d'heure en heure.

Comme les deux frères s'approchaient du véhicule, le dos de Griff faisait écran, l'empêchant d'apercevoir l'adjoint affalé à l'intérieur. Une camionnette entra alors dans le parking. Les hommes qui en sortirent portaient des vestes à l'effigie de la police scientifique. Ils étaient toujours les premiers à travailler sur les scènes de crime pour y collecter indices et preuves.

Alors qu'ils photographiaient sous tous les angles la voiture et l'adjoint, le sol et les alentours, elle fut de nouveau prise de haut-le-cœur. Elle espérait qu'ils trouveraient des éléments concluants. Cela dit, dès qu'elle aurait découvert où se cachait Robert, ils n'auraient plus besoin d'enquêter.

Elle allait se charger elle-même de cette ordure.

S'imaginer tuer quelqu'un la rendait malade, mais elle supportait encore moins de voir des gens mourir à cause d'elle.

Des larmes jaillirent de ses yeux en songeant à l'adjoint, et elle les essuya avec colère.

Griff échangea quelques mots avec son frère, puis leva le nez vers la fenêtre.

Leurs regards se croisèrent.

Griff était le genre d'homme dont on faisait les héros. Dans un autre contexte, elle serait tombée amoureuse de lui. Avec lui, elle aurait peut-être même réappris la confiance.

Il s'éloigna de Jacob, du légiste et de l'équipe de police scientifique pour revenir vers l'hôtel.

Le téléphone que Robert lui avait laissé la narguait depuis la table de chevet. Griff aurait certainement voulu qu'elle lui parle de l'appel de Robert.

Mais, en évoquant le sujet, elle ne ferait que l'exposer au danger. Ce soir, elle retrouverait Robert et s'arrangerait pour qu'il ne soit plus jamais une menace. Pour personne. Tout le monde serait alors en sécurité.

L'éventualité de mourir ne l'effrayait pas. De toute façon, au cours des trois dernières années, sa vie n'en avait pas vraiment été une. Bien sûr, elle n'avait aucune envie d'aller en prison. Mais il lui fallait obtenir justice pour sa sœur et pour toutes les autres victimes de Robert.

Un coup retentit à la porte.

— Ginny ?

Elle fit jouer la clé dans la serrure. Griff était si beau, si sexy et semblait si inquiet qu'il lui inspirait un désir plus grand que ce qu'elle avait jamais éprouvé.

Rien qu'une nuit avec lui.

Il était possible que les choses tournent mal lorsqu'elle

retrouverait Robert. Il la tuerait peut-être. Ou peut-être le tuerait-elle, elle, et serait-elle ensuite incarcérée.

Mais, si elle emportait le souvenir d'une nuit dans les bras de Griff, elle se sentait capable de tout endurer.

Elle le désirait si fort qu'elle se mit à trembler.

— Griff ?

Il l'attira vers lui et l'embrassa avec tant de fougue et de tendresse qu'elle referma la porte du pied et l'entraîna vers le lit.

Griff rêvait depuis des jours de tenir Ginny dans ses bras, de lui faire l'amour. Se l'interdire devenait une torture.

Non, il était capable de résister à la tentation, de se maîtriser. Si elle voulait arrêter, il s'arrêterait.

Bien sûr.

Mais, loin de l'écarter, elle se mit à lui mordiller les lèvres, à essayer de capturer sa bouche, attisant la faim et la passion dont il était la proie.

Pourtant, le souvenir de l'adjoint mort et celui des traumatismes passés de Ginny l'empêchaient d'aller plus loin. Lentement, il mit fin au baiser et recula pour la regarder en face.

— Ginny, je ne peux pas faire ça.

— Pourquoi ? Tu ne veux pas de moi ? Je ne te plais pas ?

Elle le tuait.

— Tu me plais plus que tout et je te désire comme un fou, murmura-t-il. Mais je t'aime et te respecte trop pour profiter de toi après tout ce que tu as subi.

Les doigts dans ses cheveux, elle se hissa sur la pointe des pieds et l'embrassa à nouveau.

— Tu ne profites pas de moi.

— Mais Robert…

— Tu n'as rien de commun avec lui, et je le sais, dit-elle en lui caressant le visage. Je t'en prie, Griff. J'ai envie d'effacer mes mauvais souvenirs avec lui en les remplaçant par d'autres, doux et tendres, avec toi.

Il hésita. Aucune femme n'avait jamais touché son cœur comme elle en avait le pouvoir. Ni provoqué en lui un tel désir.

— Ginny, es-tu sûre de vouloir aller plus loin ? chuchota-t-il.

Elle esquissa un sourire et l'embrassa à nouveau. Cette fois, il la prit dans ses bras, la porta jusqu'au lit.

Elle s'abandonna dans ses bras, se pressant contre lui. Et, quand leurs langues entamèrent une danse sensuelle, un feu d'artifice explosa entre eux.

Ginny promena les mains sur le dos musclé de Griff tandis qu'il picorait sa gorge de petits baisers brûlants. Traversée par de délicieuses sensations érotiques, elle l'attira plus étroitement contre elle, savourant la chaleur de son corps d'homme contre le sien.

Lorsqu'il entreprit de lui caresser les seins, elle gémit de plaisir. Le souffle court, elle tenta de lui retirer son T-shirt. Il se souleva à moitié pour l'enlever lui-même et le jeter par terre.

— Je sens la fumée, dit-il. Je devrais aller me doucher.

— Je m'en moque, assura-t-elle en prenant son visage entre ses mains. Je te désire comme tu es.

Le sourire sexy qu'il lui décocha la fit frissonner et elle tira sur la boucle de son ceinturon.

Avant de reprendre sa bouche, il déclara :

— Si tu veux que je m'arrête, tu n'as qu'un mot à dire.

— Je n'ai aucune envie que tu t'arrêtes, Griff.

Elle n'avait jamais été aussi sûre d'elle.

À la hâte, il arracha ses propres vêtements puis il la déshabilla lentement, caressant sa peau du bout des doigts et des lèvres, au fur et à mesure qu'il la dénudait.

Lorsque, enfin, elle fut nue, il l'embrassa à pleine bouche, puis baissant la tête, il passa la langue sur l'un de ses tétons. Elle poussa un petit soupir de plaisir quand, avec une infinie douceur, il suçota un sein, puis l'autre, en excitant les pointes.

Enivrée, elle enroula ses jambes autour de lui et lui frotta le mollet du pied.

Il s'aventura plus bas, lui couvrant le bas-ventre de baisers de plus en plus chauds, et elle retint son souffle. Lorsqu'il lui écarta les jambes et plongea la tête entre ses cuisses pour la taquiner de la langue, une telle jouissance la foudroya qu'elle se mit à trembler. Il prit ses fesses dans les mains et lui souleva les hanches pour lui permettre de s'ouvrir davantage encore à ses caresses. Il poursuivit cette douce torture jusqu'à ce qu'un million de papillons éclatent au creux de son ventre, et elle cria son plaisir.

Elle balbutia son nom, le suppliant de continuer, de la prendre. Il se glissa entre ses jambes et planta les yeux dans les siens.

— Ginny ?

— Oui, Griff, oui. Je t'en prie. Viens.

Quand elle s'enhardit à lui caresser à son tour le sexe, le désir assombrit son regard. Comme il roulait sur le côté, la déception la saisit. Allait-il s'éloigner, interrompre leur jeu sensuel ?

Mais il attrapa simplement un préservatif dans la poche de son pantalon, déchira le paquet et l'enfila.

Quelques instants plus tard, il s'enfonça en elle et se mit à aller et venir, de plus en plus loin, de plus en plus vite, de plus en plus fort. Bientôt, le rythme devint frénétique. Encore et encore, il l'entraînait vers le ciel jusqu'au moment où il s'abattit sur elle avec un cri étranglé.

Il l'embrassa à nouveau, profondément et intimement, alors que les vagues de plaisir déferlaient sur leurs corps brûlants.

Essoufflé, il roula sur le côté et la prit dans ses bras. Ils s'endormirent enroulés l'un autour de l'autre.

Un peu plus tard, Ginny se réveilla au son d'un petit bip. Il faisait nuit, les ombres remplissaient la pièce. Se tournant de côté, elle vit le visage de Griff détendu dans le sommeil.

Elle sentit les battements de son cœur s'accélérer dans

sa poitrine quand elle comprit la vérité : elle était tombée amoureuse de lui.

De nouveau, un petit bip rompit le silence. Il venait du téléphone jetable.

Quitter la chaleur et la sécurité des bras de Griff l'anéantissait, mais Robert l'appelait. Elle n'aurait jamais la possibilité d'avoir une vie avec Griff tant que Robert serait là.

Il était temps d'en finir avec lui…

Lentement, elle se dégagea de l'étreinte de Griff. Sans doute était-il épuisé par les derniers jours durant lesquels il avait lutté sans relâche contre les incendies parce qu'il poussa un petit grognement mais ne se réveilla pas.

Elle glissa hors du lit, attrapa le téléphone jetable et cliqua sur le texto pour l'ouvrir.

Robert avait envoyé une adresse, des coordonnées GPS.

Viens seule ou Mitzi mourra

21

Sans bruit, Ginny s'habilla rapidement, glissa son arme dans la poche de sa doudoune, attrapa son sac et ses clés. Alors qu'elle se dirigeait vers la porte sur la pointe des pieds, Griff bougea dans son sommeil et elle se figea.

S'il se réveillait, il ferait tout pour l'arrêter.

Traversée par une idée subite, elle laissa tomber son sac et revint vers lui. Elle saisit le drap et s'en servit pour attacher les poignets de Griff aux montants du lit. Au moment où elle finissait de tirer sur les nœuds, il battit des paupières.

Il eut d'abord l'air surpris, puis amusé, comme s'il imaginait un jeu coquin.

— Que fais-tu, Ginny ?

Elle s'en voulut de le traiter ainsi, mais mieux valait le décevoir que l'exposer à une mort certaine.

Après s'être assurée qu'il ne pourrait se libérer, elle déposa un baiser sur sa joue.

— Je suis désolée, Griff. Mais je dois partir.

— Quoi ?

Elle regarda son corps nu. Elle mourait d'envie de se blottir contre lui et de refaire l'amour. Maintenant qu'il était réveillé, il devenait encore plus difficile de résister à la tentation, de s'éloigner de lui.

Mais il lui était impossible de rester. Robert l'attendait. Et, si elle ne le rejoignait pas comme elle s'y était engagée, il tuerait Mitzi puis Griff.

Elle l'aimait déjà trop pour le laisser mourir pour elle.

— Je dois partir, répéta-t-elle.

— Pas question. Robert est sans doute dehors à te guetter.

— Il m'attend, dit-elle en redressant les épaules. Et si je ne retourne pas vers lui, Mitzi le payera de sa vie.

— Alors, appelons Jacob. Il le prendra en filature et…

— Non, Griff. Il m'a ordonné de venir seule. S'il s'aperçoit que je n'ai pas tenu parole, il la tuera.

— Ginny, s'il te plaît, écoute-moi. C'est un piège !

— Bien sûr qu'il s'agit d'un piège. Mais je vais jouer le jeu, au moins dans un premier temps. Pour le sortir de ma vie pour toujours. Il est temps d'en finir.

Il tira sur le drap, agita les jambes.

— Détache-moi, Ginny. N'affronte pas seule ce type. C'est beaucoup trop dangereux.

— Ne pas faire ce qu'il m'a demandé de faire le serait davantage encore. Robert me dégoûte et me terrifie. Mais ce n'est pas une raison pour abandonner Mitzi à son triste sort. Elle n'a rien à voir avec tout ça. Il la retient pour m'avoir.

— S'il te plaît, Ginny. Il la tuera probablement de toute façon et te descendra ensuite ou t'enlèvera.

— Dans quelques heures, le problème sera réglé. Je dois venger ma sœur, Mitzi, Joy et toutes les autres femmes qu'il a attaquées.

— Je t'en conjure, libère-moi. Je me cacherai dans le coffre de ta voiture. Il ne saura même pas que je suis là.

Les larmes brûlaient ses paupières. Griff était courageux, fort et altruiste. Il risquait sa vie tous les jours pour les autres. Mais il n'allait pas mourir aujourd'hui. En tout cas, pas pour elle.

— Merci pour cette nuit, chuchota-t-elle avec douleur.

La gorge serrée, elle sortit de la chambre et se précipita vers sa voiture. Elle entra les coordonnées GPS sur son téléphone et quitta la ville pour rejoindre l'homme qui avait détruit sa vie. Il n'était pas question qu'il s'en prenne à quelqu'un d'autre.

Alors que la porte se refermait derrière elle, Griff hurla le nom de Ginny. Il n'arrivait pas à croire qu'après lui avoir fait l'amour, elle l'abandonnait pour combattre seule ce monstre.

Et qu'avait-elle voulu dire avec son « Il est temps d'en finir » ? Qu'avait-elle l'intention de faire ?

Conscient qu'elle était sur le point de se jeter dans la gueule du loup, il paniqua. Il devait à tout prix la rejoindre, l'aider. Les nœuds étaient serrés mais, roulant sur le côté, il entreprit de les défaire avec les dents. Fou d'inquiétude, il avait envie de tirer sur le tissu mais il s'obligea à se maîtriser. Pour aboutir, il lui fallait se calmer, faire preuve de patience. Il défit un nœud, passa au second.

Il ne cessait de songer à Ginny. Pourquoi ne l'avait-elle pas laissé partir avec elle ?

Elle avait emporté une arme, mais savait-elle au moins s'en servir ? L'autre jour, il l'avait vue se battre avec l'homme qui l'avait attaquée dans la ruelle, mais Bouldercrest la prendrait sans doute par surprise et elle ne parviendrait pas à le repousser.

Et si ce salaud s'emparait de son pistolet et la tuait avec ?

Son cœur battait si fort qu'il entendait le sang rugir à ses oreilles.

Il lui fallut encore de longues minutes pour réussir à se libérer totalement. À ce moment-là, les images qui le traversaient le glaçaient de peur. D'une main moite, il saisit son téléphone et appela Jacob tout en cherchant ses vêtements. Quand son frère répondit, il enfilait son pantalon.

— Jacob, écoute-moi. Ginny a eu des nouvelles de Robert. Elle est partie le rejoindre pour tenter de l'arrêter.

— Tu es avec elle ?

Honteux de son propre comportement, il ne répondit pas. Oubliant son devoir, ses principes, il avait couché avec elle. L'avait-elle séduit pour avoir la possibilité de l'attacher et de s'enfuir ? Non, ce n'était pas possible.

— Griff ?

— Non, je ne suis pas avec elle. Je te raconterai plus

tard mais, en tout cas, elle est partie il y a une vingtaine de minutes et elle est armée. Il lui a ordonné de venir seule sinon il tuerait Mitzi.

— Elle t'a dit où elle est censée le retrouver ?

Griff mit sa chemise, tâtonnant avec les boutons.

— Non.

— D'accord, j'appelle tout de suite Liam pour lui demander de pister son téléphone.

— Parfait. Je te retrouve au poste.

Dès qu'il raccrocha, Griff enfila ses bottes, saisit sa parka et courut vers la porte.

Ginny roulait sur la route sinueuse qui menait au chalet où Robert lui avait demandé de se rendre. De grands pins et des haies de broussailles l'entouraient, formant une sorte de tunnel sombre. Entre la fatigue, l'obscurité ambiante et les émotions accumulées, elle ne savait plus si elle était dans un mauvais rêve ou dans la réalité, tant son environnement lui semblait étrange.

Comme lieu de rendez-vous, Robert avait choisi un endroit éloigné, un lieu où personne ne la retrouverait. Ni ne l'entendrait crier ou appeler au secours.

Sa voiture passa sur un nids-de-poule, lui provoquant un brusque haut-le-cœur. Elle avait peur, mais la soif de vengeance raviva son courage.

Enfin, elle parvint à une clairière. Au fond, nichée au creux de la pinède, se trouvait une cabane en rondins patinée par les intempéries. La cour était envahie par les mauvaises herbes.

Le vent battait les volets, donnant à l'endroit désert un air froid et désolé. Consciente que Robert était certainement dissimulé quelque part à la regarder s'approcher, elle scruta les alentours. Comme elle se garait, sa main se dirigea par automatisme sur son arme. Elle songea à sa sœur.

Aujourd'hui, je vais te venger, Tess.

Une profonde résignation et une détermination sans faille l'habitaient alors qu'elle descendait de voiture. Elle espérait que Robert se comporterait en homme et l'affronterait en face.

Au lieu de quoi, elle entendit les hurlements d'une femme portés par le vent.

Mitzi.

Le ventre noué, elle s'élança vers la maisonnette. Elle était venue sauver la malheureuse, et il n'était pas question de reculer à présent. Elle traversa la cour en courant et gravit les marches du porche.

Elle chercha Robert des yeux. Mais il n'était nulle part en vue. Sans doute rôdait-il dans l'ombre.

Elle ouvrit la porte. L'intérieur du chalet était sombre et humide. Comme elle avançait, des lattes du plancher craquèrent sous ses pas. De nouveau, elle s'immobilisa pour tendre l'oreille. Elle perçut du bruit venant du fond.

De quoi s'agissait-il ? Des pleurs de Mitzi ? se demanda-t-elle, le cœur serré.

La main posée sur son arme dans sa poche, elle remonta lentement le couloir, décidée à tirer dès que Robert apparaîtrait. Les gémissements de Mitzi s'intensifiaient. Elle passa devant une petite chambre qui paraissait vide, puis devant une salle de bains sale et poussiéreuse. Alors qu'elle arrivait devant une seconde chambre, le plancher grinça derrière elle.

Ses doigts serrèrent la crosse de son pistolet. Mais, avant qu'elle ne puisse le brandir, Robert la saisit par le cou et la poussa brutalement dans la pièce.

Au moment où Griff retrouva Jacob au bureau du shérif, Liam avait déjà localisé le smartphone de Ginny. Tous deux sautèrent dans la voiture de patrouille de Jacob. Ils traversèrent la ville à toute vitesse, sirènes hurlantes.

Le ventre noué, Griff songeait à Ginny, s'interdisant d'imaginer le pire.

Elle était forte. Elle méritait d'être traitée avec amour et respect. Il rêvait d'être celui qui lui montrait comment un homme devait aimer une femme.

Comment avait-il pu tomber amoureux d'elle en si peu de temps ? Alors qu'elle lui avait menti.

Cette nuit, avait-elle été sincère en se donnant à lui ou lui avait-elle joué la comédie de la femme amoureuse pour le distraire afin de pouvoir affronter Robert seule ?

Il refusait de le croire. Elle avait été maltraitée et harcelée au point qu'il avait craint qu'elle soit incapable à présent de souhaiter des relations sexuelles. Pourtant, elle s'était abandonnée dans ses bras.

Le lien amoureux qu'il ressentait entre eux était-il réel ?

— Comment a-t-elle réussi à te fausser compagnie ? s'enquit Jacob.

Humilié par ce qui s'était passé, Griff resta évasif.

— Elle a sorti une arme.

— Pourquoi ne m'a-t-elle pas appelé ? insista Jacob.

Griff se souvint de la terreur dans les yeux de Ginny. Et de la culpabilité qui teintait sa voix.

— Elle avait peur, dit-il.

— Raison de plus pour ne pas provoquer seule ce malade.

— Je sais, mais il a assassiné sa sœur et elle se reproche le drame. Elle se sent également responsable de la mort de Joy et de l'enlèvement de Mitzi.

— La culpabilité est un sentiment aussi puissant que destructeur, n'est-ce pas ?

Griff remarqua la mine sombre de son frère. Ils n'avaient jamais vraiment reparlé de la mort de leur père.

— Ce n'est pas ta faute si notre père n'a pas survécu à l'incendie de l'hôpital, dit-il. C'est moi le pompier. C'est moi qui aurais dû insister pour qu'il ne s'approche pas du sinistre.

— Ce n'est pas ta faute non plus, Griff. Notre père a fait ce qu'il a toujours fait : son devoir. L'incendie était énorme et des dizaines de vies en jeu. Nous manquions de bras. Aucun de nous n'aurait pu rester là sans rien faire.

La gorge serrée, Griff resta silencieux. Jacob avait raison. Il s'en voulait, mais le seul moyen d'empêcher leur père de se précipiter à l'hôpital pour aider à sauver des malades aurait été de l'assommer, il le savait bien.

Les hommes Maverick étaient protecteurs. Cet instinct avait été introduit dans leurs gènes avant leur naissance.

Jacob s'engagea sur une petite route qui s'enfonçait dans la pinède et il accéléra en suivant les coordonnées GPS que Liam avait envoyées. D'épais nuages plongeaient les alentours dans une telle obscurité qu'il dut allumer ses phares.

Après avoir roulé un moment, ils débouchèrent finalement dans une clairière au fond de laquelle se trouvait un chalet.

Le cœur de Griff se serra à la vue de la voiture de Ginny.

— Elle est là, dit-il.

— Reste ici et laisse-moi gérer cette affaire, dit Jacob. Il est peut-être armé.

— Sûrement pas, répondit Griff en ouvrant sa portière. Je viens.

— Alors fais attention. Il n'est pas question que tu prennes une balle perdue si Ginny se met à tirer sur Bouldercrest.

Griff hocha la tête. Il espérait surtout qu'elle allait bien.

Des pleurs ramenèrent peu à peu Ginny à la conscience. Avant même d'ouvrir les yeux, la réalité fondit sur elle. Elle s'était fait piéger, songea-t-elle avec colère.

Pourtant, elle s'était longuement entraînée et elle était armée, mais ses efforts n'avaient servi à rien. Il avait gagné.

Non, il n'était pas question de renoncer, d'abandonner.

Comme elle sentait quelque chose le long de son bras, puis sur sa joue, elle battit des paupières.

Robert la caressait du bout des doigts.

Un instant, elle hésita à lui cracher au visage, mais un tel comportement ne ferait qu'attiser le sadisme de ce malade.

Réfléchis, Ginny, réfléchis.

Les cris étouffés de Mitzi résonnaient à proximité, et elle la chercha des yeux. Recroquevillée sur un lit de camp installé dans un coin, la malheureuse était ligotée et bâillonnée. Ses poignets étaient attachés au montant du lit.

Ginny avait attaché Griff de la même manière. Mais elle l'avait fait pour le protéger. Pas pour le retenir prisonnier.

— Robert, murmura-t-elle.

— Je suis là, mon amour. Je t'avais dit que nous serions bientôt réunis.

Sers-toi de ce que tu sais de lui. Entre dans sa tête.

— J'ai tout compris, Robert, commença-t-elle d'une voix douce. J'ai compris pourquoi tu étais à ce point bouleversé quand je suis partie. Tout est clair, maintenant.

Il cessa de lui caresser la joue.

— Que veux-tu dire ? Qu'as-tu compris ?

Elle lui sourit.

— Ton père frappait ta mère et un jour elle a décidé de le quitter, n'est-ce pas ? Mais lui ne voulait pas qu'elle parte.

Robert serra les mâchoires, visiblement en proie à une myriade d'émotions.

Mais Ginny poursuivit :

— Tu l'as vu la battre, non ? Il t'a dit qu'une épouse n'avait pas le droit d'abandonner son mari. Mais elle n'obéissait pas, elle avait décidé de s'en aller. Alors il l'a tuée.

Une vive colère enflamma le visage de Robert.

— Une femme doit être fidèle et rester auprès de son époux pour toujours.

— C'est la raison pour laquelle tu t'es accroché à ce point à moi, chuchota-t-elle. Je m'en rends compte, à présent. Je comprends tout. Voilà pourquoi nous allons y arriver.

Il l'observait en silence comme s'il se demandait s'il devait ou non la croire.

— Nous allons tout recommencer, continua-t-elle. Désormais, tout sera différent entre nous.

— Différent comment ? s'enquit-il d'une voix rauque.

— Nous allons nous retrouver, nous nous comprendrons mieux. Et je ne partirai plus jamais.

Elle lui sourit à nouveau, luttant contre la nausée qui la gagnait.

— Détache-moi. Je te montrerai à quel point tu m'as manqué.

Il promena les doigts sur sa gorge, puis sur ses seins, et elle étouffa un cri de répulsion.

— Laisse-moi te toucher et te donner du plaisir, Robert.

Une lueur de désir brilla dans ses yeux gris, et il commença à dénouer ses liens tout en l'embrassant dans le cou. Fermant les paupières, Ginny s'ordonna de jouer le jeu. Mais il lui était difficile de réprimer le profond dégoût dont elle était la proie.

Finalement, il défit le dernier nœud qui entravait ses mains, puis il les tint au-dessus de sa tête avant de s'allonger sur elle. Saisie d'une brusque panique, elle comprit qu'elle devait à tout prix renverser la situation.

Elle mêla leurs doigts et, d'un coup de reins, le retourna sur le dos. Il eut l'air surpris, inquiet, mais pour le rassurer elle baissa la tête et l'embrassa dans le cou.

— Je vais te montrer à quel point tu m'as manqué. Laisse-moi d'abord te donner du plaisir puis tu feras tout comme lors de notre première fois.

Avec un petit rire excité, il se frotta contre elle.

— La nouvelle Reese me plaît beaucoup. Peut-être vais-je commencer à t'appeler Ginny.

Elle lui sourit et le chevaucha.

— Tu veux jouer avec moi ? Tu aimes ça, non ?

— Toi aussi… Tu m'excites, ma chérie.

Elle lui tint fermement les mains au-dessus de la tête, se glissa entre ses jambes et lui envoya un violent coup de genou dans le bas-ventre. Avec un cri de douleur, il se plia en deux.

— Qu'est-ce que tu fabriques ? Tu es folle ?

Elle voulut profiter de son inattention pour récupérer son arme posée sur la commode de l'autre côté de la pièce. Mais, alors qu'elle s'élançait dans cette direction, il la pourchassa, l'attrapa par la nuque et la balança contre le mur. Comme il s'apprêtait à la cogner, elle leva le bras pour parer l'attaque, réflexe acquis lors de ses entraînements à la légitime défense.

D'un coup de pied, elle le frappa à nouveau à l'entrejambe avant de se jeter sur l'arme.

Le souffle court, elle s'en saisit, se retourna et le pointa sur lui alors qu'il hurlait comme un fou, écumant de rage.

22

Dès que Griff franchit la porte d'entrée, il perçut du remue-ménage au fond du chalet. Jacob, de son côté, contournait la cabane en rondins pour évaluer la situation par l'arrière. Son frère lui avait recommandé de l'attendre pour passer à l'action.

Pourtant, Griff continua d'avancer. Si Bouldercrest était armé et devenait menaçant, il se chargerait de l'abattre.

Les lattes du plancher craquaient sous ses pas alors qu'il remontait le couloir. Il identifia des bruits de lutte et les sanglots étouffés d'une femme. Et soudain Bouldercrest hurla de rage.

Comprenant qu'il n'y avait pas un instant à perdre, Griff s'élança.

Commc il parvenait devant une porte ouverte, il découvrit Mitzi sur un lit de camp. Ligotée et bâillonnée, la malheureuse gigotait, les yeux remplis de terreur. Un peu plus loin, dans le fond de la pièce, se trouvait Bouldercrest. Il levait les mains, menacé par Ginny qui pointait une arme sur lui.

Mais, au lieu d'avoir l'air effrayé, Bouldercrest paraissait au contraire amusé, presque émoustillé par la scène. La lueur de folie dans ses yeux indiquait qu'il préparait sa riposte. Bien plus grand et costaud que Ginny, il se savait capable de la neutraliser facilement.

Ginny lui lança avec colère :

— Tu mérites de mourir, Robert. Tu as tué Tess, ma seule famille et la personne que j'aimais le plus au monde.

— C'est ta faute. Il ne fallait pas me quitter. Je t'avais dit que tu le regretterais si tu t'y risquais. Tu es à moi.

— Je ne t'appartiens pas, déclara-t-elle. Et je ne t'appartiendrai jamais.

— Il y a un instant, tu disais que je t'avais manqué et que tu ferais tout ce que je te demanderais. Tu n'es qu'une menteuse.

— J'ai dit que je te montrerais à quel point tu m'avais manqué et je vais le faire, répliqua-t-elle, brandissant son pistolet vers lui.

— Tu ne me tueras pas. Tu n'en auras jamais le cran.

Il la narguait, la mettait au défi de presser la détente.

— Tu te trompes, rétorqua Ginny, d'une voix calme mais teintée de haine. Tu m'as changée, Robert. Je ne suis plus la douce fille innocente que tu as rencontrée.

Quand elle posa le doigt sur la gâchette, le souffle de Griff se bloqua dans sa poitrine.

Il s'avança.

— Ne fais pas ça, Ginny, murmura-t-il.

Griff sentit alors la présence de Jacob derrière lui.

— Laisse-moi m'en occuper, dit son frère à voix basse.

— Non, c'est à moi de le faire, répondit-il.

— Allez-vous-en, ordonna Ginny à Griff et Jacob. Ce fumier mérite de mourir, vous ne m'empêcherez pas de le tuer.

— C'est un sale type, oui, affirma Griff. Et peut-être t'a-t-il changée d'une certaine manière. Il t'a rendue plus dure et plus méfiante. Mais ne le laisse pas faire de toi une tueuse.

— Il doit payer pour ses crimes. Je veux obtenir justice pour ma sœur et pour toutes les autres vies qu'il a détruites.

— Tu obtiendras justice, assura Griff. Je te le promets. Il finira ses jours en prison.

— Mais Tess est morte, balbutia-t-elle en gémissant. Rien ne lui rendra la vie.

— Je sais et j'en suis désolé. Je connais l'indicible douleur de perdre quelqu'un qu'on aime.

— Et Joy ? Et l'adjoint ? Ils sont morts à cause de moi.

— Non, Ginny, dit Griff. Ils sont morts parce que cet homme est un tueur de sang-froid et un sadique. Tu n'y es pour rien. Tu as de l'amour et de la bonté en toi.

Bouldercrest eut un rire sarcastique.

— Vous ne savez rien de moi. Alors que moi, je sais que vous m'avez volé ma femme. C'est vous, le salaud.

— Je ne suis pas ta femme ! cria Ginny. Et ne te compare pas à Griff, tu ne lui arrives pas aux chevilles. Un homme, un vrai, n'a pas à brutaliser une femme pour l'avoir.

Fou de colère, Robert se jeta sur elle, les doigts ouverts comme s'il voulait l'étrangler, et Ginny pressa la détente.

Bouldercrest se figea lorsque la balle frappa le sol à ses pieds.

— Un pas de plus et tu es mort, lança-t-elle.

Jacob s'éclaircit la gorge.

— Ginny, donne-moi cette arme. Je vais l'arrêter et le conduire moi-même en prison.

Mais elle secoua la tête.

— Je suis venue ici pour venger Tess. Et je ne partirai pas avant d'avoir tué ce salaud.

— Pense à ta sœur, murmura Griff. Quel genre de personne était-elle ? Qu'aurait-elle voulu que tu fasses ? Aurait-elle aimé que tu commettes un meurtre en son nom ?

Ravagée par un flot d'émotions contradictoires, Ginny reconnut que Griff avait raison. Tess était une personne aimante. Comme beaucoup d'artistes, elle posait sur le monde et sur les gens un regard émerveillé, rempli d'amour et d'espoir. Aurait-elle voulu que sa sœur détruise son existence pour étancher sa soif de vengeance ? Qu'elle vive dans la colère et la haine ?

Sa main se mit à trembler, et Griff poursuivit :

— Je comprends ce que tu ressens, Ginny. Après la mort de mon père, moi aussi j'ai éprouvé de la haine. Je pensais que si je retrouvais le salaud qui avait mis le feu à l'hôpital, il me suffirait de le tuer pour mettre un terme à mon chagrin. Et puis un jour, alors que je regardais un portrait de mon père, je me suis souvenu que toute sa vie il m'avait appris à respecter et à protéger les autres. Ce jour-là, j'ai compris qu'en cherchant à me venger, je crachais sur les valeurs qui l'animaient, je profanais sa mémoire. Et que loin de s'apaiser, cette haine rongerait éternellement mon âme.

Ginny serra les dents, ses yeux se remplirent de larmes.

— Alors, j'ai décidé de l'honorer en étant le genre d'homme qu'il voulait que je sois, ajouta-t-il. Je n'ai jamais rencontré ta sœur, mais je ne peux pas l'imaginer espérer que tu sois condamnée pour meurtre, que tu ailles en prison pour elle. En aurait-elle été satisfaite, à ton avis ?

Ginny sanglotait, à présent.

— Non, elle n'aurait jamais voulu une chose pareille.

— Je suis certain qu'elle préférerait que tu vives ta vie et que tu sois heureuse. Pour montrer à Robert qu'il ne t'a pas brisée.

— Il doit être puni, répéta-t-elle.

— Oui, dit Griff qui fit un pas de plus vers elle. Il le sera. Il mérite de pourrir en cellule. Il a des comptes à rendre à ses victimes et à leurs proches, à la société aussi. Il passera le restant de ses jours en prison à méditer sur ses crimes.

Ginny hocha la tête. Griff n'avait pas tort. Mais devait-elle vraiment laisser la vie sauve à Robert ?

Elle rêvait de se venger depuis si longtemps qu'elle avait du mal à renoncer à l'objectif qui la portait depuis trois ans.

Elle demanda d'un ton hésitant.

— Comment as-tu réussi à surmonter ta colère ?

— Je suis toujours en colère, dit Griff. Mais j'ai mes frères.

— Je n'ai personne. Il a tué ma sœur et je suis toute seule.

Griff posa une main sur son épaule.

— Tu n'es pas seule, Ginny. Je suis là, avec toi. Tu m'as.

Ses paroles apaisèrent son âme meurtrie, et peu à peu elle sentit sa rage se dissiper. Griff avait raison. Sa sœur aurait voulu qu'elle vive sa vie à fond puisqu'elle-même ne le pouvait plus. Qu'elle soit heureuse pour deux.

Mais, comme elle baissait lentement son arme, Robert se jeta vers elle.

— Très touchant, cria-t-il. Mais tu es à moi, sale garce !

Griff saisit Ginny par la taille pour la pousser derrière lui.

Au même moment, un coup de feu claqua. Jacob venait de tirer.

Avec un cri de douleur, Robert se plia en deux, serrant sa jambe dans ses mains. Sans perdre de temps, Jacob le menotta tandis que Griff prenait Ginny dans ses bras.

Après avoir neutralisé Robert, Jacob se précipita vers le lit de camp où Mitzi était attachée et bâillonnée, les yeux écarquillés de terreur. Il la libéra rapidement de ses liens. Elle semblait sous le choc, bouleversée, et il appela une ambulance.

Ginny s'écarta de Griff pour courir à son tour vers Mitzi.

— Je suis vraiment désolée, Mitzi. Tellement désolée, chuchota-t-elle.

La malheureuse tremblait de tous ses membres, les joues marbrées de larmes, le visage pâle.

— Il… est fou à lier.

— Je sais.

Elle serra Mitzi dans ses bras, la réconfortant du mieux possible pendant qu'ils attendaient les secours.

Deux heures plus tard, Mitzi fut raccompagnée chez elle, les médecins des urgences estimant qu'elle allait bien. Un chirurgien opéra Bouldercrest pour lui retirer la balle de sa jambe. Il serait ensuite transféré dans un établissement pénitentiaire doté d'une antenne médicale. Il y attendrait son procès. Quant à Jacob, il rentra chez lui pour retrouver sa femme enceinte et sa fille.

Griff reconduisit Ginny à l'hôtel. Depuis qu'ils avaient quitté l'hôpital, elle n'avait pas prononcé un mot.

Griff l'accompagna jusqu'à sa chambre.

— C'est fini, maintenant, Ginny, murmura-t-il.

— Je sais. J'ai du mal à y croire. Le désir de me venger était mon carburant depuis trois ans.

Il repoussa tendrement une mèche de cheveux de sa joue.

— Il est peut-être temps de tourner la page.

Elle leva les yeux vers lui, mais elle semblait toujours tourmentée.

— Je pensais ce que j'ai dit là-bas, poursuivit Griff. Tu n'es pas seule. Je suis là pour toi.

— J'ai… apprécié que tu le dises, Griff. Mais désormais tu n'as plus à me protéger.

— Et si j'avais envie de faire partie de ta vie ?

Une vague de tristesse passa sur son visage.

— Il me faut du temps, dit-elle.

— Que vas-tu faire ? demanda-t-il d'une voix brisée.

— Je ne sais pas. Chercher un autre sens à ma vie.

Il lui sourit avec tendresse.

— Je pourrais t'y aider…

Elle secoua la tête.

— Merci pour tout ce que tu as fait pour moi, Griff. Mais j'ai besoin d'être seule pendant un moment.

Elle se hissa sur la pointe des pieds, l'embrassa sur la joue, puis referma sa porte.

Griff partit, le cœur lourd. Pourquoi avait-il l'impression que Ginny venait de lui dire adieu ?

23

Deux semaines plus tard

Ginny posa un bouquet de tournesols sur la tombe de sa sœur.

— Tout est fini, Tess, dit-elle. Robert Bouldercrest est en prison et d'après la police il n'en sortira jamais. Ils l'ont inculpé de quatre chefs d'accusation de meurtre, d'enlèvement, de harcèlement et d'agression.

Le bidon d'essence et le briquet que Griff avait trouvés portaient des empreintes de Robert. Il avait avoué avoir allumé les incendies de forêt pour faire diversion.

Jade l'avait appelée pour lui apprendre que, en revanche, l'homme qui l'avait attaquée dans la ruelle était un voleur de passage. La police l'avait arrêté alors qu'il attaquait une autre femme pour s'emparer de son sac à main.

Ginny – Reese – commençait à se détendre et avait repris sa véritable identité. Même si elle savait qu'elle regarderait sans doute toute sa vie par-dessus son épaule et qu'elle avait l'intention de continuer à s'entraîner à l'autodéfense, elle dormait mieux. Ses cauchemars devenaient plus rares.

Elle avait rangé son arme dans un coffre et espérait ne plus jamais éprouver le besoin de l'en sortir.

— Je suis vraiment désolée de t'avoir laissée tomber, Tess. Maman, pardonne-moi de ne pas avoir pris soin d'elle comme tu me l'avais demandé, ajouta-t-elle, en larmes.

J'aimerais pouvoir remonter le temps et faire preuve de plus d'intelligence.

Mais alors qu'elle sanglotait, accablée, le soleil perça les épais nuages et un arc-en-ciel apparut, ses couleurs dansant sur la tombe de sa sœur.

Reese en eut le souffle coupé. Puis elle se rendit compte que sur le sol, autour d'elle, des milliers de fleurs de toutes les couleurs étaient en train d'éclore.

Submergée par l'émotion, elle déposa un baiser sur ses doigts puis sur la tombe de Tess où étaient gravés les mots :

SŒUR ADORÉE ET MERVEILLEUSE ARTISTE.

Sa petite princesse avait aimé et vécu l'instant présent, peint des paysages pleins de joie, embelli la vie.

L'arc-en-ciel, les fleurs… Tess lui adressait-elle un message ?

Elle sentit une vague de bonheur et d'espoir la soulever.

— Je reviendrai bientôt, c'est promis, ma Tess chérie.

Et elle se précipita vers sa voiture.

Une heure plus tard, elle roulait vers Whistler. Elle rêvait de Griff tous les soirs et avait envie de le retrouver.

Pour voir si un avenir avec lui était possible.

Le printemps était revenu dans les Appalaches. Tout était en fleurs, remarqua-t-elle.

Les paroles de Griff sur le fait d'honorer sa sœur en vivant sa vie l'avaient libérée. Maintenant qu'elle avait décidé quel serait ce chemin, elle voulait lui en parler.

Elle ralentit à l'approche du chalet. Il lui parut encore plus charmant maintenant, au milieu des fleurs sauvages et sous le grand soleil qui brillait dans le ciel.

Et si Griff ne ressentait pas pour elle ce qu'elle éprouvait pour lui ? s'inquiéta-t-elle soudain. Et s'il ne l'aimait pas ?

Elle faillit s'enfuir, mais elle rassembla son courage.

Elle laissait peu à peu ses cheveux retrouver leur couleur naturelle. Elle effaçait Ginny Bagwell pour redevenir Reese.

Elle sonna. Et, lorsqu'il ouvrit la porte il lui parut si séduisant, si sexy que son ventre se noua.

Un éclair de surprise passa dans ses yeux puis un sourire éclaira son visage, un sourire qui lui redonna du courage.

— Tu m'as manqué, dit-elle.

Son sourire s'élargit.

— Toi aussi, tu m'as manqué.

Soulagée, elle lui tendit la main.

— J'ai beaucoup à te dire, mais je tiens d'abord à me présenter. Reese Taggart.

— Bonjour, Reese. Tu me rappelles quelqu'un, une femme que j'ai aimée comme je n'avais encore jamais aimé.

— Cette femme, celle qui voulait se venger et qui t'a menti... elle est partie.

— J'espère qu'elle a trouvé la paix, murmura-t-il.

— Oui. J'ai décidé d'utiliser mon histoire pour aider les autres. J'ai travaillé sur une série d'articles traitant de la violence conjugale. Et j'ai rejoint une association de défense des femmes battues.

— Vraiment ? C'est une excellente idée, Ginny... je veux dire, Reese.

— J'avais seulement envie de te mettre au courant.

Ginny sentait son courage faiblir et elle commença à tourner les talons.

— Attends, dit-il. Ne t'en va pas.

Elle le regarda dans les yeux, et il poursuivit :

— Je suis tombé amoureux de Ginny. Et elle faisait partie de toi. Je pense que je vais aimer Reese davantage encore.

Puis il la prit dans ses bras, captura sa bouche et l'embrassa.

Six semaines plus tard, elle jura un amour éternel à l'homme qu'elle aimait dans le belvédère qu'il avait construit pour leur mariage près du chalet qu'ils partageraient désormais.

En étreignant son mari à la fin de la cérémonie, elle entendit la voix angélique de sa sœur qui chantait pour elle.

Retrouvez prochainement,
dans votre collection

BLACK ROSE

Les mystères du désert, de Carol Ericson - N°652

PATROUILLEURS EN MISSION - 3/4

Au cours d'une patrouille nocturne dans le désert, Rob Valdez tombe sur une voiture en train de brûler. Intrigué, il s'approche et trouve, dissimulée dans les buissons, une femme blessée, murée dans un étrange mutisme. Pour ne pas l'apeurer davantage, il décide de l'accueillir chez lui et tente d'en savoir plus sur elle. Mais rien n'y fait, elle se tait, et Rob se demande quel sombre secret se cache derrière ce silence...

Pour secourir un enfant, de Nicole Helm

En découvrant Cecilia sur le pas de sa porte, un bébé dans les bras, Brady est désemparé. Mais aussitôt elle lui révèle que l'enfant est celui de sa meilleure amie. Celle-ci, souffrante, lui a demandé de le protéger contre son père, un dangereux chef de gang. Une mission que Cecilia veut partager avec Brady. Brady, son ami d'enfance qui, sans qu'elle le sache, est amoureux d'elle depuis toujours...

Ce souvenir entre nous, de Tara Taylor Quinn - N°653

Le visage fermé, Kerry écoute Rafe tandis qu'il lui explique les raisons de sa visite. Ainsi, la famille Colton est dans les ennuis... Et Rafe, qui a rompu autrefois avec elle, compte sur son influence de lieutenant de police pour disculper son frère, accusé d'un crime qu'il prétend ne pas avoir commis. Tentée de refuser, Kerry accepte finalement d'aider celui qu'au fond d'elle-même elle n'a jamais cessé d'aimer...

Un protecteur indésirable, de Debbie Herbert

La photo est en noir et blanc. Un petit rond rouge est dessiné sur son cœur. Paniquée, Beth se demande qui la menace ainsi, elle, l'héritière d'un juge richissime disparu récemment. Prête à appeler la police, elle hésite cependant. Car pour rien au monde elle ne veut être protégée par Sammy Armstrong, le jeune policier qui, alors qu'elle n'avait que dix-sept ans, l'a injustement inculpée lors d'une fête sauvage organisée par son frère...

Retrouvez prochainement,
dans votre collection

BLACK ROSE

Retour à Jacobstown, de Barb Han - N°654

Désemparée, Courtney fixe le test de grossesse. Aucun doute possible : elle est enceinte. Mais alors qu'elle pense garder pour elle le secret de sa grossesse, le temps de boucler son enquête en cours, elle rencontre Jordan. Jordan avec qui elle a passé une unique nuit d'amour, quinze jours plus tôt. Jordan qui, à n'en pas douter, est le père de son enfant à venir…

La terreur dans tes yeux, de Tyler Anne Snell

Qui est réellement Nina Drake, la jeune femme qui travaille depuis peu sur le ranch des Nash ? C'est la question que se pose Caleb qui, depuis que sa mère l'a embauchée, a bien du mal à refréner l'élan de désir qui le pousse vers la jolie intendante. Une attirance à laquelle se mêle bientôt un intense sentiment de protection lorsque Nina lui révèle, la peur dans le regard, qu'elle est victime d'un mystérieux harceleur…

La maison sans mémoire, d'Adrienne Giordano - N°655

Avec ses allures de flic solitaire, Brent Thompson n'a pas mis longtemps à faire chavirer le cœur de la détective Jenna Hayward. Pourtant, sous son apparente force, Brent cache une terrible blessure : lorsqu'il était enfant, sa mère a été assassinée et on n'a jamais trouvé son meurtrier. À la fois soucieuse d'aider Brent et intriguée par ce *cold case* non élucidé, Jenna décide de rouvrir l'enquête…

Un mystérieux sauveur, de Debra Webb

L'agent Stella Malone est sous le choc : en moins d'une heure, elle vient d'échapper à une embuscade et a perdu toute trace de sa patronne, enlevée par des criminels. Sans l'intervention inattendue d'un certain Dakota Garrett, elle serait morte… Mais qui est son mystérieux sauveur ?

Retrouvez prochainement,
dans votre collection

BLACK ROSE

Un jour, on se reverra, de Beverly Barton - N°656

« Un jour, je te tuerai. » Ces mots, prononcés cinq ans plus tôt par le criminel qu'elle a fait emprisonner à vie, Joanna n'a jamais pu les oublier. Aussi, quand elle apprend qu'il vient de s'évader, voit-elle ses pires craintes refaire surface. Bouleversée, elle décide de demander à son voisin, J.T. Blackwood, de la protéger. J.T., un policier qui, sans qu'elle puisse l'expliquer, l'attire irrésistiblement…

Une proie consentante, de Cynthia Eden

L'amour peut être un piège diabolique. Rachel qui était procureur au sein d'une cour martiale l'a compris le jour où elle a appris que Jack, son amant, était un tueur à gages payé pour l'éliminer... Aujourd'hui, c'est elle qui s'apprête à piéger Jack. Car elle vient de retrouver sa trace et qu'elle sait que, quoi qu'il advienne, Dylan, son chef, la protégera...